Georgette Heyer, geboren am 16. August 1902, schrieb mit siebzehn Jahren ihren ersten Roman, der zwei Jahre später veröffentlicht wurde. Seit dieser Zeit hat sie eine lange Reihe charmant unterhaltender Bücher verfaßt, die weit über die Grenzen Englands hinaus Widerhall fanden. 1925 heiratete sie den Bergbauingenieur George Ronald Rougier und ging mit ihrem Mann für drei Jahre nach Ostafrika. Georgette Heyer starb am 5. Juli 1974 in London.

Zu ihren bekanntesten Werken, die sie vornehmlich als eine vorzügliche Kennerin der Epochen des englischen Rokoko und Biedermeier ausweisen, gehören die in der rororo-Taschenbuchreihe erschienenen Romane «Die drei Ehen der Grand Sophy» (Nr. 2001), «Der Page und die Herzogin» (Nr. 2002), «Venetia und der Wüstling» (Nr. 2003), «Penelope und der Dandy» (Nr. 2004), «Die widerspenstige Witwe» (Nr. 2005), «Frühlingsluft» (Nr. 2006), «Serena und das Ungeheuer» (Nr. 2007), «Lord Sherry» (Nr. 2008), «Ehevertrag» (Nr. 2009), «Liebe unverzollt» (Nr. 2010), «Barbara und die Schlacht von Waterloo» (Nr. 2011), «Der schweigsame Gentleman» (Nr. 2012), «Heiratsmarkt» (Nr. 2013), «Die Liebesschule» (Nr. 2014), «Ein Mädchen ohne Mitgift» (Nr. 2015), «Eskapaden» (Nr. 2016), «Findelkind» (Nr. 2017), «Herzdame» (Nr. 2018), «Lord John» (Nr. 4560), «Königliche Abenteuer» (Nr. 4785), «Der tolle Nick» (Nr. 5067), «Der Eroberer» (Nr. 5406) und «Der Unbesiegbare» (Nr. 5632).

Überdies schrieb Georgette Heyer die erfolgreichen Detektiv-Romane «Ein Mord mit stumpfer Waffe» (Nr. 1627), «Mord ohne Mörder» (Nr. 1859), «Der Trumpf des Toten» (Nr. 4069) und «Mord beim Bridge» (Nr. 4325).

GEORGETTE HEYER

Ein Mädchen ohne Mitgift

Roman

ROWOHLT

Die Originalausgabe erschien unter dem Titel «Charity Girl»
Ins Deutsche übertragen
von Emi Ehm und Ilse Walter
Umschlagbild Eva Kausche-Kongsbak
Umschlagentwurf Manfred Waller

116.–140. Tausend April 1986

Veröffentlicht im Rowohlt Taschenbuch Verlag GmbH,
Reinbek bei Hamburg, Juni 1974
Copyright © 1971 by Paul Zsolnay Verlag GmbH, Hamburg/Wien
Gesamtherstellung Clausen & Bosse, Leck
Printed in Germany
500-ISBN 3 499 12015 1

1

Soweit ein älterer Herr mit verdorbenem Magen und einem besonders heftigen Gichtanfall über etwas vergnügt sein konnte, das nicht mit der Linderung seiner verschiedenen Beschwerden zusammenhing, traf das für den Earl of Wroxton zu. Im Augenblick amüsierte er sich damit, seinem Erben eine Standpauke zu halten. Wer nicht wußte, worum es wirklich ging, mußte die ätzenden Bemerkungen für unangebracht halten, denn der Viscount Desford war seiner ganzen Erscheinung nach ein Sohn, auf den jeder Vater stolz sein konnte: ein gutgeschnittenes Gesicht, eine geschmeidige, sportliche Figur und sicheres Auftreten, geboren aus natürlicher Liebenswürdigkeit und guter Erziehung. Er besaß ein großes Maß an Geduld, und sein Sinn für Humor verriet sich in dem Lächeln, das in seinen Augen lauerte und von vielen Leuten für unwiderstehlich gehalten wurde, nicht jedoch von seinem Vater. Wenn die Gicht den Earl quälte, machte ihn dieses Lächeln rasend. Man schrieb Juli, aber es war alles eher denn heiß, und der Earl hatte in der Bibliothek Feuer machen lassen. Die beiden Herren saßen rechts und links am Kamin; der Earl stützte seinen dick bandagierten Fuß auf einen Schemel, und sein Erbe (der seinen Stuhl unauffällig von der Hitze der glimmenden Scheite weggerückt hatte) saß ihm gegenüber, elegant und lässig. Der Viscount trug die Jacke, die wildlederne Reithose und die hohen Stiefel, die als korrekter Vormittagsanzug für den Herrn galten, der sich vorübergehend auf dem Land aufhält; dennoch war der Schnitt seiner Jacke, die Anordnung seines Halstuchs so elegant, daß sein Vater ihn einen verdammten Dandy nannte. Worauf der Sohn sanft protestierend erwiderte: «Nein, nein, Papa! Die Londoner Dandies wären entsetzt, wenn sie dich hörten!»

«Das heißt also», sagte sein Vater und starrte ihn düster an, «daß du dich für einen Lebemann hältst!»

«Ehrlich gesagt, Papa», erwiderte der Viscount entschuldigend, «halte ich mich weder für das eine noch für das andere.» Er wartete einen Augenblick, während er ebenso mitfühlend wie vergnügt den Ärger seines Vaters beobachtete und dann einlenkend sagte: «Aber Papa! Was habe ich denn eigentlich verbrochen, daß du mir eine solche Standpauke hältst?»

«Was hast du getan, um dir mein Lob zu verdienen?» erwiderte der Earl sofort. «Nichts! Du bist ein Wirrkopf, Bursche! Ein aalglatter Flederwisch; du denkst nicht daran, was du deinem Namen schuldig bist, als wärst du irgendein nichtsnutziger Bürgerlicher! Ein verdammter Verschwender bist du – und du brauchst mich nicht erst daran zu erinnern, daß du finanziell von mir unabhängig bist, dein Geld für Pferde, Wetten und leichte Frauenzimmer hinauswerfen kannst, wie es dir beliebt. Ich habe es damals gesagt und sage es heute noch und werde es immer wieder sagen: es war typisch für deine Großtante, daß sie ihr Vermögen ausgerechnet dir hinterlassen hat. Genau das war zu erwarten, denn sie war total verwirrt. Sie hat dir praktisch eine *carte blanche* für Extravaganzen aller Art ausgestellt. Aber über diese Dinge», fügte Seine Lordschaft, zwar nicht wahrheitsgemäß, doch völlig aufrichtig hinzu, «will ich kein Wort verlieren. Sie war die Tante deiner Mutter, und dieser Umstand versiegelt mir die Lippen.»

Er schwieg und warf seinem Erben einen herausfordernden Blick zu, aber der Viscount sagte nur mit geziemender Nachgiebigkeit: «Sehr richtig, Papa!»

«Ich wäre ganz einverstanden gewesen, wenn sie bestimmt hätte, daß ihr Vermögen zum Unterhalt deiner Frau und Familie verwendet werden soll. Was nicht heißen will, daß ich damals und auch jetzt nicht imstande und bereit gewesen wäre, deine Apanage zu erhöhen, damit die Ausgaben, die dir durch deinen Eintritt in den Ehestand erwachsen, gedeckt wären.»

Wieder schwieg er, und da er offensichtlich eine Antwort erwartete, sagte der Viscount höflich, er sei ihm sehr verbunden.

«O nein, das bist du keineswegs!» fauchte Seine Lordschaft. «Und wirst es auch nicht sein können, bevor du mir einen Enkel schenkst, mag das Vermögen deiner Großtante noch so schnell dahinschmelzen. Auf mein Wort, nette Kinder habe ich!» sagte er, plötzlich weiter ausgreifend. «Kein einziger von euch kümmert sich auch nur einen Deut um die Familie! In meinem Alter könnte ich schon zwanzig Enkelkinder haben, die meine letzten Jahre erfreuen! Aber habe ich sie? Nein! Kein einziges!»

«Genaugenommen hast du schon drei», hielt ihm der Viscount entgegen. «Ich erwähne sie aus Fairneß Griselda gegenüber, obwohl ich nie den Eindruck hatte, daß dich ihre Sprößlinge erfreuen.»

«Mädchen!» fuhr der Earl auf und fegte sie alle mit einer verächtlichen Geste beiseite. «Die zählen nicht! Außerdem sind es Broxbourne-Bälger. Ich will Söhne, Ashley! Caringtons, die unseren Namen erben, Träger unserer Würden und Bewahrer unserer Tradition!»

«Aber es muß doch nicht gleich ein ganzes Regiment sein!» protestierte der Viscount. «Überlegen wir vernünftig, Papa: angenommen, ich hätte dir den Gefallen erwiesen, schon mit zwanzig zu heiraten, und mein unglückseliges Weib hätte mir jedes Jahr Zwillinge geschenkt, dann wären es in deinen Augen noch immer mindestens um zwei zu wenig gewesen – ganz abgesehen davon, daß in einem solchen Schwarm von Enkelkindern wahrscheinlich mehrere Mädchen gewesen wären.»

Dieser Versuch, den Vater von seiner üblen Laune zu befreien, hätte vielleicht Erfolg gehabt (denn der Earl hatte Sinn für das Lächerliche). Doch ein plötzlicher Stich in dem schmerzenden Bein ließ den Earl zusammenzucken, und so stieß er drohend hervor: «Sei ja nicht vorlaut! Ich möchte dich daran erinnern, daß du – Gott sei Dank! – nicht mein einziger Sohn bist!»

«Nein», pflichtete ihm der Viscount fröhlich bei. «Simon ist wohl noch zu jung, aber ich hoffe doch sehr, daß dich Horace mit einem reichen Kindersegen beglücken wird – das heißt, sobald die Besatzungstruppen aus Frankreich abgezogen werden, was dem Vernehmen nach bald geschehen soll, und Horace nach Hause zurückkehrt.»

«Horace!» stieß Seine Lordschaft hervor. «Ich kann froh sein, wenn er nicht mit irgendeinem französischen Gänschen am Arm heimkehrt!»

«Oh, das halte ich nicht für sehr wahrscheinlich», sagte der Viscount. «Er schätzt Ausländer nicht und nimmt wie du sehr viel Rücksicht darauf, was er der Familie schuldig ist.»

«Das werde ich nicht mehr erleben», sagte der Earl und versuchte vergeblich, sein hohes Alter als Druckmittel zu verwenden, denn gleich darauf setzte er verbittert hinzu: «Ach, was liegt euch schon daran!»

Der Viscount lachte, sagte aber sehr liebevoll: «Nein, nein, Papa! Versuch nicht, mit dem Tod zu kokettieren! Ich lebe seit neun Jahren in London, ich habe dich neunundzwanzig Jahre lang studiert und ich weiß genau, wann jemand versucht, mir einen Bären aufzubinden. Guter Gott, Papa, du bist schlank und rank, und abgesehen von deiner Anfälligkeit für Gicht, die nicht besser wird, wenn du ein Gutteil von zwei Flaschen Portwein auf einen Sitz leerst, wirst du noch etliche Runden durchstehen! Ich bin überzeugt, daß du auch noch meinen Sohn abkanzeln wirst, so wie heute mich!»

Unwillkürlich geschmeichelt, daß sein Erbe ihm eine so gute Verfassung bescheinigte, erwiderte der Earl streng, er verstehe die Jargonausdrücke nicht, die die heutige Jugend so beklagenswerterweise gebrauche, noch billige er sie. Einen Augenblick lang war er versucht, dem Viscount unmißverständlich klarzumachen, daß er seine Trinkgewohnheiten nicht mit ihm zu diskutieren wünsche, doch er nahm davon Abstand, weil Ashley möglicherweise eine Zurechtweisung nicht in kindlich-ergebenem Schweigen hinnehmen würde und der Earl einen Streit vermeiden wollte, bei dem er auf sehr unsicherem Boden stand. Statt dessen sagte er: «Einen Sohn von dir? Vielen Dank, Desford. Ich will keine unehelichen Bälger, von denen du vermutlich schon zwei Dutzend – ich meine, einige hast?» verbesserte er sich hastig.

«Nicht daß ich wüßte, Papa», sagte der Viscount.

«Freut mich, das zu hören. Aber hättest du der Heirat zugestimmt, die ich für dich plante, so könnte eben in diesem Augenblick dein Sohn auf meinem Knie sitzen!»

«Ich zögere, dir zu widersprechen, aber ich kann nicht glauben, daß ein Enkelkind, wollte es – eben in diesem Augenblick – versuchen, auf deinem Knie zu sitzen, etwas anderes als strenge Zurückweisung ernten würde.»

Der Earl quittierte diesen Hieb mit einem rauhen Auflachen, sagte jedoch: «Na ja, du brauchst mich wirklich nicht so wörtlich zu nehmen! Wesentlich ist dein schlechtes Benehmen, als du Henrietta Silverdale keinen Heiratsantrag gemacht hast. Nie hätte ich gedacht, daß du dich so undankbar zeigen würdest, Desford! Es sah so aus, als hätte ich eine Braut für dich gewählt, die du entweder nicht mochtest oder gar nicht kanntest – was, wie ich dir verraten darf, zu meiner Zeit gar nicht so ungewöhnlich war. Statt dessen suchte ich ein Mädchen aus, mit dem du aufgewachsen bist und an dem du, wie ich glaubte, aufrichtig hängst. Ich hätte in viel höheren Kreisen Ausschau halten können, aber ich wollte ausschließlich dein Glück. Und wie hast du es mir gelohnt? Sag mir das!»

«Oh, um Gottes willen, Papa –!» rief der Viscount und ließ sich zum erstenmal Ungeduld anmerken. «Mußt du unbedingt etwas aufs Tapet bringen, das sich schon vor neun Jahren abgespielt hat? Kannst du noch immer nicht glauben, daß Hetta eine Heirat genausowenig wünschte wie ich?»

«Nein, das glaube ich nicht. Und erzähl mir nicht, daß du nicht an Hetta hängst.»

«Natürlich hänge ich an ihr – wie an einer Schwester! Wir sind die besten Freunde. Aber ein Mann will doch nicht seine Schwester heiraten, mag er sie noch so gern haben. Wahr ist vielmehr, daß du, Papa, mit Sir John diesen Plan aushecktest. Dabei ist mir bis heute rätselhaft, wie ihr Einfaltspinsel annehmen konntet, daß es diesem köstlichen Plan förderlich wäre, uns so aufzuziehen, als seien wir tatsächlich Bruder und Schwester. Nein, nein, fauch mich nicht an, weil ich ‹Einfaltspinsel› sage! Erinnere dich, daß ich schon damals sagte, es sei mir ein Rätsel!»

«Ja, du hast eine glatte Zunge und bildest dir ein, daß du mich überlisten kannst», knurrte sein Vater.

«Ach, leider weiß ich zu gut, daß ich das nicht kann!» sagte der Viscount kläglich. «Aber verrate mir doch, warum du selbst erst vor Anker gingst, als du schon über dreißig warst, während du mich festnageln wolltest, bevor ich überhaupt großjährig war?»

«Um Unfug zu vermeiden», antwortete der Earl mehr rasch denn klug.

«Oho!» sagte der Viscount spöttelnd. «Das also war's, ja? Ich habe allerdings schon lange den Verdacht, daß du – als junger Mensch – durchaus kein Muster an Ehrbarkeit warst, wie du uns weismachen willst.»

«Muster an Ehrbarkeit! Natürlich war ich das nicht!» knurrte der Earl, die bloße Vermutung angewidert zurückweisend.

«Natürlich nicht!» rief der Viscount lachend.

«Nein! Ich habe mich wie jeder junge Mensch ausgetobt, aber ich habe mich nie mit Wüstlingen verbrüdert.»

Dieser Vorwurf ließ das Lachen des Viscount schnell verstummen. Unter plötzlich gerunzelter Stirn richtete er einen prüfenden Blick auf seinen Vater und fragte: «Was heißt das? Solltest du mich damit meinen, so erlaube mir festzustellen, daß man dich falsch unterrichtet hat!»

«Nein, nein!» erwiderte Seine Lordschaft verdrossen. «Ich spreche von Simon, du Schafskopf!»

«Simon! Wieso – was zum Teufel hat er angestellt, daß du so gereizt bist?»

«Du weißt ganz genau, welch ein Abenteurer er ist und daß er mit einer Bande schurkischen Abschaums der Gesellschaft beschämende Streiche aushockt, alle möglichen ausgefallenen Narrheiten anstellt, Aufruhr und Krawalle inszeniert –»

«Nun, dazu sage ich dir folgendes», unterbrach der Viscount diese Anklage ohne viel Förmlichkeit. «Ich sehe Simon selten, doch du kannst dich darauf verlassen, daß ich es sofort erfahren würde, falls er in eine Gesellschaft geriete, wie du sie schilderst! Guter Gott, wenn man dich hört, könnte man meinen, daß sich Simon dem Bettlerklub angeschlossen hat oder jede Nacht wenn nicht im ‹Finish› dann auf der Wache landet! Wahrscheinlich würdest du die Bande, mit der er herumzieht, nicht goutieren. Ich goutiere sie auch nicht, aber das kommt daher, daß ich neunundzwanzig und nicht mehr dreiundzwanzig bin und die Rastlosigkeit meiner ersten Jugend überwunden habe. Schurken jedenfalls sind seine Kumpane nicht, und kein Abschaum! Du übertreibst, Vater, glaube mir!»

9

«Es ist wirklich ein Jammer, daß du ihn selten siehst!» entgegnete der Earl. «Wie dumm von mir zu glauben, du würdest dir die Mühe nehmen, dich um ihn zu kümmern.»

«Ja, das hättest du wirklich besser wissen sollen», antwortete der Viscount offenherzig.

«Vermutlich», sagte der Earl, sichtlich seinen Zorn meisternd, «ist es vergeudete Liebesmüh, wenn ich dich bitte, den jungen Tunichtgut ein wenig zu zügeln.»

«Da hast du ganz recht, Papa. Meine Güte, glaubst du wirklich, er würde auf mich hören?»

«Nun ja», antwortete Seine Lordschaft grollend, «trotz deiner vielen Fehler gehörst du zur ersten Gesellschaft, bist Mitglied des Four-Horse-Klubs und – dank meines Unterrichts! – ein ziemlich tüchtiger Fechter. Ich höre, daß sich die jüngeren Leute gern deiner Führung anvertrauen, und möglicherweise wäre daher dein Einfluß auf Simon größer als der meine.»

«Hättest du Brüder gehabt, Papa», sagte der Viscount lächelnd, «dann wüßtest du, daß der jüngere meist genau das Gegenteil von dem tut, was ihm der älteste rät. Er läßt sich auf keinen Fall führen, selbst dann nicht, wenn der Bruder ein viel bedeutenderer Sportsmann wäre, als ich es bin. Es tut mir leid, dir nicht den Gefallen tun zu können, aber ich muß es energisch ablehnen, mich in Simons Angelegenheiten zu mischen. Ich glaube auch nicht, daß die geringste Veranlassung dazu besteht. Bist du anderer Meinung, dann obliegt es dir, ihn zu zügeln, und nicht mir.»

«Wie zum Teufel kann ich ihn zügeln?» explodierte der Earl. «Er kümmert sich einen Teufel um andere, und obwohl du mich für einen Einfaltspinsel hältst, kann ich dir versichern, daß ich doch kein so großer Einfaltspinsel bin, seine Apanage zu streichen. Das fehlte noch, daß er bankrott ginge und ich gezwungen wäre, ihn aus dem Schuldturm herauszuholen. Was allerdings nicht heißt, daß es ihm nicht guttäte, einmal eingesperrt zu werden!»

«Weißt du, Papa, du siehst die Zukunft Simons viel zu schwarz. Quäle dich doch nicht so schrecklich seinetwegen – selbst wenn er dich wirklich aufbringt!»

«Du quälst dich natürlich nicht – ich hätte es wissen müssen!» grollte der Earl, wieder von einem stechenden Schmerz im Fuß attackiert. «Ihr seid alle gleich! Warum ausgerechnet mir ein Pack egoistischer, wertloser, undankbarer Bälger aufgehalst wurde, werde ich nie ergründen! Eure Mutter hat euch natürlich maßlos verwöhnt, und ich war so dumm, sie gewähren zu lassen! Du, verdammt noch mal, bist überhaupt der schlimmste der Meute! Ich will nichts mit dir zu tun haben, und je früher du verschwindest, um so lieber ist es mir! Weiß Gott, was dich hergeführt hat, aber falls du mich besuchen wolltest, hättest du dir die Mühe sparen können. Ich will deine Visage nie wiedersehen!»

Der Viscount stand auf und sagte mit liebenswürdiger Gelassenheit: «Nun, dann werde ich meine Visage eben entfernen, Papa. Ich bitte dich nicht um deinen Segen, denn dein Anstandsgefühl würde dich zwingen, ihn mir zu geben, und ich bin überzeugt, du würdest an den Worten ersticken. Ich will dir nicht einmal die Hand hinstrecken – aber nur deshalb, weil ich mir eine verletzende Abfuhr ersparen will.»

«Geschleckter Affe!» sagte sein Vater und streckte ihm die Hand hin.

Der Viscount ergriff sie, küßte sie respektvoll und sagte: «Gib gut acht auf dich, Papa! Adieu!»

Der Earl sah Desford nach, als dieser zur Tür ging, und als er sie öffnete, rief ihm sein Vater mit zornerstickter Stimme zu: «Wahrscheinlich bist du nur heimgekommen, weil du etwas wolltest!»

«Aber sicher», antwortete der Viscount und warf ihm einen übermütig spöttischen Blick über die Schulter zu. «Ich wollte Mama besuchen.»

Daraufhin trat er entschlossen den Rückzug an und ließ die Tür rasch ins Schloß fallen, bevor der Earl diesen letzten Pfeil mit einem Wutanfall quittierte.

In der Halle traf der Viscount den Butler, in dessen Blick so viel Kummer und Mitgefühl lag, daß Desford ein Kichern nicht unterdrücken konnte und dem betagten Familienfaktotum mitteilte: «Pedmore, du siehst mich heute zum letztenmal! Mein Vater hat mich soeben hinausgeworfen. Er sagt, ich sei ein wertloser Wirrkopf und ein geschleckter Affe. Was er sonst noch sagte, fällt mir im Augenblick nicht ein. Hättest du je geglaubt, daß er so herzlos sein könnte?»

Der Butler schnalzte mißbilligend und schüttelte den Kopf. Mit einem tiefen Seufzer sagte er: «Es ist die Gicht, Mylord, die macht ihn immer so übellaunig!»

«Übellaunig!» rief der Viscount. «Du alter Schwindler, in Wirklichkeit meinst du, er sieht in jedem, der unklugerweise seinen Weg kreuzt, einen Feind.»

«Es steht mir nicht zu, Eurer Lordschaft recht zu geben, daher schweige ich lieber», sagte Pedmore streng. «Und wenn mir ein Rat gestattet ist, da ich Ihren verehrten Herrn Vater viel länger kenne als Sie, Mylord, würde ich Sie ergebenst bitten, seinen Worten, wenn er die Gicht hat, kein Gewicht beizumessen, denn in Ihrem Fall meint er es nicht im Ernst! Und sollten Sie beleidigt sein, wäre er schrecklich traurig – wirklich, Mylord, was immer er auch zu Ihnen gesagt haben mag.»

«Heiliger Himmel, Pedmore, glaubst du, ich wüßte das nicht?» sagte der Viscount und schenkte ihm ein herzliches Lächeln. «Du mußt mich ja für einen Schafskopf halten! Wo finde ich meine Mutter?»

«In ihrem Salon, Mylord.»

Der Viscount nickte und lief die breite Treppe hinauf. Als er das Privatgemach seiner Mutter betrat, begrüßte sie ihn mit einem warmen Lächeln und ausgestreckter Hand. «Herein, herein, Liebster!» sagte sie. «Hat man dir ganz gräßlich die Leviten gelesen?»

Er küßte ihr die Hand. «Gott, ja!» sagte er heiter. «Er hat mich in großem Stil abgekanzelt. Ja er wünscht sogar, meine Visage nie wiederzusehen.»

«O Himmel! Aber du weißt ja, daß er es nicht so meint. Natürlich weißt du's: Du verstehst immer alles, ohne daß man es dir erklären muß, nicht wahr?»

«Wirklich? Das ist sehr unwahrscheinlich. Und ich glaube auch nicht, daß ihr davon überzeugt seid, denn ihr beide, du und der gute Pedmore, scheint zu glauben, daß man mir das erst versichern muß. Wer Papa kennt, muß schon ein rechter Schafskopf sein, wenn er nicht weiß, daß seine heftigen Ausbrüche nur auf eine Kolik und die Gicht zurückzuführen sind. Ich habe ohnehin schon das Schlimmste befürchtet, als ich ihn gestern abend beim Dinner so herzhaft den Curry-Krabben zusprechen sah; und meine Befürchtungen wurden bestätigt, als er sich an die zweite Flasche Portwein machte. Bitte, glaube ja nicht, daß ich ihn kritisieren will, Mama, aber ist es nicht sehr unklug von ihm, derart zu schlemmen?»

«Natürlich», erwiderte Lady Wroxton, «ist es sehr schlecht für ihn, aber Vorhaltungen fruchten nichts. Er wird nur unwirsch, wenn man ihm die von Dr. Chettle verordneten leichten Gerichte vorsetzt, während es ihn nach etwas höchst Unverdaulichem gelüstet. Du kennst ihn ja, Ashley. Kommt ihm etwas in die Quere, gerät er sofort in einen seiner sinnlosen Wutanfälle.»

«Ich weiß», sagte der Viscount lächelnd.

«Danach fühlt er sich noch viel schlechter, ist erschöpft, verfällt in Niedergeschlagenheit und sagt, er sei schon total ausgebrannt, und es bleibe ihm nichts übrig, als die Schlußbilanz zu ziehen. Ebensosehr leidet der ganze Haushalt, denn selbst Pedmore, der uns doch wirklich ergeben ist, läßt sich nicht gern etwas nachwerfen – besonders wenn es zufällig Hammelbrühe ist.»

«So schlimm ist es?» fragte der Viscount erschrocken.

«Oh, nicht immer!» versicherte seine Mutter gelassen. «Im allgemeinen tut es ihm nachher sehr leid, und er versucht seine Unbeherrschtheit gutzumachen. Vermutlich wird er heute abend ein bißchen herumquengeln, ich hoffe aber sehr, daß er sich morgen mit Semmelbrei oder gekochtem Huhn zufriedengibt; du brauchst also nicht so bestürzt dreinzuschauen, Liebster. Sehr wahrscheinlich wird es noch einige Wochen dauern, bis er wieder in seinen Lieblingsgerichten schwelgen kann.»

«Viel besorgter bin ich um dich, Mama! Ich weiß nicht, wie du dieses Leben ertragen kannst. Ich jedenfalls könnte es nicht.»

«Nein, du vermutlich nicht», antwortete sie und sah ihn nachsichtig lächelnd an. «Du hast ihn ja nicht gekannt, als er noch jung war, und natürlich warst du auch nie in ihn verliebt. Ich aber weiß noch, wie lustig und schön und brillant er war, und wie glücklich wir waren. Und wir lieben einander noch immer, Ashley.»

Er runzelte leicht die Stirn und fragte unvermittelt: «Behandelt er auch dich so barbarisch, Mama?»

«O nein, nie! Ach ja, manchmal schimpft er mit mir, aber nachgeworfen hat er mir noch nie etwas – nicht einmal damals, als ich vorzuschlagen wagte, er solle doch etwas Rhabarber und Wasser in seinen Portwein tun, weißt du, ein vorzügliches Heilmittel für einen verdorbenen Magen, aber er wollte nichts davon hören. Ja, er ist richtig in Wut geraten.»

«Kein Wunder», sagte der Viscount und lachte. «Du hast es wirklich fast verdient, daß er dir so ein Gebräu nachwirft!»

«Ja, das hat er auch gesagt, hat es aber dann doch nicht getan, sondern ist genau wie du in Gelächter ausgebrochen. Aber was hat ihn denn jetzt plötzlich derart in Wut versetzt, Liebster? Hast du etwas gesagt, das ihn aufgebracht hat? Du hast dir doch nichts zuschulden kommen lassen, und er war so erfreut, dich zu sehen. Deshalb gab es doch Curry-Krabben, und er ließ Pedmore den besten Portwein aus dem Keller holen.»

«Guter Gott, mir zu Ehren? Natürlich wagte ich nicht, es ihm zu sagen, aber ich mag Portwein überhaupt nicht, und dabei mußte ich viel zuviel davon trinken. Nichts, das ich gesagt habe, kann ihn so geärgert haben, denn es kam kein einziges unüberlegtes Wort über meine Lippen. Ich kann nur die Krabben und den Portwein dafür verantwortlich machen.» Er schwieg, dachte daran, was sich in der Bibliothek abgespielt hatte, und wieder runzelte er die Stirn. Er sah seine Mutter an und sagte langsam: «Und doch, Mama – warum ist er nach so langer Zeit wieder auf die Heirat zurückgekommen, die er zwischen Hetta und mir zu stiften versuchte, als ich zwanzig war?»

«Ach, hat er wirklich davon gesprochen? Wie bedauerlich!»

«Aber warum nur, Mama? Seit Jahren haben wir kein Wort mehr darüber verloren.»

«Natürlich nicht. Und das macht ihn ja auch so liebenswert. Er gerät zwar entsetzlich schnell in Zorn, aber er wird nie trübsinnig und wühlt nicht in alten Wunden. Wahrscheinlich wurde ihm alles wieder in Erinnerung gerufen, weil man ihm erzählt hat, daß die liebe Henrietta endlich doch eine sehr passende Verbindung eingehen dürfte.»

«Guter Gott!» rief der Viscount aus. «Das ist doch nicht dein Ernst! Wer ist denn der Freier?»

«Du kennst ihn wohl kaum, denn er ist erst vor kurzem nach Hertfordshire gekommen, und ich glaube, daß er sehr selten nach London fährt. Er ist ein Vetter des alten Mr. Bourne und erbte Marley House von ihm. Lady Draycott sagt, er sei ein vortrefflicher, angesehener Mann, besitze viele angenehme Eigenschaften und ausgezeichnete Manieren. Ich selbst habe ihn noch nicht kennengelernt, aber ich hoffe wirklich, daß etwas aus der Verbindung wird, denn ich achte Henrietta sehr und habe mir immer gewünscht, sie gut versorgt zu sehen. Und wenn man Lady Draycott glauben darf, scheint dieser Mr. – Mr. Nethersole –, nein, nicht Nethersole, aber so irgendein Name – genau der Richtige für sie zu sein.»

«Das klingt mir nach einem verflixt langweilen Kerl!» sagte der Viscount.

«Ja, aber Menschen, die nicht extravagant sind, wirken meist langweilig, Ashley. Das war mir schon immer rätselhaft. Andererseits darf man sich nicht unbedingt auf das verlassen, was Lady Draycott sagt. Sie hält jeden, den sie gern mag, für ein Muster an Tugend, und jeden, den sie nicht mag, für einen Schurken.» Sie zwinkerte ihm zu. «Von dir sagt sie, du seist ein Mann von Charakter und sehr gutem Benehmen.»

«Ich bin ihr sehr verbunden», sagte der Viscount. «Wirklich erstaunlich, daß sie mich so richtig zu beurteilen vermag!»

Sie lachte. «Ja, wirklich. Es ist ein frappantes Beispiel dafür, wie wichtig gute Manieren sind. Ist es nicht traurig, daß ein angenehmes Äußeres viel mehr praktischen Nutzen hat als ein guter Charakter?» Sie beugte sich vor und kniff ihn ins Kinn, die Augen voll liebevollen Spotts. «Mich kannst du nicht beschwindeln, du Spitzbub! Du weißt gut, daß du ein unruhiger Geist bist, und Papa hat dir das bestimmt auch gesagt. Ach, könntest du nur Zuneigung zu einem netten Mädchen fassen, zur Ruhe kommen und einen Hausstand gründen! Aber mach dir nichts draus, was ich da sage. Ich will dich nicht quälen.»

Sie zog die Hand zurück, doch er fing sie ein, hielt sie fest und sagte mit einem prüfenden Blick: «Wirklich, Mama? Hast auch du vielleicht vor neun Jahren gewünscht, daß ich um Hetta anhalte? Hättest du sie gern zur Schwiegertochter gehabt?»

«Du hast wirklich seltsame Vorstellungen von mir, mein Liebster! Ich bin doch keine Gans und könnte mir nie wünschen, daß du ein Mädchen heiratest, zu dem du keine dauernde Zuneigung gefaßt hast. Sicher, ich achte Hetta, aber vermutlich hättet ihr nicht zusammengepaßt. Jedenfalls gehört das der Vergangenheit an, und nichts langweilt mich mehr, als mir Vergangenes in Erinnerung zu rufen. Ich verspreche dir, ich werde die Braut, die du schließlich wählen wirst, freudig willkommen heißen, genauso freudig, wie ich Hettas Hochzeit mit dem Mann ihrer Wahl begrüßen werde.»

«Was – mit diesem Musterknaben, dessen Namen du nicht behalten kannst? Sind die Silverdales in Inglehurst? Ich habe Hetta seit Wochen nicht mehr in London gesehen, aber nach allem, was sie mir erzählte, als wir uns auf dem Ball bei den Castlereaghs trafen, hatte ich angenommen, daß das arme Ding in Worthing sitzt!»

«Als Lady Silverdale erfuhr», sagte seine Mutter mit ausdrucksloser Stimme, «daß die einzige akzeptable Unterkunft in Worthing für diesen Sommer nicht verfügbar war, zog sie sich lieber nach Inglehurst zurück, statt ein Quartier in einem anderen Kurort zu suchen. Die Meeresluft macht sie reizbar.»

«Was für ein gräßliches Weib!» sagte der Viscont heiter. «Nun ja – vermutlich wird Hetta mit ihrem Musterknaben besser dran sein als mit ihrer Mutter. Ich schaue morgen auf dem Rückweg nach London in Inglehurst vorbei und versuche herauszubekommen, wie dieser Bursche Netherdingsda beschaffen ist.»

Ein wenig verblüfft protestierte Lady Wroxton mild: «Mein lieber Junge, du kannst doch Hetta wirklich nicht ausfragen!»

«Aber ja, natürlich kann ich das», sagte der Viscount. «Zwischen Hetta und mir gibt es genausowenig Geheimnisse, Mama, wie zwischen meiner Schwester Griselda und mir. Ich würde sogar sagen», fügte er hinzu, als er diese Behauptung genauer überlegte, «viel weniger!»

2

Viscount Desford verließ den Sitz seiner Ahnen am folgenden Morgen, ohne sich um ein weiteres Gespräch mit seinem Vater zu bemühen. Da der Earl selten vor Mittag aus seinem Schlafzimmer auftauchte, war das weiter nicht schwer. Der Viscount nahm in einsamer Pracht ein vorzügliches Frühstück ein, lief dann hinauf, um sich liebevoll von seiner Mutter zu verabschieden, gab seinem Kammerdiener, der mit dem Gepäck nach Hampshire folgen sollte, letzte Anweisungen, und kletterte in sein Karriol, als die Stalluhr eben elf zu schlagen begann. Kaum war der letzte Schlag verhallt, befand er sich schon außer Sichtweite des Hauses, und sein Gefährt rollte die lange Allee zum Haupttor hinunter.

Das Tempo, in dem er sein feuriges Gespann lenkte, hätte einen Mann mit weniger eisernen Nerven als die des Grooms mittleren Alters neben ihm beunruhigt; Stebbing jedoch hatte den Viscount aufwachsen gesehen, und so saß er sorglos da, die Arme vor der Brust verschränkt und mit einem Ausdruck völliger Sorglosigkeit in dem vierschrötigen, scharfgeschnittenen Gesicht. So wenig Besorgnis er zeigte, so wenig zeigte er auch seinen Stolz auf den Prachtkerl, dessen erste Reitkünste auf einem Pony er überwacht hatte, und der ein ebenso vollendeter Fechter wie erstklassiger Pferdelenker geworden war. Nur im Kreis seiner engsten Freunde pflegte Stebbing bei einem ausgiebigen Trunk zu prahlen, daß er niemanden kenne, der mit Pferden besser umzugehen verstehe als Mylord Desford.

Das Fahrzeug war kein eigentlicher Rennwagen. Nach Desfords Entwurf von Hatchett in Longacre gebaut, sehr leicht und deshalb für die Pferde angenehm, konnte der Wagen (wenn er von Vollblütern gezogen wurde, wie Seine Lordschaft sie in seinen Ställen hielt) große Entfernungen in unglaublich kurzer Zeit zurücklegen. Im allgemeinen hatte Desford nur ein Paar an der Deichsel; begab er sich aber auf eine lange Reise, so ließ er ein Vierteam anspannen und führte mit ihm vor (wie seine Freunde spöttisch sagten), daß er die Sache aus dem Effeff beherrsche. Diesmal lenkte er ein Gespann prachtvoller Grauer, und wenn sie auch nicht zu jenen Wundertieren zählten, die sechzehn Meilen pro Stunde zurücklegen konnten und so häufig in den Spalten der *Morning Post* zum Verkauf angeboten wurden, so erreichten sie den Bestimmungsort des Viscounts doch lange vor Mittag und ohne ein einziges Mal aus ihrem flotten Trab ausbrechen zu dürfen.

Inglehurst Place, ein sehr ansehnlicher Besitz, hatte einem Mann gehört, der von Kindesbeinen an mit Lord Wroxton befreundet gewesen und vor einigen Jahren gestorben war. Nun gehörte es Sir Charles Silverdale, der in Harrow studierte, als er das Erbe nach seinem Vater antreten mußte. Er war noch nicht majorenn und zeigte (Berichten zufolge, die von seinem wilden Leben sprachen) nicht den geringsten Wunsch, die mit seinem Erbe verbundenen Verpflichtungen zu übernehmen. Sein Vermögen wurde von zwei Treuhändern verwaltet, die zwar rechtskundige Herren waren, doch keine Ahnung von dem Leben auf dem Lande hatten. So teilten sich Sir Charles' Gutsverwalter und seine Schwester, Miss Henrietta Silverdale, in die Leitung des Besitzes.

Der Butler, eine sehr imposante Erscheinung, ließ sich zu einer Verneigung herab und sagte, er bedauere, den Viscount unterrichten zu müssen, daß Ihre Gnaden die Nacht nicht sonderlich gut verbracht habe, noch nicht heruntergekommen sei und den Viscount nicht empfangen könne.

«Steig von deinem hohen Roß herunter, Grimshaw!» sagte der Viscount. «Du weißt ganz genau, daß ich nicht gekommen bin, um Ihre Gnaden zu besuchen. Ist Miss Silverdale daheim?»

Grimshaw war gnädig genug zu sagen, er glaube, Miss sei im Garten anzutreffen, aber während er Desford nachblickte, als dieser um die Hausecke bog, drückte seine düstere Miene nichts als Mißbilligung aus.

Der Viscount fand Miss Silverdale im Rosengarten, in Gesellschaft zweier Herren, von denen er nur einen kannte. Henrietta begrüßte ihn mit aufrichtiger Freude. «Des!» rief sie und streckte ihm die Hände entgegen. «Ich habe dich in Brighton vermutet! Was führt dich nach Hertfordshire?»

Der Viscount ergriff zwar ihre Hände, küßte Hetta jedoch auf die Wange und sagte: «Kindesliebe, Hetta. Wie geht's dir, meine Liebe? Eigentlich eine überflüssige Frage. Man sieht ja, daß du großartig in Form bist.» Er nickte dem jüngeren der beiden anwesenden Herren lächelnd zu und sah den zweiten fragend an.

«Ich glaube, du kennst Mr. Nethercott noch nicht, Des», sagte Henrietta. «Mr. Nethercott, Sie müssen mir erlauben, Sie mit Lord Desford bekannt zu machen, der so etwas wie mein Ziehbruder ist.»

Die beiden Männer reichten einander mit schnell abschätzendem Blick die Hand. Cary Nethercott war zwar wesentlich älter als Desford, doch fehlte ihm dessen selbstsicheres und ungezwungenes Auftreten. Er verfügte über gute Manieren, war aber schüchtern und zurückhaltend. Größer und stärker als Desford, machte er, wenn auch korrekt gekleidet, nicht den Eindruck eines modebewußten Herrn. Sogar der Dümmste mußte sehen, daß seine Jacke aus Bath-

Tuch nicht bei Weston oder Nugee gearbeitet war. Er hatte eine gute Figur, regelmäßige Gesichtszüge und sah meist ernst, wenn auch gütig drein; sein seltenes Lächeln war voll Liebenswürdigkeit.

«Nein, ich glaube, wir sind einander noch nie begegnet», sagte Desford. «Sie sind erst vor kurzem in unsere Gegend gekommen, nicht wahr? Meine Mutter hat gestern von Ihnen gesprochen; sie sagte, Sie seien der Erbe des alten Mr. Bourne.»

«Ja», erwiderte Cary. «Es ist sehr seltsam, daß er mich zum Erben bestimmte, denn ich kannte ihn kaum.»

«Um so besser für Sie», sagte Desford. «Er war der verschrobenste, wunderlichste alte Kauz, der mir im Leben begegnet ist. Du lieber Himmel, Hetta, wirst du je vergessen, welch ein Aufhebens er machte, als wir unbefugt sein Grundstück betraten und er uns dabei ertappte?»

«Nein, wahrhaftig nicht!» sagte sie lachend. «Und dabei haben wir nicht das geringste angestellt. Ich hoffe wirklich, Mr. Nethercott, daß nicht auch Sie in Wut geraten, wenn ich mich je auf den geheiligten Boden von Marley House verirren sollte.»

«Sie können ganz sicher sein, daß ich nicht wütend werde», sagte er und lächelte sie herzlich an.

In diesem Augenblick stieß der junge Mr. Beckenham, den wohl ein böser Geist verführt hatte, sich an der Konversation zu beteiligen, etwas wirr hervor: «Was mich betrifft, kann ich Miss Silverdale versprechen, daß ich meinen Grund und Boden als geweihte Erde betrachten werde, wenn sie ihn je betritt. Das heißt, ich meine, ich täte es, wenn es mein Grund und Boden wäre, aber das ist unwichtig, weil er es sein wird, wenn mein Vater stirbt – aber glauben Sie nicht, daß ich ihm den Tod wünsche! –, und mein Vater jedenfalls wäre genauso glücklich wie ich, Sie in Foxshot zu begrüßen, wenn die geringste Chance bestände, daß Sie sich wirklich auf unseren Grund und Boden verirren! Ach, wäre Foxshot von Inglehurst zu Fuß zu erreichen!»

Er merkte, daß Cary Nethercott sehr amüsiert dreinsah, und versank errötend in Schweigen.

«Gut gesagt!» rief der Viscount beifällig und klopfte ihm auf die Schulter. «Wenn du ihm nicht schon sehr verbunden wärst, Hetta, dann solltest du es ihm jetzt sein.»

«Natürlich bin ich es», sagte Henrietta und lächelte ihren jugendlichen Verehrer freundlich an. «Und wenn Foxshot nicht fünfzehn Meilen entfernt läge, würde ich mich vermutlich wirklich dorthin verirren!»

«Inzwischen», warf Cary Nethercott ruhig ein, «ist es wohl Zeit geworden, daß wir uns verabschieden und Miss Silverdale die Gelegenheit geben, mit Seiner Lordschaft ungestört zu plaudern.»

Dem konnte Mr. Beckenham nicht widersprechen; und obwohl Henrietta heiter sagte, wahrscheinlich würden Seine Lordschaft und sie einander in die Haare geraten, statt zu plaudern, machte sie keinen Versuch, die beiden Herren zurückzuhalten. Mr. Beckenham küßte ihr ehrerbietig die Hand, während sein älterer und nicht so überschwenglicher Rivale diese in die seine nahm und bat, Miss Silverdale möge ihrer Mama die besten Empfehlungen übermitteln. Dann verabschiedete er sich von Desford, wobei er gemessen der Hoffnung Ausdruck gab, man würde einander wieder begegnen.

«Na», sagte der Viscount kritisch, als er ihm nachblickte, «er ist besser, als ich erwartet habe. Aber ich glaube nicht, daß es geht, Hetta: Er ist nicht der Richtige für dich.»

Miss Silverdales Augen waren sehr schön, vielleicht sogar das Schönste an ihr, denn ihr Mund, hieß es, sei zu groß, ihre Adlernase zu gebogen und ihr braunes, unansehnliches Haar nicht der Erwähnung wert. Aber ihre Augen beherrschten das Gesicht und waren der Grund, daß man ihr nachsagte, sie sei eine Persönlichkeit. Die Farbe dieser Augen war nicht bemerkenswert – ein unbestimmtes Grau, das sich plötzlich stark verändern konnte, was bei den mehr bewunderten blauen oder braunen Augen nur äußerst selten der Fall ist. Wenn Miss Silverdale sich langweilte, verloren sie alle Farbe, aber sowie ihr Interesse geweckt war, verdunkelten sie sich und glühten; sie konnten funkeln vor Zorn oder, häufiger noch, vor Vergnügen; sie spiegelten stets ihre Stimmung. Als Hetta sich nun dem Viscount zuwandte, stand Überraschung in diesen Augen, eine Spur Zorn und sehr viel Lachen. Sie sagte: «Aber nein, wirklich? Nun, falls du recht hast, ist es wirklich ein Glück, daß er mir keinen Heiratsantrag gemacht hat! Wer weiß, ob ich ihn in meinem Alter nicht vielleicht doch angenommen hätte?»

«Spiel mir nichts vor, Hetta! Es ist klar, daß er dir einen machen wird. Vermutlich ist er ein wirklich wertvoller Mensch. Man sieht, daß er gute Manieren hat. Aber für dich wäre er nichts, verlaß dich drauf!»

«Was für ein Neidhammel du doch bist, Ashley!» rief sie, zwischen Empörung und Amüsement schwankend. «Du selbst willst mich nicht, aber der Gedanke, daß ich einen anderen heirate, ist dir unerträglich!»

«Keine Spur», sagte der Viscount. «Möglich, daß ich dich wirklich nicht heiraten wollte – aber versuch mir nicht vorzuschwindeln, du hättest die letzten neun Jahre um mich getrauert. Mein Gedächtnis funktioniert tadellos, und ich erinnere mich so klar, als sei es gestern gewesen, wie du mich gebeten hast, nicht um deine Hand anzuhalten, als unsere Väter jenes abscheuliche Komplott schmiedeten. Jedenfalls hab ich dich verteufelt gern und wäre glücklich, wenn du einen Mann heiratest, der deiner würdig ist. Nethercott ist es leider nicht. Er würde dich langweilen, noch bevor eure Flitterwochen vorüber wären, Hetta!»

«Du kannst dir nicht vorstellen, wie sehr ich dir verbunden bin, Des, daß dir meine Interessen so sehr am Herzen liegen!» sagte sie in tiefem, allerdings gespieltem Ernst. «Aber weißt du, es könnte immerhin denkbar sein – gerade nur denkbar! –, daß ich doch besser beurteilen kann als du, wer zu mir paßt. Da dein Gedächtnis so gut ist, brauche ich dich nicht zu erinnern, daß ich kein dummes Schulmädchen mehr bin, sondern im sechsundzwanzigsten Lebensjahr stehe –»

«Durchaus nicht nötig», unterbrach er sie mit seinem entwaffnenden Lächeln. «Am 15. Januar wirst du sechsundzwanzig, und ich weiß sogar schon, was ich dir schenken werde. Glaubst du wirklich, ich vergesse den Geburtstag der Besten aller Freunde?»

«Du bist einfach abscheulich», sagte sie resigniert. «Aber ich würde dich sehr vermissen, wenn wir einmal nicht mehr die besten Freunde sein sollten. Ich kann nicht leugnen, welch ein großer Trost es ist, daß ich mich in jeder Situation um Hilfe an dich wenden kann. Und ich muß zugeben, du hast mir noch nie deinen Rat versagt. Lassen wir also bitte diesen unsinnigen Streit über den armen Mr. Nethercott, bevor wir uns in den Haaren liegen. Du sagtest, Kindesliebe habe dich heimgeführt: Ich hoffe, das bedeutet nicht, daß Lord Wroxton krank ist?»

«Nein, es sei denn, er hat vor lauter Wut einen Schlaganfall bekommen», antwortete er. «Wir sind gestern abend nach einer bösen Auseinandersetzung geschieden – ja, er sagte, er wolle meine Visage nie wiedersehen. Mama und Pedmore hingegen versicherten mir, er habe es nicht ernst gemeint, und ich glaube ihnen. Vorausgesetzt, ich verschone ihn jetzt vorläufig mit meiner Visage, dann wird er sich freuen, sie später wiederzusehen. Es war natürlich ein grober Fehler von mir, daß ich mich in weniger als zwei Monaten gleich zweimal sehen ließ.»

Sie lachte. «Also plagt ihn wieder die Gicht! Armer Lord Wroxton! Aber was hat ihn veranlaßt, über dich herzufallen? Hat ihm irgendeine Klatschbase Geschichten über dich zugetragen?»

«Bestimmt nicht!» erwiderte er streng. «Denn es gibt keine Geschichten!»

«Was – hast du der eleganten Person, mit der ich dich vor einem Monat in Vauxhall gesehen habe, den Laufpaß gegeben?» fragte Miss Silverdale aufrichtig überrascht.

«Nein, umgekehrt – sie mir!» erwiderte er. «Ein reizender Schmetterling, nicht? Aber leider viel zu kostspielig!»

«Du Armer!» sagte sie mitfühlend. «Und hast du keinen Ersatz gefunden? Aber du wirst eine andere finden, Des, ganz bestimmt!»

«Eines Tages wird man *dich* finden, erwürgt, und sehr wahrscheinlich von mir!» warnte der Viscount. «Wieso weiß eigentlich ein Frauenzimmer, das behütet aufgewachsen ist, über solche Dinge Bescheid?»

«Ach, das ist einer der Vorteile, daß man seine erste Blüte hinter sich hat!» sagte sie. «Man braucht nicht mehr so zu tun, als sei man ein unschuldiges Mädchen.»

Der Viscount, der sich neben ihr auf einer Gartenbank gerekelt hatte, richtete sich bei dieser Äußerung mit einem Ruck auf und rief: «Um Gottes willen, Hetta –! Sagst du so etwas auch vor anderen Leuten?»

Sie zwinkerte spitzbübisch und sagte unter halberstricktem Gelächter:

«Nein, nein, nur vor dir, Des! Auch aus diesem Grund bist du ein Trost für mich. Natürlich rede ich mit Charlie ziemlich frei, aber er ist bloß mein jüngerer und nicht mein älterer Bruder. Spricht Griselda nie ganz offen mit dir?»

«Ich kann mich nicht erinnern, daß sie es je tat, aber ich war eben erst aus Oxford zurückgekommen, als sie an Broxbourne hängenblieb, und ich sehe sie jetzt nicht sehr häufig.» Plötzlich lachte er glucksend. «Würdest du es für möglich halten, Hetta, daß mein Vater einen alten Kummer zur Sprache brachte, den ich seit Jahren für tot und begraben hielt? Er hielt mir eine Standpauke, weil ich dich nicht beschwatzt habe, mich zu heiraten!»

«Ach, guter Gott!» rief sie. «Noch immer? Warum sagst du ihm nicht, daß wir einfach nicht heiraten wollten?»

«Habe ich ja, aber er glaubt mir nicht. Ich habe ihm natürlich nicht erzählt, daß wir alles über dieses unglückliche Komplott wußten und die Konsequenzen zogen. Das, meine Liebe, konnte ich wirklich nicht.»

«Stimmt», sagte sie. «Und Mama kann ich es ebenfalls nicht erzählen. Papa habe ich zwar alles gebeichtet, und er hat unsere Gefühle vollkommen verstanden und mir kein einziges Mal einen Vorwurf gemacht. Aber Mama hört nicht auf damit! Ich wäre wirklich froh, wenn du ihr einmal unangenehm auffallen könntest. Jedesmal, wenn sie dir begegnet, beklagt sie meine Undankbarkeit auf eine Art und Weise, daß ich schreien könnte, und dann ersucht sie mich, ihr nie die Schuld zu geben, wenn ich als alte Jungfer ende. Sie behauptet, es gäbe keinen erstrebenswerteren Gemahl als dich, und ich sei von allen guten Geistern verlassen, wenn ich dich nicht nehme. Allerdings habe ich sie nie gefragt, was sie von dir hielte, wenn du zufällig keinen Grafentitel geerbt hättest.» Sie beruhigte sich und lachte kläglich. «O Himmel, wie ungehörig von mir, so über sie zu sprechen! Du mußt mir glauben, daß du der einzige Mensch bist, bei dem ich das wage. Und ist es nicht schrecklich: ich bin froh, daß sie sich heute nicht ganz wohl fühlt und ihr Zimmer nicht verlassen will. Ich hoffe nur, man kann auf Grimshaw bauen, daß er ihr nichts von deinem Besuch erzählt.»

«Schrecklich oder nicht schrecklich, ich war sogar noch froher als du, als ich erfuhr, daß sie keine Besuche empfängt», sagte der Viscount offen. «Sie gibt mir immer das Gefühl, daß ich ein herzloser Vogel bin, denn sie hat die Gewohnheit, zu seufzen und mich traurig und vorwurfsvoll anzulächeln, selbst wenn ich bloß höfliche Phrasen von mir gebe.» Er zog die Uhr heraus und sagte: «Ich muß weg, Hetta. Ich bin auf dem Weg nach Hazelfield, und meine Tante sähe es nicht gern, wenn ich erst um Mitternacht einträfe.»

Henrietta stand auf und begleitete ihn zum Haus. «Du besuchst deine Tante Emborough? Übermittle ihr bitte meine besten Empfehlungen.»

«Das werde ich tun», versprach er. «Und falls Grimshaw meine Anwesenheit verraten hat, sage deiner Mama meine Empfehlungen, und wie ich es – äh – bedauert habe, ihr keinen Morgenbesuch machen zu können, da sie indisponiert war.» Er drückte sie brüderlich an sich, küßte sie auf die Wange und sagte: «Adieu, meine Liebe. Und stell keine Dummheiten an, ja?»

«Nein, aber du auch nicht!» erwiderte sie.

«Was – unter den Augen meiner Tante Sophronia? Das würde ich nie wagen!» rief er und ging zum Stallhof hinüber.

3

Lady Emborough war Lord Wroxtons einzige überlebende Schwester. Die Ähnlichkeit der beiden beschränkte sich nicht nur auf die Gesichtszüge, behaupteten Leute mit empfindlichen Nerven, die ihre laute Stimme und die Art, ihre Meinung ohne Umschweife zu sagen, nur schwer ertrugen. Lady Emborough neigte dazu, sich in anderer Leute Angelegenheiten zu mischen, und wer so töricht war, ihr das zu gestatten, wurde ein Opfer ihres ausgeprägten Selbstbewußtseins und ihrer Überzeugung, daß solche Leute eben unfähig wären, mit dem Leben fertig zu werden. Trotz ihres Glaubens an die eigene Unfehlbarkeit nahm sie es aber nie übel, wenn sich jemand gegen sie auflehnte. Manche Leute hielten sie für gräßlich überheblich, während Menschen, die im Augenblick der Not Hilfe bei ihr gesucht hatten, wußten, daß sich hinter ihrer derben Art ein warmes Herz und ein erschöpflicher Vorrat an Güte verbarg. Ihr Gemahl war ein stiller, wortkarger Mann, der zusah, wie sie beinahe uneingeschränkt schaltete und waltete, was Uneingeweihte oft zu der Meinung verleitete, Lord Emborough stehe unter dem Pantoffel. Freunde des Hauses wußten jedoch, daß ihr Herr und Gebieter Mylady mit einem bloßen Blick und einem fast unmerklichen Kopfschütteln zu zügeln vermochte. Sie nahm seinen stillen Tadel nicht übel, sondern sagte dann mit einem gutmütigen Lachen: «Oh, Emborough schaut mich schon wieder stirnrunzelnd an, daher sage ich zu dem Thema kein Wort mehr!»

Die Art, wie sie ihren Neffen begrüßte, war typisch für sie: «Da bist du endlich, Desford! Du hast dich verspätet – und erzähl mir nicht, eines der Pferde habe ein Hufeisen verloren oder ein Riemen sei gerissen, denn ich falle auf deine Flunkereien nicht herein.»

«Warum schüchterst du den armen Des denn gleich ein, Mama!» mahnte ihr Ältester, ein muskulöser Mann, das Bild eines Landedelmannes.

«Das macht ihm überhaupt nichts aus», sagte sie und lachte herzlich.

«Natürlich nicht!» Desford küßte ihr die Hand. «Hältst du mich für einen Stümper, Tante? Meine Pferde verlieren keine Hufeisen, es ist kein Riemen gerissen, ich habe auch keinen Unfall gehabt, und wenn du mir erzählen willst, daß ihr meinetwegen mit dem Abendessen warten mußtet, werde ich nicht so respektlos sein zu behaupten, du hättest geflunkert – ich werde es mir denken. In Wirklichkeit verhielt es sich so, daß ich auf dem Weg hierher in Inglehurst haltmachte und länger als geplant mit Hetta plauderte. Sie trug mir auf, dir ihre Empfehlung zu übermitteln.»

«Inglehurst! Ja, kommst du denn von Wolversham?» rief sie aus. «Ich hatte angenommen, du wärest noch in London! Wie geht's deinem Vater?»

«Gichtanfall.»

Sie schnaubte. «Natürlich. Und er ist ganz allein schuld daran. Es täte ihm gut, wenn ich in Wolversham lebte: deine Mutter ist viel zu nachgiebig!»

Der Viscount erinnerte sich lebhaft und mit leisem Schauer daran, zu welch heftigen Wortgefechten es gekommen war, als Lady Emborough das letzte Mal über Wolversham und Lord Wroxton hereingebrochen war. Zum Glück enthob ihn seine Tante einer Antwort, indem sie unvermittelt das Thema wechselte und wissen sollte, was ihm eigentlich einfalle, seinen Vorreitern Anweisung zu geben, im «Blauen Eber» zu logieren. «Laß dir gesagt sein, Desford, ich gehöre nicht zu diesen modernen Gastgeberinnen, die sich weigern, außer den Kammerdienern ihrer Gäste anderes Personal zu beherbergen! Solche Knausereien gibt's bei mir nicht: vornehm-schäbig nenne ich so etwas! Dein Groom und deine Vorreiter wohnen bei uns, und ich möchte darüber kein Wort mehr hören.»

«Ganz wie du wünschst», sagte der Viscount gehorsam, «ich werde schweigen.»

«Das mag ich so an dir!» Sie betrachtete ihn mit sichtlichem Wohlgefahllen. «Du ärgerst mich nie mit Geschwätz. Erwarte übrigens nicht, daß es hier von mondänen Herrschaften wimmelt, sonst wirst du enttäuscht sein: wir haben nur die Montsales und den jungen Ross mit seiner Schwester zu Besuch. Aber vermutlich stört dich das nicht, wenn du nur gute Beute am Fluß unten machst, und Ned versichert mir, daß das der Fall sein wird. Außerdem gibt es in Winchester Rennen und –»

Ihr Redeschwall wurde von Lord Emborough unterbrochen, der das Zimmer betreten hatte und humorvoll sagte: «Du überwältigst ihn ja mit all den Vergnügungen, die du in petto hast, meine Liebe! Wie geht's dir, Desford? Kannst du dich von deinen Forellen losreißen und dir morgen meine jungen Pferde ansehen? Ich möchte wissen, wie dir ein ganz bestimmter Jährling gefällt, sicher der beste, den ich je aufgezogen habe! Er ist aus meiner Stute Creeping Polly von Whiffler, und ich wette, er wird ein Sieger.»

Daraufhin vertieften sich die fünf anwesenden Herren sofort in ein richtiges Männergespräch. Mr. Edward Emborough war ganz der Meinung seines Vaters, während der um ein Jahr jüngere Mr. Gilbert Emborough sagte, das Fohlen sei gewiß prachtvoll gebaut und hätte die besten Anlagen, doch könne er sich nicht des Eindrucks erwehren, daß das Tier eine Spur zu gradschultrig sei; Mr. Mortimer Redgrave, der ältere Schwiegersohn, der im Kielwasser Lord Emboroughs hereingekommen war, meinte hingegen, er persönlich habe noch nie ein vielversprechenderes Füllen gesehen; und Mr.

Christian Emborough, Oxfordstudent im ersten Jahr, betrachtete voll Bewunderung den exquisiten Schnitt der Jacke, die sein Vetter trug, und sagte dann, es würde ihn interessieren, was Desford von dem Fohlen halte, «weil Des viel mehr von Pferden versteht als Ned und Gil – obwohl er nie damit prahlt!» Nachdem er seinen älteren Brüdern diese Abfuhr erteilt hatte, schwieg er errötend. Der Viscount enthielt sich jeglichen Kommentars, denn er hatte das Fohlen ja noch nicht gesehen, geriet aber dann doch mit seinem Gastgeber in eine allgemeine Fachsimpelei über Pferde. Lady Emborough ließ die Herren eine gute Viertelstunde lang gewähren und verkündete dann, sie würden nichts als Abfälle vorgesetzt bekommen, wenn sie sich nicht sofort zum Abendessen umkleideten. Sie hätte keine Lust, auf sie zu warten. Der junge Mr. Christian Emborough, der mit seinem Vetter die breite Treppe hinaufging, vertraute Desmond an, er wisse zufällig, daß es als Hauptgerichte des zweiten Gangs jungen Hasen und junge Ente geben würde. Die beiden Herren stellten übereinstimmend fest, diese saftigen Gerichte dürften auf keinen Fall zu lange warten; und der junge Mr. Emborough faßte sich ein Herz und fragte, ob Desford sein Halstuch im «orientalischen» Stil gebunden habe. Worauf der Viscount ernst erwiderte: «Nein, es ist die sogenannte mathematische Krawatte. Möchtest du, daß ich dir beibringe, wie man sie bindet?»

«Und ob!» rief Christian, und seine Wangen erglühten vor Dankbarkeit.

«Abgemacht», versprach Desford. «Aber nicht gleich jetzt, sonst verbrutzeln die Enten.»

«O nein, nein! Wann immer!» stammelte Christian.

Dann ging er in sein Schlafzimmer, mehr denn je überzeugt, daß Des ein prima Bursche und bei weitem nicht so herablassend sei wie seine, Christians, Brüder; er berauschte sich schon an dem Gedanken, wie er die beiden älteren verblüffen würde, wenn er vor ihnen mit einem Halstuch erschien, das sie sofort als letzten Schrei erkennen mußten.

In den Salon zurückgekehrt, stellte der Viscount fest, daß seine Tante die Gesellschaft kleiner geschildert hatte, als sie es tatsächlich war, denn außer den erwähnten Gästen waren noch Miss Montsale sowie die beiden verheirateten Töchter des Hauses mit ihren Gatten anwesend, ferner ein recht unscheinbares Frauenzimmer unbestimmten Alters, in dem er vage eine arme Kusine Lady Emboroughs erkannte, und die Ehrenwerte Rachel Emborough, die unverheiratete älteste Tochter des Hauses, deren Aufgabe es zu sein schien, von allen ins Vertrauen gezogen zu werden: ihren Eltern war sie eine vorzügliche Gesellschafterin, ihren Geschwistern eine kluge und verläßliche Schwester, und den Neffen und Nichten war sie die geliebte Tante. Sie konnte keinen Anspruch auf Schönheit erheben, aber ihr ungeziertes Benehmen, ihre Heiterkeit und die einem warmen Herzen entspringende Güte machten sie zum Liebling aller. Und da Lady Emborough fast im letzten Augenblick entdeckt hatte, daß die Zahl der Gäste ungerade war, hatte man schließlich auch die Ehrenwerte Clara Emborough zugezogen. Diese kleine Dame war zwar noch nicht siebzehn und mußte die Schulbank drükken, doch ihre Mutter sagte zu Desford: Es schadet den Mädchen nicht, wenn sie an Gesellschaften teilnehmen, bevor man sie richtig debütieren läßt. Sie lernen, wie man sich in Gesellschaft bewegt, und gewöhnen sich daran, mit Fremden zu sprechen. Natürlich würde ich sie nicht bei offiziellen Gesellschaften erscheinen lassen, ehe ich sie bei Hof vorgestellt habe. Und ich kann mich auf Rachel verlassen, daß sie ein Auge auf sie hält.»

Der Viscount hatte beobachtet, wie Rachel sanft, aber bestimmt Miss Claras jugendlichen Überschwang zügelte, wie sie es verstand, ihre Brüder auf andere Gedanken zu bringen, wenn sie hitzig aneinandergerieten, wie sie sich unaufdringlich um das Behagen der Gäste kümmerte, und er sagte impulsiv: «Was für ein braves Mädchen Rachel doch ist!»

«Ja, sie ist ein Goldschatz», stimmte ihm Lady Emborough zu, aber es klang ein wenig bedrückt. «Sie ist kein Mädchen mehr, Desford: sie ist älter als du. Und es hat noch nie jemand um sie angehalten! Der Himmel ist mein Zeuge, daß sie für mich absolut unentbehrlich ist, andererseits ist es ein Jammer, mitansehen zu müssen, wie sie eine alte Jungfer wird! Dabei haben sie die Männer gern, nur – sie verlieben sich nicht in sie. Es ist wie bei Hetta Silverdale – mit dem Unterschied, daß Hetta sehr gut aussieht, während meine arme Rachel – nun, es ist nicht zu leugnen, ein bißchen hausbacken ist. Beide würden vorzügliche Ehefrauen abgeben – bessere jedenfalls als meine Theresa dort, die so voller Launen und Grillen steckt, daß ich nicht hoffen durfte, sie würde je einen Mann finden, und schon gar nicht, daß sie einen so vortrefflichen Fang machen würde wie diesen John Thimbley!»

Da Mr. Thimbley in Hörweite saß, warf der Viscount unwillkürlich einen Blick in seine Richtung. Er war erleichtert, als er sah, daß dieser Herr ihm verständnisinnig zuzwinkerte. Daher erwiderte er seiner Tante ruhig: «Sehr richtig. Aber wie du weißt, läßt sich über Geschmack nicht streiten. Wenn du jedoch sagst, daß Hetta keine Freier hätte, bist du auf dem Holzweg. Ich könnte dir mindestens vier Partien nennen, die sehr passend für sie gewesen wären, wenn sie nur einen Finger gerührt hätte. Ja, als ich heute vormittag zu ihr kam, waren schon wieder zwei Besucher da. Vielleicht will sie, genauso wie meine Base Rachel, ganz einfach mehr als bloß eine Ehefrau werden.»

«Unsinn!» sagte Ihre Gnaden rüde. «Zeig mir das Frauenzimmer, das nicht auf eine Heirat hofft, und ich beweise dir, daß es sich um einen hoffnungslosen Fall von Wahnsinn handelt! Ja, und meiner Meinung nach – die du wahrscheinlich gar nicht hören willst! – bist du ein Wirrkopf, daß du Hetta nicht geheiratet hast, als du sie vermutlich auf einen Wink mit dem kleinen Finger hättest haben können!»

Der Viscount verriet seinen Ärger über diese Worte durch die leicht gerunzelten Brauen und die eisige Höflichkeit, mit der er sagte: «Du irrst, liebe Tante. Ich hätte Hetta nie ‹auf einen Wink mit dem kleinen Finger› haben können. Weder sie noch ich haben je eine engere Bindung als unsere Freundschaft gewünscht, die uns sehr kostbar ist und, wie ich hoffe, immer kostbar bleiben wird.»

Lady Emborough, die es ihrem Gemahl nie übelnahm, wenn er sie wegen ihrer Gesprächigkeit zurechtwies, nahm auch diese verdiente Abfuhr nicht übel. Lachend erwiderte sie: «Das hat gesessen! Kanzle mich nur ab, denn was du tust, geht mich nichts an. Emborough schilt mich ständig, daß ich den Mund zu weit aufreiße. Aber Spaß beiseite, Desford, ist es nicht an der Zeit, daß du ans Heiraten denkst? Ich meine nicht Hetta; wenn nämlich eure Gefühle füreinander nicht dazu ausreichen, ist jedes weitere Wort sinnlos. Aber dein Bruder Horace ist noch immer nicht aus Frankreich zurück, und Simon, wie ich höre, führt sich sogar noch wilder auf als euer Vater seinerzeit. So habe ich wider Willen das Gefühl, daß du es deinem Vater einfach schuldest, ihm ein, zwei Enkel zu schenken – legitime, meine ich.»

Darüber brach der Viscount in Gelächter aus, und sein Ärger war verflogen. «Tante Sophronia», sagte er, «du bist wirklich gräßlich! Hat man dir das schon einmal gesagt? Aber du hast dennoch recht. Erst gestern habe ich einsehen müssen, daß es an der Zeit ist, mit meinem köstlich ungebundenen Leben Schluß zu machen. Leider hat die Sache einen Haken: ich muß erst noch ein Frauenzimmer kennenlernen, das Papas Billigung erringt und mich dazu bringt, auch nur den leisesten Wunsch zu verspüren, lebenslänglich gefesselt zu werden.»

«Du bist viel zu wählerisch», sagte sie streng, fügte jedoch nach kurzer Überlegung hinzu: «Du sollst nicht glauben, daß ich meinen

Kindern Ehepartner wünschte, die nicht voll und ganz ihre Zustimmung finden. Weißt du, als ich noch ein Mädchen war, haben wir fast ausnahmslos den Eltern zuliebe geheiratet, sogar meine beste Freundin. Sie konnte den Mann, mit dem ihre Eltern sie verlobten, wirklich nicht ausstehen, und es wurde denn auch eine abscheulich unglückliche Ehe! Da aber dein Großvater, mein lieber Ashley, selbst gezwungen worden war, eine Verbindung einzugehen, die alles andere als glücklich verlief, war er fest entschlossen, keines seiner Kinder in eine ähnliche Lage zu bringen. Du mußt zugeben, daß seine liberale Gesinnung die schönsten Früchte getragen hat. Wir waren zwar nur drei Geschwister, und deine Tante Jane starb noch vor deiner Geburt, aber als ich Emborough heiratete und Everard deine liebe Mama, war dein Großvater der glücklichste Mensch, den man sich vorstellen kann.»

«Schade, daß er starb, als ich noch ein kleines Kind war», bemerkte Desford. «Ich kann mich nicht an ihn erinnern, aber nach allem, was ich von dir und Mama über ihn gehört habe, wäre ich sehr froh, wenn es mir vergönnt gewesen wäre, ihn noch zu erleben.»

«Ja, er hätte dir gefallen», sagte sie nickend. «Und er hätte dich gern gehabt! Schade, daß dein Vater gewartet hat, bis er über dreißig war; hätte er deine Mama früher heimgeführt, dann wäre dein Wunsch erfüllt worden. Du gerätst ganz deinem Vater nach, und es ist mir deshalb ein Rätsel – und wird es auch bleiben –, warum Wroxton darüber so verdrießlich ist. Da, fort mit dir zum Billard mit deinen Vettern und dem Montsale-Mädchen, bevor ich gräßlich wütend werde, was immer dann passiert, wenn ich von deinem Vater spreche.»

Er gehorchte gern, und Lady Emborough kam nicht mehr auf das Thema zurück. Der Viscount blieb eine Woche in Hampshire, und es war eine sehr vergnügte Zeit. Nach den Anforderungen der Saison mit ihren unaufhörlichen Frühstücken, Bällen, Abendgesellschaften, Rennveranstaltungen in Ascot, Opernaufführungen, geselligen Treffen in Cribb's Parlour, Abenden im Watier-Klub, ganz zu schweigen von den vielen Picknicks und Unterhaltungen im Freien (sie reichten von ganz einfachen Gesellschaften bis zu sehr originellen, die von ehrgeizigen Gastgeberinnen so gewagt inszeniert waren, daß man mindestens drei Tage von ihnen sprach) – nach alledem paßte das faule, anspruchslose Leben in Hazelfield genau zu Desfords Stimmung. War man zu Gast bei den Emboroughs, so brauchte man nicht zu fürchten, daß man, in einen genauen Stundenplan gepreßt, zu Ruinen oder schönen Aussichten gezerrt wurde, während man nichts lieber wollte als einen bequemen Spaziergang mit

Gleichgesinnten aus der Gesellschaft zu machen. Lady Emborough unterhielt ihre Gäste nicht nach einem komplizierten Plan, sondern fütterte sie nur ausgezeichnet und sah darauf, daß alle Geräte, die sie für beliebte Sportarten oder sonstige körperliche Übungen brauchten, ständig zur Hand waren. Und wenn zufällig Unterhaltungen, wie etwa ein Rennen, stattfanden, verständigte sie ihre Gäste davon, daß Kutschen zu ihrer Verfügung bereitstanden. Wer das Rennen nicht besuchen wollte, konnte es offen sagen, ohne Lady Emborough zu kränken.

Mylady hielt sich auch streng an diese bewundernswerte Art der Gastfreundschaft, als sie Desford mitteilte, sie habe versprochen, am letzten Abend seines Aufenthaltes eine Gesellschaft zu besuchen, und zwar gemeinsam mit ihren beiden älteren Söhnen und jenen Töchtern, die sie korrekterweise mitnehmen könne, wie auch mit denjenigen ihrer Gäste auf Hazelfield, die einen kleinen ländlichen Ball nicht verschmähten. «Ich muß hingehen», sagte sie mit der resignierten Stimme eines Menschen, der sich von einem solchen Fest kein Vergnügen erwartet. «Und Emma und Mortimer kommen wohl auch. Theresa hat abgesagt, aber das wird Lady Bugle nicht überraschen, da sie weiß, daß Theresa guter Hoffnung ist. Die Montsales wollen auch nicht hinfahren, und es ist nicht einzusehen, warum sie sich das antun sollten, wenn ohnehin ich dort sein muß und Marys Anstandsdame spielen kann. Ned und Gil kommen, Christian nicht: er läuft vorderhand hübschen Mädchen noch nicht nach. Und wenn auch dir der Sinn nicht nach einem Ball steht, Desford, kannst du ruhig hierbleiben und mit den Montsales und John Thimbley Whist spielen. Ja, ich rate dir sogar sehr dazu, denn ich glaube, du würdest die Gesellschaft bei Bugles todlangweilig finden.»

«Todlangweilig, wenn jenes herrliche Geschöpf anwesend ist?» stieß Mr. Gilbert Emborough hervor, der das Zimmer eben betreten und die letzten Worte gehört hatte. «Wo sie ist, gibt es keine Langeweile!»

«Höre einmal, das klingt ja höchst vielversprechend!» sagte Desford. «Wer ist diese herrliche ‹sie›? Kenne ich sie?»

«Nein, du kennst sie nicht», erwiderte Gilbert. «Aber gesehen hast du sie! Du warst sogar sehr beeindruckt, und du hast Ned gefragt, wer sie ist.»

«Was, das hinreißende Mädchen, das ich beim Rennen sah?» rief Desford aus. «Meine liebe Tante, natürlich fahre ich mit dir zu diesem Ball! Ein ganzes Jahr lang habe ich kein so wunderbares Geschöpf getroffen. Ich hoffte, daß Ned mich vorstellen würde, und fand es schäbig von ihm, daß er es nicht getan hat.»

Gilbert lachte schallend. «Der hatte Angst, daß du ihn ausstichst. Ich habe ihn deshalb ganz schön aufgezogen!»

«Aber wer ist sie denn wirklich?» fragte der Viscount. «Ich habe nicht genau gehört, was Ned sagte, als ich ihn fragte, denn im selben Augenblick kamen einige Freunde von ihm, und als wir uns trennten, fing gerade das nächste Rennen an. Da hatte ich die Schöne schon vergessen.»

«Pfui!» sagte sein Vetter und grinste.

«Sie heißt Lucasta», sagte Lady Emborough, «und ist die älteste Tochter von Sir Thomas Bugle: er hat fünf Töchter und vier Söhne. Sie ist sicher ein sehr schönes Mädchen und wird vermutlich eine gute Partie machen, weil alle Männer von ihr hingerissen sind. Aber ihre Mitgift macht sicher nicht mehr als fünftausend Pfund aus. Wenn es anders wäre, würde es mich ehrlich gesagt wundern. Sir Thomas besitzt kein sehr großes Vermögen, und dazu kommt, daß er nicht im geringsten zu wirtschaften versteht.»

«Die arme Lucasta!» sagte der Viscount leichthin.

«Das kann man wohl sagen! Ihre Mama ließ sie im Frühjahr debütieren. Ein denkbar unglücklicher Zeitpunkt, denn – man hält es kaum für möglich – drei Tage nachdem sie bei Hof vorgestellt worden war, erhielt Sir Thomas einen Expreßbrief von Dr. Cromer mit der Mitteilung, daß die alte Lady Bugle plötzlich erkrankt sei. So fuhren sie natürlich sofort heim. Nun war Lady Bugle wirklich sehr alt, wenn auch zäh wie gegerbtes Leder, doch erfahrungsgemäß können solche Leute an einem Tag ganz bei Kräften und schon am nächsten Tag tot sein. Nein, nein. Sie ist nicht am nächsten Tag gestorben, sondern lebte noch über zwei Monate, doch konnte natürlich Lucasta unmöglich von ihrer Mama während der Trauerzeit auf Bälle und Gesellschaften geführt werden. Dieser Ball, den Lady Bugle veranstaltet, soll nur eine ganz kleine Sache werden. Sie gibt ihn zu Ehren der Verlobung Stonor Bugles mit der älteren Miss Windle, die auf ihre Art ein ganz nettes Mädchen ist, aber eine Verbindung, wie ich sie mir für meine Söhne nicht gerade wünsche.»

«Wahrhaftig nicht!» sagte Gilbert. «Die hat doch ein Gesicht wie ein Türklopfer!»

Lady Emborough erteilte Gilbert sofort eine Rüge, weil er Miss Windles Aussehen so ungehörig übertrieben hatte, doch als Desford am nächsten Abend der Dame vorgestellt wurde, mußte er Gilbert in jeder Hinsicht recht geben. Gleichzeitig aber hatte er auch das Gefühl, daß ihre Häßlichkeit ihn nur deshalb wie ein Hammerschlag traf, weil Lady Bugle sie zum Empfang der Gäste neben Lucasta Bugle gestellt hatte.

Lucasta war wirklich etwas ganz Ungewöhnliches: ein Gesicht von klassischer Schönheit gehörte zu einer formvollendeten Figur, und wenn das Mädchen lächelte, sah man die sehr ebenmäßigen, schneeweißen Zähne. Sie hatte üppiges Haar, und nur eifersüchtige Rivalinnen nannten es geringschätzig braungelb: in Wirklichkeit hatte es die Farbe von reifendem Mais. Ihre stolze Mama flüsterte jedem, der ihr Komplimente wegen der glänzenden Locken Lucastas machte, vertraulich zu, sie müßten nie gewickelt werden. Obwohl ihre erste Saison so unerwartet verkürzt worden war, schien Lucasta erstaunlich gut gelernt zu haben, wie man sich ungezwungen in Gesellschaft bewegt. Sie war nicht schüchtern wie so viele Mädchen, die eben erst dem Schulzimmer entkommen sind und ihren Gesprächspartnern auf Bällen das Leben sauer machen. Lucasta gab sich selbstsicher, verfügte über einen Fundus gesellschaftlichen Schnickschnacks, mit dem sie geschickt umzugehen wußte, und entzückte die Gäste ihrer Mama mit ihrer Herzlichkeit. Sie unterhielt sich blendend, lachte sehr viel und schien jetzt schon eine Expertin in der Kunst leichtherzigen Flirtens.

Der Viscount hatte die Ehre, ihr Partner bei dem Tanz zu sein, dessen Gruppen sich eben bildeten, als die Gesellschaft der Emboroughs eintraf. Da er in der Kunst des Flirtens erfahrener war als die junge Dame, gab er ihr die Genugtuung, in der liebenswürdigsten Weise auf die Ermutigung zu reagieren, die er erhielt, und machte Lucasta genau die Komplimente, die sie seiner Meinung nach besonders gern hörte. Sein Vetter Edward, der empört Desfords Fortschritte bei der Eroberung der Schönen und die schelmisch lachenden Blicke beobachtete, die sie dem Viscount zuwarf, beneidete einerseits glühend Desfords Gewandtheit, andererseits stellte er zynische Betrachtungen darüber an, welche Vorteile dem Erben eines Grafentitels erwachsen. Gleich darauf nahm er sich deswegen streng ins Gebet und versuchte sich mürrisch, aber loyal einzureden, die göttliche Lucasta wolle bloß einem Fremden über anfängliche Schüchternheit hinweghelfen. Als ihm jedoch Gilbert, dem es nie gelungen war, seinen älteren Bruder bei dem schönen Mädchen auszustechen, flüchtig begegnete und mit einem boshaften Zwinkern sagte: «Des ist verteufelt gut bei ihr angekommen, was?» konnte Edward leider nichts Gegenteiliges erwidern. Es fiel ihm nichts anderes ein als zu sagen, daß das wirklich kein Wunder sei. Als er jedoch seine Göttin etwas später am Abend mit Desford Walzer tanzen sah, hätte er, wäre er nicht ein sehr gutmütiger junger Mann gewesen, eine heftige Abneigung gegen seinen Vetter gefaßt. Der Walzer wurde damals von altmodischen Leuten noch immer für einen ungehörigen Tanz gehalten, bei Gesellschaften auf dem Land selten gespielt, und nur wenige kühne Gastgeberinnen ließen ihn zu. Ned, der sich geplagt hatte, die Schritte zu meistern, hatte entdecken müssen, daß er seine Zeit vergeudet hatte, denn Lucasta behauptete, sie tanze nie Walzer.

Ned hatte nicht erwartet, im Haus der Bugles außer den Kontertänzen und Boulangers auch Walzer zu hören. Er wußte nicht, daß Lady Bugle, in der Hoffnung, Lady Emborough würde ihren vornehmen Neffen mitbringen, die Musiker angewiesen hatte, sie sollten sich bereithalten, einen aufzuspielen; und Lucasta hatte die Erlaubnis erhalten, mit dem Viscount Walzer zu tanzen, falls er sie zufällig darum bitten sollte.

«Wenn du ihn hier tanzt, wo dich nur unsere engsten Freunde sehen, ist gar nichts dagegen einzuwenden, mein Liebes. In London ist das etwas ganz anderes, solange du nicht, daran brauche ich dich kaum zu erinnern, von den Patronessen des Almack-Klubs akzeptiert bist. Dennoch würde es mich sehr kränken, wenn einer unserer Gäste diesen Ball für eine provinzlerische Angelegenheit hielte. Wenn die liebe Lady Emborough Lord Desford mitbringt, wird er sicher einen Walzer tanzen wollen, denn er verkehrt in den mondänsten Kreisen.»

Desford forderte Lucasta tatsächlich auf. Als er sie am Ende des Kontertanzes von der Tanzfläche führte, sagte er, er hoffe, sie würde wieder mit ihm tanzen, und fügte mit seinem gewinnenden Lächeln hinzu: «Darf ich Sie bitten, mit mir Walzer zu tanzen? Oder ist der Walzer in Hampshire noch nicht salonfähig? Wie denkt meine Tante darüber? Zu dumm, daß ich sie nicht gefragt habe! Und sagen Sie mir bitte ja nicht, Miss Bugle, daß ich jetzt einen Fauxpas begangen habe!»

Sie lachte und sagte: «Nein, das haben Sie wirklich nicht. Ich tanze Walzer, aber ob Mama es mir erlaubt, das vor Gästen zu tun, ist eine andere Frage!»

«Dann werde ich auf der Stelle Ihre Mama um Erlaubnis zu einem Walzer bitten!» sagte er.

Da seine Bitte erfüllt wurde, sah man die beiden gleich darauf durch den Saal wirbeln. Desfords Arm um Lucastas schmale Taille war ein Anblick, der Lady Bugles Herz erwärmte, während er von den beiden Vettern des Viscount und mehreren anderen jungen Herren, die ebenfalls in die Schöne verliebt waren, recht mißvergnügt zur Kenntnis genommen wurde.

Danach tanzte der Viscount pflichtschuldig mit Miss Windle und Miss Montsale und forderte dann seine Kusine Emma auf.

«Um Himmels willen, Ashley, verlang nicht von mir, daß ich tanze; führe mich lieber aus diesem unerträglich heißen Saal!» erwiderte Mrs. Redgrave, die viel von der Geradlinigkeit ihrer Mutter geerbt hatte.

«Mit dem allergrößten Vergnügen, Base!» erwiderte er und bot ihr den Arm. «Ich fühle mich schon seit einer halben Stunde unbehaglich, weil meine Hemdspitzen allmählich schlaff werden. Wir gehen zum Eingang hinüber, als wollten wir mit Mortimer plaudern, und schlüpfen unbemerkt hinaus, während sich die nächste Gruppe bildet.»

«Mir ist es gleichgültig, ob sie etwas merken», erklärte Mrs. Redgrave und fächelte sich kräftig. «An einem so schwülen Abend wie heute soll man keine Gesellschaften geben. Sie könnten wenigstens ein Fenster öffnen!»

«Oh, das tun sie nie!» sagte Desford. «Du solltest doch wissen, Emma, daß nur unvorsichtige junge Leute an einem so warmen Abend die Fenster öffnen. Daher kommen auch all die Übel, an denen die älteren Herrschaften zu leiden haben, denn man setzt sie mit der Zugluft den schlimmsten Gefahren aus. Mortimer, willst du nicht mannhaft deine Pflicht erfüllen, statt hier herumzulungern und die Nase über die Gesellschaft zu rümpfen?»

«Das tue ich doch gar nicht!» sagte Mr. Redgrave empört. «Es ist nur viel zu heiß zum Tanzen – und außerdem fällt es gar nicht auf, wenn wir alten Ehemänner nicht tanzen wollen!»

«Sprach der Graubart», murmelte Desford.

«Sei still, du Nichtsnutz!» ermahnte ihn Emma. «Ich will nicht, daß du den armen Mortimer verspottest! Bedenke, daß er zwar nicht viel älter ist als du, aber viel dicker!»

«Jetzt weiß ich, was eine Zange ist», sagte Mr. Redgrave. «Wenn du meinen Rat befolgst, Des, dann mach einen weiten Bogen um den Pfarrer und seine Mausefalle!»

«Danke, das habe ich auch vor. Dich unter dem Pantoffel zu sehen, ist ein so melancholischer Anblick, daß jeder Mann gewarnt sein müßte.»

Mr. Redgrave grinste, sagte jedoch, Des habe den Nagel auf den Kopf getroffen, und fügte hinzu, er sei ein richtiger Ehekrüppel geworden. Emma wußte genau, daß er mit diesem uneleganten Ausdruck sagen wollte, er sei ein Pantoffelheld. Dennoch warf sie würdevoll ein, sie verstehe Dialektausdrücke nicht. Als die Herren lachten, nannte sie sie zwei gräßliche Grobiane.

«Das sind wir», gab der Gefährte ihres Daseins unumwunden zu. «Aber wenn ihr diesen Tanz mitmachen wollt, dann schließt euch an, bevor es zu spät ist.»

Als er erfuhr, daß sie ganz im Gegenteil auf der Suche nach ein bißchen frischer Luft waren, sagte er sehr nachdrücklich, er werde, da er Des so toll mit Miss Bugle flirten gesehen habe, mit Adleraugen über Emma wachen, damit Des nicht auch ihr den Hof machen könne.

Sie gingen daher zu dritt durch die breite, offenstehende Doppeltür in die Halle. Hier standen mehrere Leute in kleinen Gruppen beisammen, fast alle Damen fächelten sich, und die Herren wischten sich verstohlen die erhitzte Stirn. Mrs. Redgrave, die das Haus besser als die übrigen Gäste kannte, führte ihre beiden Kavaliere an der Treppe vorbei zum hinteren Teil der Halle und durch eine Tür in den Park. Die Luft war noch drückender als tagsüber, aber hier verhältnismäßig erfrischend, so daß Mr. Redgrave tief Atem holen und die Luft mit einem ungenierten Pfff! wieder ausstoßen konnte. Dann sagte er sehnsüchtig, jetzt wäre ihm nach einem Zigarillo zumute, aber seine Frau wußte, daß er sie bloß dazu bringen wollte, ihn zu bitten, doch um Gottes willen auf einem Ball kein Zigarillo zu rauchen. Sie ignorierte also seinen Wunsch, schob ihre Hand unter seinen Arm und schlenderte mit ihm zum Rasen. Der Vollmond wurde immer wieder von vorbeiziehenden Wolken verdeckt; in der Ferne sah man Wetterleuchten, und Mr. Redgrave sagte, er wäre nicht überrascht, wenn ein Gewitter käme. Einige Minuten später war tatsächlich ein fernes Grollen zu hören, und Emma meinte, es sei wohl Zeit, in den Ballsaal zurückzukehren. Sie war im allgemeinen nicht nervös, fürchtete sich aber vor Gewittern. Ihre Brüder hätten sie jetzt wegen ihrer Ängstlichkeit verspottet, nicht so ihr Gemahl und ihr Vetter. Verständnisvoll lachten sie sie weder aus noch versuchten sie sie zu überzeugen, daß das Gewitter noch weit sei.

Als sie das Haus wieder betraten, war die Halle leer, aber während Mr. Redgrave leise die Tür zum Garten schloß, kam Stonor Bugle aus dem Ballsaal und rief: «Da seid ihr ja! Ich habe euch schon überall gesucht!»

«O Himmel!» sagte Emma schuldbewußt. «Ich hatte gehofft, daß niemand bemerken würde, wenn ich mich auf ein paar Minuten fortstehle. Es ist heute abend so heiß, finden Sie nicht auch?»

Er lachte herzlich darüber: «Ja! Verdammt heiß. Könnte ich mich nur auch in den Garten fortstehlen, aber Sie wissen ja, es geht nicht! Meine Mutter würde mich ordentlich zausen. Die alte Mrs. Barling hat nach Ihnen gefragt, Ma'am: sie sagt, sie habe Sie seit undenklicher Zeit nicht mehr gesehen, und sie hat im Saal nach Ihnen Ausschau gehalten, seit ihr jemand erzählte, daß Sie hier seien.»

«Oh! Die liebe Mrs. Barling! Ich gehe sofort zu ihr!» sagte Emma und kehrte in den Ballsaal zurück, ihren widerstrebenden Gatten im Schlepptau.

Stonor folgte ihnen, der Viscount jedoch blieb in der Halle zurück, um sein Halstuch zu ordnen, nachdem er sich in einem Spiegel neben der Doppeltür des Salons erblickt hatte. Er war zwar kein Stutzer und hätte ohne zu zögern Lady Bugles Versicherung zurückgewiesen, daß er in den mondänsten Kreisen verkehre, aber er gehörte unleugbar zur eleganten Welt, und der flüchtige Anblick seiner schlaffen Kragenspitzen und des leicht verrutschten Halstuchs ließ ihn zusammenzucken. Er konnte zwar die gestärkten Spitzen seines Hemdkragens nicht wieder steifmachen, aber einige geschickte Handgriffe genügten, um die Falten seines Halstuchs in Ordnung zu bringen. Danach wandte er sich ab, zupfte noch einmal an seinen Manschetten und wollte eben in den Ballsaal zurückkehren, als er plötzlich spürte, er sei nicht, wie er angenommen hatte, allein. Er blickte sich schnell in der Halle um, konnte aber niemanden bemerken. Erst als er zum oberen Stockwerk hinaufsah, entdeckte er, daß er von einem Paar staunender, unschuldiger Augen beobachtet wurde, die zu einem reizenden kleinen Gesichtchen gehörten, das von den Geländerstäben eingerahmt wurde, durch die ihre Besitzerin lugte. Er lächelte, weil er vermutete, daß es sich um eine jüngere Tochter des Hauses handelte: möglicherweise gehörte sie noch ins Schulzimmer, aber wahrscheinlich war sie nicht einmal dem Kinderzimmer entwachsen. Als er sah, daß sie sichtlich erschrocken davonlaufen wollte, sagte er: «Lauf nicht weg! Ich verspreche dir, daß ich dich nicht fresse – oder dich bei deiner Mama verpetze!»

Die großen Augen wurden noch größer, Angst mischte sich mit Zweifel. «Das könnten Sie gar nicht!» sagte die kleine Dame. «Ich habe keine Mama! Sie ist schon viele Jahre tot. Ich glaube, ich habe auch keinen Papa, obwohl das keineswegs sicher ist. Oh, kommen Sie nicht herauf! Bitte, bitte, kommen Sie nicht herauf! Man wäre so böse auf mich!»

Er war den ersten Treppenabsatz zur Hälfte hinaufgestiegen, blieb jedoch auf dieses dringende Flehen hin stehen und sagte, zwischen Amüsement und Neugierde hin- und hergerissen: «Keine Mama? Aber bist du denn nicht die Tochter von Sir Thomas?»

«O nein!» erwiderte sie, und noch immer war ihre Stimme leise und voll Angst. «Ich bin nicht mit ihm verwandt; er ist zwar mit meiner Tante verheiratet, aber das bedeutet nicht, daß er mein wirklicher Onkel ist – nicht wahr?»

«Nein, nein!» versicherte er ihr. «Er ist bloß ein angeheirateter Onkel. Aber selbst dann fällt es mir schwer zu glauben, daß er auf dich böse wäre, weil du durch das Geländer nach den Damen in ihren eleganten Ballkleidern spähst – und nach Herren, die ihr Halstuch zu ordnen versuchen!»

«Ich meine ja gar nicht ihn!» sagte sie mit einem ängstlichen Blick über seinen Kopf hinweg zum Salon. «Sondern Tante Bugle und Lucasta! O bitte, Sir, gehen Sie, bevor Sie jemand auf der Treppe sieht und Sie fragt, was Sie hier tun. Sie müßten sagen, daß Sie mit mir gesprochen haben, und das würde mich wieder in Schwierigkeiten bringen!» Sein Amüsement wuchs, ebenso seine Neugierde. «Nun, niemand wird mich auf der Treppe sehen können, denn ich komme jetzt hinauf, um dich besser kennenzulernen, du reizender Kobold! Schau nicht so ängstlich drein! Denk daran, daß ich versprochen habe, dich nicht zu fressen. Und weil wir gerade von Essen sprechen», fügte er hinzu, als er sich an seine eigene Kindheit erinnerte, «soll ich dir etwas von den Torten und Gelees holen, die ich zum Souper aufgestellt sah? Ich werde sagen, ich bringe sie meiner Kusine, also brauchst du keine Angst zu haben. Niemand erfährt, daß du sie gegessen hast.»

Sie war anscheinend drauf und dran gewesen, sich aufzuraffen und eilig den Rückzug anzutreten, aber diese Worte hielten sie zurück. Sie starrte ihn einen Augenblick an, kicherte dann ganz leise und sagte: «Nein, danke, Sir! Ich habe schon vor Stunden mein Abendbrot zusammen mit Önone und Corinna – und natürlich Miss Mudford – gegessen, und meine Tante wies die Köchin an, etwas von den Torten und Kuchen für das Abendessen im Schulzimmer beiseite zu stellen. Daher bin ich überhaupt nicht hungrig. Ja, ich habe nie Hunger, weil mich meine Tante nicht verhungern läßt! Aber ich bin Ihnen sehr verbunden, Sie sind sehr freundlich – das habe ich mir gleich gedacht, als Sie heraufschauten und mich anlächelten.»

«Aha, du bist also eines der Schulzimmermädchen?» sagte er und stieg die letzten Stufen zum ersten Treppenabsatz hinauf. «Dann muß ich mich entschuldigen, weil ich dich für eines der Kinderzimmerbabies gehalten habe!» Er unterbrach sich, denn sie war aufgesprungen, und obwohl die Kerzen des Hallenlüsters nur wenig Helligkeit verbreiteten, erkannte er doch, daß sie viel älter war, als er angenommen hatte.

Sie lächelte schüchtern zu ihm auf und sagte: «Das tun die Leute fast immer. Es kommt daher, weil ich so ein elendes kleines, nichtiges Geschöpf bin, und das ist sehr demütigend für mich – besonders wenn ich mit meinen Kusinen beisammen bin, die alle so groß sind, daß ich mir wie ein winziger Vogel neben ihnen vorkomme. Zumindest sind Lucasta und Önone und Corinna groß; Dianeme ist stark gewachsen und gerät ihnen vermutlich nach. Perenna ist gerade erst aus der Gehschule, daher kann man noch nichts sagen.»

Ein wenig verblüfft, fragte er zögernd: «Sind Sie sicher, daß Sie Ihre Kusinen beim richtigen Namen nennen? Sagten Sie Dianeme? Und Perenna?»

«Ja», antwortete sie, wieder mit einem leisen Kichern. «Sie müssen wissen, als meine Tante sehr jung war, schwärmte sie sehr für Poesie, und ihr Papa hatte eine Bibliothek, die mit alten Büchern vollgestopft war. So stieß sie auf die Gedichte Robert Herricks. Sie besitzt das Buch heute noch und zeigte es mir einmal, als ich sie zu fragen wagte, wieso meine Kusinen so seltsame Namen haben. Sie sagte, ihrer Meinung nach seien diese Namen hübsch und nicht so banal wie Maria und Eliza und Jane. Sie hätte Lucasta lieber Elektra genannt, doch war es nur recht und billig, sie nach ihrer Taufpatin zu nennen, von der Lucasta etwas zu erwarten hat. Ich persönlich glaube ja nicht, daß etwas daraus wird», fügte die Kleine nachdenklich hinzu, «weil sie genauso streitsüchtig ist wie seinerzeit die alte Lady Bugle. Mir scheint, daß sie Lucasta nicht einmal mag und ihre Schönheit nicht bewundert, was ungerecht ist, das muß man zugeben, denn Lucasta benimmt sich ihr gegenüber immer höchst zuvorkommend, und man muß anerkennen, daß sie wirklich schön ist!»

«Sehr richtig!» sagte er mit ernster Stimme, aber lachenden Augen. «Und sind – äh – Önone und Corinna auch schön? Sie müßten es eigentlich sein, wenn sie solche Namen tragen.»

«Nun», erwiderte sie zurückhaltend, «die alte Lady Bugle behauptete immer, sie seien beide nicht schön genug für ein erfolgreiches Debüt in London, aber ich halte sie für sehr hübsch, obwohl sie natürlich nicht mit Lucasta zu vergleichen sind. Und was ihre Namen betrifft –» Sie erstickte fast an einem unterdrückten Kichern, und in ihren Augen blitzte es spitzbübisch. Zu ihm aufblickend vertraute sie ihm an: «Önone hat ihren Namen ganz gern, aber Corinna verabscheut ihren ganz und gar, weil Stonor das Gedicht mit dem Titel ‹Corinna wird bald Hochzeit machen› entdeckte und es den anderen Jungen vorlas, so daß sie seither immer ‹Süße Langschläferin› gerufen wird, und morgens schreien sie vor ihrer Tür ‹Pfui, pfui, steh auf, steh auf!›, worüber Corinna so wütend ist, daß sie tatsächlich versuchte, auf ihren Papa mit Fäusten loszugehen, weil er der

Tante erlaubt hatte, ihr einen so dummen altmodischen Namen anzuhängen. Das war ungehörig, aber man kann es ihr nachfühlen.»

«Ja, in der Tat! Und was antwortete ihr Papa auf diesen völlig gerechtfertigten Vorwurf?» erkundigte er sich, amüsiert über ihren naiven Bericht.

«Oh, er sagte bloß, sie solle sich glücklich schätzen, daß sie nicht Sappho getauft worden sei, und wenn er es nicht verhindert hätte, dann hieße sie heute so. Der Name klingt mir nicht schlimmer als Corinna, aber ich glaube, es hat eine Griechin dieses Namens gegeben, die sich sehr unpassend benommen hat. Oh, bitte, bitte, lachen Sie nicht so laut, Sir!»

Er hatte unwillkürlich laut aufgelacht, hielt sich aber sofort zurück und entschuldigte sich. Inzwischen hatte er Zeit gehabt, sie eingehender zu betrachten, und sah nun, daß sie eine gute Figur hatte, ihr Kleid aber für ein viel stärkeres Mädchen bestimmt gewesen und ziemlich ungeschickt für sie umgearbeitet worden war. Seinem Kennerblick entging auch nicht, daß das Kleid eine Spur zu provinziell war und daß sich ihre weichen braunen Ringellocken noch nie der Dienste einer Friseuse erfreut hatten. Die herrschende Mode schrieb kurze Locken oder einen hohen griechischen Knoten vor, aus dem sorgfältig gebürstete und pomadisierte Lockentrauben über die Ohren fielen. Das Haar dieses Kindes aber fiel lose herab und wurde nur von einem Band zusammengehalten, das um den Kopf geschlungen war und dem einige Strähnen entschlüpft waren, was die Kleine ein wenig zerzaust aussehen ließ.

Desford fragte unvermittelt: «Wie alt sind Sie, mein Kind? Sechzehn? Siebzehn?»

«O nein, viel älter!» erwiderte sie. «Genauso alt wie Lucasta – es fehlen nur ein paar Wochen.»

«Warum sind Sie dann nicht unten und tanzen mit den übrigen?» fragte er. «Sie müssen doch sicher schon in die Gesellschaft eingeführt sein!»

«Nein», sagte sie. «Und ich glaube auch nicht, daß das jemals der Fall sein wird. Wenn nicht mein Papa doch noch am Leben ist und heimkommt, um sich selbst um mich zu kümmern. Aber das halte ich nicht für wahrscheinlich, und selbst wenn er heimkommt, würde es gar nichts nützen, weil er anscheinend nie einen roten Heller besaß. Er ist leider kein sehr achtbarer Mann. Meine Tante sagt, er mußte ins Ausland gehen, weil er ganz gräßlich verschuldet war.» Sie seufzte und sagte sehnsüchtig: «Ich weiß, daß man seinen Vater nicht kritisieren soll, aber ich habe doch das Gefühl, daß es ein bißchen rücksichtslos war, mich im Stich zu lassen.»

«Wollen Sie damit sagen, daß er Sie in der Obhut Ihrer Tante zurückließ?» fragte der Viscount mit zusammengezogenen Brauen. «Er kann Sie doch nicht im Stich gelassen haben!»

«O doch», sagte sie. «Und es war nicht sehr angenehm, kann ich Ihnen versichern, Sir! Ich war noch in der Schule in Bath, wissen Sie – und ich muß sagen, daß Papa die Rechnungen bezahlte, wenn er gerade Geld hatte. Miss Fletching war sehr lieb und sagte mir nie, daß er damit aufgehört hatte, bis es offenkundig war, daß er ihr ein ganzes Schuljahr schuldete. Sie enthüllte mir später, daß sie lange erwartet habe, einen Brief oder sogar einen Besuch von ihm zu erhalten, denn manchmal suchte er mich auf. Und anscheinend war er mit der Bezahlung nie sehr pünktlich gewesen, so daß Miss Fletching das Warten schon gewöhnt war. Und ich vermute, daß er ihr gefiel, weil sie ständig sagte, was für ein schöner Mann er sei und wie besonders liebenswürdig, und wie vornehm seine Art. Mich hatte sie auch gern: sie sagte, weil ich schon so lange bei ihr sei, was auch stimmte, denn Papa gab mich gleich nach dem Tod von Mama zu Miss Fletching, und damals war ich erst acht. Ich lebte das ganze Jahr über im Internat.»

«Sie armes Kind!» rief er aus.

«O nein», entgegnete sie. «In den Ferien luden mich meine Freundinnen unter den Tageszöglingen zu Gesellschaften ein oder nahmen mich auf Ausflüge mit, und Miss Fletching führte mich manchmal ins Theater. Ich war vollkommen glücklich – ja, ich glaube nicht, daß ich je wieder so glücklich sein werde. Aber natürlich konnte ich nicht ewig dortbleiben, daher war Miss Fletching gezwungen, meinem Großvater zu schreiben. Aber der hatte Papa schon vor Jahren verstoßen und schrieb Miss Fletching sehr unhöflich zurück, er wolle nichts von den Bälgern seines windigen Sohns wissen. Er empfahl ihr, sich an die Verwandten meiner Mama zu wenden. Und so kam ich hierher.»

Sie sagte das in so hoffnungslosem Ton, daß Desford sanft fragte: «Aber hier sind Sie nicht glücklich, nicht wahr?»

Sie schüttelte den Kopf, sagte jedoch mit einem tapferen Versuch zu lächeln: «Nicht sehr glücklich, Sir. Aber ich versuche es, denn ich weiß, daß ich Tante Bugle sehr zu Dank verpflichtet bin, da sie mir – da sie mir ein Heim gibt, obwohl sie gegen Papa die größte Aversion hegt und einen schrecklichen Krach mit Mama hatte, als diese mit ihm durchbrannte. Sie hat es ihr nie verziehen, und darum habe ich die Pflicht, ihr dankbar zu sein, glauben Sie nicht?»

«Wer ist Ihr Vater?» fragte er, ohne ihre Frage zu beantworten. «Wie heißt er? Und wie heißen Sie?»

«Steane», antwortete sie. «Papa ist Wilfred Steane, und ich bin Cherry Steane.»

«Sie haben ja einen sehr hübschen Namen, Miss Steane!» sagte er und lächelte auf sie hinunter. «Aber – Steane? Sind Sie mit dem alten – mit Lord Nettlecombe verwandt?»

«Ja, das ist mein Großvater», sagte sie. «Kennen Sie ihn, Sir?»

«Nein, ich habe nicht die Ehre», erwiderte er trocken. «Ich habe jedoch Ihren Onkel Jonas kennengelernt, und da man mich glaubwürdig unterrichtete, daß er seinem Vater sehr ähnlich sei, hege ich die Ansicht, daß Sie bei Ihrer Tante besser aufgehoben sind als bei Ihrem Großvater! Aber warum sollen wir unsere Zeit damit verschwenden, über die beiden zu reden? Sie haben mir Ihren Namen genannt, kennen aber den meinen nicht. Mein Name ist . . .»

«Oh, ich weiß, wer Sie sind!» sagte sie. «Sie sind Lord Desford. Ich wußte es gleich, als ich Sie mit Lucasta Walzer tanzen sah. Das ist der Grund, warum ich durch das Geländer schaute: wissen Sie, von hier aus kann man diesen Teil des Salons sehen. Ich habe Sie schon beim Kontertanz gesehen, war aber nicht ganz sicher, ob Sie es waren, bis ich einen Blick auf Sie erhaschte, als Sie mit Lucasta Walzer tanzten.»

«Dann aber waren Sie ganz sicher?» fragte er etwas amüsiert. «Warum?»

«Oh, weil ich hörte, wie Tante Bugle zu Lucasta sagte, sie dürfe Walzer tanzen, wenn Sie sie dazu auffordern!» antwortete sie munter. Dann aber, als ein schwaches Geräusch im Hintergrund zu hören war, veränderte sich ihr Ausdruck schnell und wurde wieder vorsichtig und verschreckt. Sie flüsterte: «Ich darf nicht bleiben! Da hat ein Brett geknarrt! Bitte, o bitte, gehen Sie, und sehen Sie sich vor, daß Sie niemand auf der Treppe bemerkt!»

Nach diesen Worten war sie fort, lautlos wie ein Geist; und der Viscount ging, nachdem er sich vergewissert hatte, daß die Luft rein war, ruhig die Treppe hinunter und zurück in den Ballsaal.

4

Lady Emborough machte sich die Ausrede zunutze, ihre Tochter hätte Angst, in einem Gewitter nach Hazelfield zurückzufahren, und entführte ihre Gesellschaft unmittelbar nach dem Souper.

Lady Bugle bedauerte das zwar, da sie sich jedoch noch mehr als Emma vor Blitzen fürchtete, hatte sie volles Verständnis und bemühte sich nicht, die Abfahrt zu verzögern. Sie prophezeite sogar, daß das herannahende Gewitter weitere Gäste zu einem verfrühten Aufbruch veranlassen würde.

Die Redgraves nahmen Edward und Gilbert in ihre Kutsche, und Desford saß auf dem vierten Sitz neben seinem Onkel, Lady Emborough und Miss Montsale gegenüber, im Landauer der Emboroughs. In den ersten paar Minuten der Fahrt sprachen die Damen über den Ball, dann aber sagte Miss Montsale, sie sei zwar darauf vorbereitet gewesen, daß Miss Bugle nicht an die begeisterten Beschreibungen von Ned und Gil heranreichen würde, aber als sie sie dann tatsächlich sah, schien es ihr, daß die beiden Lucastas Schönheit eher unterschätzt als übertrieben hätten. «Diese großen, strahlenden Augen!» sagte sie. «Ein so bezaubernder Teint und so herrliches Haar! Oh, ich glaube, sie ist eines der schönsten Geschöpfe, die ich jemals sah. Sind Sie nicht auch dieser Meinung, Lord Desford?»

Der Viscount döste zwar nicht wie sein Onkel, war jedoch offensichtlich geistesabwesend, und Miss Montsale mußte ihre Frage wiederholen. Er sagte: «Verzeihung, ich hörte nicht zu. Miss Bugle? O ja, zweifellos! Eine blendende Erscheinung!»

«Und nicht im üblichen Stil!»

«Keineswegs.»

«Was meinst du, Desford, wird sie ankommen?» fragte Lady Emborough.

«Du guter Himmel, ja!»

«Nun, ich hoffe es. Ich mag ihre Mutter nicht, aber sie tut mir aufrichtig leid, denn sie hat fünf Töchter anständig unterzubringen, und es ist kein ausreichendes Vermögen vorhanden, um den Karren flottzumachen», sagte sie unverblümt. «Eine davon sollte in der kommenden Saison herausgebracht werden, und das wäre auch geschehen, wenn es die alte Lady Bugle nicht vorgezogen hätte, zu einem möglichst unpassenden Zeitpunkt zu sterben. Lucasta könnte vielleicht schon jetzt verlobt sein, was es der nächsten ermöglicht hätte – ich kann mir ihre gräßlichen ausländischen Namen nicht merken –, bei dieser kleinen Sache heute abend zu zeigen, ob sie schon flügge ist. Sie hätte in der Kleinen Saison im Herbst debütieren können. Natürlich nicht gerade ideal, aber was kann man machen, wenn das Mädchen schon siebzehn ist und ihre ältere Schwester noch kaum herausgestellt, geschweige denn an den Mann gebracht wurde? Und bevor diese unglückselige Frau noch Zeit gehabt hat, sich zu erholen, wird schon die dritte fürs Debüt reif sein!»

«Übrigens», warf Desford ein, «was weißt du über die Nichte Lady Bugles? Hast du sie kennengelernt?»

«Ja, heute abend», antwortete er. «Aber bitte, verrate das ihrer Tante nicht! Sie spähte durch das Treppengeländer, um möglichst viel vom Ball zu sehen, und ich habe sie zufällig erblickt. Zuerst hielt ich sie für eines der Kinder, entdeckte jedoch, daß sie fast genauso alt wie ihre Base Lucasta ist. Ein hübsches Kind mit großen ängstlichen Augen, braunem Lockengewirr und einem bedauernswert unmodischen und schlechtsitzenden Kleid.»

Lady Emborough hätte gern sein Gesicht gesehen, aber es war zu dunkel in der Kutsche, um mehr als nur Umrisse zu unterscheiden. Sie sagte: «Ja, ich glaube, ich habe sie einmal gesehen. Es erstaunt mich zu hören, daß sie so alt wie Lucasta ist, denn ich hielt sie – wie du! – für ein Schulmädchen! Ein armes kleines Dingelchen, wie? Nun, sie ist die Tochter der einzigen Schwester Lady Bugles, und die ist mit diesem Tunichtgut, dem Sohn des alten Nettlecombe, durchgebrannt. Noch vor deiner Zeit, aber ich entsinne mich, was für einen Skandal das gab! Lady Bugle mußte das Mädchen bei sich aufnehmen – etwa vor einem Jahr. Einzelheiten habe ich vergessen, aber es schien mir sehr barmherzig von ihr, als sie davon erzählte.»

«Oh, so war das?» sagte er gleichgültig.

«Barmherzig?» sagte Miss Montsale. «Nun ja – falls die Barmherzigkeit nicht als Mäntelchen benützt wurde, um selbstsüchtigere Zwecke zu verdecken.»

«Guter Gott, Mary, was in aller Welt meinst du damit?» fragte Lady Emborough.

«Oh, nichts gegen Lady Bugle, liebste Ma'am. Wie könnte ich, wenn ich sie heute abend zum erstenmal getroffen habe? Aber ich habe so oft – und Sie ebenfalls – das – das verarmte Frauenzimmer erlebt, das aus lauter Barmherzigkeit in den Haushalt wohlhabenderer Verwandten aufgenommen und wie eine Sklavin behandelt wurde!»

«Und man von ihr noch Dankbarkeit erwartete!» warf der Viscount ein.

«Falls diese Bemerkungen», sagte Lady Emborough erhaben, «sich auf die Stellung meiner Base Cordelia in Hazelfield beziehen sollten –»

«O nein, nein, nein!» versicherte Miss Montsale lachend. «Natürlich nicht! Lord Desford, könnte je ein Mensch annehmen, daß Miss Pembury eine mit Füßen getretene Sklavin sei?»

«Bestimmt nicht!» erwiderte er prompt. «Niemand, der das Privileg gehabt hat zu hören, wie Miss Pembury meine Tante abkanzelte! Aber Sie haben sehr recht, Miss Montsale: auch ich habe genau das erlebt, was Sie beschrieben, und ich hege den Verdacht, daß das

Kind, das ich heute abend kennenlernte, ein Beispiel für diese Art Barmherzigkeit sein dürfte.»

Mehr wurde darüber nicht mehr gesagt, denn die Kutsche hielt vor dem imposanten Portal von Hazelfield House. Man half den Damen beim Aussteigen; Lord Emborough wurde von seinem Neffen aus einem sanften Schlummer geweckt; und seine Söhne, die aus der eine Minute später vorfahrenden Redgrave-Kutsche sprangen, riefen empört ihrer kleinmütigen Schwester zu, sie solle doch zugeben, daß das Gewitter noch meilenweit entfernt sei. Es wäre eine Schande, sie von einem Ball wegzuzerren, der – ihnen zufolge – kaum erst begonnen hatte.

Lord Emborough bot beim Betreten des Hauses das Bild eines schlaftrunkenen Herrn, als er jedoch eine Stunde später in Myladys Schlafzimmer kam, war er aus den schläfrigen Nebeln aufgetaucht und wünschte so offenkundig ein Gespräch unter vier Augen, daß sie ihre Kammerzofe entließ, die eben ein Nachthäubchen über ihre eisengrauen Locken nestelte. Als sich dieses vortreffliche Frauenzimmer knicksend entfernte, sagte Ihre Gnaden: «Jetzt können wir in aller Gemütlichkeit über die Gesellschaft plaudern, was ich seit langem schon für das Beste an derlei Vergnügungen halte – selbst wenn sie noch so schön sind. Was man von dieser weiß Gott nicht behaupten kann! Ein langweiliger Abend, nicht?»

«In der Tat», sagte Mylord, machte es sich in einem Polstersessel bequem und gähnte. «Mir wurde nie klar, meine Teure, warum mein alter Freund – ein patenter Bursche, als wir noch in Oxford waren! – ausgerechnet diesen – na ja, ich möchte nicht gerade Emporkömmling sagen – aber eine bloße Miss geheiratet hat!»

«Nun ja», sagte Lady Emborough tolerant, «ich behaupte ja nicht, daß sie eine Frau aus den ersten Kreisen ist, aber man muß sagen, daß sie Sir Thomas eine gute Frau und ihren Kindern eine vortreffliche Mutter ist. Und selbst du mußt zugeben, Emborough, daß sich Sir Thomas nicht gerade durch überlegenen Verstand auszeichnet.»

«Nein», stimmte er ihr mit einem melancholischen Seufzer zu. Nach kurzem Schweigen sagte er betont: «Ich bin äußerst froh, meine Liebe, nie durch das Schauspiel gedemütigt worden zu sein, daß meine Frau ihre Tochter einer passenden Partie in einer Weise aufdrängt, die ich nur als entschieden gräßlich bezeichnen kann!»

«Sicher nicht», antwortete Mylady gleichmütig. «Ich hoffe, ich habe genügend gesunden Menschenverstand, um nicht so etwas Närrisches zu tun. Aber wir müssen bedenken, Mylord, daß ich auch nicht mit einem leichtsinnigen Gemahl und fünf Töchtern geschlagen bin! Ich hege wirklich das aufrichtigste Mitgefühl für Lady

Bugle, so wenig ich sie auch schätze, und verstehe ihren Eifer vollkommen, möglichst bald eine vorteilhafte Verbindung für Lucasta zu arrangieren.»

Er warf ihr einen bekümmerten Blick zu. «Hast du den Eindruck, daß Desford von dem Mädchen besonders angezogen wurde, meine Teure?»

«Keineswegs», erwiderte sie prompt.

«Na, ich hoffe, du hast recht», sagte er. «Mir schien, daß er sie mit sehr schmeichelhafter Auszeichnung behandelte. Und das ginge wirklich nicht.»

«Natürlich ginge es nicht, und das weiß er genauso gut wie wir. Du wirst doch nicht annehmen, daß ein stattlicher Mann von Geburt und Vermögen, der seit Jahren in London lebt und nach dem zahllose Mädchen angelten, nicht im Handumdrehen erkennt, daß er geködert werden soll? Wenn ihn das abscheuliche Getue der Mutter heute nicht angewidert hat, dann sicher das allzu entgegenkommende Benehmen Lucastas.»

«Würde man annehmen, aber mir schien er ganz dreist mit ihr zu flirten!»

«Gewiß!» sagte Ihre Gnaden. «Aber ich glaube, er interessiert sich viel mehr für die kleine Base Lucastas.»

«Guter Gott!» stieß Emborough hervor. «Meinst du das Kind dieses Tunichtguts – Wilfred Steans Tochter?»

Seine Frau brach in Gelächter aus, denn seine Bestürzung war zu komisch. «Ja, aber du brauchst wirklich nicht nervös zu werden! Erinnere dich, daß Desford morgen abreist! Es ist in höchstem Grad unwahrscheinlich, daß er das Mädchen wiedersieht; und ich selbst würde keinen Cent auf die Chance wetten, daß er sie nicht ganz und gar vergessen hat, sowie er London erreicht.»

Wenn das auch etwas übertrieben war, so ist es doch wahrscheinlich, daß Miss Cherry Steane im Gedächtnis des Viscount nicht lange weitergelebt hätte. Aber das Schicksal griff ein, und zwar schon am folgenden Tag.

Da Hazelfield nur wenige Meilen von Alton entfernt lag und Desford nach London mußte, verabschiedete er sich von seinen Gastgebern erst nach einem gemächlichen Frühstück. Das drohende Gewitter war in den frühen Morgenstunden – nach Emmas Bericht – direkt über dem Haus niedergegangen, aber nach einem heftigen Regenguß hatte es aufgeklart. Der Viscount trat seine Reise in der berechtigten Hoffnung an, den Weg in strahlendem Sonnenschein zurückzulegen und seinen Bestimmungsort genügend rechtzeitig zu erreichen, um sich noch umkleiden und von seinem Haus in der

Arlington Street in den White-Klub schlendern zu können, wo er zu soupieren gedachte.

In Alton bog er in die Poststraße nach Southampton ein und fuhr bald darauf durch Farnham. Und hier, wenige Meilen außerhalb dieser Stadt, griff das Schicksal ein.

Eine weibliche Gestalt mit rundem Hütchen und grauem Mantel, die sich mit einem etwas schäbigen Portemanteau dahinschleppte, zog zwar seine Aufmerksamkeit nicht an, aber gerade als seine Pferde auf gleiche Höhe kamen, wandte sie den Kopf und sah zu ihm auf. Er konnte das kindliche Gesichtchen von Miss Cherry Steane erkennen. Mit einem Ausruf des Erschreckens zügelte er die Pferde.

«Was ist denn los, Mylord?» fragte Stebbing, noch erschrockener. Der Viscount fuhr heftig herum, um die weibliche Gestalt genauer zu betrachten, und entdeckte, daß der flüchtige Blick von seinem vorbeifegenden Karriol nicht getrogen hatte: es war unverkennbar Miss Steane. Desford drückte Stebbing die Zügel in die Hand und sagte knapp: «Halte sie! Diese Dame kenne ich!» Dann sprang er leichtfüßig auf die Straße hinunter und ging zurück, Miss entgegen.

Sie begrüßte ihn mit offenkundigem Entzücken und sagte im Ton eines leidenschaftlichen Dankgebets: «Ich dachte mir doch, daß Sie es seien, Sir! Oh, bin ich froh! Wenn Sie nach London fahren, würden Sie – wären Sie so gütig, mich in Ihrem Wagen mitzunehmen?»

Er nahm ihr das Portemanteau ab und stellte es nieder. «Was – nach London? Warum?»

«Ich bin durchgebrannt», erklärte sie mit einem vertrauensvollen Lächeln.

«Das sehe ich, mein Kind!» sagte er. «Aber Ihren Wunsch kann ich nicht erfüllen. Wie dürfte ich Ihnen dabei Vorschub leisten, sich dem Schutz Ihrer Tante zu entziehen?» Ihr Gesichtchen wurde vor Enttäuschung lang; einen Augenblick sah es aus, als ob sie in Tränen ausbrechen würde, aber dann sagte sie mit hoffnungslosem Stimmchen: «Können Sie das nicht, Sir? Entschuldigen Sie! Ich dachte – ich dachte – aber es ist unwichtig.»

«Erzählen Sie mir, warum Sie durchgebrannt sind?» schlug er sanft vor.

«Ich konnte es nicht mehr ertragen! Sie wissen ja nicht –!» sagte sie gepreßt.

«Nein, aber ich wollte, Sie würden es mir erzählen. Ich nehme an, es ist etwas geschehen, seit wir gestern abend miteinander sprachen. Hat Sie jemand gehört und es Ihrer Tante erzählt?»

Sie nickte und biß sich auf die Lippen.

«Und sie hat Sie gescholten?»

«O ja! Aber das ist es nicht! Bloßes Schelten macht mir nichts, aber sie sagte Dinge – und Lucasta auch – und alles vor Corinna – und Corinna erzählte es dann den andern –» Ihre Stimme versagte, sie schluchzte auf und war völlig außerstande, weiterzusprechen.

Der Viscount wartete, bis sie ihre Fassung einigermaßen wiedergewonnen hatte. Er glaubte selten ein rührenderes Bild gesehen zu haben. Nicht nur, daß ihr Gesicht äußerst kummervoll war, ihre Schuhe und der Saum des Dufflemantels, den sie trug, waren übel verschmutzt, einige Strähnen ihres ungebärdigen Haars waren der Gefangenschaft des runden Schulmädchenhuts entflohen und wehten über ihre geröteten Wangen, Schweißperlen glitzerten auf ihrer Stirn. Sie sah erhitzt, müde und verzweifelt aus. An dem ersten dieser drei Übel war sicherlich der Dufflemantel schuld; das zweite schien kein Wunder, wenn sie sich den ganzen Weg mit einem schweren Portemanteau abgeschleppt hatte. Aber die Verzweiflung war nicht so leicht zu erklären: in ihrer Erzählung am Vorabend hatte ihn nichts darauf vorbereitet, daß er ihr auf der Flucht vor der Sicherheit des einzigen Heims, das sie zu haben schien, begegnen würde.

Es gelang Miss Steane, ihre Erregung zu beherrschen und sogar ein tapferes, wenn auch nicht überzeugendes Lächeln zustande zu bringen. «Entschuldigen Sie», stieß sie hervor. «Es war nur, weil Sie so gütig aussehen, Sir, und – und gestern abend mit mir gesprochen haben. Aber es war nicht recht von mir, Sie zu bitten, mich in Ihrem Wagen aufzunehmen. Bitte vergessen Sie es. Meine – meine Angelegenheiten gehen Sie nichts an, und ich komme schon allein zurecht.»

Er übersah geflissentlich die Hand, die sie ihm entschlossen entgegenstreckte, hob ihren Koffer auf und sagte: «Wir können nicht hier auf der Landstraße herumstehen und reden! Ich verspreche nicht, Sie nach London mitzunehmen, aber ich bringe Sie zumindest bis Farnborough. Soviel ich mich erinnere, gibt es dort einen akzeptablen Gasthof, wo ich Ihnen eine Erfrischung verschaffen kann und wir dieses Gespräch in Ruhe fortsetzen können. Kommen Sie!»

Sie schrak zurück und sah ihn mit weitaufgerissenen Augen zweifelnd an. «Sie werden mich nicht zwingen, nach Maplewood zurückzukehren?»

«Nein. Welches Recht habe ich, Sie zu etwas zu zwingen? Obwohl ich zweifellos genau das tun müßte!»

Diese Erwiderung schien sie zu befriedigen, denn sie sagte nichts mehr, sondern ging gehorsam neben ihm zum Karriol.

Der Ausdruck Stebbings, als ihm klar wurde, daß sein Herr einer jungen Person in den Wagen helfen würde, deren Mangel an Begleitung und provinzlerische Kleidung deutlich zeigten, daß sie kein Frauenzimmer von Rang war, sprach Bände; er übergab jedoch dem Viscount wortlos die Zügel und kletterte auf den Sitz des Reitburschen zwischen den Sprungfedern.

Miss Steane sank in die Polster zurück und stieß einen Seufzer der Erleichterung aus. «Oh, wie bequem das ist!» sagte sie dankbar.

«Haben Sie sich den ganzen Weg von Maplewood zu Fuß hergeschleppt?»

«O nein! Ich hatte das Glück, bis Foyle in einem Fuhrwagen mitgenommen zu werden, daher mußte ich nur sechs oder sieben Meilen zu Fuß gehen, und das hätte mir nicht das geringste ausgemacht, wenn ich nicht mit dieser Reisetasche belastet wäre. Und ich wünschte wirklich, mein Umhang wäre nicht ganz so abgetragen, dann hätte ich ihn statt dieses schrecklichen Mantels nehmen können.»

«Er ist tatsächlich nicht das Richtige für einen so warmen Tag», stimmte er ihr zu.

«Nein, aber ich dachte, ich nehme ihn, falls es regnen sollte oder mir kalt wird, wenn die Sonne untergeht.»

«Wenn die Sonne untergeht –! Sie törichtes Kind, Sie können doch bestimmt nicht vorhaben, bis zum Einbruch der Nacht weiterzuwandern?»

«Nein – zumindest . . . Nun, ich dachte, ich würde mit der Postkutsche reisen können, aber – aber als ich sie in Alton erreichte, war sie überfüllt, und der Wächter wollte mich nicht einsteigen lassen. Und selbst wenn Platz gewesen wäre, hätte ich bei weitem nicht genug Geld für die Fahrt gehabt. Aber vermutlich kann ich bei einem Frächter mitkommen, die nehmen oft Leute auf, bloß für ein, zwei Shilling. Andernfalls werde ich eben gehen, solange ich kann, und dann in irgendeinem achtbaren Bauernhaus Unterkunft für die Nacht suchen.»

Der Viscount behielt seine Meinung über die Art der Aufnahme, die ihr aller Wahrscheinlichkeit nach in einem achtbaren Bauernhaus zuteil werden würde, für sich und fragte sie bloß, wo sie in London wohnen wollte.

«Ich gehe zu meinem Großvater», antwortete sie mit einer Spur Trotz in der Stimme.

«Aber nein! Darf ich fragen, ob er davon weiß?»

«Nun ja – noch nicht!» gestand sie.

Er sog hörbar den Atem ein und sagte ziemlich grimmig: «Ja, also, wir verschieben die weitere Erörterung auf Farnborough, und ich kann nur hoffen, daß ich imstande bin, Sie zu überzeugen, daß Ihr Plan nicht durchführbar ist, mein Kind!»

«Sie werden mich nicht überzeugen!» sagte sie, merklich erregt. «O bitte, versuchen Sie es nicht, Sir! Es ist das einzige, das ich wirklich tun kann! Sie verstehen das nicht!»

«Dann werden Sie es mir erklären», sagte er heiter.

Sie erwiderte nichts mehr, sondern suchte in den Falten ihres Mantels nach ihrem Taschentuch. Er fürchtete, daß sie weinen würde, und war einen Augenblick lang bestürzt. Feig war er nicht, aber völlig unfähig, gleichmütig die Aussicht zu ertragen, eine in Tränenfluten aufgelöste Dame über eine vielbefahrene Poststraße zu geleiten. Sie leistete sich jedoch nur ein einziges kleines Aufschluchzen und putzte sich bloß die Nase. Er sagte: «Braves Mädelchen!» und warf ihr einen ermunternden Blick und ein Lächeln zu. Notwendigerweise war es nur ein sehr kurzer Blick, aber als er seine Aufmerksamkeit wieder der Straße zuwandte, sah er flüchtig das zitternde, bemüht tapfere Lächeln, das dem seinen antwortete, und es drehte ihm das Herz im Leibe um.

In wenigen Minuten waren sie in Farnborough und vor dem «Schiff». Diese kleine Poststation wurde selten frequentiert, daher war der Wirt, der zur Begrüßung eines sichtlich vornehmen Reisenden erschien, traurig, aber nicht überrascht, als der Viscount Miss Steane seiner Obhut übergab und ihm sagte, sie hätten nur angehalten, um die Pferde zu füttern. «Ist jemand im Extrazimmer?» fragte er.

«Nein, Sir, niemand – nicht im Augenblick! Aber wenn Euer Gnaden wünschen, eine Erfrischung im Privatsalon zu nehmen –»

«Nein, das Extrazimmer genügt durchaus. Limonade für die Dame und kaltes Fleisch – Kuchen – Obst – was immer Er hat! Und einen Krug Bier für mich, bitte!» Er blickte auf Miss Steane hinunter und sagte: «Gehen Sie nur hinein, meine Liebe. Ich bin gleich wieder bei Ihnen.»

Er sah ihr nach, als sie den Gasthof betrat, und wandte sich Stebbing zu, der bei den Leitpferden stand, um ihm einige Anweisungen zu geben. Stebbing nahm sie mit einem eisigen: «Sehr wohl, Mylord» entgegen, kaum aber hatte der Viscount zwei Schritte zur Tür des Gasthofs getan, als ihn seine Gefühle überwältigten und er herausplatzte: «Mylord!»

«Ja?» fragte der Viscount über die Schulter zurück.

«Es steht mir nicht zu, etwas zu sagen», meinte Stebbing betont zurückhaltend, «aber da es nun einmal so ist, daß ich Eure Lordschaft kenne, seit Sie ein kleiner Bursche waren, dem ich das Reiten auf seinem ersten Pony beibrachte – ah, und aus welchen Klemmen habe ich Sie herausgezogen! Und da –»

«Du brauchst nicht weiterzureden!» unterbrach ihn Desford spöttisch. «Ich weiß genau, was du zu sagen versuchst! Ich soll mich vorsehen, nicht wieder in eine Klemme zu geraten, nicht wahr?»

«Ja, Mylord, und ich hoffe, daß Sie sich wirklich vorsehen – obwohl es mir im Augenblick nicht gerade danach aussieht!»

Desford lachte nur und betrat den Gasthof. Die Wirtin hatte Miss Steane hinaufgeführt, und als Cherry bald darauf wieder zu Seiner Lordschaft ins Extrazimmer kam, hatte sie das Gesicht gewaschen und ihr ungebärdiges Haar geordnet. Den Mantel trug sie nun über dem Arm. Sie sah viel präsentabler aus, aber ihr Tageskleid aus verblichenem rosa Batist war ziemlich zerknittert, der Saum beschmutzt, und es stand ihr ganz und gar nicht. Sie sah sehr ernst drein, als sie jedoch die angerichteten Speisen – Huhn, Zunge und Himbeeren – erblickte, strahlten ihre Augen auf, und sie sagte: «Oh, danke, Sir! Das ist wirklich nett! Ich bin noch vor dem Frühstück davongelaufen, und Sie können sich nicht vorstellen, wie hungrig ich bin!» Dann setzte sie sich zum Tisch und ließ es sich herzhaft schmecken. Desford, der keinen Appetit verspürte, sah ihr mit dem Bierkrug in der Hand zu und dachte, daß sie trotz ihrer neunzehn Jahre den Kinderschuhen kaum entwachsen war. Während sie aß, ließ er sie ungestört, als sie jedoch ihren Imbiß beendete und sagte, sie fühle sich jetzt viel wohler, fragte er: «Haben Sie sich genügend erholt, um mir alles zu erzählen?»

Ihre strahlenden Augen verdunkelten sich, aber nach kurzem Zögern sagte sie: «Wenn ich Ihnen erzähle, warum ich durchgebrannt bin, nehmen Sie mich dann nach London mit, Sir?»

Er lachte. «Ich gebe keine übereilten Versprechen – außer daß ich Sie geradewegs nach Maplewood bringe, wenn Sie es mir nicht erzählen!»

Sie sagte mit drolliger Würde, aber gepreßter Stimme: «Ich kann nicht glauben, daß Sie etwas so – so Unschönes tun würden!»

«Nein, das brauchen Sie wirklich nicht», sagte er mitfühlend. «Aber Sie müssen auch meine Lage in Betracht ziehen! Sie erzählten mir zwar gestern abend, Sie seien nicht sehr glücklich, aber augenscheinlich hatten Sie da noch nicht die Absicht, davonzulaufen. Und schon stoße ich heute auf Sie, sehr verzweifelt, nachdem Sie anscheinend plötzlich den Entschluß gefaßt hatten, Ihre Tante zu verlassen. Hatten Sie vielleicht Streit mit ihr, sind Sie in Wut geraten und davongelaufen, ohne zu überlegen, ob sie wirklich so unfreundlich war, daß Ihre Handlung gerechtfertigt ist? Oder ob nicht auch sie zornig wurde und mehr gesagt hat, als sie wirklich meinte?»

Sie sah ihn unglücklich an und schüttelte kurz den Kopf. «Wir haben nicht gestritten. Ich habe nicht einmal mit Corinna gestritten. Oder mit Lucasta. Und der Entschluß war auch gar nicht so plötzlich. Ich habe mir verzweifelt gewünscht – oh, fast von dem Augenblick an, als mich meine Tante nach Maplewood brachte –, fliehen zu können. Wann immer ich es jedoch wagte, sie zu fragen, ob sie mir bei einer Stellungssuche behilflich sein würde, schalt sie mich undankbar und – und sagte, ich würde mich bald wieder nach Maplewood zurücksehnen, weil ich zu nichts taugte als zu einem – einem Dienstboten.» Sie machte eine Pause und sagte dann in ziemlich hoffnungslosem Ton: «Ich kann es Ihnen nicht erklären. Aber vermutlich würden Sie es selbst dann nicht verstehen, denn Sie waren nie so arm, daß Sie jemandem zur Last fallen mußten, dankbar für ein abgetragenes Haarband oder ein Fetzchen zerrissener Spitze, das Ihnen eine Ihrer Kusinen schenkte, statt es wegzuwerfen.»

«Nein», erwiderte er. «Aber Sie irren sich, wenn Sie glauben, daß ich es nicht verstehe. Ich habe nur zu viele solcher Fälle erlebt, wie Sie ihn schildern, und die Opfer dieser sogenannten Mildtätigkeit aufrichtig bedauert, von denen man erwartet, daß sie unermüdlich dienen, nur um ihre Dankbarkeit zu beweisen für –» Er unterbrach sich, denn sie war zusammengezuckt und hatte das Gesicht abgewandt. «Was habe ich denn gesagt, das Sie erregt?» fragte er. «Glauben Sie mir, es war nicht meine Absicht!»

«O nein», sagte sie mit erstickter Stimme. «Verzeihung! Es war dumm von mir, daß ich es mir so zu Herzen nahm, aber dieses Wort brachte mir alles wieder zurück, wie – wie ein Dolchstich! Lucasta sagte, ich hätte den richtigen Taufnamen bekommen, und meine Tante s-sagte: ‹Sehr richtig, mein Liebstes!› In Hinkunft sollte ich nicht Cherry, sondern Charity genannt werden, denn das bedeutet ja Mildtätigkeit, und das würde mich ständig daran erinnern, was ich wirklich sei – nichts Besseres als eine Almosenempfängerin!»

«Was für ein böser Drache!» rief er verächtlich. «Aber seien Sie beruhigt, sie wird Sie nicht Charity nennen! Sie würde nicht wollen, daß die Leute sie für gehässig halten!»

«Das würden die Leute gar nicht. Denn ich heiße ja wirklich so!» enthüllte sie ihm tragisch. «Ich weiß, ich sagte Ihnen, ich heiße Cherry, aber das war keine Flunkerei, Sir, denn ich wurde immer Cherry genannt.»

«Ich verstehe. Wissen Sie, daß mir ‹Charity› besser gefällt als ‹Cherry›? Ein sehr hübscher Name.»

«Der Meinung wären Sie nicht, wenn Sie selbst so hießen und es noch dazu wahr wäre!»

«Vermutlich nicht», gab er zu. «Aber was haben Sie denn angerichtet, daß man Ihnen so böse Dinge sagte?»

«Als wir beide gestern abend auf der Treppe miteinander sprachen, hat Corinna gelauscht», sagte sie. «Sie ist die hassenswerteste, verlogenste falsche Katze, die man sich vorstellen kann, und wenn Sie glauben, daß ich so etwas nicht über sie sagen sollte, dann tut mir das leid, aber es ist wahr! Ich hielt sie immer für die liebenswerteste meiner Kusinen und – und für meine Freundin! Obwohl ich wußte, daß sie entsetzlich flunkert und es nicht für würdelos hielt, Önone bei meiner Tante zu verpetzen, hätte ich doch nicht im Traum daran gedacht, daß sie mir dasselbe antun würde! Nun – nun ja, es war zwar verständlich, daß sie versuchte, sich an Önone zu rächen, denn Önone ist ein sehr unangenehmes Mädchen, findet ewig Grund, sich zu beklagen, und versucht, meine Tante gegen ihre Schwestern aufzuhetzen. Aber –» ihre Augen füllten sich mit Tränen, die sie schleunigst wegwischte – «Corinna – Corinna hatte keinen Grund, mir Böses anzutun! Und – und sie verdrehte alles, was ich zu Ihnen sagte, Sir, und es klang ganz anders als das, was ich wirklich sagte! Sie behauptete sogar, Sie wären nicht die Treppe heraufgekommen, wenn ich nicht K-Köder nach Ihnen ausgeworfen hätte! Was ich nicht getan habe! Wirklich nicht!»

«Im Gegenteil! Sie baten mich, nicht hinaufzukommen!» sagte er lächelnd.

«Ja, und das habe ich ihnen auch gesagt, aber weder meine Tante noch Lucasta wollten mir glauben. Sie – sie beschuldigten mich, eine – eine Intrigantin zu sein, und meine Tante hielt eine Predigt über Mädchen wie ich, die im Magdalen enden. Und als ich sie fragte, was Magdalen sei, sagte sie, wenn ich jedem Mann, der meinen Weg kreuzt, weiterhin Glotzaugen machte, würde ich bald entdecken, was das ist. Aber ich tue es nicht, nein, wirklich nicht!» sagte sie heftig. «Es war nicht meine Schuld, daß Sie gestern abend heraufkamen, um mit mir zu reden, und es war nicht meine Schuld, daß Sir John Thorley mich in seine Kutsche einsteigen ließ und mich liebenswürdigerweise nach Maplewood zurückbrachte, damals, als er mich überholte, als ich gerade im Regen aus dem Dorf heimging; und es war nicht meine Schuld, daß Mr. Rainham mit mir sprach, als ich eines Abends Dianeme und Tom in den Salon hinunterbrachte! Ich habe mich wirklich nicht in den Vordergrund gedrängt! Ich setzte mich, ganz wie es mir die Tante befohlen hatte, auf einen Stuhl an der Wand und machte nicht die leiseste Anstrengung, ihn neben mir festzuhalten. Ich versichere es Ihnen, daß ich es nicht tat, Sir!» Ihre Augen wurden feucht, aber wieder wischte sie die Tränen weg und sagte: «Es war nichts als Nettigkeit von den beiden Herren, und zu behaupten, daß ich einen von ihnen Lucasta abspenstig machte, ist sündhaft ungerecht!»

Da er selbst der Anziehungskraft ihrer großen Augen erlegen und von ihrer offensichtlichen Verlassenheit zu Mitleid bewegt worden war, konnte er die Gefühle leicht verstehen, welche die beiden Herren, vermutlich Verehrer Lucastas, bewogen hatten, ihr etwas Aufmerksamkeit zu schenken. Er dachte mit einem höhnischen Kräuseln der Lippen, daß Lady Bugle dumm wie Bohnenstroh war, und fragte sich, wie viele von Lucastas Verehrern ihrer kleinen Kusine wohl Aufmerksamkeit geschenkt hätten, wenn Cherry passend gekleidet und von Lady Bugle mit der Zuneigung behandelt worden wäre, die diese Dame Lucasta gegenüber an den Tag legte. Nicht viele, vermutete er, denn obwohl sie einen unschuldigen Zauber besaß, war sie mit der strahlenden Schönheit Lucastas verglichen nicht mehr als ein Kerzenflämmchen; in glücklicheren Verhältnissen hätte sie keine ritterlichen Gefühle in einer männlichen Brust geweckt. Diese Überlegung behielt er jedoch für sich und machte sich statt dessen an die Aufgabe, die Erregte zu beschwichtigen, bevor er alles in seiner Macht Stehende tat, sie zu überzeugen, daß eine Rückkehr in die Leibeigenschaft ihrem gegenwärtigen Plan vorzuziehen sei. Mit dem ersten dieser Ziele vor Augen ermutigte er sie, von den ihr zugefügten Beleidigungen zu sprechen; wenn sie ihr Herz erleichtern konnte, würde sie sich auch von dem irritierenden Gefühl des Verletztseins und der Ungerechtigkeit befreien. Er hatte den Verdacht gehegt, daß sie bloße Scheltworte überempfindlich aufgefaßt hatte; aber als sie ihm dann ihr Leben in Maplewood schilderte, hegte er keine Skepsis mehr.

Sie beantwortete seine Fragen nicht etwa bereitwillig und war anscheinend immer gewillt, Entschuldigungen für die vielen Unfreundlichkeiten zu finden, die ihr in Maplewood zuteil geworden waren. Sie grollte auch nicht wegen der Anforderungen, die man an sie gestellt hatte, sondern schien zu glauben, es sei nur recht und billig, die Großmut ihrer Tante zurückzuzahlen, indem sie alle möglichen Dienste ausführte. Als sie jedoch schlicht sagte: «Ich würde alles tun, wenn sie mich bloß ein bißchen liebhätte und nur ein einziges Mal danke sagen würde!», da meinte er, noch nie etwas Traurigeres gehört zu haben. Es war offenkundig, daß Lady Bugle in ihr keine verwaiste Nichte sah, die man liebhaben sollte, sondern eine Haushaltssklavin, die den ganzen Tag über nicht nur ihrer Tante, sondern auch ihren Kusinen dienen und auf die größeren Babies aufpassen mußte, wann immer Nurse das wünschte. Ein weniger gefügiges Mädchen wäre in Maplewood wahrscheinlich besser daran gewesen: Desford war am Vorabend nahe genug neben Lady Bugle gestanden, um beobachten zu können, wie sie zu ihrem Gemahl trat und leise, aber ziemlich scharf etwas zu ihm sagte. Der Viscount hatte nicht gehört, was es war, aber daß sie ihrem Mann einen Befehl gegeben hatte, war offenkundig, denn Sir Thomas hatte zunächst Einwände erhoben, war dann aber doch gegangen, um auszuführen, was man ihm geheißen hatte. Desford hatte Lady Bugle als eines jener überheblichen Frauenzimmer klassifiziert, das jeden allzu Nachgiebigen oder jeden, der aus Angst keinen Widerstand leistete, tyrannisierte. Zuerst hatte es ihn überrascht zu erfahren, daß seine kurze Begegnung mit Cherry dieser so böse Schelte eingetragen hatte, aber je aufmerksamer er das süße Gesichtchen vor sich betrachtete, um so weniger überraschte es ihn, daß Mutter und Tochter so wütend waren, als sie erfuhren, Cherry hätte seine Aufmerksamkeit auf sich gezogen. Lucasta war eine Schönheit, aber Cherry war bei weitem anziehender.

Während sie ihre Geschichte erzählte, fragte er sich, was er für sie tun konnte. Er hatte bald seine ursprüngliche Absicht fallenlassen, sie zu ihrer Tante zurückzubringen, und versuchte sie auch nicht dazu zu überreden. Eine flüchtige Idee, sie in die Obhut Lady Emboroughs zu geben, war kaum aufgetaucht, als sie auch schon wieder verworfen wurde; und als er vorschlug, sie sollte zu Miss Fletching zurückkehren, schüttelte sie den Kopf und sagte, daß nichts sie dazu bewegen konnte, die Güte dieser Dame noch weiter in Anspruch zu nehmen.

«Glauben Sie nicht, daß Sie ihr sehr nützlich sein könnten?» drang er in sie. «Vielleicht als Lehrerin?»

«Nein», erwiderte sie. Ihre Augen verloren plötzlich den verzweifelten Ausdruck und tanzten spitzbübisch. Sie kicherte und sagte: «Ich wäre nicht im geringsten nützlich, und schon gar nicht als Lehrerin! Ich habe überhaupt nichts für Bildung übrig, und wenn ich auch Pianoforte spielen lernte, so habe ich absolut keine Fertigkeit. Ich besitze auch kein Talent für Sprachen oder Malen, und ich rechne immer falsch. Sie sehen also –!»

Das war wirklich entmutigend. Er mußte wider Willen lachen, sagte jedoch: «Nun, da Sie alles aufgezählt haben, was Sie nicht können, sagen Sie mir doch, was Sie können!»

Wieder umwölkte sich ihre Stirn. Sie sagte: «Nichts – nichts von vornehmer Art. Meine Tante sagt, ich sei nur geeignet, Dienstbotenaufgaben durchzuführen, und das dürfte stimmen. Aber während ich in Maplewood war, habe ich sehr viel über Haushaltsführung gelernt, und ich weiß, daß ich mich gut dazu eigne, kranke alte Damen zu versorgen, denn als die alte Lady Bugle bettlägerig wurde, gab es Tage, an denen nur ich ihr Zimmer betreten durfte. Und ich glaube, sie mochte mich ganz gern, denn obwohl sie sehr viel mit mir zankte – sie war fast immer bitterböse, die arme alte Dame –, fuhr sie mich nie so an wie meine Tante und Lucasta und Önone, und sie beschuldigte mich auch nicht, ihren Tod zu wünschen. Daher dachte ich, daß ich sehr wahrscheinlich meinem Großvater ein Trost sein könnte. Ich glaube, er lebt ganz allein, außer der Dienerschaft, was für ihn äußerst melancholisch sein muß, glauben Sie nicht auch, Sir?»

«Für mich wäre es das bestimmt, aber Ihr Großvater soll ein eingefleischter Einsiedler sein. Ich habe ihn nie persönlich kennengelernt, aber wenn die über ihn kursierenden Geschichten wahr sind, dann ist er keine sehr liebenswürdige Persönlichkeit. Schließlich erzählten Sie mir ja selbst, daß er Miss Fletchings Brief auf sehr unhöfliche Art beantwortet hat, nicht?»

«Ja, aber ich glaube nicht, daß sie ihn bat, sich um mich zu kümmern», argumentierte sie. «Sie wollte, daß er das bezahle, was Papa ihr schuldet, und es würde mich nicht wundern, wenn sie ihn damit gereizt hat, denn ich weiß von Papa, daß Großvater entsetzlich geizig ist.»

«Hat Ihre Tante diese Schulden bezahlt?» unterbrach er sie.

Sie schüttelte leicht errötend den Kopf. «Nein. Auch sie sagte, sie sei nicht dafür verantwortlich, da aber Blut dicker sei als Wasser, würde sie – würde sie Miss Fletching von mir erlösen, indem sie mich zu sich nehme. Daher – daher hat niemand für mich gezahlt – noch nicht! Aber ich habe vor, jeden Penny zu sparen, den ich verdienen kann, und ich werde Miss Fletching bezahlen!» Sie hob trotzig das Kinn und sagte: «Wenn mein Großvater – wenn ich ihn sehen und ihm erklären kann, wie es ist – bestimmt wird er sich nicht weigern, mich bei sich wohnen zu lassen, bis ich eine passende Stellung gefunden habe?»

Der Viscount mußte ihr zustimmen. Gleichgültig, wie mürrisch und exzentrisch Lord Nettlecombe sein mochte, er konnte wohl kaum eine arme Enkelin wegschicken, die keine andere Zuflucht in London hatte als sein Haus. Es bestand immerhin die Möglichkeit, daß er Zuneigung zu ihr faßte, und dann wäre ihre Zukunft gesichert. Falls er jedoch so schäbig war, sie abzuweisen, würde er es mit Mylord Desford zu tun bekommen, der die Ehrerbietung älteren Menschen gegenüber, die ihm so sorgfältig von frühester Jugend an eingedrillt worden war, vergessen und dem alten Geizhals unmißverständlich raten würde, sich das Ganze gut zu überlegen. Er könnte nämlich die wenigen ihm noch verbliebenen Freunde verlieren, falls die Geschichte bekannt wurde, und er, Desford, würde es sich angelegen sein lassen, daß das auch tatsächlich der Fall war.

Er teilte Cherry diese Überlegungen nicht mit, sondern erhob sich unvermittelt und sagte: «Also gut. Ich nehme Sie nach London mit.»

Sie sprang auf, ergriff schnell seine Hand und küßte sie, bevor er sie daran hindern konnte. «O danke, Sir!» rief sie mit einer vor Dankbarkeit zitternden Stimme, und in ihren Augen schimmerten Tränen plötzlicher Erleichterung. «Danke, danke, danke so sehr!»

Sehr verlegen entzog er ihr die Hand, gab ihr einen Klaps auf die Schulter und sagte: «Halt, halt, Sie närrisches Kind! Warten Sie, bis wir sehen, wie Ihr Großvater Sie aufnimmt, bevor Sie in Entzücken geraten! Wenn er Sie nicht empfängt, werden Sie mir ja nichts zu danken haben.»

Er schnitt weitere Dankesbezeigungen ab, indem er sagte, er würde jetzt die Rechnung begleichen und in wenigen Minuten mit dem Wagen vorfahren.

Der Viscount mußte allerdings zunächst einmal die Mißbilligung seines Dieners über sich ergehen lassen. Als er Stebbing davon unterrichtete, daß er Miss Steane nach London mitnähme, sah sich dieser würdige Herr außerstande, die Neuigkeit so aufzunehmen, wie es seiner Stellung zukam, sondern erklärte rundheraus: «Mylord, ich bitte Sie inständigst, nichts dergleichen zu tun. Sie werden sich auf jeden Fall in die Nesseln setzen, und wenn Seine Lordschaft davon hört, dann bin ich derjenige, der schuld daran ist!»

«Sei kein solcher Dummkopf!» sagte der Viscount ungeduldig. «Seine Lordschaft wird nichts davon erfahren – und wenn das doch der Fall ist, würde er dir einzig die Schuld daran geben, daß du so viel Lärm um nichts machst. Bildest du dir denn ein, daß ich das Kind entführe?»

«Eher daß sie Sie entführt, Mylord!» murmelte Stebbing.

Die Augen des Viscount wurden hart; er sagte kalt: «Ich gestehe Ihm sehr viel Freiheit zu, Stebbing, aber diese Bemerkung geht weit über die Grenzen des Erlaubten!»

«Mylord», sagte Stebbing mürrisch, «wenn ich zu frei gesprochen habe, bitte ich um Entschuldigung. Aber ich habe Ihnen treu gedient, seit Sie so freundlich waren, mich als Ihren persönlichen Reitburschen zu akzeptieren, und ich müßte mich vor mir selbst schämen, wenn ich Sie nicht wenigstens davon abzuhalten versuchte, so etwas Hirnrissiges zu tun, wie diese junge Pers – Dame! – einfach davonzuführen! Sie können mich hinauswerfen, Mylord, aber ich muß und werde es Ihnen auf den Kopf zusagen, daß jedenfalls ich noch nie eine junge Dame erlebt habe, die allein mit einem Herrn weggehen wollte.»

«Paßt das Seinem Anstandsgefühl nicht? Nun, dann muß Er daran denken, daß Er hinter uns sitzen wird, und ich gebe Ihm die Erlaubnis, einzuschreiten und Miss Steanes Tugend vor unschicklichen Annäherungsversuchen zu schützen, die ich vielleicht unternehmen werde.» Da er merkte, daß Stebbing tief bekümmert war, gab er nach und sagte lachend: «Du brauchst nicht so aufgebracht zu sein, du alter Dummkopf. Ich habe mich bloß dazu verpflichtet, Miss Steane zum Haus ihres Großvaters zu bringen. Und wenn du kein Dummkopf wärst, dann wüßtest du, daß ihre Bereitwilligkeit, mit mir nach London zu fahren, der Unschuld entspringt und nicht, wie du anscheinend denkst, einem Mangel an Takt! Guter Gott, was sollte ich deiner Meinung nach in dieser Situation tun? Sie im Stich lassen, damit sie die Beute des ersten unverschämten Wüstlings wird, dem sie auf der Landstraße begegnet? Du mußt mich ja für einen sauberen Patron halten!»

«Nein, Mylord, so etwas denke ich keineswegs! Aber ich denke, daß Sie sie dorthin zurückbringen sollen, woher sie gekommen ist!»

«Dorthin will sie nicht, und ich habe kein Recht, sie dazu zu zwingen.» Seine Augen zeigten plötzlich ein humorvolles Glitzern. «Und selbst wenn ich das Recht hätte, will ich verdammt sein, wenn ich es täte! Himmel, Stebbing, möchtest du vielleicht ein Mädchen, das sich die Augen aus dem Kopf weint, in einem offenen Wagen fahren?» Er lachte und sagte: «Du weißt genau, daß du das nicht tätest! Spann an und verschwende keine Zeit mehr aufs Predigen!»

«Sehr wohl, Mylord. Aber ich bitte sagen zu dürfen – und bitte um Entschuldigung, wenn ich so kühn bin, meine Meinung darzulegen! –, daß Sie noch nie – nicht einmal in Ihrer ersten Jugend, als Sie der Hafer stach und Sie Dinge anstellten, daß einem Hören und Sehen verging – so beduselt waren wie jetzt! Und wenn es mit Ihnen nicht schlecht ausgeht – und mit mir dazu –, können Sie mich einen Trottel heißen, Mylord!»

«Sehr verbunden. Werde ich!» erwiderte der Viscount.

5

Zweieinhalb Stunden später fuhr der Viscount mit seinem schwitzenden Gespann in der Albemarle Street vor, nachdem er seine Pferde derart angetrieben hatte, daß es bei jedem außer einem Meister der Fahrkunst äußerst gefährlich gewesen wäre. Selbst Stebbing, der sehr wohl wußte, daß der Viscount seinen Wagen haarscharf manövrieren konnte, klammerte sich dreimal an den Rand seines Sitzes: zweimal, als Desford in einer Straßenenge seine Pferde vorpreschen ließ, um ein langsameres Fahrzeug zu überholen, und einmal, als er eine unübersichtliche Kurve fast messerscharf nahm, ohne das Tempo zu verlangsamen. Aber erst als sie die Außenbezirke Londons erreichten, erlaubte sich Stebbing, eine mürrische Warnung zu äußern: «Sachte bei den Steigungen, Mylord, ich bitte Sie inständigst!»

«Wofür hältst du mich eigentlich?» warf der Viscount über die Schulter zurück. «Für einen Anfänger?»

Darauf gab Stebbing keine Antwort. Obwohl er insgeheim seinen Herrn für einen erstklassigen Fahrer hielt, hätte ihn nichts dazu gebracht, das zuzugeben, außer wenn er im «Horse and Groom» vor seinen engsten Kumpeln mit der Vortrefflichkeit des Viscounts prahlte. Der Viscount hörte selten ein Lob; vor allem dann nicht, wenn er bei Stebbing schlecht angeschrieben war.

Miss Steane, deren Stimmung sich von dem Augenblick an gehoben hatte, da Desford ihr versprach, sie nach London zu bringen, genoß die Reise außerordentlich. Sie vertraute dem Viscount an, daß sie noch nie in einem Karriol gefahren war. Ihre Erfahrung mit offenen Wagen beschränkte sich auf das Gig, und obwohl ihr Vetter Stonor ein Karriol besaß, war das, verglichen mit dem leichten, eleganten Wagen des Viscounts, eine sehr schäbige Angelegenheit. Sie hielt auch seine Pferde für gut und sagte ihm das. Er dankte für das Lob mit einem Ernst, der durch das Zittern eines Lachens in seiner Stimme nur ganz leicht beeinträchtigt wurde. Es war tatsächlich ein Paar prächtig aufeinander abgestimmter Grauschimmel, und die Kaufsumme hätte seinen Vater (wenn er davon erfahren hätte) in der Überzeugung bestärkt, daß sein Erbe ein haltloser Verschwender war.

«Sie können sich nicht vorstellen, was für ein Vergnügen das für mich ist, Sir!» sagte Miss Steane fröhlich. «Alles ist mir neu! Wissen Sie, ich bin nicht mehr gereist, seit Papa mich nach Bath brachte, und an jene Reise erinnere ich mich kaum mehr. Außerdem fuhren wir in einer geschlossenen Kutsche, und dabei kann man die Landschaft wirklich nicht richtig sehen. Aber das hier ist einfach großartig!»

So plauderte sie unbekümmert dahin, interessierte sich für alles, das ihrem staunenden Blick begegnete, wandte ständig den Kopf, um einen besonders bunten Garten oder ein malerisches Bauernhaus, das an einem Seitenweg flüchtig auftauchte, besser zu sehen. Soweit sich ihr Gespräch nicht mit der vorbeiziehenden Landschaft beschäftigte, widmete sie es einer ernsten Erörterung mit Desford, wie sie sich ihrem Großvater nähern sollte.

Als sie London erreichten, wurde sie jedoch ziemlich schweigsam, ein Umstand, der Desford zu der spöttischen Bemerkung veranlaßte: «Müde, kleine Plaudertasche? Jetzt ist es nicht mehr weit!»

Sie lächelte und schüttelte den Kopf. «Nein, nicht müde. Habe ich sehr viel Unsinn geplappert? Entschuldigen Sie! Warum haben Sie mir nicht gesagt, ich solle den Mund halten? Ich muß Sie ja schrecklich gelangweilt haben.»

«Im Gegenteil, ich fand Ihre Konversation höchst erfrischend. Warum schweigen Sie denn plötzlich? Sorgen Sie sich wegen Ihres Großvaters?»

«Ein bißchen», gestand sie. «Ich wußte nicht, daß London so groß ist und – und so laut, und ich muß mich wider Willen fragen, was ich anfangen soll, falls sich mein Großvater weigert, mich zu empfangen. Wenn ich doch bloß Bekannte hier hätte!»

«Regen Sie sich nicht auf», beruhigte er sie. «Es ist höchst unwahrscheinlich, daß er es tut. Und wenn es doch der Fall sein sollte, dann verspreche ich Ihnen, Sie nicht im Stich zu lassen! Es wird uns ganz gewiß ein Plan zu Ihrer Rettung einfallen!»

Er sprach leichthin, denn je mehr er sich die Sache überlegte, um so überzeugter wurde er, daß Lord Nettlecombe, wie exzentrisch er auch sein mochte, doch nicht bar jedes Anstandsgefühls war. Er würde seine Enkelin, deren kindliche Unschuld jedem, der nicht mit Blindheit geschlagen war, klar sein mußte, nicht der Welt aussetzen. Aber als er mit seinem müden Gespann vor Nettlecombes Stadtwohnung in der Albemarle Street vorfuhr, erlitten seine optimistischen Überlegungen einen schweren Schlag. Sämtliche Fensterläden des Hauses waren verschlossen, und der Türklopfer war abmontiert: die Exzentrizität Seiner Lordschaft war also doch nicht so groß, daß er in den Sommermonaten in London geblieben wäre.

«Wünschen Eure Lordschaft, daß ich läute?» erkundigte sich Stebbing in kassandragleichen Tönen.

«Ja, tu das!» sagte der Viscount kurz.

Inzwischen hatte Miss Steane Zeit gehabt, die Bedeutung der verschlossenen Fensterläden zu begreifen, und Panik überfiel sie. Sie verschlang die Hände im Schoß ganz fest, in dem tapferen Versuch, Ruhe zu bewahren. Nach einigen Minuten, während Stebbing heftig an der Glocke zog, sagte sie mit gespielt sorgloser Stimme: «Anscheinend ist das Haus geschlossen worden, n-nicht, Sir?»

«Tatsächlich! Aber zu seiner Hut wird jemand zurückgeblieben sein, von dem wir erfahren können, wohin Ihr Großvater gefahren ist. Versuch es im Souterrain, Stebbing!»

«Verzeihen, Eure Lordschaft, aber ich wüßte nicht, wie ich das bewerkstelligen soll, da das Tor zum Souterrainvorhof mit einer Kette und einem Vorhängeschloß versperrt ist.» Er bemerkte nicht ohne Genugtuung, daß der Viscount zumindest einen Augenblick ratlos war, und lenkte so weit ein, daß er sagte, er wolle sich in den Nachbarhäusern erkundigen. Aber eines davon war über die Sommermonate von einer Familie gemietet worden, die Stebbing verächtlich als richtige Emporkömmlinge bezeichnete, die keinen Lord Nettlecombe kannten, und das andere von einem ältlichen Ehepaar, dessen Pförtner mit einem verächtlichen Schnauben sagte, er habe den alten Knicker vor ungefähr einer Woche abfahren sehen, wisse jedoch nicht, wohin er gereist war. «Meine Herrschaft hat nichts mit ihm zu tun, und auch keiner von uns hat etwas mit seiner Dienerschaft zu tun», stellte er hochnäsig fest.

Als Stebbing zum Wagen zurückkehrte und diese entmutigenden Nachrichten überbrachte, stieß Miss Steane in einem verängstigten Flüstern hervor: «Oh, was soll ich tun – was soll ich bloß tun?»

«Soll ich in einem der anderen Häuser nachfragen, Mylord?»

Der Viscount hatte jedoch Zeit zum Nachdenken gehabt und erwiderte: «Nein. Wir haben schon lange genug getrödelt. Wohin Seine Lordschaft auch immer gefahren sein mag, wir können kaum hoffen, ihn heute noch zu erreichen. Herauf mit dir!» Dann wandte er sich an seinen erregten Fahrgast und sagte mit einer Heiterkeit, die er bei weitem nicht empfand: «Ja, warum zittern Sie denn wie ein Pudding, kleines Gänschen? Dieses Pech hat uns zweifellos ein kleines Hindernis in den Weg gelegt, aber so verzweifelt liegt der Fall auch nicht.» Während er das sagte, setzte er seine Pferde in Bewegung, wendete und fügte mit einem kläglichen Auflachen hinzu: «Natürlich, falls sich herausstellt, daß er zur Kur in Bath ist, werden wir einigermaßen belämmert dastehen, nicht?»

Sie beachtete das nicht, sondern wiederholte: «Was soll ich nur machen? Was kann ich bloß anfangen? Sir – ich – ich habe nicht sehr viel Geld!!»

Diese Enthüllung endete in einem Aufschluchzen. Er erwiderte sachlich: «Sie können nur eines machen, Cherry: sich nicht mehr aufregen und es mir überlassen, einen Weg aus dieser Wirrnis zu finden. Ich verspreche Ihnen, daß ich ihn finde, also Kopf hoch!»

«Das kann ich nicht!» stieß sie hervor. «Sie verstehen nicht! Ihnen dreht sich ja nicht der Magen um bei dem Gedanken, plötzlich allein in dieser gräßlichen Stadt zu sein, und ohne Zaster – oh, wie können Sie nur so gefühllos lachen?»

«Meine Liebe, ich kann einfach nicht anders! Wo haben Sie denn diesen Ausdruck her?»

«Oh, ich weiß nicht, und das ist doch nicht wichtig!» rief sie aus. «Wohin führen Sie mich? Wissen Sie, wo es hier eine Stellenvermittlung gibt? Ich muß sofort einen Posten suchen! Aber ich werde übernachten müssen – o Himmel, vielleicht mehrmal, denn selbst wenn ich sofort einen Posten finden sollte, ist nicht anzunehmen, daß ich gleich gebraucht werde! Falls nicht jemand auf der Stelle benötigt wird, vielleicht wegen irgendeines Unfalls oder einer Krankheit und dann –»

«Sie vergessen, daß Sie sich eine Empfehlung verschaffen müßten», warf er entmutigend ein.

«Nun, ich bin überzeugt, daß mir Miss Fletching eine gäbe!»

«Zweifellos, aber ich darf Sie daran erinnern, daß es Zeit brauchen wird, sich eine von ihr zu verschaffen?»

Sie war eingeschüchtert, faßte sich aber rasch. «Sehr richtig! Aber Sie könnten mich doch empfehlen, Sir?»

«Nein», erwiderte er unmißverständlich.

Ihr Busen schwoll. «Ich hätte Sie nie für so ungefällig gehalten!»

Er lächelte. «Ich bin nicht ungefällig. Glauben Sie mir, nichts würde Ihren Chancen, einen passenden Posten zu finden, mit größerer Sicherheit schaden als eine Empfehlung von mir – oder von einem anderen unverheirateten Mann meines Alters.»

«Oh!» sagte sie, als sie das verdaute. Der Hornstoß eines Postkutschers ließ sie zusammenzucken, und sie sagte inbrünstig: «Wie können Sie es nur ertragen, in dieser gräßlichen Stadt zu leben, wo nichts als Lärm und Gedränge herrscht und die Straßen so voller Kutschen und Wagen und Karren sind, daß – oh, bitte Vorsicht, Sir! Ich weiß bestimmt, daß wir mit irgend etwas zusammenstoßen – oh, schauen Sie, dort der Wagen, der aus der Straße da drüben herauskommt!»

«Machen Sie die Augen zu!» riet er, amüsiert über ihren sichtlichen Mangel an Vertrauen in seine Fähigkeit, einen Unfall zu verhüten.

«Nein», sagte sie resolut. «Ich muß es lernen, mich daran zu

Was kann ich bloß anfangen? ...

. . . ich habe nicht sehr viel Geld, klagte Miss Steane.

Was kann man schon anfangen ohne viel Geld? Höchstens anfangen zu sparen – falls man's nicht ohnehin schon die ganze Zeit mußte. Und ohne Geld macht nicht einmal das Sparen Spaß.

gewöhnen. Ist London immer so überfüllt, Sir?»

«Meist noch viel überfüllter, leider», sagte er entschuldigend. «Faktisch ist es im Augenblick sogar sehr leer!»

«Und dann gibt es Leute, die freiwillig in London leben!» Er war kurz vorher wieder auf den Piccadilly zurückgefahren und zügelte nun die Pferde, um in die Arlington Street einzubiegen.

«Ja. Ich gehöre zu diesen sehr komischen Leuten, und ich bringe Sie jetzt in mein Haus, damit Sie sich etwas ausruhen und erfrischen können, bevor wir unsere Reise fortsetzen.»

Unbehaglich sagte sie: «Ich glaube, ich sollte nicht in Ihr Haus kommen, Sir. Ich mag ja ein Gänschen sein, aber ich weiß doch, daß es sich für Frauenzimmer nicht schickt, Herren daheim zu besuchen, und – und –»

«Stimmt, es ist eine Spur regelwidrig», pflichtete er ihr bei, «aber bevor wir weiterfahren, muß ich gewisse Vorkehrungen treffen, und Sie möchten wohl kaum auf der Straße draußen warten, oder? Daher ist es das beste, ich überantworte Sie für eine halbe Stunde meiner Haushälterin. Ich werde ihr sagen, daß meine Tante Emborough Sie meiner Obhut anvertraut hat und ich Sie heim nach Hertfordshire bringe.»

Nervös fragte sie: «Wohin – wohin bringen Sie mich wirklich, bitte?»

«Nach Hertfordshire. Ich werde eine alte und liebe Freundin bitten, sich um Sie zu kümmern, bis ich Ihren Großvater gefunden habe. Sie heißt Miss Henrietta Silverdale und lebt mit ihrer Mutter in einem Ort namens Inglehurst. Schauen Sie nicht so verschreckt drein! Ich bin ziemlich sicher, daß sie Ihnen gefallen wird, und ganz sicher, daß sie sehr lieb zu Ihnen sein wird.»

Das Karriol hielt vor einem der kleinen Häuser an der Ostseite der Straße, und Stebbing kletterte hinunter und ging zu den Pferden.

Miss Steane flüsterte: «Es war falsch von mir, davonzulaufen, nicht wahr? Jetzt weiß ich es, weil alles schiefgegangen ist und – und ich nur Sie habe, um Hilfe in dieser Klemme zu finden. Aber wirklich, Sir, ich hätte Sie bestimmt nicht gebeten, mich nach London mitzunehmen, wenn ich gewußt hätte, wie es ausgeht.»

Er legte die Hand über ihre ineinanderverkrampften Hände und sagte sanft: «Sie sind müde, mein Kind, und alles sieht schwarz aus, nicht wahr? Ich kann Ihnen nur sagen: vertrauen Sie mir doch! Habe ich Ihnen denn nicht versichert, daß ich Sie nicht im Stich lassen werde?»

Sie löste ihre Hände und umklammerte die seine. «Es war nie meine Absicht, Ihnen derart zur Last zu fallen!» versicherte sie ihm leidenschaftlich. «Bitte, glauben Sie mir!»

«Aber das weiß ich ja! Sie jedoch wissen nicht, daß ich dieses Abenteuer keineswegs als Last empfinde: Ich betrachte es als eine Herausforderung und bin entschlossen, Ihren Großvater aufzuspüren, und wenn ich sämtliche Kurorte im Land nach ihm durchsuchen müßte!» Er bemerkte, daß sein Butler die Tür geöffnet hatte und auf den Wagen zukam, löste seine Hand aus ihrem Griff und sagte: «Ah, da ist ja Aldham! Einen recht guten Tag, Aldham! Ist Tain schon angekommen?»

«Vor einer Stunde, Mylord», erwiderte Aldham und strahlte ihn liebevoll an, warf jedoch einen zweifelnden Blick auf Desfords Gefährtin. Er kannte den Viscount seit dessen Geburt, denn er war zu jener Zeit Laufbursche in Wolversham, aus welch niedriger Position er sich langsam zu der eines Ersten Lakaien emporgearbeitet hatte und dann in einem einzigen ersehnten Sprung zu der ehrenhaften Stellung des Butlers Seiner jungen Lordschaft kam: und er kannte ihn genauso gut wie Stebbing und wesentlich besser als Tain, der vorzügliche Kammerdiener Seiner Lordschaft und einzige Angehörige des kleinen Haushalts in der Arlington Street, der nicht in Wolversham geboren und aufgewachsen war. Aldham hätte jede käufliche Schöne nennen können (wäre er nicht die Diskretion in Person gewesen), mit der sein flatterhafter Herr Liebesabenteuer genossen hatte, von dem Landmädchen angefangen, das seine erste unreife Neigung geweckt, bis zu der extravaganten Dame, die ihn fast ruiniert hatte; und Aldham hatte häufig Dienst bei Gesellschaften in der Arlington Street versehen, die alles andere denn achtbar waren. Aber er hatte es noch nie erlebt, daß der Viscount bei hellem Tageslicht mit einem jungen unbegleiteten Frauenzimmer neben sich vorgefahren wäre. Sein erster Eindruck, daß der Viscount ein leichtes Tuch vom Land mitgebracht habe, wurde nach einem zweiten verstohlenen Blick auf Miss Steane zerstreut: erstens einmal war das keine Leichtfertige; und zweitens schien der Viscount nie Gefallen an sehr jungen Frauen zu finden. Für das erfahrene Auge des Butlers war das eher ein eben erst dem Schulzimmer entronnenes Mädchen – obwohl Aldham wirklich nicht wußte, was der Viscount mit so jemandem anfing.

Als ihm jedoch eine zungenfertige Erklärung ihrer Anwesenheit in Mylords Wagen zuteil wurde, nahm er diese ohne jeglichen Vorbehalt entgegen. Es sah Lady Emborough ganz ähnlich, dachte er, Mylord ein kleines Ding mit der Anweisung aufzuhalsen, sie nach Hertfordshire zu geleiten, ganz als liege es auf dem Weg von Hazelfield nach London. Und so wie die junge Dame dreinsah, war sie auch sehr verlegen! Daher empfing er sie mit einem väterlichen Lächeln, führte sie in die schmale Diele des Hauses und sagte, er würde sofort Mrs. Aldham holen, damit ihr diese zu Diensten stehe.

Der Viscount verweilte auf dem Gehsteig, um mit dem zweiten seiner Hauptmentoren und Wohlgesinnten einige Worte zu wechseln. Stebbings Ausdruck – ein Gemisch aus Kummer und Kritik – veranlaßte ihn zu der Bemerkung: «Du brauchst mich nicht so anzuschauen – als wüßte ich nicht genauso gut wie du, daß wir in einer schönen Patsche sitzen!»

«Mylord», sagte Stebbing sehr ernst, «als ich Sie zu Miss sagen hörte, daß Sie sie nach Hertfordshire bringen, war ich derart platt, daß ich fast vom Sitz gefallen wäre, denn ich glaubte eigentlich, daß Sie sie nach Wolversham bringen wollten!»

«Nein. Ich erwog zwar den Gedanken, aber es ginge nicht», antwortete der Viscount.

«Nein, wirklich nicht, Mylord – wie ich mir die Freiheit genommen hätte, es Eurer Lordschaft zu sagen! Und ich bin auch so frei, es jetzt zu sagen, denn ich könnte sonst kein Auge ruhig zutun. Es ist egal, wenn Sie mich hinausschmeißen wollen, weil –»

«Natürlich ist es egal! Weil du ja doch nicht gingest!» erwiderte der Viscount.

Unwillkürlich zuckte es um die strengen Mundwinkel Stebbings, aber er ließ sich nicht umschmeicheln, sondern sagte: «Mylord, ich habe miterlebt, daß Sie einige verrückte Stückchen aufgeführt haben, aber bis zum heutigen Tag war nichts so Hirnverbranntes dabei. Ich muß wirklich glauben, daß Sie nicht ganz richtig im Oberstübchen sind! Mylord, Sie werden doch Miss nicht nach Inglehurst bringen!»

«Aber ja», versicherte ihm der Viscount. «Oder hast du einen Vorschlag, wohin ich sie sonst bringen kann?» Er machte eine Pause und sah seinen getreuen Gefolgsmann spöttisch an. «Das hast du nicht, oder?»

«Sie hätten sie überhaupt nicht erst nach London bringen sollen!» murrte Stebbing.

«Sehr wahrscheinlich nicht, aber es ist Zeitvergeudung, mir das jetzt vorzuwerfen! Ich habe sie nun einmal nach London gebracht und muß jetzt die Folgen tragen. Selbst du mußt zugeben: sie jetzt hier im Stich lassen, brächte nur ein sehr übler Kerl zustande – und das bin ich nicht, auch wenn du mich für leichtsinnig hältst!» Er sah, daß Stebbing tief bekümmert war, lächelte, legte ihm die Hand auf die Schulter und schüttelte ihn leicht. «Halt den Mund, du alter Kauz! An wen sollte ich mich in dieser Verlegenheit um Hilfe wenden, wenn nicht an Miss Hetta? Gott segne sie, sie hat mich noch nie im Stich gelassen! Gerade du solltest doch wissen, wie oft sie und ich einander geholfen haben!»

«Als Sie beide noch Kinder waren!» sagte Stebbing. «Das war etwas anderes, Mylord!»

«Keine Spur! Jetzt bring die Grauen in den Stall und sag den Vorreitern, daß ich in einer Stunde nach Inglehurst aufbrechen will. Ich nehme meine eigene Kutsche, werde aber Pferde mieten müssen: auf Ockley ist Verlaß, daß er die richtigen wählt, aber mache ihn aufmerksam, daß ich noch heute nacht zurück sein will. Das wäre alles.»

Er gab Stebbing keine Gelegenheit zu weiteren Protesten, sondern drehte sich auf dem Absatz um und ging schnell ins Haus. Stebbing konnte seine bitteren Bemerkungen nur dem müden Grauschimmel anvertrauen, an dessen Kopf er stand, bevor er in den Wagen kletterte und in die Remise fuhr.

6

Es war sieben Uhr vorbei, als die wunderbar gefederte Kutsche des Viscount Inglehurst erreichte. Die Reise nahm zwar nicht mehr als drei Stunden in Anspruch, aber man hatte Arlington Street erst nach vier Uhr verlassen. Miss Steane, durch die gutherzige und unkritische Haltung Mrs. Aldhams (ein weiteres Mitglied der auf Mylord Wroxtons großen Gütern geborenen Dienerschaft) wie auch durch den Tee neu belebt, mit dem sie gelabt worden war, fuhr in erträglich heiterer Stimmung ab. Sie unterdrückte nach bestem Vermögen das unvermeidliche Zurückschrecken eines schüchternen Mädchens, das seine Unklugheit zu spät erkannt hatte und nun keinen anderen Weg vor sich sah, als sich den Anordnungen ihres Beschützers zu fügen und es zuzulassen, daß er sie einer ihr völlig unbekannten Witwe und deren Tochter aufdrängte. Sie konnte nur hoffen, daß die beiden Damen ihr Eindringen nicht übelnehmen würden oder fanden, daß sie sich geradezu unverzeihlich benommen hatte – denn daß dem so war, davon wurde sie immer mehr überzeugt. Wäre Cherry imstande gewesen, sich eine Alternative zum Plan des Viscounts auszudenken, dann hätte sie dankbar danach gegriffen, selbst wenn es das Angebot eines Postens als Küchenmädchen gewesen wäre. Aber es war ihr keine Alternative eingefallen, und dem Gedanken, in London gestrandet zu sein, mit wenigen Shillings in der Börse und nicht einmal flüchtigen Bekannten in dieser ganzen erschreckenden Stadt, konnte sie sich einfach nicht stellen.

Der Viscount erriet etwas von dem, was in ihr vorging, denn obwohl London für ihn keine Schrecken enthielt und er noch nie irgendwo mit leeren Taschen gestrandet war, hatten ihn weder sein Rang noch sein Reichtum blind für die Kümmernisse gemacht, die weniger gutsituierte Leute bedrängten. Er mochte ja sorglos sein und ein flottes Leben führen, aber noch nie hatte sich ein Mensch vergeblich um Hilfe an ihn gewandt. Seine Freunde, und er hatte deren viele, sagten von ihm, daß er ein großartiger Bursche sei – treu wie Gold – eben Klasse; und selbst seine strengsten Kritiker konnten nichts Schlimmeres von ihm sagen, als daß es höchste Zeit sei, seine Umtriebe einzustellen und einen Hausstand zu gründen. Sein Vater überhäufte ihn zwar mit schmähenden Attributen, machte aber mit jedem, der so unklug war, Mylord gegenüber die leiseste Kritik an seinem Erben zu äußern, kurzen Prozeß. Das wußte der Viscount sehr gut; wenn er auch an der Liebe seines Vaters nicht zweifelte, war er doch mit den tiefverwurzelten Vorurteilen des Earls zu vertraut, um Miss Steane in dessen Haushalt einzuführen. Mylord war ein starrer Pedant, und es war sinnlos, anzunehmen, daß er Mitgefühl für ein junges Frauenzimmer aufbrachte, dessen Verhalten der Earl zweifellos als dreist bezeichnet hätte. Mylords Vorstellungen von Anstand waren klar umrissen: männliche Verirrungen waren verzeihlich; die geringste Abweichung von den Regeln, die das Benehmen der Frauenzimmer beherrschten, war unentschuldbar. Er hatte seinen Söhnen keinerlei Zügel angelegt und verfolgte ihre Torheiten und Liebesabenteuer mit zynischem Amüsement (außer wenn eine Kolik oder ein Gichtanfall seine Laune verbitterten), aber seiner Tochter war es bis zu ihrer Heirat nicht erlaubt gewesen, einen einzigen Schritt über die Gärten hinaus ohne Begleitung eines Lakaien zu tun; und wann immer sie eine von den Eltern gebilligte Freundin oder eine Verwandte besuchte, war sie in Mylords Kutsche hingefahren, nicht nur von ihrem Lakai und ihrer Zofe, sondern auch noch von zwei Berittenen begleitet.

Daher hatte der Viscount, der nur ein paar Sekunden lang erwogen hatte, seinen Schützling nach Wolversham zu bringen, in fast ebenso kurzer Zeit beschlossen, Cherry der Obhut Miss Silverdales anzuvertrauen, bis er Lord Nettlecombe aufgestöbert und ihn gezwungen haben würde, seinen Verpflichtungen nachzukommen. Der einzige Fehler an diesem Plan, soweit er das überblicken konnte, waren die Einwände, die vielleicht Miss Silverdales Mama dagegen erheben mochte – und wahrscheinlich auch erheben würde. Aber er wiegte sich in dem angenehmen Glauben an Miss Silverdales Fähigkeit, ihre hypochondrische Mutter um den Finger wickeln zu können, und das befähigte ihn, sich ohne Angst vor einer Zurückweisung nach Inglehurst zu begeben.

Er hatte jedoch das Gefühl, es wäre vielleicht klug, Cherry darauf vorzubereiten, daß Lady Silverdale sich nicht sonderlich guter Gesundheit erfreute und daher Stimmungen anheimfiel, die sich in Anfällen von Depressionen, dem Glauben, mißbraucht zu werden, und in einer deutlichen Vorliebe dafür äußerten, Melodramen aufzuführen, wie er das nannte.

Cherry hörte ihm aufmerksam zu und schien zu seiner Überraschung sogar Ermutigung aus dieser eher abschreckenden Beschreibung ihrer zukünftigen Gastgeberin zu schöpfen. Sie sagte mit dem ganzen Wissen eines Menschen, der in den Idiosynkrasien von Kranken versiert ist: «Dann kann ich vielleicht im Haus von Nutzen sein! Selbst Tante Bugle sagt, ich sei geeignet, mich um Kranke zu kümmern, und obwohl ich mich bestimmt nicht aufspielen will, glaube ich, daß das wirklich zutrifft. Ich habe mich schon gefragt, ob ich nicht eine Stellung als Pflegerin einer zänkischen alten Dame suchen sollte: Sie kennen ja bestimmt die Sorte alter Damen, die ich meine, Sir!»

Die lebhafte Erinnerung an die Tyrannei, die seine Großmutter väterlicherseits über ihre Familie und die von ihr Abhängigen ausgeübt hatte, ließ ihn ziemlich grimmig erwidern: «O ja, und ich kann nur hoffen, daß Sie nicht gezwungen sein werden, sich einen solchen Posten zu suchen!»

«Nun, ich gestehe», sagte sie ernst, «daß es unangenehm ist, nichts recht machen zu können, aber man muß auch bedenken, wie unangenehm es sein muß, alt zu sein und unfähig, selbst etwas für sich zu tun. Und man wird auch», fügte sie nachdenklich hinzu, «der Familie wertvoll, wenn eine quengelige alte Dame einen gern hat. Meine Tante und meine Kusinen waren nie so nett zu mir wie in den Monaten vor dem Tod der armen alten Lady Bugle. Ja, meine Tante sagte sogar, sie hätte nicht gewußt, was sie ohne mich angefangen hätten!»

Sie schien so erfreut über dieses Lob, daß sich Desford die bissige Bemerkung versagte, die ihm auf der Zunge lag, und bloß erwiderte, Lady Silverdale sei weder alt noch läge sie im Sterben; und obwohl sie (seiner Meinung nach) auch die Geduld einer Heiligen erschöpfen würde, wäre es ungerecht, sie als quengelig zu bezeichnen.

Als sie ihr Ziel erreichten, wurden sie von Grimshaw empfangen, der keine Freude beim Anblick eines Herrn zeigte, der in Inglehurst ein und aus ging, seit er alt genug war, auf einem Pony zu sitzen, sondern entmutigend bemerkte, daß Mylady, wenn sie gewußt hätte, daß Seine Lordschaft einen Besuch plane, zweifellos das Abendessen nach seinem Belieben angesetzt hätte. Wie der Fall lag, bedauere er jedoch, Seine Lordschaft informieren zu müssen, daß sich Mylady und Miss Henrietta bereits in den Salon zurückgezogen hätten.

Zu gut an Grimshaws übliche Miene trübsinniger Geringschätzung gewöhnt, um überrascht oder verletzt zu sein, sagte der Viscount: «Ja, das vermutete ich, aber bestimmt wird mir Ihre Gnaden verzeihen. Seien Sie nett, Grimshaw, und flüstern Sie Miss Hetta zu, daß ich sie allein sehen will. Ich warte in der Bibliothek.»

Grimshaw mochte ja gegen das Lächeln des Viscounts gefeit sein, nicht gefeit aber war er gegen den Reiz einer Goldmünze, die in seine Hand glitt. Er ließ sich zwar nicht dazu herab, auch nur einen Blick darauf zu werfen, aber seine erfahrenen Finger verrieten ihm, daß es eine Guinee war, daher verbeugte er sich würdevoll und ging davon, um den Auftrag auszuführen, wobei er es sich nicht erlaubte, seine Mißbilligung Miss Steanes durch mehr als einen einzigen Blick wütender Überraschung zu zeigen.

Der Viscount führte Miss Steane in einen kleinen Salon, ließ sie eintreten und sagte ihr, sie solle sich schön brav setzen und warten, bis er Miss Silverdale zu ihr bringe. Danach zog er sich in die Bibliothek am Ende der Halle zurück, die Miss Silverdale bald darauf mit den spöttischen Worten betrat:

«Was soll denn das alles, Des? Was führt dich so unerwartet her? Und warum die Geheimniskrämerei?»

Er ergriff ihre Hände und hielt sie fest. «Hetta, ich sitze in der Klemme!»

Sie brach in Gelächter aus. «Das hätte ich wissen können! Und ich soll dich herausholen?»

«Und du sollst mich herausholen», bestätigte er, und das Lächeln tanzte in seinen Augen.

«Was für ein gewissenloser Spitzbube du doch bist!» bemerkte sie, entzog ihm ihre Hände und setzte sich auf ein Sofa. «Ich kann mir nicht vorstellen, wie ich dich aus der Sorte Klemmen herausholen soll, in die du jetzt gerätst, aber setz dich und schieß los!»

Das tat er und erzählte seine Geschichte rückhaltlos. Ihre Augen wurden groß, aber sie hörte ihn schweigend an, bis er zu Ende kam, und sagte: «Ich hätte sie nach Wolversham gebracht, aber du weißt ja, wie mein Vater ist, Hetta! Also blieb mir nichts übrig, als sie dir zu bringen!»

Dann endlich sprach sie und zerschmetterte seine Zuversicht.

«Ich glaube nicht, daß ich das kann, Ashley!»

Er starrte sie ungläubig an. «Aber Hetta –!»

«Du kannst dir das nicht richtig überlegt haben!» sagte sie. «Wenn ich weiß, wie dein Vater ist, dann müßtest du genauso gut wissen, wie meine Mutter ist! Ihre Ansicht von der Heldentat deiner Cherry würde sich nicht um Haaresbreite von der seinen unterscheiden!»

«Oh, das weiß ich!» sagte er. «Ich werde ihr nicht die Wahrheit sagen, Dummes! Ich brauche ihr nur zu erzählen, daß meine Tante Emborough Cherry in meine Obhut gegeben hat, mit dem Auftrag, sie zum alten Nettlecombe zu bringen. Da er jedoch das Datum falsch gelesen hat – oder der Brief, der ihn davon benachrichtigte, verlorenging – oder etwas dergleichen –, ist er noch immer nicht in London. Ich war also mit meinem Verstand am Ende und wußte nicht, was ich anfangen sollte.»

«Und was», erkundigte sie sich beiläufig, «wirst du sagen, wenn sie dich fragt, warum du Cherry nicht lieber in die Obhut deiner Mutter gibst?»

Er brauchte ein, zwei Minuten, bis er eine Antwort auf diese schwierige Frage fand, brachte jedoch schließlich mit großem Aplomb vor: «Als ich vor etwas mehr als einer Woche in Wolversham war, schien mein Vater einem Zusammenbruch nahe, und Mama war darüber viel zu bekümmert, um mit einem Gast belästigt zu werden.»

Sie sog den Atem hörbar ein. «Du bist nicht nur ein Spitzbube, Des, sondern auch ein fulminanter Lügner.»

Er lachte. «Nein, nein, wie kannst du so etwas sagen? In diesem Teil der Geschichte steckt sehr viel Wahrheit. Du kannst von mir kaum erwarten, daß ich deiner Mutter erzähle, mein armer irregeleiteter Papa käme, wenn ich mit Cherry am Arm hereinspaziere, auf der Stelle zu dem Schluß, daß ich nicht nur in sie verliebt wäre, sondern sie in der Hoffnung heimgebracht hätte, sie würde ihn bestricken, damit er seinen Segen genau der Art Verbindung gäbe, die er am meisten verabscheut. Vermutlich könnte sie ihn bestricken, denn sie ist ein einnehmendes Dingelchen, aber doch wohl kaum bis zu *dem* Punkt!»

«Ist sie sehr hübsch?» fragte Miss Silverdale und wandte die Augen nicht von seinem Gesicht.

«Ja, sehr, glaube ich, selbst wenn sie in abgelegten Kleidern herumgeht, die ihr nicht stehen, und mit zerzaustem Haar. Riesengroße Augen in einem herzförmigen Gesicht, ein Mund, der eindeutig zum Küssen geschaffen ist, und sehr viel unschuldiger Charme. Nicht gerade deine Art, aber du wirst erkennen, was ich meine, wenn ich sie dir präsentiere. Als ich sie zuerst sah, hatte ich den Eindruck, daß sie halb irrsinnig vor Angst war – und das ist sie auch fast die ganze Zeit, dank der barbarischen Behandlung, die sie im Haus ihrer Tante ertragen mußte. Aber wenn sie keine Angst hat, plaudert sie in höchst einnehmender Weise und hat ein lustiges Zwinkern in den Augen. Ich glaube, sie wird dir gefallen, Hetta, und deiner Mutter auch, da bin ich ziemlich sicher. Soviel ich entnehme, ist sie sehr geschickt darin – hm – ältlichen Kranken zu dienen.» Er machte eine Pause und sah sie forschend an. Ihr Ausdruck war undurchdringlich, daher sagte er nach einer Weile schmeichelnd: «Also komm, Hetta! Du kannst mich nicht im Stich lassen! Guter Gott, ich habe mich mein Leben lang auf dich verlassen! Letzten Endes hast auch du dich auf mich verlassen – und habe ich dich je im Stich gelassen?»

Ein humorvoller Schimmer leuchtete in ihren Augen auf. «Du hast mich vielleicht aus Klemmen geholt, als wir Kinder waren», sagte sie, «aber ich bin seit Jahren in keine Patsche mehr geraten!»

«Nein, aber dafür Charlie!» erwiderte er. «Du kannst nicht leugnen, daß ich ihn häufig herausgeholt habe, nur weil du mich darum gebeten hast!»

«Nun ja, das stimmt», bestätigte sie. «Und ich kann auch nicht leugnen, daß du mir mehrmals vortreffliche Ratschläge für die Leitung des Besitzes gegeben hast. Was aber die Sache, um die du mich diesmal bittest, für mich so sehr peinlich macht, ist der Umstand, daß Charlie daheim ist. Und wenn Miss Steane so hübsch und reizend ist, muß er sich ja in sie verlieben. Du weißt, wie oft er in Liebesgeschichten hineinstolpert.»

«Ja, und ich weiß auch, wie oft er wieder herausstolpert! Als ich ihn das letzte Mal sah, lief er hinter einer reizenden Männerfalle her – keinen Tag jünger als dreißig und seit kaum einem Jahr Witwe!»

«Mrs. Cumbertrees», sagte sie und nickte. «Aber sie gehört bereits seit Wochen der Vergangenheit an, Des!»

«Dann liegt er wahrscheinlich irgendeiner anderen blendenden Schönheit zu Füßen, die um Jahre älter ist als er. Meiner Erfahrung nach brauchst du dir nicht den Kopf über die Möglichkeit zu zerbrechen, daß er eine Neigung zu Cherry faßt: grüne Jungen werden selten verrückt nach Mädchen ihres eigenen Alters. Jedenfalls wird sie nicht lange genug hier sein, daß Charlie eine dauernde Leidenschaft für sie entwickelt. Was tut er denn übrigens hier? Ich dachte, er wolle mit ein paar Gleichgesinnten nach Irland auf Pferdesuche?»

«Er war schon unterwegs, hatte jedoch das Pech, mit seinem neuen hohen Phaeton vor drei Tagen umzustürzen. Er hat eine Kopfverletzung und den Arm sowie zwei Rippen gebrochen», sagte Miss

Silverdale mit der Stimme eines Menschen, der an solche Unglücks-fälle gewöhnt ist.

«Eine Wettfahrt?» fragte Desford, nur mäßig interessiert.

«Sehr wahrscheinlich, obwohl er das natürlich nicht zugibt. Er ist noch immer ans Bett gefesselt, denn er war einigermaßen zugerich-tet, aber ich glaube nicht, daß Mama ihn noch sehr viel länger dort festhalten kann. Er ist gereizt, denn er will aufstehen, deshalb war Mama so froh, als Simon kam – O Himmel! Ich habe ganz verges-sen, dir das zu sagen! Es wird dich sicher interessieren, daß Simon mit uns zu Abend gegessen hat und jetzt Charlie Gesellschaft leistet. Zumindest war das so, als ich den Salon verließ. Aber vermutlich hat ihn Mama schon weggezerrt, denn sie sagte, sie würde ihm nur zwanzig Minuten bei Charlie erlauben.»

«O mein Gott!» stieß der Viscount mit allen Anzeichen von Miß-fallen hervor.

Sie mußte unwillkürlich lachen, sagte jedoch streng: «Wenn dich ein Fremder hörte, Des, müßte er annehmen, daß du höchst wider-natürlich deinen kleinen Bruder nicht magst!»

«Nun, es sind ja keine Fremden da, und du weißt sehr gut, daß ich ihm nicht abgeneigt bin», sagte der Viscount verstockt. «Aber wenn es je einen indiskreten Schwätzer gegeben hat –! Ich werde ihn vermutlich sehen müssen, aber wenn ich ihn nicht ordentlich schmiere, damit er den Mund über diese Affäre hält, dann kenne ich Jung-Simon schlecht.»

Sie war entrüstet über ihn, aber im folgenden stellte sich heraus, daß er seinen schamlosen Bruder besser kannte als sie. Als er sie überreden konnte, sich Cherry vorstellen zu lassen und sich selbst zu überzeugen, wie unschuldig und bemitleidenswert das Kind war, wurde ihm im Grünen Salon, wohin er Hetta begleitet hatte, der unwillkommene Anblick des Ehrenwerten Simon Carrington zuteil, der sich Miss Steane genehm machte. Es fiel dem Viscount nicht schwer, den glitzernden Blick von Mutwillen zu deuten, mit dem ihn der Ehrenwerte Simon begrüßte.

Er ignorierte diesen Blick, stellte Cherry Miss Silverdale vor und sagte leichthin: «Ich muß dir sagen, Hetta, daß ich dieses törichte Kind sehr gegen seinen Willen zu dir gebracht habe! Ich habe den starken Verdacht, es fürchtet, einem Drachen übergeben zu werden.»

Cherry, die schnell aufgestanden war, errötete und stammelte, während sie leicht knickste: «O nein, nein! – D-das g-glaube ich wirklich nicht, Ma'am!»

«Nun, Desford, falls sie es glaubt, dann gebe ich ausschließlich dir die Schuld daran», sagte Miss Silverdale und trat mit ausgestreckter Hand und einem Lächeln auf Cherry zu. «Ein nettes Bild mußt du ja von mir gezeichnet haben! *How du you do*, Miss Steane? Desford hat mir eben von Ihren Abenteuern erzählt, und wie Sie völlig aus der Fassung gerieten, als Sie entdeckten, daß Ihr Großvater nicht in London ist. Ich kann mir gut vorstellen, was Sie dabei gefühlt haben müssen. Aber Desford wird ihn sicher bald finden, und bis dahin können wir es Ihnen hoffentlich in Inglehurst behaglich machen.»

Cherry hob ihre großen, von Tränen der Dankbarkeit überströmenden Augen zu Henriettas Gesicht und flüsterte: «Danke! Es tut mir ja soo leid !–»

Der Viscount, der diesem kurzen Gespräch mit Genugtuung gelauscht hatte, wandte seine Aufmerksamkeit dem Bruder zu und fragte mit Abscheu: «Um Gottes willen, Simon, was für ein Aufzug soll denn das sein?!»

Henrietta sagte lachend über die Schulter: «Habe ich dir nicht gesagt, Simon, daß Des ihn verdammen würde?»

Der junge Mr. Carrington, ein sehr eleganter Bursche, trug tatsächlich ein verblüffendes Gewand, und die Tatsache, daß er die Größe und Figur besaß, jede ausgefallene Mode mitmachen zu können, ohne grotesk zu wirken, trug nichts dazu bei, seinem älteren Bruder den von ihm gewählten Stil zu empfehlen. Simon war ein gutaussehender junger Mann, voll überschäumendem Temperament und jederzeit bereit, über sich selbst so wie über seine Mitmenschen zu lachen. Jetzt lachten seine Augen ebenfalls, als er feierlich erklärte: «Das hier, Des, ist der letzte Schrei, und das müßtest du wissen, wenn du wirklich so modebewußt wärst, wie du glaubst!» Während er das sagte, streckte er ein Bein vor und wies mit großer Geste auf die voluminösen Kleidungsstücke, die seine unteren Gliedmaßen bedeckten. «Die Petersham-Hose, mein Junge!»

«Das sehe ich!» sagte der Viscount. Er hob sein Monokel und betrachtete seinen Bruder von den Zehen bis zu den unmäßig hohen Spitzen des Hemdkragens. Diese konkurrierten nur mit der Höhe seines Jackenkragens, der steil hinter seinem Kopf aufragte, und mit den gefältelten und ungeheuer dick gepolsterten Schultern. Die Ärmel waren mit einer Anzahl von Knöpfen verschönt, wobei diejenigen am Handgelenk in nachlässigem Stil nicht geschlossen waren; um den Hals trug Mr. Carrington ein sehr breites gestreiftes Halstuch.

Der Viscount erschauerte, nachdem er alle diese Ungeheuerlichkeiten in sich aufgenommen hatte, ließ sein Einglas fallen und sagte: «Hast du die infernalische Frechheit gehabt, dich in diesem Aufzug

mit Lady Silverdale zum Abendessen niederzulassen, du geschleckter Affe?»

«Aber Des, sie hat mich doch darum gebeten!» sagte Simon tief
verletzt. «Ihr gefiel mein wunderschöner neuer Anzug, nicht wahr,
Hetta?»

«Ich glaube eher, er hat sie verblüfft», erwiderte Henrietta. «Als
sie sich von ihrem Schock erholt hatte, hast du sie beschwatzt, dich
zum Abendessen einzuladen – mit mehr Schmeicheleien, als mir in
einem ganzen Jahr zuteil wurden.»

«Aber nicht doch!» protestierte Simon sanft. «So lange ist das gar
nicht her, seit du mich das letztemal gesehen hast!» Sie lachte,
wandte sich jedoch wieder Cherry zu, die dieser Neckerei mit einem
anerkennenden Zwinkern gelauscht hatte. Miss Silverdale stellte
fest, daß Desford Cherry sehr zutreffend als «einnehmendes Dingelchen» beschrieben hatte, und fragte sich mit unerklärlich bangem
Herzen, ob er von ihr mehr gefesselt war, als ihm vielleicht selbst
bewußt wurde. Als sie den winzigen Stich erkannte, den der Neid
einer Frau verursachte, die weder zierlich noch einnehmend war –
abgesehen davon, daß sie die erste Jugendblüte schon hinter sich
hatte –, dieser Neid auf eine andere, die jung und hübsch und zierlich und wirklich sehr einnehmend war, unterdrückte Hetta derart
unedle Regungen streng. Sie lächelte Cherry zu, streckte die Hand
aus und sagte: «Ich muß Sie meiner Mutter vorstellen, aber bestimmt wollen Sie zuerst Hut und Mantel ablegen. Darum bringe ich
Sie jetzt in mein Zimmer hinauf, während Desford meiner Mutter
erklärt, wie es dazu kam, daß wir das Vergnügen haben, Sie ein
Weilchen als Gast hier zu sehen. Des, du findest Mama im Salon!»

Er nickte und wäre ihr sofort gefolgt, hätte ihn Simon nicht mit
der Frage zurückgehalten, ob er die Nacht in Wolversham zu verbringen gedächte. «Nein, ich kehre nach London zurück», erwiderte
er. «Aber ich möchte ein Wort mit dir reden, bevor ich abreise. Fahr
daher nicht heim, bevor wir nicht miteinander gesprochen haben!»

«Sicher willst du das!» sagte Simon und grinste spitzbübisch. «Ich
werde also warten.»

Der Viscount warf ihm einen vielsagenden Blick zu und ging, um
seine eigenen Fähigkeiten zu leeren Komplimenten an Lady Silverdale zu erproben.

Mylady war damit beschäftigt, etwas gelangweilt an einem Altar-
tuch zu sticken. Als der Viscount eintrat, schob sie sofort den Stick-
rahmen beiseite, streckte ihm die mollige Hand entgegen und sagte
mit süßer, ersterbender Stimme: «Lieber Ashley!» Er küßte ihr die
Hand, die er eine Minute lang in seiner festhielt, und machte sich an

seine Aufgabe. «Liebe Lady Silverdale!» sagte er. «Halten Sie mich nicht für unverschämt – aber wie gelingt es Ihnen eigentlich, jedesmal, wenn ich Sie sehe, jünger und hübscher zu wirken?»

Hätte sie sich vorsorglich mit einem Fächer versehen, dann hätte sie dem Viscount zweifellos damit auf die Finger geklopft, so mußte sie sich damit zufriedengeben, ihm einen scherzhaften Klaps zu versetzen und schalkhaft zu sagen: «Du Schmeichler!»

«Ich schmeichle nie!»

«Was für eine Flunkerei!» rief sie.

Das leugnete er, und sie nahm es mit einer Selbstgefälligkeit auf, die aus dem Wissen herrührte, daß sie in ihrer Jugendblüte ein bemerkenswert hübsches Mädchen gewesen war. Die Zeit und ein träges Leben hatten ihrer Figur große Schaden zugefügt, aber man war allgemein der Ansicht, daß sie noch viel von ihrer früheren Schönheit besaß; und Mylady hatte entdeckt, daß eine *fraise* oder kleine Spitzenrüsche eine Neigung zum Doppelkinn bewundernswert verbarg. Eine milde Zuneigung zu dem verstorbenen Sir John Silverdale war in den Jahren ihrer Witwenschaft zu Ausmaßen gediehen, über die jener Herr erstaunt gewesen wäre; diese Zuneigung hätte allerdings den Heiratsantrag eines weiteren Freiers von Stand und Vermögen nicht überlebt. Da jedoch keiner angetreten war, hatte die Witwe die Liebe, die sie nicht auf sich selbst verwandte, auf ihren einzigen Sohn übertragen. Leute, die sie nicht genau kannten, glaubten – wie auch sie selbst –, daß sie ihren Kindern leidenschaftlich ergeben sei; aber diejenigen, die Gelegenheit gehabt hatten, sie aus der Nähe zu beobachten, ließen sich durch ihre liebevolle Art nicht täuschen. Sie wußten, daß man gerechterweise vielleicht sagen konnte, sie sei in Charles vernarrt, hege für Henrietta aber nur eine laue Zuneigung.

Der Viscount gehörte zu letzteren. Er fragte besorgt nach Charlies Gesundheitszustand und lauschte mit bekümmerter Miene den Schilderungen seiner zahlreichen Verletzungen sowie des Schocks, den der Unfall bei ihm hervorgerufen habe. Er hörte, wie ernst die Nachwirkungen sein konnten, wenn man Charlie nicht absolut ruhig hielte bis zu dem Zeitpunkt, da ihn der liebe Dr. Foston für gesund genug erklärte, daß er sein Zimmer verlassen konnte. Da Lady Silverdale wenig mehr interessierte als die Übel, die den menschlichen Körper heimsuchen können, und sie zu jenen gehörte, die glauben, daß körperliche Störungen ihre Opfer zu etwas Besonderem machen, nahm der Bericht Zeit in Anspruch. Er wurde noch länger durch die Aufzählung der von ihr selbst erlittenen Krämpfe und Anfälle von Herzklopfen, seit man ihren Sohn auf einer Bahre ins Haus gebracht hatte. «Ich fiel auf der Stelle in Ohnmacht, denn ich hielt ihn für tot», sagte sie eindrucksvoll. «Man hielt auch mich für tot, denn es dauerte eine Ewigkeit, bis man mich ins Bewußtsein zurückrufen konnte. Und dann war ich derart erregt, daß ich der lieben Hetta nicht glauben konnte, die mir versicherte, Charlie sei nicht tot, sondern habe eine schwere Gehirnerschütterung. Es ging mir seither sehr schlecht, und Dr. Foston mußte mir ein Herzstärkungsmittel geben, abgesehen von Baldrian für die Nerven, die, wie du dir denken kannst, arg zerrüttet sind.» Er gab die passende Antwort, brachte seine Bewunderung für die wunderbare Geistesstärke zum Ausdruck, sich bei einem so niederschmetternden Erlebnis aufrechtzuerhalten, und wagte es dann endlich, sein Anliegen vorzubringen. Obwohl er sehr geschickt vorging, war es keine leichte Aufgabe, ihre Zustimmung zu seinem Vorschlag zu gewinnen. Es wurde noch schwieriger, als er ihr enthüllte, daß Cherry die Enkelin Lord Nettlecombes war. Mylady erklärte sofort, sie wolle mit keinem Mitglied dieser Familie etwas zu tun haben. Der Viscount erwiderte freimütig: «Daraus kann ich Ihnen keinen Vorwurf machen, Ma'am; will denn irgendwer mit ihnen zu tun haben? Aber ich glaube, Ihr gütiges Herz muß über die verzweifelte Lage dieses unglücklichen Kindes gerührt sein! Wenn ihr Vater nicht tot ist, dann hat er sie jedenfalls im Stich gelassen – ohne die geringsten Mittel! In letzter Zeit hat sie bei irgendwelchen Verwandten mütterlicherseits gelebt, die sie gar nicht gut behandelt haben. Ja, sogar so übel, daß sie den Entschluß faßte, den Schutz ihres Großvaters bis zu dem Zeitpunkt zu suchen, da sie eine Anstellung in einem vornehmen Haushalt findet. Daher wünschte meine Tante, als ich eben in Hazelfield anwesend war, ich möge sie nach London mitnehmen und darauf sehen, daß sie sicher der Obhut des alten Nettlecombe anvertraut wird. Sie können sich meine Bestürzung vorstellen, als wir in der Albemarle Street ankamen, das Haus verschlossen fanden und keiner der Nachbar imstande war, mir den Aufenthaltsort Seiner Lordschaft anzugeben! Ich hatte keine Ahnung, was ich mit dem Mädchen anfangen sollte, bis ich mich Ihrer entsann, Ma'am!»

Sie unterbrach ihn mit der Frage: «Ist es möglich, daß sie die Tochter Wilfred Steanes ist?!»

«Ja, das arme Kind! So gut wie verwaist, selbst wenn er zufällig noch am Leben sein sollte!»

«Desford!» stieß sie hervor und tastete nach dem Riechfläschchen. «Ich hätte es nicht für möglich gehalten, daß ausgerechnet du so sehr des Anstands ermangelst, mir das Kind dieser – dieser Kreatur nach Inglehurst zu bringen! Und wie konnte nur deine Tante – aber ich

74

habe die arme liebe Sophronia immer für sehr absonderlich gehalten! Wie sie jedoch annehmen konnte, daß ausgerechnet ich bereit wäre, das Mädchen zu unterstützen –»

«Aber das hat sie ja gar nicht, Ma'am!» warf er ein. «Sie bat mich nur, Cherry zu ihrem Großvater mitzunehmen. Ich – der ich Sie viel besser kenne, als meine Tante das tut! – erkannte: wenn es einen Menschen gibt, auf den ich mich verlassen, der diesem unglücklichen Mädchen ein Obdach geben kann, dann sind Sie es!» Er lächelte sie an und fügte hinzu: «Versuchen Sie nicht, mich zu beschwindeln und glauben zu machen, daß Sie hartherzig genug wären, sie zurückzuweisen. Das wird Ihnen nicht gelingen. Ich kenne Sie zu gut!»

Sie zupfte unschlüssig an der Franse ihres Seidenschals und musterte den Viscount grollend. Bevor sie sich entschließen konnte, ihre Ablehnung so zu formulieren, daß Desfords Vision von der Heiligmäßigkeit ihrer Natur nicht verletzt würde, öffnete sich die Tür und Henrietta kam herein. Sie führte Miss Steane an der Hand.

«Mama, hier ist die arme kleine Cherry, die eine äußerst unbehagliche Zeit durchmachte, wie Desford dir vermutlich schon erzählt hat. Sie ist von ihrem Kummer völlig erschöpft, wollte aber unbedingt, daß ich sie zu dir bringe, bevor ich sie ins Bett stecke. Nun, meine Liebe, jetzt können Sie selbst sehen, daß meine Mutter ebensowenig ein Drache ist wie ich!»

«Sehr erfreut!» sagte Lady Silverdale mit schwacher Stimme und gönnte Cherry nur ein ganz leichtes Kopfnicken. «Hetta, mein Herzmittel!»

Bestürzt flüsterte Cherry: «Ich hätte nicht kommen sollen! Oh, ich wußte es doch! Ich flehe Sie um Verzeihung an, Ma'am!»

Lady Silverdale war zwar eine egoistische, aber keine gefühllose Frau, und diese betroffenen Worte im Verein mit einem vor Müdigkeit bleichen Gesicht erweichten sie sehr. Es war natürlich unmöglich, dieses kleine Mädchen voll Elend aus dem Haus zu weisen. Ohne ihre Pose der Hinfälligkeit aufzugeben, sagte sie mit schwacher, leidgeprüfter Stimme: «Oh, keineswegs! Sie müssen verzeihen, wenn ich es meiner Tochter überlasse, Sie in Ihr Schlafzimmer zu geleiten. Ich bin sehr indisponiert, und mein behandelnder Arzt warnt mich vor jeder unnötigen Anstrengung. Welch ein unglückseliges Zusammentreffen, daß Sie uns gerade jetzt besuchen! Aber meine Tochter wird sich um Sie kümmern. Sagen Sie mir bitte, ob Sie einen Wunsch haben. Ein Glas heißer Milch vielleicht, bevor Sie sich zurückziehen?»

«Ich glaube, Ma'am, daß sie etwas Kräftigeres braucht als ein Glas

Milch», sagte der Viscount, der merkte, daß Cherry völlig vernichtet war, und ihr höchst ungehörig zuzwinkerte.

«Aber natürlich!» sagte Henrietta. «Sie wird ihr Abendessen bekommen, sowie ich sie ins Bett gesteckt habe.»

«O danke!» sagte Cherry überschwenglich. «Ich glaube nicht, daß ich eine solche Bewirtung verdient habe, aber ich wäre sehr froh darüber! Tante Bugle hat mir nie erlaubt –»

Bestürzt brach sie ab, denn diese Worte hatten eine verblüffende Wirkung auf ihre Gastgeberin. In dem einen Augenblick hing sie noch schlaff in ihrem Sessel und schnupperte an ihrem Riechfläschchen, im nächsten aber ließ sie die Pose der Todgeweihten fallen, setzte sich kerzengerade auf und fragte scharf: «Wer, sagten Sie?»

«M-meine Tante Bugle, Ma'am», stammelte Cherry.

Lady Silverdales Busen schwoll sichtlich. «Dieses Weib!» verkündete sie in furchterregendem Ton. «Wollen Sie mir erzählen, daß das Ihre Tante ist, Kind?»

«Ja, Ma'am», sagte Cherry zitternd.

«Kennst du sie, Mama?»

«Wir wurden in derselben Saison in die Gesellschaft eingeführt», enthüllte Lady Silverdale dramatisch. «Ich bitte, sprechen Sie mir nicht von Amelia Bugle! Ein derbes Frauenzimmer, das jeden unverheirateten Herrn angeln wollte und sich einbildete, eine Schönheit zu sein. Das war sie aber keineswegs, denn sie hatte eine beklagenswerte Figur und eine besonders häßliche Nase. Und wenn ich mich an das anmaßende Getue erinnere, das sie zur Schau trug, als sie Bugle einfing und sich für die Creme der Noblesse zu halten begann, kann ich nur lachen!»

Lachen schien nicht ihr vorherrschendes Gefühl zu sein, obwohl sie in vernichtendem Sarkasmus ein «Ha!» hervorstieß. Henrietta, die kurz Desfords tanzenden Augen begegnete, sagte mit zitternder Lippe: «Wir entnehmen dem, Mama, daß sie nicht zu deinen Busenfreundinnen zählte!»

«Ganz bestimmt nicht! Aber ich verkehrte auf dem üblichen höflichen Fuß mit ihr, bis sie die Frechheit hatte, sich bei einem Eingang vor mich zu drängen und ganz wie der eingebildete Emporkömmling, der sie ist, zu sagen, der Vortritt gebühre ihr, da die Baronie ihres Gemahls älter sei als die Silverdales! Danach habe ich ihr natürlich nie mehr als ein kurzes Nicken gegönnt und mich auch nicht im geringsten für sie interessiert. Kommen Sie, setzen Sie sich neben mich, mein liebes Kind, und erzählen Sie mir alles über sie. Ich bin überzeugt, sie hat Sie schändlich ausgenützt, denn wie ich mich erinnere, hat sie auch nicht einen Bruchteil von Höflichkeit an

Leute verschwendet, von denen sie meinte, sie stünden unter ihr. Sie haben sehr recht daran getan, sie zu verlassen!»

Sie klopfte einladend auf das Sofa, und Cherry, die sich schnell von ihrem Erstaunen erholt hatte, lächelte schüchtern, knickste leicht und nahm die Einladung an. Der Knicks erfreute Lady Silverdale; sie fühlte sich bewogen, Cherrys Hand zu drücken und zu sagen: «Armes Kind! In diesem Haus wird man sie nicht barbarisch behandeln. Ist es wahr, daß dieses Weib fünf Töchter hat?»

Da Henrietta merkte, daß ihre sprunghafte Mutter jetzt völlig mit dem gräßlichen Schicksal ihrer alten Rivalin beschäftigt war, ergriff sie die Gelegenheit, einige Worte mit dem Viscount zu wechseln.

«Es hätte keinen glücklicheren Zufall geben können, nicht?» sagte sie leise. «Ich frage mich, was dieses Weib wirklich angestellt hat, daß Mama sie derart verabscheut?»

«Ja, ich auch!» erwiderte er. «Aber du wirst die Antwort sicher herausfinden. Es ist klar, daß ihr mangelnder Takt, als sie den Vortritt erzwang, nur der Höhepunkt der Frechheit gewesen sein mußte!»

«Ich vermute, daß sie konkurrierende Schönheiten waren», sagte Henrietta. «Egal. Wir werden Cherry bei uns behalten, bis du ihren Großvater gefunden hast. Aber was soll ich ihr deiner Meinung nach raten, zu tun? Sollte sie nicht einen höflichen Brief an Lady Bugle schreiben und sie informieren, daß sie derzeit in Inglehurst lebt? Ich halte es einfach nicht für richtig, daß sie sie ohne Nachricht läßt. Ein solches Ungeheuer kann Lady Bugle nicht sein, daß sie sich nicht um sie sorgt.»

«Nein», stimmte er zögernd zu. «Gleichzeitig – Hetta, sag ihr, sie solle schreiben, daß sie auf Besuch zu ihrem Großvater gefahren ist. Verflixt, ich muß ihn in wenigen Tagen finden. Wenn sie Inglehurst erwähnt, muß mich Lady Bugle einfach mit der Geschichte in Verbindung bringen. Sie wird sich bei meiner Tante Emborough erkundigen, und dann sitze ich wirklich in der Tinte!»

«Könntest nicht du Lady Emborough schreiben und ihr alles erklären?» schlug sie vor.

«Nein, Hetta, das kann ich nicht!» erwiderte er. «Sie mag zwar Lady Bugle nicht, will jedoch keinen Streit mit ihr. Sie würde es mir nicht danken, wenn ich sie in dieses Kuddelmuddel verwickle.»

«Sehr richtig. Das habe ich nicht bedacht. Es soll sein, wie du es wünschst. Hast du vor, hier zu übernachten, oder fährst du mit Simon nach Wolversham?»

«Keines von beiden: ich fahre nach London zurück. Morgen kannst du an mich denken, wenn ich die Stadt nach jemandem durchkämme, der imstande ist, mir Nettlecombes Adresse zu geben

– und aller Wahrscheinlichkeit nach werde ich meine Zeit umsonst verschwenden! Je nun, es wird mir eine Lehre sein, nie wieder Jungfrauen in Nöten zu retten.»

«Zumindest nicht zu wagen, Sümpfe zu durchqueren, ohne dich vorher zu versichern, daß sie dir nicht über Schuh' und Stiefel reichen», sagte sie und lachte ihn an.

«Oder zumindest nicht, ohne mich vorher zu versichern, daß Hetta da ist, um mich aus dem Sumpf zu ziehen!» verbesserte er sie. Er ergriff ihre Hand und küßte sie. «Danke, du beste aller Freunde. Ich bin dir auf immerdar verpflichtet!»

«Oh, Unsinn! Wenn du noch heute abend nach London zurückfährst, dann verabschiede dich am besten jetzt gleich von deiner Jungfrau in Nöten, denn ich will sie sofort zu Bett bringen: sie ist so müde, daß sie kaum die Augen offenhalten kann! Ich habe Grimshaw angewiesen, ein Abendessen für dich aufzutragen, und du wirst Simon antreffen, der schon darauf wartet, dir Gesellschaft zu leisten.»

«Gott segne dich!» sagte er und wandte sich von ihr ab, um von seiner Schutzbefohlenen Abschied zu nehmen.

Cherry stand schnell auf, als sie ihn auf das Sofa zukommen sah, und er merkte, daß sie tatsächlich sehr müde wirkte. Sie lächelte ihn nur mit Mühe an und versuchte, ihm für seine Güte zu danken. Er unterbrach sie kurz, tätschelte ihr die Hand und beschwor sie onkelhaft, ein braves Mädchen zu sein. Dann versprach er Lady Silberdale, daß er sich von ihr verabschieden würde, sowie er zu Abend gegessen hatte, und ging ins Speisezimmer.

Hier traf er seinen Bruder an, der, einen Ellbogen aufgestützt, seitlich am Tisch saß, die langen Beine in ihrer ungeheuerlichen Petersham-Hose von sich gestreckt und die Brandykaraffe neben sich. Grimshaw, der den Ausdruck eines Mannes trug, dessen zartere Gefühle tief verletzt waren, führte den Viscount unter Verbeugungen zu einem Stuhl und bedauerte, daß die servierten Speisen so kärglich seien, da der Hummer und die Hühner zum Dinner verspeist worden waren. Auch die Mandelbäckerei, fügte er mit ausdrucksloser Stimme hinzu, die Mr. Simon gnädigerweise zu schätzen wußte.

«Er will damit sagen, daß ich die Schüssel leergegessen habe», warf Simon ein. «Und verteufelt gut war sie außerdem! Ich wollte, du legtest dein Freitaggesicht ab, Grimshaw. Du hast es schon den ganzen Abend gezeigt, und es verursacht mir einen Anfall von Mieselsucht!»

«Vermutlich gefällt ihm dein neuer Aufzug nicht», sagte der

Viscount und bediente sich mit gepökeltem Lachs. «Und wer soll ihn auch schon dafür tadeln? Du siehst wie ein Geck drin aus. Hab ich nicht recht, Grimshaw?»

«Ich würde eher sagen, Mylord, daß es keine Mode ist, die sich mir empfiehlt. Und auch keine, wenn mir erlaubt ist, meine Meinung zu äußern, die einem jungen Herrn von Rang zukommt.»

«Na, da bist du aber auf dem Holzweg!» erwiderte Simon. «Das ist der neueste Stil, und Petersham hat ihn eingeführt!»

«Mylord Petersham, Sir», sagte Grimshaw unbewegt, «ist dafür bekannt, daß er ein exzentrischer Gentleman ist und häufig in einem Stil erscheint, den man nur als leicht übertrieben bezeichnen kann.»

«Und außerdem», sagte Desford, als sich Grimshaw zurückzog, «ist Petersham gute fünfzehn Jahre älter als du und sieht nicht wie ein Makkaronihändler aus, was immer er trägt.»

«Vorsicht, Bruder!» sagte Simon warnend. «Noch etwas mehr in der Tonart, und du wirst dich zu einem Nichts reduziert sehen!»

Desford lachte und betrachtete die verschiedenen Gerichte vor ihm durch sein Monokel. «So, so? Nein, wirklich, Simon, diese Hose ist das letzte. Aber ich bin nicht gekommen, um mit dir über deine Anzüge zu diskutieren: Ich habe dir etwas Wichtiges zu sagen.»

«Ha, da erinnerst du mich, daß auch ich dir etwas Wichtiges zu sagen habe. Es ist ein glücklicher Zufall, daß ich heute hier zum Abendessen war. Leih mir einen Hunderter, Des, ja?»

«Nein», antwortere Desford rundheraus. «Keinen Heller.»

«Ganz richtig!» sagte Simon beifällig. «Man soll junge Männer nie ermutigen, sich Geld zu pumpen. Schenk ihn mir einfach, und kein Wort über dieses verheißungsvolle Dämchen, mit dem du herumziehst, soll über meine Lippen dringen!»

«Wie du doch immer übertreibst!» bemerkte Desford und machte sich über einen Auflauf her. «Wozu brauchst du einen Hunderter? Wenn man bedenkt, daß seit dem letzten Quartal noch kein Monat verflossen ist, müßtest du doch in Geld schwimmen.»

«Leider Gottes», sagte Simon, «war die Apanage des letzten Viertels sozusagen schon vorbestellt.»

«Und dann nennt Vater *mich* einen haltlosen Verschwender!»

«Das ist nichts gegen das, was er dich, mein Junge, heißen wird, wenn er Wind von deiner kleinen Hexe bekommt!» Desford überging diesen Scherz und richtete einen prüfenden Blick auf seinen Bruder. «Mir scheint, du hast es etwas toll getrieben. Du hast dich doch nicht in einer der Spielhöllen einfangen lassen, oder?»

Simon lächelte kläglich. «Nur ein einziges Mal, Des. Man kann im buchstäblichsten Sinn des Wortes sagen, daß ich meine Erfahrung teuer bezahlt habe.»

«Haben sie dich gründlich ausgenommen, ja? Na, das passiert uns allen einmal. Hat dich das heimgeführt? Wollte dich Vater nicht auslösen?»

«Um die Wahrheit zu gestehen, alter Knabe, ich habe nicht gewagt, die Angelegenheit aufs Tapet zu bringen, obwohl mich wirklich genau das heimgeführt hat. Es schien mir nicht der richtige Augenblick, heikle Themen anzuschneiden. Seine Stimmung ist alles andere denn liebevoll!»

«Kein Wunder, wenn er dich in diesem Aufzug gesehen hat! Was für ein Narr du doch bist, Simon!»

«Nein, nein, wie kannst du nur annehmen, daß ich so wenig Taktgefühl besitze? Ich habe mich äußerst geschmackvoll angezogen, ja sogar versucht, ihm eine Freude zu machen, und Kniehosen zum Abendessen getragen, aber selbst Kniehosen haben bei Gicht keine Erfolgschancen. Nachdem ich mir anhören mußte, wie er heute nachmittag über eine Stunde lang auf dich, mich und sogar Horace loshackte, ergriff ich die Gelegenheit zur Flucht und bot mich sehr artig an, anstelle des Stallburschen Mamas Brief an Lady Silverdale zu überbringen. Sie fühlte sich verpflichtet, nach Charlies Befinden zu fragen. Hat Hetta dir erzählt, daß der dumme Vogel sich halb erschlagen hat?»

Desford nickte. «O ja! Steht es sehr schlimm um ihn?»

«Er sieht hundeelend aus, aber man ist anscheinend der Meinung, daß er gute Fortschritte macht. Jetzt aber zu dem Hunderter, Des!»

«Ich gebe dir einen Scheck auf Drummond's Bank – unter einer Bedingung!»

Simon lachte. «Ich verrate kein Sterbenswörtchen, Des!»

«Oh, das weiß ich, junger Hund! Meine Bedingung ist nur, daß du diesen Anzug wegwirfst!»

«Das ist ein großes Opfer», sagte Simon traurig, «aber ich tu's. Übrigens, wenn es irgendeine Kleinigkeit gibt, die ich in deiner gegenwärtigen, sehr seltsamen Situation für dich erledigen kann, tue ich auch das.»

«Sehr verbunden!» sagte Desford ziemlich amüsiert, aber auch gerührt. «Es gibt nichts – falls du nicht zufällig weißt, wohin der alte Nettlecombe gefahren ist?»

«Nettlecombe? Was zum Teufel willst du bei der verdrehten alten Schraube?» fragte Simon höchst erstaunt.

«Mein verheißungsvolles Dämchen, wie du sie nennst, ist seine Enkelin. Ich habe die Aufgabe übernommen, sie bei ihm abzuliefern.

Als wir London erreichten, entdeckten wir aber, daß er abgereist ist und sein Haus geschlossen hat. Das ist der Grund, warum ich sie hierhergebracht habe.»

«Guter Gott, sie ist eine Steane?»

«Ja. Wilfred Steanes einziges Kind.»

«Und wer, zum Teufel, ist das?»

«Oh, das schwarze Schaf der Familie! Noch vor deiner Zeit. Auch vor meiner, um genau zu sein, aber ich erinnere mich an all das Gerede über ihn, und insbesondere an das, was Papa über ihn sagte, und über jeden anderen Steane, von dem er je gehört hat. Darum will ich nicht, daß er Wind von Cherry bekommt.»

«Heißt sie so?» fragte Simon. «Ein komischer Name für ein Mädchen.»

«Sie heißt Charity, läßt sich aber lieber Cherry nennen. Ich lernte sie kennen, als ich in Hazelfield war. Ich kann dir nicht anvertrauen, was mich dazu führte, sie nach London zu ihrem Großvater zu bringen, aber du kannst mir glauben, daß ich dazu gezwungen war. Sie lebte bei ihrer Tante mütterlicherseits und wurde dort so schäbig behandelt, daß sie davonlief. Ich traf sie bei dem Versuch an, zu Fuß nach London zu gehen, und da sie sich nicht bewegen ließ, zu ihrer Tante zurückzukehren, blieb mir nichts übrig, als sie mitzunehmen.»

«Der reinste Sir Galahad, was?» grinste Simon.

«Mitnichten. Wenn ich im Traum geahnt hätte, daß ich bis über den Hals in diese Geschichte verwickelt werde, hätte ich es nicht getan.»

«O doch», sagte Simon. «Glaubst du, ich kenne dich nicht? Was hat übrigens das schwarze Schaf angestellt, um einen Skandal hervorzurufen?»

«Vater zufolge so ziemlich alles außer Mord. Nettlecombe hat ihn verstoßen, als er mit Cherrys Mutter durchbrannte, aber zur Flucht ins Ausland zwangen ihn betrügerische Manipulationen. Verlegte sich darauf, junge Leute betrunken zu machen, bis sie zum Ausplündern geeignet waren, und spielte dann mit gezinkten Karten.»

Simon riß die Augen auf. «Ein netter Knabe!» bemerkte er. «Was ist aus ihm geworden?»

«Das weiß anscheinend niemand, aber da man seit einigen Jahren nichts mehr von ihm gehört hat, hält man ihn allgemein für tot.»

«Na, das wäre nur zu hoffen», sagte Simon. «Wenn ich es sagen darf, mein lieber Junge, je früher das Mädchen seinem Großvater überantwortet wird, um so besser. Du hast doch kein *tendre* für sie, oder?»

«Oh, um Gottes willen –!» rief Desford. «Natürlich nicht!»

«Verzeihung», murmelte Simon, «ich habe nur gefragt.»

7

Bevor sich die Brüder an diesem Abend trennten, hatte Simon den Scheck des Viscounts in seine Tasche gestopft und Des mit mildem Spott gefragt, ob er die Absicht habe, zum Juli-Rennen nach Newmarket zu fahren. Der Viscount antwortete, daß er es zwar vorgehabt hätte, im Augenblick aber wenig Hoffnung diesbezüglich hege. «Zehn zu eins gewettet, werde ich noch immer nach Nettlecombe jagen», sagte er. «Aber falls du fährst, kann ich dir einen sicheren Tip geben: Mopsqueezer. Der alte Jerry Tawton flüsterte mir's letzte Woche bei Tattersall zu, und im allgemeinen ist er verläßlich.»

Simon packte seine Hand, lächelte herzlich und sagte:

«Danke, Des. Verflixt, du bist ja doch ein Prachtkerl!»

Leicht überrascht erwiderte Desford: «Was – weil ich dir Jerrys Tip weitergebe? Sei kein Einfaltspinsel!»

«Nein, nicht deshalb, und auch das ist nicht der Grund», sagte Simon und klopfte auf seine Tasche. «Sondern weil du mir keine Standpauke als älterer Bruder verpaßt!»

«Weil du sie nicht im geringsten beachten würdest, selbst wenn ich's täte!»

«Oh, man kann nie wissen. Vielleicht doch», sagte Simon leichthin. Er nahm seinen Hut und drückte ihn in einem flotten Winkel auf seine blonden Locken. Nach kurzem Zögern sagte er: «Ich fahre morgen nach London zurück und bleibe dort, bis ich nach Newmarket reise. Wenn du dich also in einer Patsche befindest und glaubst, daß ich dir vielleicht helfen könnte, komm bei mir vorbei und – und ich werde mein Bestes für dich tun!» In seiner alten unbekümmerten Art fügte er hinzu: «Du hast keine Ahnung, wie genial ich bin, wenn ich mein Bestes tue! Adieu, teurer Knabe!»

Der Viscount verließ Inglehurst etwa zwanzig Minuten später, zumindest einer seiner Sorgen ledig. Lady Silverdale schien geneigt, ihren ungebetenen Gast mit Wohlwollen aufzunehmen, was zum Großteil auf ihre Abneigung gegen Lady Bugle, zum Teil aber auch auf Cherrys bescheidenes Betragen zurückzuführen war. Glücklicherweise fand sie Cherry bloß erträglich hübsch, nicht mehr. «Das arme Kind!» sagte sie. «So ein Jammer, daß sie so ein kleines Nichts von Geschöpf ist und sich so provinzlerisch anzieht! Hetta, Liebes, es wäre nur freundlich, glaube ich, wenn man sie etwas präsentabler machte. Ich habe mich gefragt, ob sie sich vielleicht aus dem grünen Batist, der dich nicht kleidet, wie wir entschieden haben, ein Kleid nähen könnte. Weißt du, nur ein einfaches Tageskleid. Und sie muß das Haar geschnitten haben, denn ich vertrage keine ungepflegten Köpfe um mich.»

Da Henrietta sehr bereit war, ihre Mutter bei diesen wohltätigen Plänen zu ermutigen, verabschiedete sich der Viscount von beiden Damen in dem Gefühl, daß Cherry zumindest für den Augenblick von ihrer Gastgeberin freundlich behandelt werden würde.

Als er das Haus verließ, war Cherry schon in tiefen Schlaf gesunken. Das Rollen der Kutschenräder unter ihrem Fenster und das Klappern von Hufen auf dem Kies störte nicht einmal ihre Träume. Sie war nach den Anstrengungen und Aufregungen des Tages derart müde, daß sie sich kaum regte, bis ein Stubenmädchen hereinkam und die Vorhänge um ihr Bett zurückzog. Als Cherry die schläfrigen Augen öffnete und sich wie ein Kätzchen streckte, drückte das Stubenmädchen die Hoffnung aus, daß sie gut geschlafen habe, und informierte sie, daß der Morgen wunderschön sei. Zum Beweis dieser Feststellung zog sie die Fenstervorhänge zurück, so daß Cherry bei dem plötzlich aufflammenden Sonnenlicht, das das Zimmer überflutete, blinzeln mußte. Als sie sich aller Ereignisse des Vortags entsann, setzte sie sich mit einem Ruck auf und wollte wissen, wie spät es sei. Als sie hörte, daß es acht Uhr war, äußerte sie einen Laut der Bestürzung: «O Himmel! Dann muß ich ja zwölf Stunden geschlafen haben! Wie konnte ich nur so etwas tun!»

Als das Stubenmädchen merkte, daß Cherry aus dem Bett klettern wollte, sagte sie ihr, sie brauche sich nicht zu beeilen, da Mylady nie zum Frühstück herunterkäme und Miss Hetta befohlen habe, Cherry nicht vor acht Uhr zu stören. Dann setzte sie eine polierte Messingkanne mit heißem Wasser neben den kleinen Eckwaschtisch, bat Miss, zu läuten, falls sie sonst etwas brauche, und ging. Unter der Tür blieb sie stehen, um zu sagen, daß das Frühstück um zehn Uhr im Wohnzimmer serviert würde.

Cherry konnte nun ihre Umgebung in Augenschein nehmen. Als Hetta sie zu Bett gebracht hatte, war sie zu erschöpft gewesen, um sich viel um die Einrichtung zu kümmern. Das einzige, was sie beeindruckt hatte, waren die sehr weichen Kissen und das bequemste Bett, in dem zu liegen je ihr Los gewesen. Jetzt aber, die Arme um die Knie geschlungen, starrte sie ehrfürchtig und staunend um sich.

Das Schlafzimmer schien ihr denkbar elegant, und sie wäre verblüfft gewesen, hätte sie gewußt, daß Lady Silverdale mit der Tapete höchst unzufrieden war und behauptete, diese sei schon so verblichen, daß sie abscheulich schäbig aussehe. Ihre Gnaden hatte auch einen unbedeutenden Fleck auf dem Teppich entdeckt, wo irgendein sorgloser Gast etwas Lotion verschüttet hatte. Aber Cherry merkte weder das noch die verblichene Tapete. Miss Fletchings Institut für junge Damen war sauber, aber nüchtern möbliert gewesen, und in Maplewood hatte Cherry ein Zimmer mit Corinna und Dianeme geteilt. Lady Bugle war der Ansicht, daß beide noch nicht in dem Alter waren, das mehr als die nötigsten Ausgaben rechtfertigte. Daher war ihr Zimmer mit einer willkürlichen Auswahl von Stühlen und Schränken möbliert, die entweder zu schäbig für ihren ursprünglichen Bestimmungsort oder aber spottbillig bei einem Trödler gekauft waren. Und selbst Tante Bugles Bett war nicht von Vorhängen aus Seidendamast umgeben, dachte Cherry, als sie fast ängstlich darüberstreichelte.

Sie schlüpfte aus dem Bett und machte eine Entdeckung: jemand hatte nicht nur ihren Handkoffer ausgepackt, sondern auch die Falten aus den beiden mitgebrachten Kleidern gebügelt. Das erschien ihr als derartiger Luxus, daß sie fast glaubte, sie schliefe noch und träume.

Als sie das Frühstückszimmer betrat, von Grimshaw in seiner würdevollsten Manier geleitet, traf sie Henrietta bei der Zubereitung des Tees an. Sie wurde von ihr so gütig und freundlich begrüßt, daß sie den Schrecken verlor, den ihr Grimshaw eingeflößt hatte und impulsiv sagte: «Ich glaube, ich war gestern abend so benommen, daß ich Ihnen nicht sagte, wie sehr, sehr dankbar ich Ihnen und Lady Silverdale bin, daß Sie so äußerst gütig zu mir sind! Ich weiß nicht, wie ich Ihnen danken soll!»

«Unsinn!» sagte Henrietta und lächelte sie an. «Ich kann es nicht mehr zählen, wie oft Sie mir gestern abend dankten. Ich glaube, es war auch das letzte, was Sie sagten, als ich die Kerze ausblies, aber da Sie schon zu drei Viertel schliefen, kann ich mich irren.»

Als sie sich vom Tisch erhoben, war es Henrietta gelungen, Cherry aus ihrer nervösen Schüchternheit zu locken und ihr Vertrauen zu gewinnen. Das Mädchen tat ihr aufrichtig leid. Es war klar, daß man sie nicht ermutigt hatte, sich ihrer Tante anzuvertrauen; und wenn sie auch liebevoll von Miss Fletching sprach, glaubte Henrietta doch nicht, daß ihre Beziehung enger gewesen war als die einer gütigen und gerechten Lehrerin und einer dankbaren Schülerin. Cherry beantwortete Hettas Fragen sehr zurückhaltend und schien zunächst zu erwarten, zurechtgewiesen zu werden. Als sie jedoch erkannte, daß diesbezüglich keine Gefahr bestand, wurde sie viel zutraulicher und plauderte so leicht dahin wie auf ihrer Reise nach London. Es bedurfte jedoch vieler Überredung, bis sie das Stück grünen Batists annahm, und sie gab nur unter der Bedingung nach, daß sie dafür bezahlen durfte – nicht mit Geld, sondern mit Diensten. «Ich bin es gewöhnt, beschäftigt zu werden», versicherte sie Henrietta. «Daher sagen Sie mir bitte, Miss Silverdale, was ich tun soll!»

«Aber ich wünsche nicht, daß Sie etwas tun!» wandte Henrietta ein. «Sie sind unser Gast, Cherry, keine Dienerin!»

«Nein», sagte Cherry errötend und hob entschlossen das Kinn. «Nur Ihre Güte läßt Sie das sagen, und – und es gibt mir ein so warmes Gefühl im Herzen, daß ich nicht froh sein könnte, wenn Sie mir nicht erlauben, mich hier nützlich zu machen. Ich kann natürlich sehen, daß Sie sehr viele Diener haben, aber es muß hunderterlei geben, das ich für Sie und Lady Silverdale tun könnte, was Sie vielleicht nicht von der Dienerschaft verlangen würden: Botengänge machen, Sachen holen – Sachen suchen, die Sie verlegt haben – Strümpfe stopfen – oh, alles Dinge, die Sie vermutlich selbst für sich tun und für todlangweilig halten!»

Da Henrietta bezweifelte, daß es irgend etwas gab, das ihre Mutter nicht von ihren Dienern verlangen würde, mußte sie wider Willen lachen, aber natürlich verriet sie Cherry den Grund nicht. Sie sagte nur: «Nun, ich werde mein Bestes tun, Ihnen den Gefallen zu tun. Aber ich muß Sie warnen: wenn Sie mich ermutigen, alle langweiligen Pflichten auf Sie abzuwälzen, werden Sie mich sehr schnell in das denkbar trägste, egoistischste Geschöpf verwandeln!»

«Nein, ich weiß, daß ich das bestimmt nicht könnte!» sagte Cherry und lächelte sie mit feuchten Augen an.

Sie verbrachte den größten Teil des Vormittags mit der herzerwärmenden Beschäftigung, den grünen Batist zuzuschneiden und die Stücke zusammenzuheften. Dabei wurde ihr die fachmännische Hilfe von Miss Hephzibah Cardle zuteil, Myladys persönlicher Kammerfrau, deren altjüngferliche Gestalt und säuerliches Gesicht niemanden zu der Annahme hätte verleiten können, daß sie ein seltenes Talent, ihre Herrin vollendet anzuziehen, mit einer eifersüchtigen Bewunderung dieser Dame verband, die ihre Verdienste so wenig würdigte. Ihre Hilfe wurde Miss Steane mit äußerstem Widerstreben angeboten und wäre nicht geleistet worden, hätte Ihre Gnaden nicht befohlen, Cardle solle ihr möglichstes tun, Miss Steane eine neue Note zu verleihen. Berufsstolz überwand weniger bewundernswerte Gefühle und brachte sie sogar so weit (um Mylady die Ausgabe zu ersparen, nach ihrer Friseuse zu schicken, wie sie erklärte),

Miss Steanes ungebärdige Locken in einem leichter zu handhabenden und sehr viel kleidsameren Stil zu schneiden, der Mylady eines ihrer seltenen Lobesworte entlockte. Obwohl Cherrys Dankbarkeit für diese freundlichen Dienste nicht hübscher zum Ausdruck gebracht werden konnte, lehnte Cardle das Mädchen ab. Sie fand allerdings nur eine einzige mitfühlende Seele im Haushalt. Mrs. Honeybourne, die dicke, gutmütige Wirtschafterin, mochte ja erklären, daß Miss eine süße junge Dame sei, die Stubenmädchen und die beiden Lakaien und selbst der widerborstige Obergärtner sie mit einem nachsichtigen Lächeln bedenken, Grimshaw jedoch betrachtete sie mit Abneigung und Mißtrauen. Er und Miss Cardle waren überzeugt, daß sie eine listige Schwindlerin war, die nur eines im Sinn hatte: sich in Myladys und Miss Hettas Wohlwollen einzuschleichen. «Wenn Sie meine Meinung hören wollen, Miss Cardle», sagte er gewichtig, «müßte ich mich zu sagen verpflichtet fühlen, daß sie die Damen meiner Meinung nach beschwatzt. Und was ich vom Betragen Mylord Desfords halte, der sie Mylady unterschoben hat, das zu enthüllen kann ich mich nicht herablassen.»

Zum Glück für Cherrys Seelenruhe verhinderte es die ausgeprägte Höflichkeit, mit der diese beiden Übelwollenden sie behandelten, daß sie erkannte, wie verbittert sie über ihre Anwesenheit in Inglehurst waren. Drei Tage nach ihrer Ankunft hatte Miss Steane ihre ängstliche Miene verloren und blühte schüchtern in der Wärme einer bisher nicht gekannten Billigung auf. Mit einem Lächeln begrüßt zu werden, wenn sie ein Zimmer betrat; von Lady Silverdale mit «liebes Kind» angesprochen zu werden; von dieser Dame liebevoll gescholten zu werden, daß sie einen unnötigen Botengang gemacht hatte; von Miss Silverdale ermutigt zu werden, nach Herzenslust durch den Besitz zu streifen; und so behandelt zu werden, als sei sie ein geladener Gast und nicht die unerwünschte, bedrükkende Bürde, als die sie sich selbst empfand – all das hatte sie bisher nicht erlebt, so daß sie leidenschaftlich bestrebt war, die Güte ihrer Gastgeberinnen mit allen ihr zu Gebote stehenden Mitteln zu vergelten. Sie brauchte nur einen Tag, um zu erkennen, daß es wenig gab, was sie für Henrietta tun konnte, aber viel für Lady Silverdale. Und da sie noch nie zuvor jemanden wie Lady Silverdale getroffen hatte, hegte sie keinen Augenblick den Verdacht, daß die klagende Stimme und das einschmeichelnde Wesen Egoismus verbargen und die Entschlossenheit, alles nach ihrem Willen zu lenken, Eigenschaften, die viel brutaler waren als die derberen Methoden, die Tante Bugle anwandte. Wo ihr Lady Bugle herrisch befohlen hatte, einen verlegten Gegenstand zu suchen, um sie nach der Wiederauffindung desselben mit der verwunderten Frage zu belohnen, warum in aller Welt sie so lange gebraucht hätte, regte Lady Silverdale die Aktion an, indem sie sagte: «O Himmel, wie dumm von mir! Ich habe meine Stickschere verlegt! Wo kann ich sie nur gelassen haben? Nein, nein, liebes Kind – warum sollten denn Sie für meine Nachlässigkeit leiden?» Und wenn Cherry nach einer erschöpfenden Suche die fehlende Schere fand und sie brachte, pflegte Lady Silverdale zu sagen: «O Cherry, Sie liebes Kind! Sie hätten sich doch nicht derart bemühen sollen!»

Kein Wunder, daß Cherry bei einer solchen Behandlung aufblühte und keine Aufgabe zu mühsam oder zu lästig schien, die eine so liebenswürdige Wohltäterin anregte. Cherry war noch nie so glücklich gewesen; und Henrietta, die das erkannte, versagte sich jegliche Einmischung. Dennoch ließ sie Cherry gegenüber eine milde Andeutung fallen, daß Lady Silverdale von Natur aus eine Spur unverläßlich war und ihre Stimmung weitgehend davon abhing, wie sie sich gerade fühlte, wie das Wetter war, welche Mängel ihres häuslichen Stabs zutage traten. Es war keineswegs unbekannt, daß sie eine plötzliche Abneigung gegen Personen fassen konnte, die sie vorher in die herzlichste Gunst aufgenommen hatte, und obwohl solche Launen selten lang anhielten, machten sie ihren Opfern das Leben nicht gerade leicht.

Cherry hörte sich das an, nickte weise und sagte, die alte Lady Bugle sei genau solchen wirren Grillen unterworfen gewesen. «Nur waren ihre Verschrobenheiten schlimmer, weil sie überhaupt nicht gütig oder liebenswürdig war, selbst wenn sie sich am wohlsten fühlte, im Gegensatz zu Lady Silverdale! Ja, ich glaube, Sie und Lady Silverdale sind die gütigsten Menschen, denen ich je begegnet bin!»

Dies wurde mit einem glühenden Blick gesagt. Henrietta konnte nur hoffen, daß die sonnige Stimmung ihrer Mutter Cherrys Besuch überdauern würde.

Es dauerte drei Tage, bis Sir Charles Silverdale sein Schlafzimmer verlassen durfte, und es war seiner Mutter und Schwester klar, daß er von dem Unfall stärker mitgenommen war, als er zugeben wollte. Er bestand darauf, hinunterzukommen, aber als er, schwer auf seinen Kammerdiener gestützt, die Bibliothek erreichte, war er nur zu froh, sich auf dem Sofa ausstrecken zu können. Er war ein schöner Jüngling, aber seine Züge wurden zu oft von einem verdrießlichen oder – wenn er seinen Willen nicht durchsetzten konnte oder etwas fehlging – mürrischen Ausdruck verdorben. Sowohl im Temperament wie im Aussehen war er seiner Mutter sehr ähnlich; aber dank dem Umstand, daß ihm sein Vater schon früh geraubt worden war und seine ihm in Affenliebe zugetane Mutter ihm alles nachsah, wurden die von ihr ererbten Fehler ins Übermaß gesteigert. Er besaß sehr viel Charme, eine ungezwungene Art, die ihn allgemein zu einem annehmbaren Gast machte, und eine bedenkenlose Tollkühnheit, die ihm die Bewunderung einer Anzahl ähnlich gesinnter junger Herren eintrug. Seine Diener hatten ihn gern, denn obwohl er genauso anspruchsvoll war wie seine Mutter und noch viel egoistischer, besaß er ihre geniale Begabung, seine unverschämtesten Forderungen so erscheinen zu lassen, als seien sie nichts als reine Bitten.

Und weil er ihnen immer mit dem allersüßesten Lächeln dankte, für jeden Zornausbruch Reue bekundete und ihnen freigab, wann immer es anging, wurde er für sehr gutmütig gehalten. Seine verrückten Eskapaden wurden von ihnen mit Nachsicht als das natürliche Betragen gewertet, das von jedem temperamentvollen jungen Herrn zu erwarten ist, und seine Sorglosigkeit wurde mit seiner Jugend entschuldigt. Nur seine Schwester, deren natürliche Zuneigung sie nicht abhielt, seine Fehler zu erkennen, hatte einmal, durch ein Beispiel seiner Grobheit erbittert, gesagt, da er anscheinend doch eine Anzahl Freunde besaß, sei es anzunehmen, daß er seine schlechte Laune seiner Familie vorbehalte und sich nur außer Haus mit Anstand betrage. Diese sarkastische Bemerkung hatte ihr die Empörung ihrer Mutter sowie langanhaltende Vorwürfe eingetragen, und sie hatte diese Beleidigung nie wiederholt.

Henrietta hatte dem Auftauchen ihres Bruders mit üblen Vorahnungen entgegengesehen, da sie seine Anfälligkeit für weibliche Reize kannte und sich wohl bewußt war, daß der geringste Flirt mit Cherry Lady Silverdale im Handumdrehen aus einer wohlwollenden Beschützerin in eine Erzfeindin verwandeln würde. Sie stellte jedoch fest, daß Desford recht gehabt hatte: die hinreißende Mrs. Cumbertrees mochte ja der Vergangenheit angehören, aber Sir Charles' Vorliebe galt noch immer Damen mit üppigen Reizen und großer Erfahrung. Er interessierte sich nicht für Naive, und sein einziger Kommentar, nachdem er Cherry kennengelernt hatte, mußte jede mögliche Besorgnis seiner ängstlichen Mutter zerstreuen. In Wirklichkeit hatte sie gar keine und stimmte durchaus mit ihm überein, als er sagte: «Was für ein unbedeutendes Dingelchen das doch ist, Mama! Ich frage mich, weshalb Des sich um ihretwillen soviel Mühe gemacht hat.»

Auch Mr. Cary Nethercott fragte sich das, aber da er ein einfacher, geradliniger Mann war, akzeptierte er die wahrheitsgemäße Erklärung ohne Schwierigkeit: «Man kann Seine Lordschaft für sein Verhalten in einer solch schwierigen Situation nur ehren», sagte er und fügte mit einem leisen Lächeln hinzu: «Und hoffen, daß man selbst die Charakterstärke besessen hätte, sich genauso zu verhalten, wäre man an seiner Stelle gewesen!»

«Ich bin überzeugt, daß Sie das getan hätten», erwiderte Henrietta lächelnd. «Es war ein trauriger Fall – trauriger, als das arme Kind Desford gegenüber enthüllte. Nur ein Ungeheuer hätte sie ihrem Schicksal überlassen können!»

Er stimmte zu, sagte jedoch ernst: «Aber was soll aus ihr werden? So jung und ohne Freunde – denn Sie können nicht weiterhin für sie verantwortlich sein, das erwartet Lord Desford sicher nicht von Ihnen.»

«Nein, natürlich tut er das nicht. Er hat sie nur in Inglehurst gelassen, während er den Aufenthaltsort ihres Großvaters herauszufinden sucht. Ob Lord Nettlecombe bereit sein wird, sie in seinen Haushalt aufzunehmen, muß ich allerdings bezweifeln.»

«Ich kenne Seine Lordschaft nicht – nur seinen Ruf.»

«Ich auch nicht, aber wenn nur die Hälfte der Geschichten wahr ist, die man sich über ihn erzählt, muß er der denkbar unangenehmste, geizigste Alte sein. Ich kann nur hoffen, daß ihn Cherrys schlimme Lage rührt – ja sogar, daß er eine Vorliebe für sie faßt. Das wäre kein Wunder, denn sie ist sehr anziehend und hat einen liebenswürdigen Charakter.»

«Sie ist sicherlich ein sehr einnehmendes kleines Ding», bestätigte er. «Nicht auszudenken, daß sie zur Sklavin eines solchen Geizhalses werden soll, wie es Lord Nettlecombe ist.» Er schwieg stirnrunzelnd und trommelte mit den Fingern auf dem Tisch. «Was wird sie tun, falls Nettlecombe sie nicht anerkennt?» fragte er unvermittelt. «Hat sie diese Möglichkeit erwogen?»

«O ja. Sie hat die Absicht – die ganz feste Absicht –, sich eine Stellung in einem vornehmen Haushalt zu suchen.»

Sein Stirnrunzeln vertiefte sich. «Was für eine Stellung? Als Erzieherin? Sie muß zu jung sein, um einen solchen Beruf ausfüllen zu können!»

«Nicht nur zu jung, sondern auch gar nicht dafür geeignet», sagte Henrietta. «Sie glaubt, sie könnte Kleinkinder unterrichten, aber ich hoffe sie vielleicht doch überzeugt zu haben, daß eine solche Stellung keine Verbesserung gegenüber den Verhältnissen wäre, die sie im Haus ihrer Tante erdulden mußte. Ihre zweite Idee ist, eine Anstellung bei einer älteren Kranken zu suchen. Sie erklärt überzeugend, daß sie zwar keine Stubengelehrte ist, jedoch weiß, wie man zänkische alte Damen behandelt. Nun, meine Mama mag ja nicht alt sein, und Gott verhüte, daß ich sie zänkisch nennen würde, aber man muß zugeben, daß – daß sie wirklich seltsame Launen hat. Sie wissen doch wohl, was ich meine?» Er verbeugte sich und sah sie ernst an. «Ja. Nun, ich kann nur sagen, daß es noch niemand besser verstand, sie in zufriedener Stimmung zu halten.»

«Außer Ihnen selbst?»

«O Gott, nein», sagte sie lachend, «darin bin ich nicht geschickt. Ich habe nicht genügend Geduld. Cherry hat mehr Mitgefühl mit Hypochondern, als ich je aufbringen würde! Entsetzt Sie das sehr? Vergessen Sie, daß ich es gesagt habe!»

Er schüttelte den Kopf. «Nichts, das anzuvertrauen Sie mir die Ehre erweisen, könnte mich entsetzen», sagte er schlicht. «Aber es entsetzt mich zu wissen, daß Sie sich der eingebildeten Natur der Schmerzen und Leiden Lady Silverdales bewußt sind. Verzeihen Sie mir, wenn ich mich schlecht ausdrücke. Ich habe keine geläufige Zunge, und es fällt mir schwer, meine Gedanken in Worte zu kleiden. Aber es schien mir immer, Sie glaubten an ihre schwache Gesundheit, und da war Ihre Ergebenheit nur natürlich. Und es wäre für jeden Mann eine Frechheit gewesen, Sie zu bemitleiden oder – oder daran zu denken, Sie zu retten!» Er hielt inne und errötete, als er in ihren ausdrucksvollen Augen ebensoviel Amüsement wie Überraschung sah. Als sie sprach, wirkten ihre Worte wie eine kalte Dusche auf ihn, denn sie sagte mit lachender Stimme: «Nun, das würde ich auch annehmen, Sir! Guter Gott, ist es möglich, daß Sie mich für ein Objekt des Mitleids halten, für jemand, den man retten muß? Was für eine seltsame Vorstellung müssen Sie von mir haben – und auch von meiner armen Mama! Sie mag ja manchmal lästig sein, aber ich versichere Ihnen, sie hängt ebenso sehr an mir wie ich an ihr. Glauben Sie mir, ich bin vollkommen glücklich!»

«Verziehen Sie mir!» murmelte er. «Ich habe zuviel gesagt!»

«Aber natürlich verzeihe ich!» sagte sie und lächelte ihn an. «In Wahrheit sind Sie zu romantisch, mein Freund, und hätten zu einer Zeit leben sollen, als Herren Ihres Formats auszureiten und irgendeine Jungfrau in Nöten zu retten pflegten. Von denen scheint es ja eine ungeheure Zahl gegeben zu haben! Was hingegen die Drachen, Riesen und Menschenfresser betrifft, die die Jungfrauen gefangenhielten – wenn man bedenkt, wie viele von Rittern erschlagen wurden, muß man zu dem Schluß kommen, daß sie das Land geradezu überschwemmt haben!»

Er mußte lachen, schüttelte jedoch den Kopf und sagte: «Sie sind immer so humorvoll, Miss Hetta, daß man durch Ihre Späße einfach abgelenkt werden muß. Sind Sie eigentlich nie ernst?»

«Nun, zumindest nie sehr lange», erwiderte sie. «Ich fürchte, ich bin wie Beatrice ‹dazu geboren, nichts als Heiteres zu reden und sonst nichts›! Aber kommen Sie, wir erörtern die Lage der kleinen Cherry und nicht die meine! Sie ist wahrhaftig eine Jungfrau in Nöten!»

«Ihr Fall ist wirklich schwer», sagte er düster.

«Ja, aber ich habe alle Hoffnung, daß es nicht lange dauern wird, bis sie einen Heiratsantrag bekommt!»

«Von Lord Desford?» unterbrach er sie und beobachtete ihre Miene genau.

«Von Desford?» rief sie unwillkürlich aus. «Guter Gott, nein! Zumindest hoffe ich aufrichtig, daß er es nicht tut. Das ginge nicht gut!»

«Warum sagen Sie das? Wenn er sich in sie verliebt hat –»

«Sir, Desford ist der letzte, der vergäße, was er seinem Namen und seiner Familie schuldet. Was in aller Welt würde Ihrer Meinung nach Lord Wroxton zu einer solchen Verbindung sagen?»

«Wollen Sie behaupten, daß Lord Desford heiraten wird, um seinem Vater gefällig zu sein?» fragte er.

«Nein, aber ich bin sicher, daß er nicht heiraten wird, um ihm zu mißfallen!» sagte sie. «Als ich sagte, daß es hoffentlich nicht lange dauern würde, bis sie einen Heiratsantrag bekäme, meinte ich damit, wenn wir sie nur in irgendeinen Haushalt einführen könnten, in dem sie Besuche bewirten hilft, wird sie ziemlich sicher einen Antrag bekommen – vielleicht sogar mehrere! – von völlig achtbaren Freiern, denen der Ruf ihres Vaters nichts bedeuten würde.»

«Sie müssen mir die Bemerkung gestatten, Miss Hetta, daß der Ruf ihres Vaters keinem Mann etwas bedeuten darf, der sie liebt!»

«Alles schön und gut», sagte sie ungeduldig, «aber Sie können von einem Carrington nicht erwarten, daß er sich mit einer Steane verbindet! Die Steanes gehören ja nicht einmal dem ersten Adel an! Lord Nettlecombe ist nur zweiter Baron, müssen Sie wissen, und sein Vater war nach allem, was ich hörte, ein eher ungeschliffener Diamant.»

«Ein Mann muß deswegen nicht verachtenswert sein.»

«Sehr richtig!» erwiderte sie. «Er kann sogar eine bewundernswerte Persönlichkeit sein. Aber wenn ich nicht sehr falsch unterrichtet bin, war er das ganz gewiß nicht. In den Steanes fließt schlechtes Blut, Mr. Nethercott, und obwohl es sich bei Cherry nicht zeigt – wer weiß, ob es nicht vielleicht bei ihren Kindern zutage tritt?»

«Wenn Sie so empfinden, Miss Hetta, muß ich mich wundern, daß Sie Ihren Bruder dem Risiko aussetzen, sich in sie zu verlieben!» sagte er in neckendem Ton, aber mit ernstem Blick.

Sie antwortete leichthin: «Ja, und ich muß gestehen, daß ich die ärgsten Befürchtungen hegte. Aber Desford zerstreute sie und sagte, Jungen im Alter Charlies verliebten sich selten in gleichaltrige Mädchen, sondern schmachteten viel eher zu Füßen hinreißender Männerfallen. Und er hatte – wie leider so oft – völlig recht: Charlie hält die arme Cherry für ein kleines Nichts. Das ist natürlich gut, aber ich hoffe doch, daß er im heiratsfähigen Alter über seinen Geschmack für blendende Männerfallen hinausgewachsen ist.»

«Ist das auch die Meinung Lord Desfords?» fragte Mr. Nethercott, unfähig, einen höhnischen Ton aus seiner Stimme zu verbannen.

Hetta aber bemerkte ihn nicht, sondern sagte stirnrunzelnd: «Ich glaube nicht, daß ich ihn je danach gefragt habe. Aber ich entsinne mich jetzt, da Sie davon sprechen, daß die ersten Frauenzimmer, hinter denen Desford herlief, um Jahre älter waren als er und durchwegs die Sorte Frauen, denen nur ein ausgesprochener Dummkopf die Ehe angeboten hätte. Und ein Dummkopf war Desford nie, selbst in seinen windigsten Zeiten nicht!»

Während sie das sagte, blitzten ihre Augen bei der Erinnerung amüsiert auf, aber ein Blick auf Mr. Nethercotts Gesicht unterrichtete sie davon, daß er ihr Amüsement durchaus nicht teilte. Sie beendete also klugerweise ihr Gespräch unter vier Augen, indem sie aufstand und ihn aufforderte, mit ihr in die Bibliothek zu kommen, wo Charlie, noch immer weitgehend an das Sofa gefesselt, entzückt sein würde, ein gemütliches Plauderstündchen mit ihm zu halten.

8

Inzwischen wurde dem Viscount sattsam Gelegenheit geboten, seine Ritterlichkeit zu bedauern. Er verbrachte den Tag nach seiner Rückkehr in die Arlington Street mit einer Anzahl vergeblicher Versuche, Lord Nettlecombes Aufenthalt zu erkunden, wobei er sogar (obwohl mit äußerstem Widerwillen) so weit ging, seine heftige Abneigung gegen Mr. Jonas Steane zu überwinden und in dessen Haus in der Upper Grosvenor Street vorzusprechen. Aber Mr. Steane hatte so wie sein Vater London verlassen. Wenn auch sein Haus nicht gänzlich leer stand, war doch der uralte Verwalter, der sich schließlich dazu herabließ, auf das ausdauernde Läuten der Türglocke und ein immer heftiger werdendes Klopfen zu reagieren, nicht imstande, Desford mehr zu sagen, als daß Mr. Steane seine Familie nach Scarborough gebracht hatte. Nein, er konnte sich nicht erinnern, daß man ihm die genaue Adresse mitgeteilt hätte. Er wüßte nur, daß die Dienerschaft zwei Wochen Urlaub bekommen habe, aber Ende der nächsten Woche eintreffen würde, um das Haus gründlich zu säubern, bevor die Familie zurückkehrte. Nein, er hatte nie gehört, daß Lord Nettlecombe ebenfalls nach Scarborough gefahren sei, aber wenn man ihn danach fragte, müßte er sagen, er glaube es nicht, da Mylord mit Mr. Steane im Streit lebte. In der lobenswerten Absicht, dem Viscount helfen zu wollen, sagte er schließlich, es würde ihn nicht wundern, wenn Mr. Steanes Anwalt wußte, wo dieser zu finden sei. Da er jedoch nicht imstande war, Desford mit dem Namen des Anwalts zu versorgen, war der Vorschlag nicht so hilfreich, wie er offenkundig annahm.

Am Ende eines völlig vergeblichen Tags saß der Viscount in seinem eigenen Haus bei einem einsamen Dinner, als sein zutiefst mitfühlender Butler, verzweifelt über den traurigen Mangel an Appetit und den äußerst gehetzten Ausdruck seines Herrn, sich selbst den Kopf zerbrach. Plötzlich hatte er eine Eingebung und versorgte Mylord mit dem vielversprechendsten Rat, der ihm bisher offeriert worden war.

Als er dem Viscount nachschenkte, sagte er: «Hat Eure Lordschaft daran gedacht, daß sich Lord Nettlecombe vielleicht über die Sommermonate auf seinen Landsitz zurückgezogen haben könnte?»

Der Viscount, der in düstere Erwägungen über die vor ihm liegenden Schwierigkeiten versunken war, sah schnell auf und stieß hervor: «Guter Gott, was für ein Narr ich bin! Ich hatte vergessen, daß er einen besitzt!»

«Ja, Mylord», sagte Aldham, während er einen Käsekuchen vor ihn hinstellte. «Ich habe mich selbst erst vor ein paar Minuten daran erinnert. Daher war ich so frei, während Sie Ihren ersten Gang verzehrten, den ‹Index to the House of Lords› nachzuschlagen, den ich, wie ich mich erinnerte, auf Eurer Lordschaft Bücherborden stehen sah. Obwohl dieser Band zehn Jahre alt ist, nehme ich an, daß die in ihm enthaltenen Informationen noch immer verläßlich sein dürften. Er vermerkt, daß Lord Nettlecombes Landsitz in der Grafschaft Kent liegt, nicht weit von Staplehurst. Es dürfte nicht schwer sein, ihn zu finden, denn er ist als Nettlecombe Manor bekannt.»

«Danke!» sagte der Viscount herzlich. «Ich bin dir sehr verbunden! Ich wüßte wirklich nicht, wo ich ohne dich wäre! Ich fahre gleich morgen früh nach Staplehurst.»

Er verlangte sein Frühstück zu einer unmondän frühen Stunde, so daß seine Chaise jenseits der Grenzsteine war, ehe die Mitglieder der vornehmen Gesellschaft, soweit sie noch in London weilten, aus ihren Schlafzimmern aufgetaucht waren. Seine Vorreiter hatten keine Schwierigkeit, Nettlecombe Manor zu finden, denn schon einige Meilen vor Staplehurst zeigte ein Wegweiser die Richtung zum Haus an. Man näherte sich ihm durch einen schmalen Heckenweg, der von hohem, weitästigem Strauchwerk gesäumt und mit Gras bewachsen war, das zwischen den Radspuren wuchs. Das versprach nicht, daß Mylord Nettlecombes Haus die Beschreibung als «Landsitz» rechtfertigen würde. Es stellte sich jedoch heraus, daß es, wenn auch kein Herrenhaus, so doch sehr weitläufig war und in einem kleinen Park stand. Man gelangte zu ihm über eine kurze Auffahrt, die von einem hübschen kleinen Portierhäuschen ausging und Anzeichen verriet, daß sie einer gründlichen Jätung unterzogen worden war.

Als die Chaise vor dem Haupteingang hielt und der Viscount leichtfüßig heraussprang, sah er, daß das Haus renoviert wurde. Dieser Umstand hätte, wie er später grimmig bemerkte, ihn sofort überzeugen können, daß der Bewohner des Hauses auf keinen Fall Lord Nettlecombe war.

Das stellte sich bald heraus. Mylord hatte das Haus an einen Kaufmann im Ruhestand vermietet, dessen Frau, wie Desford informiert wurde, seit Jahren nach einem großartigen Landsitz verrückt gewesen war. «Wohlgemerkt, Mylord», sagte er mit einem feisten Kichern, «worauf sie ihr Herz gesetzt hatte, war ein toll großes Haus wie Chatsworth oder so was, aber ich sagte ihr ohne Umschweife, daß herzogliche Herrenhäuser über meine Möglichkeiten hinausgehen, selbst wenn Seine Durchlaucht es zu vermieten wünschte, was meines Wissens nicht der Fall ist. Alles in allem dauerte es fast zwei Jahre, bis wir dieses Haus fanden. Ich hatte es schon herzlich satt, durch das ganze Land zu kutschieren und Häuser anzuschauen, deren keines das war, was wir haben wollten, noch auch das, was die Agenten davon behaupteten. Als ich diesen Besitz sah, hätte ich ihn gemietet, selbst wenn er mir nicht gefallen hätte, was aber zugestandenermaßen doch der Fall war. Natürlich sah ich sofort, daß eine Menge daran getan werden mußte, aber Himmel, sagte ich mir, es wird mir Beschäftigung geben, wenn ich mich vom Geschäft zurückziehe, und wenn ich die nicht habe, werde ich wahrscheinlich schwer deprimiert sein. Außerdem war es mir möglich, mit dem Geschäftsträger Seiner Lordschaft einen guten Handel abzuschließen, wenn auch», fügte er mit einem sich verdüsternden Blick hinzu, «keinen so guten, wie ich ihn hingekriegt hätte, falls ich damals über das Haus das gewußt hätte, was ich heute weiß! Nun, wenn Sie einer der

Freunde Seiner Lordschaft sind, Sir, möchte ich nichts Unziemliches sagen, aber Sie würden nicht glauben, wie man alles auf den Hund hat kommen lassen!»

«Ich bin keiner seiner Freunde, und ich glaube es gern!» sagte Desford schnell, noch bevor Mr. Tugsley seine Rede fortsetzen konnte. «Ich habe eine – eine geschäftliche Angelegenheit mit ihm zu besprechen und hoffte, ihn vielleicht hier zu finden, als ich in seinem Londoner Haus vorsprach und entdeckte, daß er verreist war. Falls Sie wissen, wo er zu finden ist, wäre ich Ihnen sehr verbunden, wenn Sie mir seine Adresse geben könnten.»

«Nun, das kann ich nicht, aber ich kann Ihnen den Namen seines Anwalts und dessen Adresse sagen. Wenn Sie uns daher die Ehre geben wollen, ins Nebenzimmer zu kommen, das Mrs. Tugsley den Grünen Salon nennt, der aber meiner Meinung nach nur ein Wohnzimmer ist, und an einem kleinen Imbiß teilnehmen, werde ich sehen, ob ich sie für Sie finden kann.»

Der Viscount dankte, hätte jedoch das Angebot der Gastfreundschaft abgelehnt, wenn er damit nicht ganz offensichtlich Mr. Tugsleys Gefühle verletzt hätte. Wissentlich verwundete er die Empfindlichkeiten der ihm gesellschaftlich Unterlegenen nicht gern, daher begleitete er seinen Gastgeber in das Nebenzimmer. Er verbeugte sich vor Mrs. Tugsley ganz so, als sei sie (wie sie ihren Gatten später informierte) eine Herzogin, und ertrug sogar mit einer Miene höflichen Interesses zwanzig Minuten ihrer etwas überwältigenden Konversation, während er ein Glas Wein trank und einen Pfirsich aß. Der Tisch war mit Gerichten beladen, aber es gelang ihm, sie alle, ohne zu beleidigen, abzulehnen, indem er (völlig wahrheitsgemäß) sagte, daß er zwar dem Pfirsich nicht widerstehen könne, jedoch nie eine Zwischenmahlzeit zu sich nehme.

Es war klar, daß Mrs. Tugsley gesellschaftlichen Ehrgeiz hatte, und ihre Bemühungen, ihm Eindruck zu machen, verführten sie zur Nachäffung dessen, was sie für die Manieren der vornehmen Gesellschaft hielt. Sie ließ in die Konversation die Namen einiger Persönlichkeiten von Rang einfließen, sprach von ihnen in Ausdrücken wie «ein so süßes Geschöpf» oder «ein perfekter Gentleman», und versuchte den Eindruck zu erwecken, es seien gute Bekannte von ihr. Der Viscount reagierte mit ungezwungener Höflichkeit und ließ nicht die leiseste Spur von Angewidertsein oder Langeweile in seinem Benehmen durchschimmern, war aber heilfroh, als Mr. Tugsley mit einem Zettel zurückkam, auf dem er den Namen und die Adresse des Anwalts von Lord Nettlecombe notiert hatte. Diesen Zettel reichte er Desford und empfahl ihm dabei, sich von dem alten Halsabschneider ja nicht ausnehmen zu lassen. Mrs. Tugsley bat ihn, nicht so ordinär zu reden, und fragte (mit einem drohenden Stirnrunzeln an seine Adresse), was sich Seine Lordschaft von ihm denken müsse. Desford aber lachte nur und sagte, er sei Mr. Tugsley für die Warnung sehr verbunden. Falls Lord Nettlecombes Geschäftsträger genauso knauserig sei wie der Lord selbst, dann müsse er wirklich ein sehr sauberer Bursche sein.

Endlich verabschiedete er sich in bestem Einvernehmen von den Tugsleys, und keiner von beiden hegte den Verdacht, daß er fast eine volle Stunde gefiebert hatte, vom Nettlecombe Manor wegzukommen. Es bestand wenig Hoffnung, daß er London erreichte, bevor Mr. Crick sein Büro schloß, und da der nächste Tag ein Sonntag war, auch keine, daß er Mr. Crick vor Montag konsultieren konnte.

In der Tat konnte er Mr. Crick erst Montag nachmittag sprechen, denn als er schon frühmorgens die Räume dieses Rechtsgelehrten betrat, erhielt er nur die Auskunft, Mr. Crick sei zu einem Klienten gerufen worden. Der demütige Schreiber, der Desford von diesem Umstand unterrichtete, konnte unmöglich sagen, wann Mr. Crick in sein Büro zurückkehren würde, glaubte jedoch nicht, daß dies noch vor Mittag der Fall wäre. Er fragte mit einer weiteren abbittenden Verbeugung, ob Mylord wünsche, daß Mr. Crick in der Arlington Street vorspreche, um Mylords Anliegen zu erfahren; aber der Viscount, dem es nie eingefallen wäre, seinen eigenen oder den Geschäftsträger seines Vaters zu besuchen, lehnte dieses Angebot rundweg ab und sagte, die Angelegenheit, in der er Mr. Crick zu sehen wünsche, bestehe nur darin, von ihm den derzeitigen Aufenthaltsort Lord Nettlecombes zu erfahren. «Und das», fügte er mit seinem freundlichen Lächeln hinzu, «können sicherlich auch Sie mir sagen.»

Aber es erwies sich sofort, daß der Schreiber entweder nicht imstande oder auch nicht gewillt war, diesen Aufschluß zu geben. Dem Viscount blieb daher nichts übrig, als seine Karte zu hinterlassen, mit der Bemerkung, er würde später wiederkommen, und sich zurückzuziehen.

«Was», sagte Stebbing, als er seinen Platz neben dem Viscount im Tilbury wieder einnahm, «diesem Crick eine Menge Zeit gibt, Verstecken zu spielen.»

«Ich wollte zu Gott, du gäbst es endlich auf, so grämlich zu sein!» erwiderte Desford leicht erbittert. «Seit wir Hazelfield verlassen haben, bist du ständig verdrossen, und das habe ich satt! Warum, zum Teufel, sollte er Verstecken spielen wollen?»

«Da bin ich überfragt, Mylord, aber wir beide wissen, daß er der

Geschäftsträger Lord Nettlecombes ist, und wenn sich der Lord nicht davongemacht hat, bin ich ein Mehlpudding! Und das bin ich nicht!»

«Du magst ja keiner sein, aber du bist einer der schlimmsten Griesgrame, denen ich zu meinem Pech je begegnet bin», sagte Desford rundweg. «Ich weiß sehr gut, weswegen du so knurrig bist, aber ich weiß nicht, was es dich eigentlich angeht, wenn es mir paßt, Miss Steane oder sonst jemandem helfen zu wollen!»

Ernüchtert durch die höchst ungewöhnliche Strenge des Viscounts, murmelte Stebbing eine Entschuldigung. Der Viscount schnitt seinen stotternden Versuch einer Rechtfertigung ab, indem er kurz angebunden sagte: «Schon gut, aber es soll nicht wieder vorkommen!» Daraufhin wagte Stebbing nicht wieder zu sprechen, bis die Arlington Street erreicht war. Als er die Zügel von seinem Herrn übernahm, fragte er mit beispielloser Unterwürfigkeit, zu welcher Stunde Mylord den Tilbury für seinen zweiten Besuch in der City befehle.

«Ich brauche ihn nicht mehr. Ich nehme eine Droschke», erwiderte Desford.

«Sehr wohl, Mylord», sagte Stebbing steif. «Ganz wie Mylord wünschen. Falls Sie aber lieber selbst kutschieren, könnten Sie an meiner Stelle den jungen Upton nehmen.» Weder dieser Ausspruch noch seine Miene hätten einen Nicht-Eingeweihten zu der Annahme verleitet, daß er leidenschaftlich wünschte, sich wieder mit seinem Herrn zu versöhnen. Der Viscount jedoch war nicht uneingeweiht und gab daher nach, sich wohl bewußt, daß Stebbings Grobheit und die häufigen Versuche, ihn zu maßregeln und zu tyrannisieren, einer echten Hochachtung entsprangen, und daß es ihn bis ins Mark treffen würde, wenn Mylord an seiner Stelle den jungen Stallburschen mitnahm. Nachdem er Stebbing einen Augenblick streng angeblickt hatte, lachte er und sagte: «Versuch nicht, deine Tricks bei mir auszuspielen, alter Schwindler! Glaubst du, ich kenne dich nicht? Fahr den Wagen um zwei Uhr vor.»

Stebbing war durch diese sicheren Zeichen, daß der Viscount nicht mehr auf ihn böse war, so sehr erleichtert, daß er sich, als er seinen Platz im Tilbury wieder einnahm, mit ängstlicher Höflichkeit betrug. Der Viscount hätte ihn ganz gewiß beschworen, diese unnatürliche Unterwürfigkeit aufzugeben, aber er wußte, daß sie kaum lange anhalten würde. Und tatsächlich zeigte sie Anzeichen, Stebbing im Stich zu lassen, als ihm der Viscount vor dem verrußten Gebäude, in dem Mr. Crick sein Büro hatte, die Zügel übergab und sagte, er würde in wenigen Minuten wieder zurück sein. Stebbing sagte, er hoffe wirklich, Seine Lordschaft treffe Mr. Crick an, und wollte wissen, was Seine Lordschaft zu unternehmen gedachte, wenn das nicht der Fall war. Aber der Viscount lachte nur und betrat das Gebäude.

Der Schreiber führte ihn unter Verbeugungen in Mr. Cricks Zimmer, wo er von dem Anwalt mit größter Höflichkeit empfangen wurde. Mr. Crick bat ihn, Platz zu nehmen, und entschuldigte sich, daß er vormittags nicht im Büro gewesen war; aber Lord Nettlecombes Anschrift gab er nicht preis. Er sagte, er sei mit den Angelegenheiten Mylords völlig vertraut und zweifle nicht, daß er imstande sei, auch mit diesem Geschäft fertig zu werden, falls Mylord Desford sich herablassen würde, ihm zu enthüllen, was er mit Mylord zu erörtern wünsche.

«Was ich mit ihm besprechen will, ist keine geschäftliche Angelegenheit», sagte der Viscount. «Sie ist privat und persönlich und kann nur von ihm selbst beantwortet werden.» Er sprach durchaus liebenswürdig, aber in seiner Stimme lag ein Unterton von Entschiedenheit, der Mr. Crick nicht entging und ihn anscheinend aus der Fassung brachte. Er hüstelte elegant und murmelte: «Durchaus! Genau! Natürlich, ich verstehe . . . Aber ich versichere Eurer Lordschaft, daß Sie nicht zu zögern brauchen, sie mir zu enthüllen. Eine delikate Angelegenheit, vermute ich? Sie wissen es nicht – aber vielleicht sollte ich Ihnen sagen, daß mir mein Klient die Ehre seines rückhaltlosen Vertrauens gewährt.»

«Ja», sagte der Viscount höflich.

Mr. Crick fingerte nervös an der Streusandbüchse herum, glättete ein Blatt Papier und sagte schließlich: «Er ist – äh – ein Original, Mylord, wenn ich so sagen darf.»

«Ich kenne ihn nicht – noch nicht –, habe jedoch immer gehört, er sei ein verflixt wunderlicher Kauz», stimmte ihm der Viscount zu.

Mr. Crick stieß ein Gekicher aus, sagte jedoch, es stehe ihm nicht zu, Mylord zuzustimmen, obwohl er gestehen müsse, daß Lord Nettlecombe oft ziemlich seltsam sei. «Wissen Sie, er ist weitgehend zum Einsiedler geworden und empfängt fast niemanden, außer Mr. Jonas Steane – und derzeit nicht einmal ihn.»

Er seufzte und schüttelte den Kopf. «Ich bedaure sagen zu müssen, daß er und Mr. Steane vor einigen Wochen eine Meinungsverschiedenheit hatten, woraus sich ergab, daß Seine Lordschaft nach Harrowgate fuhr und mir Anweisungen hinterließ, sämtliche Angelegenheiten zu erledigen, die sich während seiner Abwesenheit ergeben sollten. Er stellte in – in Ausdrücken, die ich eindeutig nennen darf, fest, daß er Mr. Steane nicht zu sehen wünsche, genauer gesagt niemanden, und auch keinerlei Mitteilungen zu empfangen geruhe – nicht einmal von mir!»

«Guter Gott, er muß ein Rädchen zuviel haben!» rief der Viscount aus.

«Nein, nein, Mylord!» sagte Mr. Crick hastig. «Das heißt, nicht, wenn Sie damit sagen wollen, daß er verrückt sei. Er ist etwas – etwas schwer zu behandeln und hat, wie ich zu sagen wage, einige ziemlich seltsame Launen, aber er ist sehr, sehr scharfsinnig – oh, wirklich sehr scharfsinnig! – in allen materiellen Angelegenheiten. Äußerst schlau oder, wie er selbst sagen würde, jedem Schwindel gewachsen!» Wieder kicherte er, aber da der Viscount auf diesen Beweis von Lord Nettlecombes Humor nicht reagierte, verwandelte er das Gekicher in ein Hüsteln und sagte, die Stimme vertraulich senkend: «Seine – seine Ausgefallenheiten stammen, glaube ich, aus den bedauerlichen Umständen seines Privatlebens, das leider nicht sehr glücklich war. Es wäre ungehörig von mir, mich über dieses Thema zu verbreiten, aber ich brauche keine Gewissensbisse zu haben, wenn ich Eurer Lordschaft sage (denn das ist allgemein bekannt), daß seine Ehe nicht von jenem Grad ehelichen Glücks begleitet war, das, wie man weiß, so häufig eine etwas herbe Veranlagung mildert. Und der sehr unbeständige Charakter seines jüngeren Sohns war eine Quelle großen Schmerzes für ihn – eines sehr großen Schmerzes! Man hat gehofft, daß er bei Mr. Jonas Steane Trost finden würde, aber leider lag ihm nichts an der Gattin von Mr. Jonas, so daß sein Verhältnis zu Mr. Jonas manchmal etwas gespannt ist. Obwohl es zwischen ihnen nie einen ernsten Streit gegeben hatte, bis – aber mehr darf ich diesbezüglich nicht sagen!»

«Mein lieber Herr», unterbrach ihn der Viscount, der im Lauf dieses Monologs sichtlich ungeduldig geworden war. «Bitte, nehmen Sie zur Kenntnis, daß mich Lord Nettlecombes Eheschwierigkeiten oder seine Streitigkeiten mit seinen Söhnen nichts angehen. Ich will nur wissen, wo er in Harrowgate zu finden ist!»

«O Himmel, Himmel, sagte ich, daß er in Harrowgate ist?» fragte Mr. Crick bestürzt.

«Ja, und daher können Sie mir genausogut seine genaue Anschrift geben», sagte der Viscount. «Das wird mir die Mühe ersparen, in jedem Hotel, Gasthof oder jeder Pension am Ort nach ihm zu fragen. Und das werde ich tun, falls Sie mir seine Adresse vorenthalten.»

«Mylord, ich weiß seine Adresse nicht!»

Der Viscount zog die Brauen zusammen. Er sagte ungläubig: «Sie wissen sie nicht? Wie ist das möglich? Sie haben mir doch gesagt, daß Sie sein völliges Vertrauen genießen!»

«Ja, ja, das schon», versicherte Mr. Crick, anscheinend am Rand der Tränen. «Das heißt, ich weiß, warum er wegzufahren beliebte, aber er wollte mir nicht sagen, wo er abzusteigen beabsichtigte. Er sagte, er wünsche während seiner Abwesenheit mit keinerlei Geschäften behelligt zu werden. Er erwies mir die Ehre zu sagen, er vertraue darauf, daß ich jede Angelegenheit regeln könne, ohne mich an ihn zu wenden. Darf ich wagen, Eurer Lordschaft den Vorschlag zu machen, daß Sie warten, bis er nach London zurückkehrt – was meinen Informationen zufolge im nächsten Monat sein wird –»

«Aber sicher!» sagte der Viscount liebenswürdig, erhob sich und nahm Hut und Handschuhe. «Sie dürfen vorschlagen, was immer Sie wollen, Mr. Crick! Es tut mir leid, daß Sie mir Lord Nettlecombes Adresse nicht geben können, und ich will ihre Zeit nicht weiter verschwenden. O nein! Bitte bemühen Sie sich nicht, mich zur Tür zu begleiten! Ich finde den Weg hinaus sehr gut!»

Das aber wollte Mr. Crick unter keinen Umständen zulassen. Er schoß durch das Zimmer, um seinem vornehmen Besucher die Tür aufzuhalten, verbeugte sich noch tiefer als sein Schreiber vorher, folgte ihm die staubige Treppe hinunter und bat zuerst um Verzeihung und dann um Verständnis für seine überaus heikle Lage als Vertrauter eines adeligen Klienten. Der Viscount beruhigte ihn in beiden Punkten, aber offensichtlich konnte das den Seelenfrieden des Anwalts nicht wiederherstellen. Seine letzten Worte, als Desford eben in seinen Tilbury klettern wollte, waren, er hoffe, er habe nichts gesagt, das einen falschen Eindruck erweckt hätte. Lord Nettlecombe wollte nur erproben, was die Chalybeate-Quelle in Harrowgate gegen seine Gicht ausrichten konnte.

«Quälen Sie sich nicht!» sagte Desford über die Schulter zurück. «Ich werde Seiner Lordschaft nicht verraten, daß Sie es waren, dem diese Information entschlüpfte.»

Dann nahm er seinen Platz im Tilbury ein, ließ sich von Stebbing die Zügel geben und trieb die Pferde zu einem flotten Trab an. Unvermittelt sagte er: «Ist nicht mein Vater einmal nach Harrowgate gefahren – vor Jahren, als ihn die Gicht zum erstenmal plagte? Ich war noch in Oxford, glaube ich.»

Stebbing brauchte ein, zwei Minuten für die Antwort und runzelte die Stirn in dem Bemühen, sich zu erinnern. Endlich sagte er: «Ja, Mylord. Aber soweit ich mich entsinne, kam er nach einer Woche wieder heim, weil es ihm dort nicht gefiel. Wenn es nicht Leamington war.» Sein Stirnrunzeln verstärkte sich, verschwand aber bald darauf wieder und er sagte: «Nein, es war nicht Leamington, Mylord – obwohl ihm die Quellen nie guttaten. Es war tatsächlich Harrowgate. Und auch die dortigen Quellen haben ihm nicht gutgetan – obwohl man nicht wissen kann, ob es nicht doch der Fall gewesen wäre, wenn er mehr als ein einziges Glas getrunken hätte. Das hatte ihm nämlich so schlecht geschmeckt, daß ihm übel wurde.»

Der Viscount grinste verständnisvoll. «Der arme Papa! Wer kann ihm schon einen Vorwurf daraus machen, daß er wieder heimfuhr? Hat er dich mitgenommen?»

«Mich, Mylord?» sagte Stebbing schockiert. «Himmel, nein! Zu jener Zeit war ich doch nur einer der jungen Stallburschen!»

«Natürlich. Wie schade! Ich hoffte, du kennst den Ort vielleicht, denn ich war nie dort. Na schön, am besten bleiben wir bei Hatchard stehen, und ich will sehen, ob ich dort zufällig ein Reisehandbuch auftreibe.»

«Mylord, Sie werden doch nicht den ganzen Weg dorthin fahren, nur um den Opa der Miss zu finden!» rief Stebbing. «Der – wenn Sie mir die Freiheit verzeihen! – kein Opa zu sein scheint, wie man ihn gern finden möchte.»

«Sehr wahrscheinlich nicht – ja, fast bestimmt nicht –, aber ich habe Miss Steane mein Wort gegeben, daß ich ihn finde, und – verdammt, jetzt reizt es mich, und ich lasse mich einfach nicht schlagen!»

«Aber Mylord!» protestierte Stebbing. «Sie brauchen vier, fünf Tage dorthin! Es ist über zweihundert Meilen: das jedenfalls weiß ich, denn als Mylord und Ihre Gnaden hinfuhren, waren sie fünf Tage unterwegs, und Mr. Rudford, der damalige Kammerdiener Seiner Lordschaft, behauptete immer, das hätte Seine Lordschaft so wütend gemacht, daß er den Ort auf jeden Fall verabscheuen müßte!»

«Guter Gott, du bildest dir doch nicht ein, daß ich vorhabe, in der Familienkutsche hinzufahren! Mit vier Leuten im Wagen, dem Kutscher und ein paar berittenen Lakaien sowie einer von Gepäck überquellenden Kutsche, abgesehen vom übrigen Gefolge meines Vaters – da staune ich nur, daß sie nicht eine volle Woche unterwegs waren! Ich werde natürlich in meiner Chaise reisen, nur Tain und ein Portemanteau mitnehmen, die Pferde so oft wie nötig wechseln, und ich versichere dir, daß ich nicht länger als drei Tage unterwegs bin. Nein, zieh kein so langes Gesicht! Wenn ich erwiesenermaßen zwei Tage nach Doncaster brauche, dann kann ich Harrowgate bestimmt in drei Tagen erreichen – möglicherweise noch rascher!»

«Ja, Mylord, und möglicherweise noch länger, wenn Sie einen Unfall haben», sagte Stebbing. «Oder im Gespann einen Stolperer oder ein lahmendes Roß erwischen!»

«Oder in einer Schneewächte versinke», fügte der Viscount hinzu.

«Das», sagte Stebbing kühl, «habe ich nicht gesagt. Ich bin kein solcher Hohlkopf, in dieser Jahreszeit Schneewächten zu erwarten. Aber sollten Sie die Hauptstraße verlassen, wer sagt, daß Sie dann nicht in einem richtiggehenden Morast versinken?»

«Ja, wer wohl? Ich werde daran denken und darauf achten, mich nur an die Poststraße zu halten», versprach Seine Lordschaft.

Stebbing schnaubte verächtlich, enthielt sich jedoch einer weiteren Bemerkung.

Desford konnte in Hatchards Buchladen unmöglich ein Reisehandbuch über Harrowgate finden, man bot ihm jedoch ein dickes kleines Bändchen an, das sich als Handbuch über alle Kurorte und Seebäder auswies und abgesehen von einigen geschmackvollen Ansichten zahlreiche Landkarten, Stadtpläne und Reiserouten enthielt. Das Bändchen nahm er zur Durchsicht für den Abend in der Hoffnung mit, in dem Kapitel, das den Annehmlichkeiten Harrowgates gewidmet war, eine Liste der Hotels und Unterkünfte dortselbst zu finden. Aber obwohl fast ein Dutzend Gasthöfe aufgezählt wurden, schien sich weder Ober- noch Unter-Harrowgate eines Etablissements rühmen zu können, das mit den Hotels mondänerer Kurorte vergleichbar gewesen wäre; es wurde auch keine Pension erwähnt. Als er las, was der unbekannte Autor über den Ort zu sagen hatte, und sich seinen Vater dort vorstellte, schwankte er zwischen verständnisvollem Amüsement und dem starken Wunsch, nicht selbst gezwungen zu sein, Harrowgate aufzusuchen. Gleich der erste Absatz war entmutigend, denn es wurde darin festgestellt, Harrowgate besäße «in hohem Maß» weder den Reiz, mondän zu sein, noch den Reiz landschaftlicher Schönheit, und sei hauptsächlich die Zuflucht kränklicher Personen. Zweifellos mit dem Gefühl, daß er allzu streng gewesen war, spendete der Autor der Lage Ober-Harrowgates etwas laues Lob. Sie biete eine weite Aussicht ins Land und sei äußerst hübsch. Da er jedoch gleich im nächsten Absatz das «öde Gemeindeland», auf dem sowohl Ober- als auch Unter-Harrowgate erbaut worden war, sowie das «unfruchtbare Heideland des Yorkshire» erwähnte, war es anscheinend als sicher anzunehmen, daß der Ort dem Autor nicht gefallen hatte. Was nicht verwunderlich war, dachte Desford, als er die Seiten durchblätterte, die sich mit den Vorzügen der Quellen befaßten, und an den Absatz «Bräuche und Annehmlichkeiten» kam. Er spürte fast, wie sich ihm die Haare sträubten, als er las, daß einer der Vorzüge von Harrowgate für den Besucher darin lag, daß der enggezogene Kreis der Vergnügungen sie in «eine Art familiärer Atmosphäre» bannte. Als er jedoch erfuhr, daß die Anwesenheit der Damen an der gleichen Tafel mit den Herren jede Derbheit oder Geschmacklosigkeit ausschloß, begann er zu kichern: und als er auf der nächsten Seite las, daß einer der Vorzüge, sich frei unter die Damen mischen zu können, die dadurch gesicherte Nüchternheit war – wozu der Autor bissig bemerkte, daß die Trinkquellen «nicht wenig» dazu beitrugen –, lachte er Tränen, so daß es einige Augenblicke dauerte, bis er wieder genügend klar sehen konnte, um weiterlesen zu können. Obwohl er keine Trink-halle erwähnt fand, erfuhr er doch, daß es einen Gesellschaftsraum und einen Zeremonienmeister gab, der bei den öffentlichen Bällen den Vorsitz führte, ferner ein Theater, zwei Bibliotheken, ein Bil-lardzimmer und einen Kursaal in einem der neuen Gebäude, «Pro-menade» genannt. Wahrscheinlich würde es also nicht sehr schwie-rig sein, Lord Nettlecombe zu finden.

Eines konnte er jedoch kaum verstehen: warum Lord Nettlecom-be, der, weit davon entfernt, die Gesellschaft seiner männlichen und weiblichen Mitmenschen zu genießen, sich jahrelang selbst seine ältesten Bekannten vom Leib gehalten hatte, plötzlich darauf verfal-len war, die Sommermonate in einem Ort zu verbringen, wo, dem Autor des Handbuchs zufolge, die Mahlzeiten (im gemeinsamen Speisesaal der verschiedenen Gasthöfe serviert) «von geselliger Kon-versation gewürzt» wurden und «beide Geschlechter miteinander in der Kunst wetteiferten, einander gefällig zu sein». Es war na-türlich möglich, daß die mäßigen Ausgaben für Kost und Quartier Seine knickerige Lordschaft angelockt haben mochten, aber dieser Vorteil war sicherlich durch die Kosten einer so weiten Reise zunich-te gemacht. Als der Viscount mit einer Kerze in sein Schlafzimmer hinaufstieg, fragte er sich, ob Nettlecombe wohl mit der allgemeinen Postkutsche nordwärts gereist war, verwarf jedoch diese Idee in dem Gefühl, daß der alte Knicker kein derart entsetzlicher Geizhals sein konnte. Er konnte absolut schicklich mit der Eilpostkutsche gereist sein, aber wenn das auch billiger war, als eine Privatchaise zu mie-ten, war es doch keineswegs spottbillig, besonders wenn zwei Plätze gebucht werden mußten. Lord Nettlecombe mochte ja nicht mit dem ziemlich unmodernen Pomp reisen, den Lord Wroxton bevorzugte, aber es war für Desford unvorstellbar, daß er zu einem ausgedehnten Aufenthalt nicht seinen Kammerdiener mitnahm. Der Gedanke an die königlich-prunkvolle Fahrt seines hochgewachsenen, imponie-renden Vaters nach Harrowgate und seinen sehr kurzen Aufenthalt dort ließ Desford wieder kichern. Er durfte nicht vergessen, sagte er sich, den armen lieben Papa in einem passenden Augenblick nach seiner Meinung über Harrowgate zu fragen.

Tain, Desfords vorzüglicher Kammerdiener, hatte, ohne auch nur mit der Wimper zu zucken, die Nachricht entgegengenommen, daß sein quicklebendiger junger Herr vorhatte, fast bei Tagesanbruch nach einem unmondänen Kurort in Yorkshire zu verreisen: und als ihm weiter mitgeteilt worden war, er müsse nur das unbedingt Nötige in ein einziges Portemanteau packen, sagte er bloß: «Gewiß, Mylord. Wie viele Tage beabsichtigen Eure Lordschaft in Harrowgate zu bleiben?»

«Oh, nicht mehr als zwei, drei!» erwiderte Desford. «Ich werde keine Abendgesellschaften besuchen und brauche daher keine Ballkleidung.»

«Dann wird ein Portemanteau für die Bedürfnisse Eurer Lordschaft völlig genügen», sagte Tain ruhig. «Ihr Toilettenkästchen kann in die Chaise gestellt werden, und Ihre Reitstiefel werde ich nicht einpacken, ebenso keinen Ihrer Stadtmäntel. Ich nehme an, daß beides für jenen Landesteil völlig unpassend wäre.»

Das war alles, was er über den geplanten Ausflug zu sagen hatte. Desford, der Tains Fähigkeiten seit Jahren kannte, dachte nicht daran, ihn zu fragen, ob er genügend Hemden und Halstücher eingepackt und Platz für einen zweiten Anzug gefunden habe.

Tain seinerseits zeigte nicht die geringste Überraschung über einen Aufbruch, den er für sehr seltsam hätte halten können, und verriet mit keinem Blick oder Wort, daß er sehr genau wußte, warum der Viscount per Eilpost nach Harrowgate fuhr, während es seine ursprüngliche Absicht gewesen war, den Rennen in Newmarket beizuwohnen. Tain hatte Miss Steane noch nicht gesehen, wußte aber alles über ihr Zusammentreffen mit dem Viscount, denn er stand auf sehr gutem Fuß mit den beiden Aldhams. Es war ihm gelungen, ohne vulgäre Neugierde zu zeigen, die einem Mann seines Ranges nicht ziemte, von ihnen alles zu erfahren, was sie selbst wußten, und vieles dazu, was Mrs. Aldham über den wahrscheinlichen Ausgang des Abenteuers vermutete. Darüber enthielt er sich des Urteils in dem Gefühl, daß er Mylord viel genauer kannte als sie, und dieser erst einmal durch irgendein Zeichen erkennen lassen mußte, daß er sich Hals über Kopf verliebt hatte. Tain erörterte die Sache nicht mit Stebbing, nicht so sehr deshalb, weil es unter der Würde eines Kammerdieners gewesen wäre, mit einem Reitknecht vertrauliche Gespräche zu führen, als vielmehr, weil er auf Stebbing genauso eifersüchtig war wie Stebbing auf ihn.

Bevor der Viscount zu Bett ging, schrieb er einen kurzen Brief an Miss Silverdale und informierte sie, daß er nach Harrowgate unterwegs war, wo sich, verläßlichen Informationen zufolge, Lord Nettlecombe aufhielt. Er hoffe jedoch, in längstens einer Woche wieder zurück zu sein, und komme dann sofort nach Inglehurst, um ihr zu erzählen, wie seine Mission gediehen war. «Oder», fügte er hinzu, «falls sie nicht gediehen war, mit Dir zu erörtern, was man am besten als nächstes für dieses unglückliche Kind tun kann. Ich hielte mich für den größten Halunken, sie Dir aufgehalst zu haben, Du beste aller Freunde, wäre ich nicht überzeugt, daß es ihr gelang, Deine Zuneigung zu gewinnen.»

Diese Botschaft übergab er Aldham am nächsten Morgen und beauftragte ihn, sie mit Expreßpost nach Inglehurst zu senden. Dann kletterte er in seine Chaise.

9

Die Reise des Viscount erfuhr keine Verzögerungen, und er hätte Harrowgate am Ende des zweiten Tages erreichen können, wäre ihm nicht eingefallen, daß eine Ankunft in einem Kurort auf dem Höhepunkt der Saison ohne vorherige Verständigung wahrscheinlich eine langwierige Suche nach einer Unterkunft nach sich ziehen würde, und daß der späte Abend wohl kaum die richtige Zeit war, so etwas zu unternehmen. Daher verbrachte er die zweite Nacht in Leeds im «Königswappen», so daß er nur noch etwa zwanzig Meilen bis Harrowgate zurückzulegen hatte. Er war ein äußerst gesunder junger Mann, und da er einen Großteil seiner Zeit mit allen stählenden Sportarten verbrachte, war es schwer, ihn zu erschöpfen. Zwei sehr lange Tage in einer Reisechaise hatten ihn jedoch ebenso ermüdet wie gelangweilt. Die Chaise war gut gefedert, aber auch leicht gebaut, was bedeutete, daß sie zwar für ein rasches Tempo geeignet war, aber die Unebenheiten der Straße spüren ließ. Am zweiten Tag bemerkte er zu Tain, er wünschte, er könnte mit einem der Postillione Platz tauschen. Ganz entsetzt und ungläubig sagte Tain: «Den Platz mit einem Postillion tauschen, Mylord?!»

«Ja, denn der hat wenigstens etwas zu tun. Obwohl ich vermutlich nicht gern Eisen an den Fersen trüge», fügte er nachdenklich hinzu.

«Nein, Mylord», sagte Tain steif. «Bestimmt nicht! Für einen Gentleman sehr unziemlich!»

«Vor allem unbequem, meinst du nicht?»

«Ich habe noch nie welche getragen, Mylord, daher kann ich meine Meinung dazu nicht äußern», erwiderte Tain kühl.

«Ich muß einmal daran denken, meinen Deichseljungen zu fragen», sagte Desford herausfordernd.

Tain ließ sich jedoch nicht aus der Reserve bringen und sagte nur: «Gewiß, Mylord.» Desford bedauerte, daß nicht Stebbing neben ihm saß, der sich zweifellos begeistert in eine Diskussion eingelassen und sie mit einigen unterhaltsamen Anekdoten verschönt hätte, die die mit der Laufbahn eines Postillions verbundenen Vor- und Nachteile anschaulich erläuterten.

Das Bedauern schwand jedoch, als sich der Viscount daran erinnerte, wie wertvoll Tains Dienste von dem Augenblick an wurden, da dieser aus der Chaise kletterte und das Posthaus betrat, das sein Gebieter auf dieser oder auch auf anderen Reisen mit seiner Kundschaft zu beehren geruhte. Auf irgendeine geheimnisvolle Weise, die nur ihm selbst bekannt war, vermochte er im Handumdrehen das ödeste Schlafzimmer einladend zu gestalten, Kleidung zum Wechseln für seinen Herrn herauszulegen, Vorkehrungen für seine Bequemlichkeit zu treffen, die Desford, wenn er allein hätte zurechtkommen müssen, nicht für nötig erachtet hätte, die Falten in seiner Jacke auszubügeln, zusätzliche Kerzen zu verschaffen, sein Halstuch und Hemd zu waschen und den Stab des Haushalts so tief zu beeindrucken, daß man unverzüglich heißes Wasser in das Zimmer Mylords heraufbrachte. Stebbing mochte ein unterhaltsamerer Gefährte auf einer langweiligen Reise sein, aber er verfügte über keine der Künste Tains, wie der Viscount erkannt hatte. Als Tain an diesem Abend die Vorhänge um sein Bett zuzog, murmelte er: «Danke! Ich wünschte, du hättest deine eigene Bequemlichkeit nur halb so gut gesichert wie die meine!»

Er erreichte Harrowgate erst kurz vor Mittag des nächsten Tages. Obwohl er die Absicht bekundete, sich um acht Uhr auf die letzten paar Meilen seiner Reise zu begeben, hatte Tain ihn erst eine Stunde später geweckt und lügnerisch, aber völlig kaltblütig erklärt, er habe seine Anweisungen mißverstanden. Er verschwieg aber, daß er den Viscount, als er um sechs Uhr leise das Zimmer betrat, in tiefem Schlaf angetroffen und einfach nicht das Herz hatte, ihn zu wecken. Er schloß nach seiner eigenen Erfahrung, daß Mylord den ersten Teil der Nacht unter dem anhaltenden Eindruck verbracht hatte, noch immer über die Straße geschaukelt und gerüttelt zu werden. Da diese Vermutung zutraf und Desford noch immer schläfrig war und sich zerschlagen fühlte, wurde die Ausrede mit einem ungeheuren Gähnen aufgenommen, begleitet von nichts Erschreckenderem als einem skeptischen Blick und einem ziemlich heiser geäußerten: «Oh, na ja –!»

Von einem vortrefflichen Frühstück neu belebt, schüttelte Desford seine ungewohnte Müdigkeit ab und begab sich neuerdings auf seine Reise. Es war ein Tag voll strahlendem Sonnenschein. Von den Mooren strich gerade genügend Wind herüber, daß er belebend wirkte. Unter diesen Umständen präsentierte sich Harrowgate von seiner besten Seite, und Desford neigte zu der Vermutung, sein anonymer Führer habe den Ort bösartig verleumdet. Die Unterstadt gefiel ihm nicht, aber die Lage von Ober-Harrowgate, fast eine Meile weiter entfernt, war genauso hübsch, wie es das Handbuch widerwillig beschrieben hatte. An einem klaren Tag – und heute war ein sehr klarer Tag – konnte man in der Ferne York Minster sehen, dahinter die Hambleton-Berge und im Westen die Craven-Berge. Außer der Rennbahn, dem Theater und der Chalybeate-Hauptquelle besaß Ober-Harrowgate einen großen Anger, um den sich drei seiner größten Hotels, sehr viele Läden und eine allem Anschein nach moderne Leihbibliothek gruppierten. «Ei, sieh da!» rief Desford heiter, als die Chaise vor dem «Drachen» vorfuhr. «Ich halte das durchaus für keinen öden Ort, wie, Tain?»

«Eure Lordschaft hat ihn noch nicht bei Schlechtwetter gesehen», antwortete Tain ernüchternd. «Ich persönlich möchte mich nicht an einem trüben Tag hier aufhalten, wenn das Panorama zweifellos in Nebel gehüllt ist.»

Weder im «Drachen» noch im «Granby» war ein Zimmer frei, aber im «Königinnenhof» hatte der Viscount mehr Glück. Der Wirt hatte nach einer hastig in drängendem Flüstern geführten Zwiesprache mit seiner Gemahlin die Freude, Seine Lordschaft informieren zu können, daß ein einziges Zimmer frei war – noch dazu eines der besten, das auf den Anger hinausging und das er nur deshalb offerieren konnte, weil der Besteller unerklärlicherweise nicht eingetroffen war. Er begleitete Desford hinauf, damit dieser es besichtigen konnte, und als es gebilligt worden war, verließ er es unter Bücklingen und eilte wieder hinunter, um erstens ein paar dienstbaren Geistern zu befehlen, das Gepäck des Herrn auf Nr. 7 zu bringen, und zweitens sein aufgeregtes Eheweib davon zu unterrichten, daß Jack (die Hoffnung seines Hauses), falls Mr. Fritwell doch zufällig aufkreuzen sollte, sein Zimmer abtreten und sein Bett über den Ställen würde aufschlagen müssen. Als sie es wagte, ihm Vorwürfe zu machen, brachte er sie zum Schweigen, indem er sagte, falls sie glaube, daß er einen geldträchtigen Stutzer abweisen würde, der in einer vierspännigen Chaise reiste und von seinem Kammerdiener begleitet war, bloß um den guten Mr. Fritwell nicht zu verletzen, der eher geneigt war, über die Rechnung zu streiten, als seinen Zaster freigebig hinzulegen, dann irre sie sich gewaltig.

So wenig der Viscount es auch wußte, verdankte er den Entschluß des Wirts, den guten Mr. Fritwell zu opfern, dem Auftreten Tains, der sein Toilettenkästchen trug. Der Wirt war hell genug, nach einem einzigen Blick auf Seine Lordschaft zu erkennen, daß ein Angehöriger der vornehmen Kreise den Gasthof betreten hatte, und – nach einem zweiten verstohlenen Blick auf den Schnitt der Jacke Seiner Lordschaft, die komplizierte Fältelung seines Halstuchs und den Glanz seiner hohen Stiefel –, daß er es mit keinem Landjunker, sondern einem Londoner Elegant ersten Grades zu tun hatte. Aber erst Tains Ankunft entschied die Sache wirklich. Unbekannte Damen und Herren, die ohne ihre persönlichen Diener reisten, entdeckten, daß es schwer war, Unterkunft in einem der besten Gasthöfe Harrowgates zu finden, da Kammerdiener und Zofen von den Wirten anscheinend als eine Versicherung gegen eine mögliche Zechprellung betrachtet wurden.

Der Viscount hatte es nicht für nötig befunden, dem Wirt seinen Namen oder Rang bekanntzugeben, aber das war eine törichte Unterlassung, die von Tain schleunigst berichtigt wurde, der in solchen Angelegenheiten bei weitem versierter war als sein Herr. Statt dem Viscount sofort auf dem Fuß zu folgen, erwartete er die Rückkehr des Wirts unten an der Treppe und tat ihm die Bedürfnisse Mylords kund. Als er daranging, den Wirt zu warnen, daß die Schuhputzer auf keinen Fall einen Finger an die Fußbekleidung Mylords legen durften, war es ihm gelungen, den Rang seines Herrn derart zu erhöhen, daß es nicht überrascht hätte, wenn der Wirt der Meinung gewesen wäre, wenn schon keinen Prinzen aus königlichem Geblüt, so doch zumindest einen Fürsten zu beherbergen.

Als Ergebnis dieser bewährten, wenn auch anmaßenden Taktik war es Tain möglich, dem Viscount mitzuteilen, daß er es gewagt habe, ein privates Gastzimmer für ihn zu bestellen und das Abendessen dort servieren zu lassen. Der Viscount, der am Fenster stand und die Leute auf der Straße beobachtete, erwiderte geistesabwesend: «Wirklich? Ich hielt es nicht für nötig, das zu verlangen, da ich ohnehin nicht länger als ein paar Nächte hierzubleiben gedenke, aber sicher hast du recht. Weißt du, Tain, der Ort ist tatsächlich voll kränklicher alter Leute! Ich habe noch nie im Leben so viele auf einmal an Stöcken dahinhumpeln sehen.»

«Ganz richtig, Mylord!» sagte Tain und machte sich daran, das Toilettenkästchen auszupacken. «Ich selbst habe drei davon dieses Haus betreten sehen, darunter eine ältere von, milde ausgedrückt, schwatzhafter Veranlagung. Ich kam zu der Ansicht, daß es Eurer Lordschaft, falls Sie der Beschreibung ihrer Leiden und der Kur, die sie mitmacht, unterwerfen werden sollten, schwerfiele, auch nur den Anschein von Höflichkeit zu wahren.»

«Dann hast du wirklich gut daran getan, ein privates Gastzimmer für mich zu bestellen», sagte der Viscount. Er ließ Tain sein Portemanteau auspacken und machte sich auf die Suche nach Lord Nettlecombe. Er hatte schon im «Drachen» und «Granby» nach ihm gefragt, ohne etwas anderes als verständnislose Blicke und Kopfschütteln zu ernten, daher dachte er, daß er genausogut das Chalybeate unter seiner imposanten Kuppel auf der gegenüberliegenden Seite des Angers zum Ausgangspunkt seiner Suche machen könnte. Wenn Lord Nettlecombe um seiner Gesundheit willen nach Harrowgate gekommen war, dann war es ziemlich wahrscheinlich, daß er dort inzwischen eine bekannte Figur geworden war. Aber keiner der Diener schien etwas von Seiner Lordschaft gehört zu haben, und selbst der hilfreichste unter ihnen konnte nur vorschlagen, Lord Nettlecombe am Tewit-Brunnen zu suchen, der zweiten Quelle der beiden Chalybeates, eine halbe Meile westwärts.

Desford war froh, nach so vielen Stunden Eingesperrtseins seine Beine strecken zu können. Obwohl er einen flotten Spaziergang genoß, erlitt er eine weitere Niederlage und erhielt die Empfehlung, es bei den Schwefelquellen in Unter-Harrowgate zu versuchen, sowie die Information, daß die Unterstadt zwar eine Meile entfernt lag, wenn man der Straße folgte, jedoch nur eine halbe Meile, ging man «über den Koppeltritt». Da jedoch die Richtungsangaben, wie man den «Koppeltritt» erreichen konnte, genauso vage waren, wie solche Angaben eben nur zu oft sind, beschloß Desford, sich in den Gasthöfen und Pensionen in Ober-Harrowgate zu erkundigen, bevor er seine Suche auf die Unterstadt ausdehnte. Er entdeckte sehr bald, daß das Handbuch zwar behauptete, Harrowgate bestehe aus zwei verstreut liegenden Dörfern, dies aber eine weitere irreführende Feststellung des anonymen Autors war: kein Dorf, das Desford bisher gesehen hatte, besaß so viele Gasthöfe und Pensionen wie Ober-Harrowgate. Er konnte in keinem Auskunft über den Gesuchten erhalten, und als eine Kirchenuhr die sechste Stunde schlug, zu welch unmondäner Zeit das Abendessen in allen besseren Gasthöfen serviert wurde, war er müde, hungrig, gereizt und froh, seine fruchtlose Suche für diesen Tag einstellen zu können.

Als er den «Königinnenhof» erreichte, war er von dem Respekt überrascht, mit dem er begrüßt wurde; der Portier führte ihn unter Verbeugungen hinein, ein Kellner eilte herbei, um zu fragen, ob er ein Glas Sherry zu nehmen geruhe, bevor er in sein Extrazimmer hinaufging, und der Wirt brach ein Gespräch mit einem weniger bevorzugten Gast ab, um ihn zur Treppe zu geleiten und ihn dabei zu informieren, daß man das Abendessen – das bestimmt seine Billigung finden würde – sofort servieren werde und er es persönlich auf sich genommen habe, eine Flasche seines besten Burgunders aus dem Keller heraufzuholen, sowie einen sehr erträglichen Rotwein, falls Mylord den leichteren Wein bevorzuge.

Der Grund für diese befremdlich kriecherischen Aufmerksamkeiten wurde dem Viscount sehr bald klar. Als ihm Tain Hut und Handschuhe abnahm, sagte er, er habe es gewagt, ein einfaches Abendessen für ihn zu bestellen, bestehend aus Kressensuppe, Kalbsfilet, glasiertem Kalbsbries und einigen Pastetchen, gefolgt von Garnelen, Erbsen und einer Stachelbeertorte. «Ich habe mir zur Vorsicht die Speisekarte angesehen, Mylord, und festgestellt, daß es sich genauso verhielt, wie ich befürchtet hatte: ganz gewöhnlich und durchaus nicht das, woran Sie gewöhnt sind. Daher bestellte ich das, was Ihnen meiner Meinung nach munden würde.»

«Ich bin wirklich hungrig, aber ich werde nicht die Hälfte davon essen können!» erklärte Desford.

Als er sich zu Tisch setzte, entdeckte er jedoch, daß er hungriger war, als er angenommen hatte, und er bewältigte weit mehr als die Hälfte dessen, was ihm vorgesetzt wurde. Der Rotwein, obwohl nicht erster Lage, war besser, als er nach der etwas herabsetzenden Beschreibung des Wirts erwartet hatte; und der Brandy, mit dem er das Mahl abrundete, war echter Cognac. Unter seinem milden Einfluß betrachtete der Viscount seine unmittelbaren Aussichten allmählich etwas hoffnungsvoller und überlegte, welchen Schritt er als nächsten unternehmen sollte. Er entschied, daß es das beste wäre, zuerst die Schwefelquelle aufzusuchen, und falls er dort keinen Aufschluß über Lord Nettlecombes Unterkunft bekäme, sich die Namen und Adressen der in Harrowgate praktizierenden Ärzte zu verschaffen.

Die Erfahrung des ersten ermüdenden Tages, den er mit der Suche nach Nettlecombe verbracht hatte, beugten einer Überraschung oder ausgesprochenen Enttäuschung vor, als seine Erkundigungen an der Schwefelquelle nichts als bedauerndes Kopfschütteln zeitigten. Aber er war doch eine Spur enttäuscht, als ihm eine Ärzteliste von Harrowgate ausgehändigt wurde: Er hatte nicht geglaubt, daß in einem so kleinen Kurort so viele Mediziner zu finden wären. Er betrat die «Krone», um die Liste bei einem Krug stärkenden Selbstgebrauten zu studieren; und nachdem er aus ihr diejenigen Ärzte, die sich als Chirurgen empfahlen, gestrichen und dann einen Plan von Ober- und Unter-Harrowgate studiert hatte, den er in weiser Voraussicht am Morgen erstanden, begab er sich zu Fuß zu dem praktischen Arzt der Unterstadt, der die Liste anführte. Weder dieser Angehörige der Fakultät noch der nächste auf der Liste zählten Lord Nettlecombe zu ihren Patienten. Als der Viscount eben mit Abscheu die Aussicht ins Auge faßte, den Rest des Tages auf einer Suche verbringen zu müssen, die er schon für vergeblich hielt, lächelte ihm endlich das Glück: Dr. Easton, der dritte auf der Liste, wußte nicht nur, wo Nettlecombe wohnte, sondern war tatsächlich zu ihm geholt worden, als Seine Lordschaft an einer schweren Kolik litt. «Soweit ich weiß», sagte er und sah Desford über den Rand der Brille streng an, «ist Seine Lordschaft nicht aus der Unterkunft ausgezogen, da er jedoch meine Dienste nicht wieder beansprucht hat, kann ich nicht behaupten, er sei mein Patient. Ja ich gehe noch weiter: Sollte er meine Dienste wieder fordern, würde ich ihm ohne zu zögern einen anderen Arzt empfehlen, der sich vielleicht bereitwilliger erklären läßt, seine Diagnose sei falsch, und dessen Verordnung verschmäht wird!»

Desford widerstand einem albernen, aber zwingenden Drang, sich bei Dr. Easton für Nettlecombes Grobheit zu entschuldigen. Er sagte dem Arzt, er sei ihm sehr verbunden, und versicherte ihm, er könne ihn vollauf verstehen.

Es stellte sich heraus, daß Nettlecombe in einer der größeren Pensionen der Unterstadt logierte. Sie trug die Atmosphäre etwas trübsinniger Achtbarkeit und wurde von einer knochigen Dame geführt, deren Erscheinung den Eindruck erweckte, daß sie Trauer um einen nahen Verwandten trug, da sie in ein Bombasine-Kleid von düsterer Farbe gehüllt war, ohne jede Rüsche oder Spitze oder auch nur ein Band, um dessen Nüchternheit etwas aufzuhellen. Ihr Häubchen bestand aus gestärktem Batist und war unter dem Kinn fest zugebunden; und soweit es ihrem Haar erlaubt war, sichtbar zu werden, war es eisengrau und ihr Scheitel ebenso streng wie ihr Ausdruck. Sie erinnerte Desford stark an die Schulleiterin des Dorfes bei Wolversham, die den Landkindern unter Schrecken gutes Benehmen und Rudimente der Gelehrsamkeit beibrachte.

Als Desford das Haus betrat, sprach sie eben mit einem älteren Ehepaar, dessen steifes Benehmen und gezierte Stimmen genau zu ihrer Umgebung paßten. Sie unterbrach das Gespräch, um einen durchdringend abschätzenden Blick auf ihn zu werfen, der ihm das Gefühl gab, daß sie ihm im nächsten Augenblick sagen würde, sein Halstuch sitze schief, oder fragen, ob er sich die Hände gewaschen habe, bevor er sich unter ihre Augen wagte. Seine Lippen zuckten, und seine Augen begannen zu tanzen, worauf sich ihr Gesicht entspannte. Nachdem sie sich bei dem älteren Ehepaar entschuldigt hatte, kam sie zu ihm und sagte mit einer leichten Verneigung: «Bitte, Sir? Was kann ich für Sie tun? Falls Sie eine Unterkunft suchen, bedauere ich, keine anbieten zu können: mein Haus ist in der Saison immer voll belegt.»

«Nein, ich will keine Unterkunft», erwiderte er. «Aber ich glaube, daß Lord Nettlecombe hier wohnt. Stimmt das?» Ihr Gesicht wurde wieder hart; sie sagte grimmig: «Ja, Sir, das stimmt in der Tat!»

Es war zu sehen, daß ihr die Anwesenheit Lord Nettlecombes in ihrem Haus nicht zur Freude gereichte und daß Desfords Frage jede mögliche gute Meinung im Keim erstickte. Als er sie bat, seine Karte Mylord hinaufschicken zu lassen, schnaufte sie kurz und verächtlich, und ohne ihn einer Antwort zu würdigen, wandte sie sich ab und rief einem Bedienten, der eben den Speisesaal betreten wollte, scharf zu: «George, führe Er diesen Herrn zu Lord Nettlecombes Salon hinauf.» Dann gönnte sie dem Viscount ein hochmütiges Kopfnicken und nahm das Gespräch mit dem älteren Ehepaar wieder auf.

Amüsiert, aber auch von dieser rüden Behandlung eine Spur verärgert, war Desford nahe daran, ihr zu sagen, daß er ihr seine Visitenkarte überreicht habe, damit sie Lord Nettlecombe hinaufgeschickt und nicht auf ihr Pult gelegt werde. Aber da fiel ihm ein, daß es vielleicht ganz gut war, wenn Seine Lordschaft keine Gelegenheit hatte, es abzulehnen, ihn zu empfangen. Er unterdrückte daher die Regung, diesem lächerlich anmaßenden Geschöpf eine Abfuhr zu erteilen, und folgte dem Bedienten die Treppe hinauf und einen Flur entlang.

Der Bediente, dessen Miene tiefer Düsternis von einem Leben unerträglicher Sklaverei sprach, wahrscheinlich aber auf schmerzende Plattfüße zurückzuführen war, blieb vor einer Tür am Ende des Flurs stehen und fragte, wen er melden solle. Nachdem er den Namen erfahren hatte, öffnete er die Tür und wiederholte ihn mit erhobener, aber gleichgültiger Stimme.

«Eh? Was soll das?!» fragte Lord Nettlecombe wütend. «Ich will ihn nicht sehen! Was zum Teufel meint Er damit, ohne meine Erlaubnis Leute heraufzubringen? Sag Er ihm, er soll weggehen!»

«Das werden Sie selbst tun müssen, Sir», sagte Desford, schloß die Tür hinter sich und ging auf den Lord zu. «Wollen Sie bitte entschuldigen, daß ich meine Karte nicht heraufgeschickt habe. Es war meine Absicht, aber die furchterregende Dame dort unten folgte ihr nicht.»

«Diese verdammte Taubenzüchterin!» stieß Seine Lordschaft wild hervor. «Sie hatte die Unverschämtheit, mich ums Ohr hauen zu wollen. Aber ich bin kein Huhn, das sie rupfen könnte, und das hab

112

ich ihr auch gesagt! Gimpelfängerin! Galgenvogel! Überhebliches Weib!» Plötzlich unterbrach er sich. «Was wollen Sie?» fuhr er Desford an.

«Ein paar Worte mit Ihnen reden, Sir», sagte der Viscount.

«Aber ich will nicht mit Ihnen reden! Ich will mit niemandem reden! Wenn Sie Desford heißen, dann müssen Sie der Sohn des alten Wroxton sein, und der zählt nicht gerade zu meinen Freunden, sollten Sie wissen!»

«Oh, das weiß ich!» sagte der Viscount und legte Hut, Handschuhe und seinen Malakkastock auf den Tisch.

Dieses Anzeichen, daß er vorhatte, seinen Besuch auszudehnen, machte Nettlecombe so wütend, daß er fast kreischte: «Tun Sie das nicht! Gehen Sie weg! Wollen Sie mich verrückt machen? Ich bin ein kranker Mensch! Erledigt vor lauter Sorgen und Ärger! Ausgebrannt, verdammt! Ich will mir keine Fremden aufdrängen lassen!»

«Ich bedauere, daß Sie in so schlechter Verfassung sind», sagte Desford höflich. «Ich will versuchen, Ihre Kräfte nicht zu sehr in Anspruch zu nehmen, aber ich habe mich einer Pflicht zu entledigen, die Sie persönlich angeht, und ich glaube –»

«Wenn Sie von meinem Sohn Jonas geschickt wurden, haben Sie Ihre Zeit verschwendet!» unterbrach ihn Nettlecombe, und seine farblosen Augen wurden scharf vor Verdacht.

«Das wurde ich nicht», sagte Desford. Seine ruhige Stimme stand in betontem Gegensatz zu Nettlecombes schrillen Tönen. «Ich komme wegen Ihrer Enkelin.»

«Das ist eine verdammte Spitzfindigkeit!» rief Seine Lordschaft sofort. «Jonas soll sich um seine Bälger selber kümmern, und das können Sie ihm ausrichten! Ich will mit der ganzen Brut nichts zu tun haben!»

«Ich spreche nicht von den Töchtern Mr. Jonas Steanes, Sir, sondern von dem einzigen Kind Ihres jüngeren Sohns.»

Mylords knochige Hände umklammerten krampfhaft die Armlehnen seines Sessels. «Ich habe keinen jüngeren Sohn!»

«Soweit ich das herauszufinden imstande war, könnte das leider zutreffen», sagte Desford.

«Ha! Tot ist er, ja? Gut so!» sagte Nettlecombe bösartig. «Für mich ist er seit Jahren tot, und wenn Sie glauben, daß ich mit irgendeinem seiner Kinder etwas zu tun haben will, dann irren Sie sich!»

«Ich glaube es trotzdem, und ich bin überzeugt, daß ich mich nicht irre, Sir. Wenn Sie gehört haben, in welch verzweifelte Lage Ihre Enkelin geriet, werden Sie es gewiß nicht ablehnen, ihr zu helfen. Ihre Mutter starb, als sie noch ein Kind war, und ihr Vater steckte sie in eine Schule in Bath. Bis vor einigen Jahren bezahlte er die nötigen Studiengelder, wenn auch nicht immer sehr pünktlich, und von Zeit zu Zeit besuchte er sie. Aber die Zahlungen und die Besuche hörten auf –»

«Das weiß ich alles!» unterbrach ihn Nettlecombe. «Das Frauenzimmer hat mir geschrieben! Verlangte, daß ich für das Mädchen zahlen solle! Ein verdammt frecher Brief! Ich schrieb ihr zurück, sie solle sich an die Verwandten mütterlicherseits halten, denn aus mir würde sie keinen roten Heller herausbekommen!»

«Sie gehorchte Ihnen, Sir, und wandte sich an Lady Bugle, aber ich glaube nicht, daß sie aus der einen roten Heller herausbekam», sagte Desford trocken. «Lady Bugle erkannte die Gelegenheit, sich mit einer unbezahlten Dienerin zu versorgen, und nahm Miss Steane zu sich nach Hampshire, unter einer hassenswerten Vorspiegelung der Wohltätigkeit, für die sie sklavische Dankbarkeit und immerwährende Dienste verlangte, nicht nur für sich persönlich, sondern für sämtliche Angehörige ihrer großen Familie. Miss Steane ist nachgiebig und liebevoll veranlagt: Sie wollte es ihrer Tante um jeden Preis vergelten, daß sie ihr ein Heim bot, und führte ohne zu klagen jede Aufgabe durch, die man ihr stellte, vom Säumen der Bettlinnen und Botengänge für ihre Kusinen bis zur Aufsicht über die Kleinsten. Und vermutlich würde sie das völlig zufrieden heute noch tun, hätte ihre Tante sie freundlich behandelt. Das aber tat sie nicht, und das arme Kind wurde so unglücklich, daß es fortlief mit der Absicht, Ihren Schutz zu erbitten.»

Nettlecombe, der dieser Rede mit düsterem Stirnrunzeln gelauscht hatte, begleitete sie mit gemurmelten Bemerkungen, wobei er unruhig in seinem Sessel rückte, und explodierte schließlich zornig: «Das geht mich nichts an! Ich hab meinen schurkischen Sohn gewarnt, wie es enden würde, wenn er sich nicht ändern wollte. Wie man sich bettet, so liegt man!»

«Aber nicht er», sagte der Viscount, «seine Tochter ist das unschuldige Opfer der Missetaten ihres Vaters.»

«Sie sollten Ihre Bibel genauer lesen, junger Mann!» trumpfte Nettlecombe auf. «Die Kinder sollen die Sünden der Väter büßen! Wie steht's damit, eh?»

Schon lag dem Viscount eine scharfe Erwiderung auf der Zunge, sie wurde jedoch nicht geäußert, denn im selben Augenblick ging die Tür auf. Eine dralle Frau mittleren Alters segelte herein und sagte in einem Tonfall, der nicht gerade kultiviert war: «Na, das ist aber eine Überraschung, was? Wie mir diese alte Katze da unten sagte, die die Frechheit hat, sich Mrs. Nunny zu nennen, als hätte eine Hopfenstange wie sie je einen Mann gekriegt, daß Mylord einen Herrn zu Besuch hätte, fiel ich fast um. Im allgemeinen empfängt er niemanden, weil er mit seiner Gesundheit nicht gerade gut dran ist. Obwohl wir ihn bald wieder in Ordnung haben werden, nicht wahr, Mylord?»

Mylord reagierte auf diese muntere Prophezeiung nur mit einem Knurren. Was Desford betraf, so zählte die Überraschung der Eintretenden gering im Vergleich zu der seinen. Sie sprach, als kenne sie ihn gut, und er wußte ganz sicher, daß er sie noch nie gesehen hatte. Er fragte sich, wer zum Teufel sie wohl sein konnte. Ihr Verhalten Nettlecombe gegenüber ließ darauf schließen, daß sie eine Krankenschwester war, dazu angestellt, ihn während der Genesungszeit nach irgendeiner Krankheit zu pflegen. Aber ein verblüffter Blick auf den verschwenderisch mit Federn geschmückten Hut, der auf ihren messinggelben Locken thronte, verscheuchte diesen Gedanken sehr schnell. Eine Krankenschwester, die einen so übertriebenen modischen Hut trug, hätte nie die Schwelle eines Krankenzimmers überschreiten dürfen; auch hätte sie nicht im Traum daran gedacht, sich (selbst wenn es ihre Geldmittel erlaubt hätten) in ein purpurnes Gewand mit Halbschleppe und Bänderrosetten zu hüllen.

Sein verblüfftes Erstaunen mußte offenkundig sein, denn sie lächelte geziert und sagte schelmisch: «Ich hab Ihnen was voraus, wie? Sie wissen nicht, wer ich bin, aber ich weiß, wer Sie sind, weil ich Ihre Visitenkarte unten gesehen habe. Daher braucht es mir Mylord nicht erst zu sagen.»

Somit an seine gesellschaftlichen Verpflichtungen erinnert, sagte Lord Nettlecombe säuerlich: «Lord Desford – Lady Nettlecombe. Und Sie brauchen nicht so dreinzuschauen», fügte er hinzu, als ihn Desford ungläubig anblinzelte. «Meine Heirat braucht Ihre Billigung nicht.»

«Gewiß nicht», sagte Desford, der sich von seiner Überraschung erholte. «Bitte nehmen Sie meine Glückwünsche entgegen, Sir! Lady Nettlecombe, Ihr Diener!»

Er verneigte sich, und als er entdeckte, daß sie ihm die Hand hinstreckte, ergriff er sie und (da sie das offenkundig erwartete) zog sie kurz an seine Lippen.

«Wie haben Sie denn herausgefunden, wo wir wohnen, Mylord?» fragte sie. «Und dabei haben wir uns solche Mühe gegeben, es geheimzuhalten, daß wir in die Flitterwochen fahren! Das soll nicht heißen, daß ich mich nicht sehr freue, Ihre Bekanntschaft zu machen, denn wir hätten uns keinen liebenswürdigeren Brautbesuch wünschen können!»

«Red keinen Unsinn, Maria!» sagte Nettlecombe zornig. «Das ist kein Brautbesuch! Er wußte nicht, daß wir geheiratet haben, als er sich hier hereindrängte. Er will mir bloß Wilfreds Balg aufhalsen!»

«Da irren Sie, Sir!» sagte der Viscount eisig. «Ich habe nicht den leisesten Wunsch, Miss Steane in einem Haus zu sehen, in dem sie nicht willkommen ist! Der Zweck meines Besuchs ist es, Sie davon zu unterrichten, daß sie – Ihre Enkelin, wenn ich Sie daran erinnern darf! – mittellos ist. Hätte ich sie nicht begleitet, als sie entdecken mußte, daß Ihr Haus geschlossen ist, wäre sie in einer verzweifelten Lage gewesen, denn sie hat keine Bekannten in London und außer Ihnen niemanden auf der Welt, an den sie sich wenden könnte! Sich die Folgen auszumalen, überlasse ich Ihrer Phantasie!»

«Wäre sie eben ihrer Tante nicht davongelaufen!» sagte Nettlecombe böse. «Höchst unziemlich! Das Benehmen eines Wildfangs! Nicht, daß ich von einer Tochter dieses schändlichen Wüstlings, den Sohn zu nennen ich mich weigere, etwas Besseres erwartet hätte!» Er wandte sich seiner frisch Angetrauten zu. «Er redet von Wilfrieds Balg, Maria: Du erinnerst dich, wie böse ich war, als irgendeine freche Schulleiterin mir schrieb und verlangte, daß ich – ich!! – für den Unterricht des Mädchens zahlen sollte. Nun, bitte sehr –» Er unterbrach sich und heftete seinen Blick auf den Schal, den sie über die Ellbogen drapiert trug. «Der ist neu!» sagte er und fuhr mit einem anklagenden Zeigefinger auf ihn los. «Wo kommt der her?»

«Den hab ich mir soeben gekauft», antwortete sie kühn. Sie lächelte zwar noch immer, aber das Lächeln stand im Gegensatz zu dem entschlossen vorgeschobenen Kinn und dem kriegerischen Glitzern in ihren Augen. «Und versuch nicht, mir weiszumachen, du hättest mir nicht erlaubt, einen neuen Schal zu kaufen, denn das hast du, gerade heute morgen!»

«Aber es ist Seide!» stöhnte er.

«Norwich-Seide», sagte sie und glättete den Schal wohlgefällig. «Jetzt werden Sie ja nicht gleich wieder übellaunig, Mylord! Sie täten doch nicht wünschen, daß ich in einem billigen Schal herumziehe, wie ihn eine jede tragen könnte! Nicht, wenn ich Ihre Frau bin!»

In seinem Ausdruck lag nichts, das sie in diesem Glauben bestärkt hätte. Als er trauernd klagte, falls sie vorhabe, sein Geld auf Putz zu verschwenden, würde er bald ruiniert sein, und in einem vorwurfsvollen Nachsatz hinzufügte, er habe erwartet, seine Heirat würde eine Ersparnis bedeuten, war Desford bald der einzige und gänzlich unbeachtete Zeuge eines ehelichen Gezänks. Er entnahm dem Gesagten ohne große Überraschung, daß Lord Nettlecombe seine Haushälterin geehelicht hatte. Warum er das getan, ging zunächst nicht hervor; der Grund sollte Desford erst später enthüllt werden. Aber es war klar, daß sich das Bräutchen Mylords in der Rolle der Haushälterin als ein ebenso großes Spargenie wie er selbst erwiesen hatte; und daß sie, sowie sie ihn einmal fest an der Angel hatte, ihre früheren sparsamen Gewohnheiten nicht mehr so streng einhielt. Und während Desford sie beobachtete, wie sie mit ihrem Herrn und Gebieter zankte, immer mit diesem festgefrorenen Lächeln auf den Lippen und dem gefährlichen Glitzern in den Augen, dachte er, daß es nicht lange dauern würde, bis Mylord sozusagen unterm Pantoffel stand. Einen Augenblick lang fragte sich der Viscount, ob es wohl möglich war, ihre Unterstützung zu gewinnen, aber auch nur einen Augenblick lang: Mylady Nettlecombe sorgte sich nur um ihre eigene Unterstützung. In ihren Augen lag keine Spur weiblichen Mitleids und hinter ihrem entschlossenen Lächeln keine Güte.

Der Streit endete ebenso unvermittelt, wie er ausgebrochen war, da sich Mylady plötzlich der Anwesenheit Desfords entsann und ausrief: «Oh, was muß Lord Desford nur von uns denken, daß wir uns wie Kinder wegen nichts und wieder nichts in die Haare geraten? Sie müssen entschuldigen, Mylord! Nun, es heißt ja immer, das erste Jahr der Ehe sei schwierig, nicht? Und mein erster und ich hatten ja wirklich auch so manches Mißverständnis, aber nicht mehr als dieser kleine Hader zweier Liebenden, den ich und mein zweiter gerade hatten!» Während sie das sagte, beugte sie sich vor, um die nicht reagierende Hand ihres zweiten zu tätscheln, und beschwor ihn in zuckersüßen Tönen, sich wegen eines Schals nicht aufzuregen.

«Mir liegt kein Pfifferling daran, was Desford von mir hält!» erklärte Nettlecombe, und zwei hektische Farbflecken brannten auf seinen Wangen. «Frecher junger Wichtigtuer! Sich in meine Angelegenheiten zu mischen!»

«O nein!» warf Desford ein. «Ich bringe Ihnen Ihre Angelegenheiten nur zur Kenntnis, Sir.»

Nettlecombe starrte ihn wütend an. «Wilfreds Tochter ist nicht meine Angelegenheit. Mir scheint, sie ist Ihre Angelegenheit, junger Mann! Ja, und mir scheint, daß da irgend etwas sehr Zweideutiges dran ist! Wie kommt es eigentlich, daß Sie bei ihr waren, als sie mein Haus aufsuchte? Sagen Sie mir das! Ich glaube, Sie sind mit ihr durchgebrannt, und jetzt versuchen Sie, sie loszuwerden! Na, da sind Sie an den Falschen geraten! Es ist noch keinem Menschen gelungen, mich übers Ohr zu hauen!»

Desford wurde weiß vor Zorn, und einen Augenblick lang flamm-

te ein derart böser Blick in seinen Augen, daß Nettlecombe in seinem
Sessel zusammenschrumpfte. Seine Gesponsin stürzte vor und befahl dem Viscount dramatisch, an das Alter und die Krankheiten
Mylords zu denken. Das war unnötig. Der Viscount hatte sich bereits wieder in der Hand; obwohl er noch immer blaß vor Wut war,
gelang es ihm, mit ruhiger Stimme zu sagen: «Das vergesse ich
nicht, Ma'am. Die Unpäßlichkeit Mylords scheint auf sein Gehirn
übergegriffen zu haben, und Gott sei davor, daß ich einen Irren zur
Rechenschaft zöge! Wenn ich meinem Impuls folgte, würde ich dieses Haus unverzüglich verlassen, aber ich bin nicht zu meinem eigenen Interesse hier, sondern einzig wegen eines unglückseligen Kindes, das niemanden außer Lord Nettlecombe hat, und ich muß daher
diese Beleidigungen mit größtmöglicher Geduld ertragen.»

Nettlecombe, der vor Schreck seine unbeherrschte Wut vergessen
hatte, murmelte etwas wie eine Entschuldigung, fügte aber verdrossen hinzu: «Na ja, mir scheint es eben irgendwie zweideutig – und
das tät's einem jeden!»

«Das ist es jedoch nicht. Ich bin nicht mit Miss Steane durchgebrannt. Selbst wenn ich ein solcher Narr wäre, mit einem Mädchen
davonzulaufen, können Sie wohl kaum annehmen, daß ich es nach
einem kaum halbstündigen ersten Gespräch mit ihr täte. Ich traf sie
am nächsten Tag dabei an, wie sie sich die Poststraße nach London
dahinschleppte, ohne Begleitung und mit einem schweren Portemanteau. Ich habe natürlich angehalten und herauszufinden versucht, was sie dazu getrieben hatte, einen so unvorsichtigen – ja
ungehörigen – Schritt zu unternehmen. Ich werde Sie nicht mit dem
ermüden, was sie mir erzählte. Ich will Ihnen nur sagen, daß sie sich
in großer Verzweiflung befand und viel zu jung und unerfahren ist,
um auch nur zu ahnen, welch katastrophalen Folgen ihre Unüber-
legtheit haben konnte. Ihr einziger Gedanke war, Sie zu erreichen –
weil sie in ihrer Unschuld glaubte, daß Sie ihr helfen würden. Da Sie
mir ohne zu zögern die derbsten Beleidigungen an den Kopf werfen,
brauche ich mir kein Gewissen daraus zu machen, wenn ich Ihnen
sage, daß ich den Glauben der Kleinen nicht teile. Ich versuchte sie
nach besten Kräften zu überreden, sich zu ihrer Tante zurückbringen
zu lassen, hatte aber keinen Erfolg. Sie bat mich statt dessen, sie
nach London mitzunehmen. Wir erreichten Ihr Haus am späten
Nachmittag, und bis dahin hatte ich sie gut genug kennengelernt,
um das Gefühl zu haben, daß niemand, am allerwenigstens aber ein
Großvater, so hartherzig sein könnte, sie von seiner Tür zu weisen.
Und trotz Ihrer unbeherrschten Worte glaube ich noch immer, daß
Sie, wären Sie daheim gewesen und hätten Sie sie gesehen, Mitleid

mit ihr empfunden hätten. Aber Sie waren nicht daheim – und das war für mich ein fast ebenso großer Schlag wie für sie. Unter diesen Umständen hielt ich es für das Beste, sie zu einer alten Freundin von mir mitzunehmen und unter deren Obhut zu lassen, bis ich Ihren Aufenthaltsort herausfinden würde und Ihnen ihren Fall vortragen konnte. Ich hoffe, ich habe das jetzt zu Ihrer Zufriedenheit getan.»

«Sie kann nur eines tun: zu ihrer Tante zurückkehren», sagte Nettlecombe. «Die hat das Mädchen aus der Schule geholt, daher muß sie sich auch um sie kümmern!»

«Genau das, was ich soeben dachte!» nickte die Dame.

«Es ist pure Zeitverschwendung, das zu denken, Ma'am: Sie wird nicht gehen. Vermutlich würde sie sich lieber als Küchenmädchen verdingen!»

«Na, und warum sollte sie das nicht?» fuhr Ihre Gnaden auf. «Ich bin überzeugt, daß es ein sehr achtbarer Beruf ist, und sie hat eine Menge Chancen, höherzusteigen, wenn sie gescheit ist und ihre Herrschaft zufriedenstellt.»

«Was haben Sie dazu zu sagen, Sir?» fragte der Viscount. «Könnten Sie das Bewußtsein ertragen, daß sich Ihre Enkelin ihr Brot als Dienstbote verdient?»

Nettlecombe stieß ein brutales Gelächter aus. «Warum nicht? Ich habe sogar einen geheiratet!»

Diese Erklärung benahm Desford den Atem. Er war sprachlos. Auf Mylady jedoch hatte sie eine ganz andere Wirkung. Sie fuhr zu Nettlecombe herum und sagte mit zitternder Stimme: «Ich war nie Ihr Dienstbote, und das wissen Sie genau! Ich war Ihre Hausdame und wäre Ihnen dankbar, wenn Sie sich daran erinnerten! Mich so häßlich anzuschwärzen! Wagen Sie ja nie wieder, so was zu tun, oder Sie kriegen einiges von mir zu hören, Mylord. Ich warne Sie!»

Er schaute etwas beschämt und ziemlich ängstlich drein und sagte hastig: «Komm, ärgere dich nicht, Maria! Ich hab's nicht so gemeint! Desford hat mich derart in Wut gebracht, daß ich kaum weiß, was ich sage. Nicht, daß – na ja, lassen wir's. Du kannst dir einen neuen Hut kaufen.»

Dieses Angebot führte zu sofortiger Versöhnung. Mylady ging sogar so weit, ihn zu umarmen, und rief aus: «Das klingt schon eher nach meinem lieben alten Nettle!»

«Aber ich will dabei sein, wenn du ihn aussuchst, merk dir das!» sagte Seine Lordschaft vorsichtig. «Und was Wilfreds Balg betrifft: Wenn Sie glauben, daß Sie mich beschwatzen können, ihn in mein Haus aufzunehmen, Desford, so sage ich Ihnen ein für allemal, ich tu's nicht!»

«Das glaube ich gar nicht. Ich möchte so frei sein und Ihnen vorschlagen, Sir, dem Mädchen eine Apanage zu geben: genügend groß, damit sie sich achtbar erhalten kann. Kein Vermögen, aber eine Summe, die sie unabhängig macht.»

Dieser Vorschlag ließ Nettlecombes Augen erschreckend aus den Höhlen treten. Er sagte mit halberstickter Stimme: «Mein Geld auf diese kleine Zigeunerin verschwenden? Halten Sie mich für einen Hohlkopf?»

Er erhielt prompte Unterstützung von seiner jungen Ehefrau, die ihm energisch riet, sich seine Moneten nicht abknöpfen zu lassen. Sie fügte in großer Offenheit hinzu, daß sie ihrerseits nicht die Absicht hätte, zu knausern, nur um zu erleben, daß das gute Geld für einen Wirrkopf von Mädchen hinausgeschmissen würde, das nichts von Mylord zu fordern habe. «Schlimm genug für dich, daß du Jonas' Karren schmieren mußt», sagte sie. «Und wenn ich daran denke, wie er sich mir gegenüber benommen und versucht hat, dich dazu zu bringen, mich hinauszuschmeißen, ganz zu schweigen davon, daß er mir hochfahrend kommen wollte, wird mir rein übel, wenn ich nur an ihn denke, und an dieses schnippische Weib von ihm, das auf deine Kosten auf großem Fuß lebt!»

Der Viscount nahm Hut und Handschuhe und sagte verächtlich: «Schön, Sir. Wenn Ihnen Geld mehr bedeutet als Ihr guter Ruf, dann gibt es nichts weiter zu sagen.»

«Das bedeutet es mir auch!» fuhr ihn Nettlecombe an. «Mir liegt nichts daran, was man über mich redet – habe mich nie darum gekümmert! Und je früher Sie sich scheren, um so mehr wird's mich freuen!»

Aber die Worte des Viscount hatten die junge Ehefrau veranlaßt, ihn mit einer Spur Unbehagen scharf anzusehen. Sie sagte stürmisch: «Ich weiß wirklich nicht, warum jemand Mylord tadeln sollte! Niemand hat ihn je dafür getadelt, daß er sich vom Vater des Mädchens lossagte, und das war sein eigener Sohn!»

Der Viscount, dem jener kurze Ausdruck des Unbehagens nicht entgangen war, erwiderte mit leicht hochgezogenen Brauen: «Nun, Madam, das stimmt nicht ganz. Man anerkannte zwar, daß Lord Nettlecombe provoziert worden war, aber eine Anzahl von Leuten war der Meinung, daß er in einer – nun, sagen wir, in einer Art gehandelt hatte, die sich nicht für einen Mann ziemte, der nicht nur ein Vater, sondern auch ein Mann von Rang ist.»

«Sinnloses Geschwätz!» stieß Nettlecombe errötend hervor. «Wie wissen denn Sie, was jemand dachte? Sie waren noch ein Schuljunge!»

«Sie müssen vergessen haben, Sir, daß mein Vater einer von denen war, die Sie getadelt haben», sagte der Viscount sanft. «Und – äh – kein Hehl aus seinem Mißfallen machte!»

Da Lord Wroxtons Mißbilligung ihren Ausdruck darin gefunden hatte, daß er Nettlecombe vor einigen Dutzend Mitgliedern der vornehmen Gesellschaft glatt geschnitten hatte, war es nicht überraschend, daß sich die Zornesröte auf Nettlecombes Gesicht zu Purpur vertiefte. Er knurrte: «Was mir schon an Wroxtons Meinung lag!» Seine Finger jedoch krümmten sich zu Klauen, und er starrte Desford an, als hätte er ihm diese Klauen gern um den Hals gelegt.

«Ferner», fuhr Desford unbarmherzig fort, «was immer an Ausreden für die Behandlung Ihres Sohns zu finden sein mag, für Ihr Benehmen seiner verwaisten Tochter gegenüber können keine gefunden werden – die an allem unschuldig ist und nicht nur das Opfer des Leichtsinns ihres Vaters, sondern auch des eingefleischten Grolls ihres Großvaters werden soll!»

«Sollen sie reden, was sie wollen! Mir liegt kein Pfifferling daran, was sie sagen!»

«Sie werden nichts davon erfahren!» sagte Mylady. «Mylord geht nicht mehr viel aus, daher –» Sie schwieg und starrte Desford an, der beunruhigend lächelte.

«O ja, sie werden es doch erfahren, Ma'am!» sagte er. «Ich gebe Ihnen mein Wort, daß die Geschichte innerhalb einer Woche in der ganzen Stadt kursiert.»

«Sie geschleckter Affe! Sie zwielichtige Figur!» zischte Nettlecombe.

Aber hier schaltete sich Mylady sehr schnell ein und bat ihn, sich nicht so zu ärgern, daß er Fieber bekäme. «Man kann nicht übereilt handeln!» plädierte sie. «Ihnen mag ja nichts daran liegen, was die Leute über Sie sagen, aber ich glaube, man wird mir die Schuld geben! Selbst Ihre Freunde haben sich mir gegenüber sehr steif benommen, und ich zweifle nicht, daß sie sagen werden, ich sei schuld gewesen, daß Sie nichts mit diesem Mädel zu tun haben wollten. Das paßt mir nicht, Mylord, und soviel Sie auch darüber streiten wollen, werde ich doch nichts anderes sagen!»

«Und mir paßt es nicht, mein Geld auf dieses Mädel zu verschwenden! Als nächstes wirst du mir erzählen, es sei meine Pflicht, ihr eine Lebensrente auszusetzen!»

«Nein, das werde ich nicht. Das kann man nicht von dir verlangen, und auch nicht, daß du ihr eine Apanage zahlst, denn wer weiß, wann es dir vielleicht lästig wird, gezwungen zu sein, den Zaster hinzublättern – ich meine, die Apanage zu zahlen. Ich halte nichts von Apanagen: es macht jeden Menschen nervös, wenn so etwas jedes Vierteljahr pünktlich auf einen zukommt. Nein, ich hab eine bessere Idee – auch für das Mädel besser. Das arme kleine Ding braucht ein Zuhause, und das kannst du ihr wirklich geben, ohne dich ständig ausnehmen zu lassen. Warum schreibst du ihr nicht und bietest ihr an, sie in die Familie aufzunehmen? Ich werde darauf schauen, daß sie dich nicht belästigt, und mich wird sie auch nicht belästigen. Ja, je mehr ich daran denke, um so mehr habe ich das Gefühl, daß ich sie sogar gern da hätte. Ich würde Gesellschaft haben.»

«Wilfreds Balg in die Familie aufnehmen?» stotterte er.

Sie tätschelte ihm die Hand. «Na, der Mylord da hat ja recht, wenn er sagt, es ist nicht ihre Schuld, daß sie Wilfreds Balg ist. Wahrhaftig, sie tut mir richtiggehend leid! Und wenn du an die Ausgaben denkst, Nettle, würde es mich nicht überraschen, wenn sich herausstellt, daß sie eine Ersparnis ist, denn wir hätten keinen zusätzlichen Mund zu füttern. Du weißt, daß ich Betty ausgezahlt habe, bevor wir abreisten, weil ich es für eine sündhafte Verschwendung hielt, ein Mädchen zu behalten, nur um die Wäsche zu flicken, den Lüster zu waschen, das beste Porzellan zu säubern und dem alten Lattiford beim Silberputzen zu helfen. Es ist eine größere Geldverschwendung, einen Butler zu behalten, der so alt und kraftlos wie der, aber du müßtest ihm eine Pension zahlen, wenn du ihn hinausschmeißt, daher ist es für uns das Beste, wir behalten ihn, solange er überhaupt noch arbeiten kann.»

Nettlecombe, der ihr in wachsender Erbitterung zugehört hatte, explodierte: «Nein, sage ich dir! Ich will sie nicht im Haus haben!»

«Ich kann Sie beruhigen!» sagte Desford. «Sie werden sie ganz bestimmt nicht im Haus haben, Sir! Ich habe ihr nicht geholfen, der einen Sklaverei zu entfliehen, nur um sie mit Gewalt in eine andere hineinzujagen.»

Er ignorierte die Bitte Myladys, doch zu warten, und schritt zur Tür. Sie folgte ihm auf den Flur hinaus und bat ihn, das mürrische Wesen ihres Herrn und Gebieters nicht falsch zu verstehen, und versicherte ihm, sie könnte ihn gewiß herumkriegen. «Die Sache ist die», sagte sie ernst, «daß er unpäßlich ist, der arme liebe Herr. Kein Wunder bei der ganzen Aufregung, die es gab! Er dachte, er würde mich verlieren, weil dieser schäbige Kerl Jonas die Unverschämtheit hatte, zu verbreiten, ich angle nach Nettlecombe. Ich dachte ja nicht einmal daran! Ich wollte es ihm nur gemütlich machen, und das tat ich auch! Außerdem war ich die sparsamste Haushälterin, die er je hatte! Aber als dieser Jonas ständig sagte, ich sei eine Männerfalle, und seinen Pa vor mir warnte – na! Da war ich gezwungen, Seiner Lordschaft zu sagen, daß ich zum Quartal gehen müsse, weil ich an meinen guten Namen zu denken habe, nicht? Daher machte mir Seine Lordschaft einen Heiratsantrag, und das hat nun Master Jonas davon, weil er versuchte, mich loszuwerden!» Sie endete mit einem triumphierenden Ton, aber da der Viscount nicht im geringsten darauf reagierte, verstärkte sie ihren Griff auf seinem Ärmel und sagte schmeichelnd: «Und wenn Sie glauben, daß ich seine Enkelin zur Sklavin machen will, haben Sie mich völlig mißverstanden, Mylord! Ich würde bestimmt nichts von ihr verlangen, das ich nicht selbst täte – und getan habe, unzählige Male! Nicht daß mir das an der Wiege gesungen worden wäre, wohlgemerkt! O Himmel, nein! Ich denke oft, mein armer Vater hätte sich im Grab umgedreht, wenn er die Klemmen erlebt hätte, in die ich geraten bin, wo er selbst um seine Erbschaft betrogen wurde, und mein erster sein Vermögen verloren und mich ohne einen roten Heller zurückgelassen hat. Darum war ich auch gezwungen, mir mein Brot so gut wie möglich zu verdienen. Niemand weiß besser als ich, was es bedeutet, von der eigenen rechtmäßigen Stellung heruntersteigen zu müssen! Wenn Sie daher geglaubt haben, Miss Steane würde ein Dienstbote im Haus ihres Opas sein, sind Sie auf dem Holzweg, Mylord! Sie wird ein gutes Zuhause haben, und man wird von ihr nichts verlangen, was man von einem vornehmen Mädchen nicht erwarten tät!»

«Sparen Sie sich den Atem, Ma'am», erwiderte er, entfernte unerbittlich ihre Hand und ging auf die Treppe zu.

«Jedenfalls», rief sie schrill, «können Sie nicht herumerzählen, daß ich dem Mädel kein Heim bieten wollte!»

10

Als der Viscount Lord Nettlecombes Pension verließ, schäumte er noch eine Zeitlang vor Zorn. Nach der ersten Hälfte des Wegs nach Ober-Harrowgate hatte sich dieser jedoch etwas gelegt, und die komische Seite des eben stattgefundenen Gesprächs packte ihn so überwältigend, daß der funkelnde Blick der Wut in seinen Augen verschwand und die harten Linien um seinen Mund sich lösten. Als er sich einige der Dinge ins Gedächtnis zurückrief, die gesagt worden waren, begann er zu kichern; und als er sich die Szenen vorstellte, die Nettlecombe dazu gebracht hatten, die sparsamste Haushälterin, die er je gehabt hatte, zu ehelichen, entdeckte Desford, daß er um

Haaresbreite drauf und dran war, die vulgäre Person entschieden zu mögen.

Er wünschte sich sehr, jemanden hierzuhaben, der den Spaß geteilt hätte: Hetta zum Beispiel, die denselben Sinn für Humor besaß wie er. Er würde ihr natürlich alles erzählen, aber eine absurde Begebenheit nachzuerzählen war nicht dasselbe wie das gemeinsame Erlebnis. Es war nur zu hoffen, daß sie nicht den Fehler beging, diesen langweiligen Burschen zu heiraten, der in Inglehurst hinter ihr hergelaufen war, denn der würde überhaupt nicht zu ihr passen: er war genau die Sorte von schwerfälligem Patron, der verdutzt fragen würde, was sie denn gemeint habe, wenn sie einen Witz machte. Wenn man es recht bedachte, war ihm noch keiner von Hettas Freiern – Himmel, wie viele es gegeben hatte! – ihrer würdig erschienen: komisch, daß ein so intelligentes Mädchen nicht imstande sein sollte, auf einen Blick Männer zu erkennen, die tief unter ihr standen! Wenn er sich ihre Freier ins Gedächtnis rief, konnte er sich nicht eines einzigen entsinnen, der ihm gefallen hätte. Es hatte einige todlangweilige darunter gegeben, mindestens zwei hohle Schwätzer, und jede Anzahl von Männern, die seiner Meinung nach wirklich armselige Tröpfe waren.

Diese Überlegungen hatten ihn von dem unmittelbaren Problem abgelenkt, aber er erinnerte sich seiner bald wieder und ließ jeden Wunsch in ihm ersterben, über den Fehlschlag seiner Mission zu lachen oder über die seltsamen Grillen der Frauenzimmer nachzusinnen. Ein weniger entschlossener Mann hätte vielleicht das Gefühl gehabt, einen Tiefschlag erlitten zu haben, und würde sein Handtuch in den Ring werfen, aber die nachlässige Art des Viscount beinhaltete einen Zug von Entschlossenheit, und er hatte nicht die Absicht, sich in diesem oder einem anderen Kampf geschlagen zu geben. Gewiß, er hatte einen Rückschlag erlitten, daher mußte er jetzt eine andere Möglichkeit finden, Cherrys künftiges Wohlergehen zu sichern. Er hatte nicht sofort eine Idee. Er fragte sich, was sie jetzt wohl tat, ob sie in Inglehurst glücklich war oder zuviel Angst hatte, um glücklich sein zu können. Mit einem leichten Schock kam ihm zu Bewußtsein, daß sie nun schon seit neun Tagen dort war.

Hätte er bloß gewußt, wie selig Cherry war, und daß sie nur sehr selten an ihre Zukunft dachte! Sie hatte sich in ihre Umgebung eingefügt, als hätte sie ihr ganzes Leben in Inglehurst verbracht; und es machte ihr anscheinend genausoviel Freude, ihren Gastgeberinnen nützlich zu sein, wie an den kleinen Gesellschaften, die Lady Silverdale gab, teilzunehmen. Ja, Henrietta dachte, daß ersteres sie mehr freute, denn Cherry neigte von Natur aus zu Zurückgezogenheit. Ihre Schüchternheit band ihr die Zunge, so daß ihr Gespräch, wenn sie beim Abendessen neben einem Fremden saß, eher einsilbig war. Henrietta schrieb dies Lady Bugles Behandlung zu. Sie hatte das arme Kind in den Hintergrund verbannt und ihr so systematisch eingeschärft, daß sie viel unwichtiger war als ihre Kusinen und sich nie in den Vordergrund spielen dürfe, daß ihr die Zurückhaltung zur zweiten Natur geworden war. Henrietta hoffte, daß sie ihr fast krankhaftes Zurückschrecken vor Fremden überwinden würde, denn eine so übertriebene Schüchternheit war ihrer Ansicht nach ein Hemmnis für jedes unbemittelte Frauenzimmer, das gezwungen war, sich seinen Weg in der Welt selbst zu suchen. Es war auch ein unglücklicher Umstand, daß sie sich in der Gegenwart der verschiedenen jungen Herren, die das Haus besuchten, merklich unbehaglicher fühlte, als bei deren Vätern. Sobald sie jedoch die Gäste näher kennenlernte, wurde sie weniger befangen und plauderte ganz natürlich mit ihnen. Mit Sir Charles und dem jungen Mr. Beckenham stand sie bald auf freundschaftlichem Fuß, aber den jungen Tom Ellerdine, der eine Tendenz zeigte, sie zum Gegenstand seiner jugendlichen Galanterie zu machen, behandelte sie mit betonter Zurückhaltung. Henrietta hatte wider Willen das Gefühl, daß das schade war.

Lady Silverdale stimmte ihr nicht zu. «Was mich betrifft», sagte sie, «halte ich sie für ein sehr wohlerzogenes Mädchen. Ich gestehe, mein Liebes, es erstaunt mich sehr, daß sie nicht im geringsten keck oder herausfordernd ist wie so viele Mädchen heutzutage. Man hätte nie erwartet, daß eine Steane so wohlerzogen wäre, und ihre Mama war durchaus nicht das Richtige. Nicht, daß ich sie je persönlich gekannt hätte, denn sie brannte mit Wilfred Steane noch als Schulmädchen durch, was einen bedauerlichen Mangel an Takt zeigt und genau das ist, was man von der Schwester dieses Bugle-Weibes erwartet!»

«Teure Mama, ich bin völlig bereit, deiner Meinung zu sein, wenn du Lady Bugle schmähst, aber das geht denn doch zu weit!» protestierte Henrietta lachend. «Sie ist eine gräßliche Kreatur, aber ich bin überzeugt, daß sie geradezu langweilig achtbar ist!»

«Heiliger Himmel, Hetta, wie du einen doch gleich immer wörtlich nimmst!» klagte Lady Silverdale. «Du weißt sehr gut, was ich meine! Sie ist äußerst schlecht erzogen, und das ist, wie du zugeben wirst, die liebe kleine Cherry eben nicht! Ich halte das für bemerkenswert, denn wir wissen alle, wie die Steanes sind, und obwohl ich nie etwas gegen die Wissets hörte, bewegten sie sich ja doch nicht in den ersten Kreisen. Ich glaube, der alte Mr. Wisset war Anwalt oder etwas Ähnliches. Und wenn du bedenkst, daß Cherry kein anderes Heim hatte als das Haus ihrer Tante, dann ist es mir ein Rätsel, wie sie zu ihren hübschen, bescheidenen Manieren gekommen ist. Von Amelia Bugle kann sie sie bestimmt nicht haben!»

«Nein. Sie dürfte sie wohl bei Miss Fletching gelernt haben», sagte Henrietta. «Nach dem, was Cherry mir erzählt hat, muß das eine vortreffliche Frau sein – und es spricht für Mr. Wilfred Steane, daß er Cherry in ihre Schule gegeben hat, wenn er auch vergaß, die Rechnung zu bezahlen!»

«Nun ja, kann sein», gab Lady Silverdale zu, nicht übermäßig gewillt, irgend etwas Positives in Mr. Wilfred Steanes Charakter zu erblicken. «Aber ich für meinen Teil würde eher annehmen, daß er die erstbeste Schule wählte. Und ich neige sehr zu der Annahme, daß Cherrys Manieren eher ihrer Veranlagung entspringen – so liebenswürdig und gefällig und mit so viel feinfühligen Grundsätzen! – als irgendwelchen Lektionen Miss Fletchings. Du weißt, Liebste, wie selten ich eine Vorliebe für jemanden fasse, aber ich gestehe, ich habe Cherry ins Herz geschlossen und werde sie schrecklich vermissen, wenn sie uns verläßt. Falls Nettlecombe es ablehnt, sie zu übernehmen, was mich nicht im geringsten überraschen würde, habe ich gute Lust, sie hierzubehalten!»

Henrietta, die wußte, daß ihre Mama gar nicht so selten, sondern sogar sehr häufig eine Vorliebe für jemanden faßte, und unvermeidlich darauf die Entdeckung folgte, sie habe sich im Charakter ihres jeweils neuesten Schützlings geirrt, war so erschrocken, daß sie ausrief: «Hoppla, Mama, nur immer hübsch mit der Ruhe! Du kennst Cherry erst seit einer Woche!»

«Ich kenne sie schon seit neun Tagen», erwiderte Ihre Gnaden würdevoll. «Und ich muß dich schon sehr bitten, Hetta, keine ordinären Redensarten zu verwenden, wenn du mit mir sprichst! Oder mit sonst jemandem, denn das schickt sich für dich keineswegs! Ich habe nicht die leiseste Ahnung, was ‹Hoppla, nur immer hübsch mit der Ruhe› bedeuten soll, aber ich vermute, daß du es von Charlie gehört hast. Ich muß schon sagen, daß du sehr schlecht beraten bist, wenn du die Ausdrücke junger Männer gebrauchst.»

«Oh, gib nicht Charlie die Schuld, Mama!» sagte Henrietta mit vor Lachen strahlenden Augen. «Desford sagt das immer, wenn er meint, daß ich drauf und dran bin, etwas Unüberlegtes zu tun! Aber ich hätte es nicht vor dir sagen sollen und bitte um Entschuldigung! In – in einwandfreier Sprache ausgedrückt hoffe ich, daß du es dir reiflich überlegen sollst, bevor du irgendeine Entscheidung bezüglich Cherrys triffst.»

«Natürlich werde ich das», sagte Lady Silverdale. «Dessen kannst du sicher sein!»

Henrietta war alles andere denn sicher, aber sie sagte nichts mehr, da sie wußte, daß nichts Lady Silverdale so gewiß zu übereiltem Handeln anstacheln konnte wie eine Opposition ihrerseits. Nach einiger Überlegung erkannte sie, daß sie eigentlich auf die Ankündigung hätte vorbereitet sein müssen, die sie vor Schreck jene Redensart gebrauchen ließ, die die keuschen Ohren ihrer Mama beleidigt hatte. Sie hatte ja mitangesehen, wie Cherry immer mehr Beifall errang, und Lady Silverdale mehrmals sagen hören, sie könne nicht begreifen, wie es ihr gelungen sei, ohne «unseren süßen kleinen Sonnenstrahl» zu existieren. Nun, daran war nichts Überraschendes; und noch weniger überraschend war es, daß Lady Silverdale Cherrys Besuch genoß. Cherry war stets bereit, alles zu tun, was ihre freundliche Gastgeberin nur wünschte. Sie machte fröhlich Botengänge, entwirrte Stickseiden, begleitete Mylady auf langweiligen Spazierfahrten im Halblandauer, las ihr vor und hörte sich mit ungeheucheltem Interesse Myladys Schatz an sehr langweiligen Anekdoten an. Diese Pflichten waren bislang Henriettas Los gewesen, und obwohl sie sie heiteren Gemüts erfüllt hatte, war sie doch sehr von ihnen angeödet. Sie genoß es keineswegs, immer wieder denselben Erinnerungen zu lauschen oder absurd romantische und abenteuerliche Romane vorzulesen, für welche Literaturgattung Lady Silverdale eine unausrottbare Leidenschaft hegte. Aber drei Tage nach Cherrys Ankunft in Inglehurst hatte sich Henrietta eine leichte Erkältung zugezogen, und ihr schmerzender Hals hinderte sie am Vorlesen. Sie hatte daher vorgeschlagen, Cherry solle ihre Stelle einnehmen, bis sie sich von ihrer geringfügigen Unpäßlichkeit erholt habe. Sie entschuldigte sich bei Cherry, daß sie ihr eine Aufgabe aufhalse, die Cherry gräßlich langweilig finden würde. Aber Cherry verneinte das, und – o Wunder – es traf auch tatsächlich zu. Zumindest schien das zu Beginn ein Wunder, aber Henrietta wurde es bald klar, daß Cherrys literarischer Geschmack genau dem Lady Silverdales entsprach. Da Miss Fletching den Mädchen nie erlaubt hatte, Romane zu lesen, war Cherry sofort von dem hingerissen, den ihr Henrietta gab. Sie ging auf alle Schrecken der unglücklichen Heldin ein, verehrte den Helden, haßte den Schurken, nahm unkritisch jede Unwahrscheinlichkeit der Handlung hin und erörterte mit Lady Silverdale eifrig, wie die Geschichte wohl enden würde. Fast ebenso fesselnd fand sie den «Modespiegel», eine von Lady Silverdale abonnierte Monatsschrift, und war bereit, über ihr zu brüten, solange es Lady Silverdale nur gefiel. Man muß gestehen, daß Cherry bei allen

Vorteilen eines hübschen Gesichts, einnehmender Manieren und liebenswerter Veranlagung ein Attribut verweigert worden war: es fehlte ihr in bedauerlichem Maß an Intelligenz. Henrietta dachte, daß Cherry, wenn sie einmal die Treuherzigkeit der Jugend verlor, genauso töricht wie Lady Silverdale (wenn auch nicht so indolent) und für jeden Mann von überlegenem Verstand todlangweilig werden würde. Sie interessierte sich nur für Banalitäten und häusliche Angelegenheiten und hatte wenig Verständnis für weiterreichende Themen. Für Henrietta, die beachtliche Verstandeskräfte besaß, wurde dadurch Cherrys Gesellschaft nicht interessanter als die eines kleinen Kindes, aber Lady Silverdale entsprach genausogut und würde vermutlich irgendeiner älteren und ziemlich einfältigen Dame genausogut entsprechen. Aber welch eine düstere Aussicht für ein zärtliches Mädchen, das danach verlangte, geliebt und umhegt zu werden! Henrietta bedauerte das, konnte jedoch keine andere Lösung für das Problem von Cherrys Zukunft sehen, falls sich Nettlecombe weigerte, sie anzuerkennen. Die Erkenntnis, daß Lady Silverdale sich in den Kopf gesetzt hatte, Cherry bei sich zu behalten, bestürzte Henrietta ernstlich. Man konnte nicht darauf bauen, daß Mylady weiterhin in das Mädchen vernarrt bleiben würde; das konnte jeden Augenblick in Abneigung umschlagen. Und selbst wenn das nicht der Fall war, würde sie Cherry fast sicher als lästige Bürde empfinden, wenn die Familie so wie jeden Frühling nach London zog und Lady Silverdale von viel zu vielen gesellschaftlichen Verpflichtungen in Anspruch genommen wurde, um Bedarf an anderer Gesellschaft als der ihrer Zofe zu haben. In London würde Cherry unvermeidlich als jenes lästige zusätzliche Frauenzimmer betrachtet werden, der Schrecken aller Gastgeberinnen. Sie konnte sich glücklich schätzen, wenn die plötzliche Unpäßlichkeit einer der eingeladenen Damen dazu führte, daß sie zu einer Abendgesellschaft Ihrer Gnaden zugezogen wurde. Anzunehmen, daß Lady Silverdales ehestiftende Instinkte sie veranlassen würden, einen passenden Gatten für Cherry zu finden, hieß der Phantasie weit über die Grenzen der Wahrscheinlichkeit hinaus freien Lauf zu lassen: diese Instinkte konzentrierten sich auf ihre Tochter, deren hartnäckige Altjungfernschaft fast den einzigen Makel an Myladys ansonsten sorgenfreiem Dasein darstellte. In ein, zwei Jahren würde sie zweifellos eine Braut für ihren angebeteten Sohn suchen, aber niemals würde sie es für ihre Pflicht halten, einen Gefährten für Cherry zu finden.

Der Gedanke an ihren Bruder verursachte Henrietta einen Stich des Unbehagens. Lady Silverdale war nicht auf die Idee gekommen, daß er während seines erzwungenen Aufenthalts in einem *à suivie-*

Flirt mit Cherry Zerstreuung suchen könnte, aber Henrietta machte sich keine Illusionen über ihn. Sie wußte, daß er Cherry mit weit wohlwollenderen Augen ansah als bei ihrer ersten Begegnung. Er sprach nicht mehr verächtlich von ihr als einem unbedeutenden Dingelchen, sondern hatte sie mindestens zwei Morgenbesuchern Lady Silverdales gegenüber als einnehmendes Kätzchen bezeichnet. Henrietta nahm keinen Augenblick lang an, daß er ernste Absichten hatte, und sie hegte den scharfsinnigen Verdacht, daß Cherrys freundliches Verhalten ihm gegenüber dem sehr verständlichen Wunsch entsprang, die Empfindlichkeit seiner Mutter und Schwester nicht zu verletzen, und nicht dem Wunsch, seine Annäherungsversuche zu ermutigen. Cherry war ihm gegenüber zuerst sehr schüchtern gewesen, aber das hatte sich natürlich gelegt, als sie ihn besser kennenlernte. Es dauerte nicht lange, bis sie imstande war, seine Anwesenheit für selbstverständlich zu nehmen und ihm gegenüber kaum mehr Förmlichkeit als bei einem älteren Bruder zu zeigen. Sie holte und trug Sachen für ihn und suchte ihn zu zerstreuen, indem sie Cribbage und Halma und Dame mit ihm spielte und sogar so kindische Vergnügungen wie Abschlagen, in dem seine überlegene Fertigkeit durch seine Unfähigkeit, die rechte Hand zu gebrauchen, aufgewogen wurde. Cherry machte das alles, weil sie ihr leid tat und sie ängstlich bemüht war, seiner Mutter und Schwester dabei zu helfen, ihn bei Laune zu halten. Aber obwohl sie solche Spiele gern hatte und jung genug war, sich anzustrengen, um als gleichwertige Partnerin zu gelten, glaubte Henrietta nicht, daß sie Charlie besonders mochte. Auch das bedauerte Henrietta. Sie wünschte zwar nicht, Cherry sollte Charlies Ködern zum Opfer fallen, aber doch, daß Cherry nicht jedem jungen Mann gegenüber, den sie traf, so gleichgültig wäre. Dieser Zug, verbunden mit einer wortkargen Schüchternheit, ließ sie nicht vorteilhaft erscheinen. Die einzigen Männer, bei denen sie natürlich war und sich wohl fühlte, waren fast alle alt genug, um ihr Vater sein zu können, oder jedenfalls zu alt, um als Freier in Frage zu kommen. Cherry hatte Desford sicher gern, aber wenn er auch nur zehn Jahre mehr zählte, war er der Erfahrung nach mindestens zwanzig Jahre älter; und Henrietta glaubte (und hoffte), daß sie ihn als Beschützer und nicht als möglichen Freier ansah. Cary Nethercott und Sir James Radcliffe hatten ebenfalls ihre Neigung gewonnen, aber diese beiden freundlichen Herren standen in den Dreißigern, wahrscheinlich der Grund, warum Cherry sich nicht in ihr Schneckenhaus zurückzog, wenn sie nach Inglehurst kamen, sondern ganz natürlich mit ihnen plauderte. Sie erzählte Mr. Nethercott, als er einmal beim Abendessen ihr

Tischherr war, alles über die düstere Romanze, die sie eben Lady Silverdale vorlas. Henrietta hörte es und wurde zu stummer Bewunderung der Gutmütigkeit bewogen, die ihn mit scheinbarem Interesse der verworrenen Geschichte lauschen ließ.

Was Charlie betraf, so hegte Henrietta wenig Zweifel, daß er, wäre irgendeine blendende Schönheit in seinen Gesichtskreis geraten, keinen Gedanken für Cherry erübrigt hätte. Leider lebten aber keine blendenden Schönheiten in der Nähe, ja sehr wenige noch freie junge Frauenzimmer jeglicher Beschreibung. Ob man es für Pech halten sollte, daß seine Kumpane, deren keiner aus Hertfordshire stammte, sich entweder in Brighton vergnügten oder in ihre elterlichen Heime in ferngelegenen Teilen des Landes zurückgezogen hatten, um sich von den Verwüstungen ihrer Konstitution und Börse zu erholen, war eine strittige Frage. Lady Silverdale sagte immerzu, wenn doch bloß zwei, drei seiner Freunde in einer Entfernung lebten, die Besuche ermöglichte, hätten sie herüberreiten können, um ihn zu unterhalten. Sie ging sogar so weit, ihm vorzuschlagen, daß er einen von ihnen einladen solle, einige Wochen in Inglehurst zu verbringen. Er wies die Idee zurück und sagte ungnädig, seine Freunde würden es für verflixt langweilig halten, auf dem Land festgenagelt zu werden, wo man am Tag nichts unternehmen und die Abende mit nichts als Whist oder Commerce zu einer halben Guinee beleben konnte. Nachdem er diese unangenehme Rede vom Stapel gelassen hatte, entdeckte er, daß seine Schwester die Augen von ihrem Buch gehoben hatte und ihn unter hochgezogenen Brauen unverwandt ansah. Er wurde rot, entschuldigte sich bei seiner Mutter und sagte: «Ich wollte wirklich nicht unhöflich sein, Mama, aber du weißt nicht, wie das ist! Ich meine – oh, verflixt, wie könnte ich jemanden zu mir einladen, wenn ich nicht reiten oder kutschieren oder Billard spielen kann, oder – oder überhaupt nichts?»

Lady Silverdale sah die Beweiskraft dieses Arguments ein, aber als sie es noch die nächsten zwanzig Minuten lang bedauerte, konnte Henrietta es Charlie kaum verdenken, daß er sich mühsam vom Sofa erhob und das Zimmer verließ.

Er tat ihr leid, aber sie hatte schon lange den Verdacht gehegt, daß seine hagere Erscheinung und die langsame Genesung nicht so sehr seinem Unfall als vielmehr dem ausschweifenden Leben zuzuschreiben waren, das er in der Gesellschaft jener Gleichgesinnten geführt hatte, die Hettas persönlicher Meinung nach zu einer leichtsinnigen Clique gehörten und seinen Charakter sehr schnell ruinierten. Der Verdacht war durch den Squire bestätigt worden, der ihn zwei Tage nach seinem Unfall besucht und ihr unverblümt gesagt hatte, es sei ganz gut, daß sich der junge Rammbock erschlagen hatte. Der Squire war einer von Charlies Treuhändern, kannte ihn und seine Schwester schon seit ihrer Geburt und brauchte seine Worte nicht abzuwägen. Er sagte, was Charlie brauche, sei ein langer Erholungsurlaub. «Hat es toll getrieben, meine Liebe; man braucht ihn nur anzusehen, um es zu wissen! Ich habe deine Mutter gewarnt, daß er noch zu unreif ist, um auf die Stadt losgelassen zu werden, aber sie gab nur Geschwätz von sich, daß sie ihn nicht am Schürzenbändel halten wolle und völliges Vertrauen in ihn habe und eine Menge mehr in dieser Tonart. ‹Alles ganz gut und schön›, sagte ich ihr, ‹wenn der Vater des Jungen noch lebte oder er ältere Brüder hätte oder einen männlichen Vormund, der ihm sagen würde, wie er weitermachen solle, und ihn vor den Dingen warnte, über die kein Frauenzimmer etwas weiß, aber –› Oh, na ja. Geschehenes ist nicht mehr zu ändern, also sage ich nichts weiter. Obwohl – wie dein Vater, ein wirklich kluger Mann, sich von Ihrer Gnaden überreden lassen konnte, sie zum Vormund Charlies zu machen – Na ja, meine Zunge geht mit mir durch, aber du bist ja ein vernünftiges Mädel, Hetta, und wirst es nicht falsch auffassen! Wir können nur hoffen, daß diese jüngste Narrheit Charlie eine Lehre war!» Er erfrischte sich an einer Prise Schnupftabak und fügte in aufmunterndem Ton hinzu: «Kein Grund vorhanden, warum er nicht ein ebenso guter Mann werden sollte wie sein Vater. Du weißt ja, Hetta, die meisten jungen Hunde brauchen Zeit, um auf die Beine zu kommen. Am besten wäre es für ihn, er täte sich mit einem netten Mädchen zusammen. Er hat mit Modedamen herumgeschäkert, aber da ist noch nichts dabei. Mit billigen Frauenzimmern hatte er keine Geschichten, und du kannst mir glauben, daß das stimmt, denn ich habe ein Auge auf ihn gehalten, seit er sich in London selbständig gemacht hat.»

«Was kann ich tun, Sir John?» fragte sie geradeheraus.

«Gar nichts», antwortete er und brachte seine Tabaksdose wieder in der geräumigen Tasche seiner Reitjacke unter. «Versuch nur, ihn möglichst bei Laune zu halten, damit er nicht davonrennt, bevor es ihm besser geht.»

Mit diesem Ratschlag mußte sie sich zufriedengeben, fand es jedoch fast unmöglich, ihn zu befolgen. Das einzige, das Charlie unterhielt, waren ländliche Sportarten wie Jagd und Reiten, von denen er derzeit ausgeschlossen war, und fast jede Variation des Spiels. Um ihm Gerechtigkeit widerfahren zu lassen: er genoß Spiele, die seiner Fertigkeit eine Herausforderung boten, um ihrer selbst willen. Henrietta, die gut Schach spielte, hatte so wenig Verständnis für Karten, daß es ihn langweilte, mit ihr zu spielen. Cherry hingegen hatte weder den Wunsch noch die Fähigkeit, die Kompliziertheiten des Schachspiels zu meistern, besaß jedoch eine gewisse rasche Auffassungsgabe, die sie befähigte, die Regeln und Ziele eines jeden Kartenspiels zu begreifen, das ihr Charlie beibrachte, und es so gut zu spielen, daß er erklärte, es würde nicht lange dauern, bis sie eine verflixt gefährliche Gegnerin wäre.

«Wie gut, Liebste!» vertraute Lady Silverdale ihrer Tochter an. «Endlich haben wir etwas gefunden, das ihn halbwegs unterhält! Weißt du, die Herren unterrichten uns immer gern, aber sie neigen sehr dazu, sich zu ärgern, wenn Leute wie du und ich, mein Liebes, keine Begabung zeigen oder andererseits nicht sofort verstehen, was sie uns sagen. Was für ein glücklicher Umstand, daß die liebe kleine Cherry ein Talent für Karten hat! Wahrhaftig, ich bin Desford wirklich dankbar, daß er sie mir gebracht hat!»

Zwei Tage später jedoch wurde Cherrys Stern zeitweise verdunkelt, als der älteste Cicisbeo Lady Silverdales so schlecht beraten war, Cherry zu bitten, ihm eine der Rosen zu schenken, die sie eben ins Haus trug. Mit scherzhafter Galanterie bestand er darauf, daß sie sie ihm mit ihren eigenen schönen Händen ins Knopfloch stecke, denn dann würde die Rose um so süßer duften. Da ihn Cherry im Licht eines Großvaters sah, der er ja auch wirklich war, entsprach sie seiner Bitte, konnte aber nicht umhin, über das gräßliche Kompliment zu kichern, das er ihr gemacht hatte. Lady Silverdale hingegen war gar nicht amüsiert, und einen ängstlichen Augenblick lang fürchtete Henrietta, daß Cherrys Beliebtheit bereits ihr Ende gefunden habe. Zum Glück hatte Lady Silverdales getreuer Verehrer den Verstand, nach einem Blick auf ihr starr werdendes Gesicht zu bemerken, er sei froh, daß Cherry ins Haus gegangen war, denn er wisse nie, was er zu Pflänzchen ihres Alters sagen solle. Er setzte sich neben Mylady auf die Gartenbank und fügte hinzu: «Jetzt können wir es uns miteinander gemütlich machen, Mylady!»

Das besänftigte sie so sehr, daß sie, statt Cherry zu schelten, diese bloß warnte, fremde Herren nicht zu einem Flirt zu ermutigen. Aber selbst dieser milde Verweis ließ in Cherrys Augen Tränen des Schreckens schießen, als sie mit zitternder Stimme ausrief: «O nein, nein! Das habe ich wirklich nicht getan! Ich dachte, er sei nett zu mir, weil Sie ihn darum gebeten hätten, Ma'am!» Flehend fügte sie hinzu, während ihr die Tränen über die Wangen kullerten: «Seien Sie nicht böse auf mich! Bitte, seien Sie mir nicht böse, liebe, liebe Lady Silverdale! Ich kann es nicht ertragen, wenn Sie mit mir ungehalten sind, denn ich möchte Ihnen um alles in der Welt nicht mißfallen, nach all Ihrer Güte mir gegenüber!»

Sehr gerührt über diese Rede zerschmolz Lady Silverdale völlig, ja sie ging sogar so weit, selbst ein paar Tränen zu vergießen. Und noch in derselben Stunde sagte sie zu ihrer Kammerzofe, als diese eifersüchtige alte Jungfer eine hinterlistige Kritik an Cherry äußerte, daß sie, Cardle, ein schlimmes, bösartiges Geschöpf sei, und falls sie es je wieder wagte, von Miss Steane als «diese Miss Steane» zu sprechen, würde sie ohne Zeugnis entlassen werden. Worauf auch Cardle in Tränen ausbrach. Da aber diese Zurschaustellung von Empfindsamkeit von Gejammer begleitet war, daß ihre eigenen Tugenden nicht anerkannt würden, sowie der frommen Hoffnung, daß Mylady, bevor es zu spät sei, erfahren möge, wer ihre wahren Freunde seien, fiel es Lady Silverdale leicht, nicht in die Tränenflut mit einzufallen, was sie sonst bei jeder Gelegenheit tat. Sie nahm eine Entschuldigung von Cardle an, wenn auch mit eisiger Würde, und ging sofort zu Henrietta, um ihr zu erzählen, daß Cardle allmählich unerträglich aufgeblasen werde und eigentlich entlassen werden müßte, wäre sie nicht eine so vortreffliche Kammerzofe. Henrietta wußte natürlich, daß nichts ihre Mutter dazu bewegen würde, diese Drohung wahrzumachen, aber der Bericht Myladys über die soeben stattgefundene peinliche Szene ließ ihren Mut sinken. Nichts hatte Cardles Eifersucht auf eine Hausbewohnerin, die sie hartnäckig für ihre Rivalin hielt, mit mehr Sicherheit vergrößern können, dachte Hetta. Sie machte sich an die Aufgabe, Frieden zu stiften, beschwichtigte ihre aufgebrachte Mutter durch die Zustimmung, daß Cardle abscheulich hochfahrend war, sagte jedoch, diese sei ihrer Herrin derart ergeben, daß sie grolle, selbst wenn die eigene Tochter es wagte, der Mama einen Dienst zu leisten, den Cardle für ihr ausschließliches Privileg hielt. «Sag ihr doch bitte etwas Nettes, Mama, wenn sie dich heute abend zu Bett bringt! Sie wird sich in den Schlaf weinen, wenn sie glaubt, du seist noch immer böse auf sie!»

Diese Taktik war bei Lady Silverdale sehr erfolgreich, aber Cardles Herz für Cherry zu gewinnen mißlang Henrietta. Nicht einmal ein flüchtiger Hinweis auf die Wahrscheinlichkeit, daß Cherrys Besuch bald zu Ende gehen würde, hatte die geringste Wirkung auf Cardle. «Je früher, desto besser, Miss!» sagte sie schroff. «Eines ist jedenfalls sicher: Der Tag, an dem Mylady sie einlädt, hier zu leben, ist der Tag, an dem ich dieses Haus verlasse! Sie tun mir herzlich leid, Miss Hetta, daß Sie sich von dieser intriganten kleinen Gans an der Nase herumführen lassen, genauso wie meine arme irregeleitete Herrin! Und es nützt nichts, mir zu sagen, es stehe mir nicht zu, sie als eine intrigante Gans zu bezeichnen. Ich würde mir das nicht anmaßen, wenn Sie das Thema nicht angeschnitten hätten. Ich weiß, was ich weiß, und ich hoffe und bete, daß Sie Ihre Güte ihr gegenüber nicht bereuen müssen.»

Henrietta ging ihrerseits mit der glühenden Hoffnung zum Abendessen hinunter, daß Desfords Rückkehr aus Harrowgate sich nicht mehr lange verzögern würde.

Tatsächlich aber wurde sie länger hinausgeschoben, als der Viscount vorausgesehen hatte. Seine Reise südwärts wurde nicht von dem Glück begleitet, das seine Reise nordwärts so schnell vonstatten hatte gehen lassen. Eine Reihe von Mißgeschicken traf ihn, deren ernstestes, der Verlust eines Radreifens, ihn eineinhalb Tage lang müßig herumstehen ließ. Dieser Unfall begab sich am ersten Tag der Abreise von Harrowgate, zufällig einem Samstag, mitten auf dem Weg zwischen Chesterfield und Mansfield. Als die Chaise nach Mansfield hineinrumpelte, war es für die nötige Reparatur zu spät geworden, und die Schmiede hatten die Werkstätten schon geschlossen. Der eine, weil er ein strenger Gegner von Reisen am Sonntag war; der andere, weil er weggefahren war, um den Tag bei seiner verheirateten Schwester zu verbringen. Erst als der Montagvormittag langsam in den Montagnachmittag überging, war ein neuer Reifen an das Rad gepaßt und der Viscount imstande, seinen Weg fortzusetzen. Und dann (was ihn in dem Glauben bestärkte, daß ihm das Glück nicht mehr hold sei) lahmte eines seiner Deichselpferde, so daß seine Fahrt zur nächsten Poststation eher einem Trauerzug ähnelte als der flotten Reise eines reichen Herrn von Welt. Teilweise aus diesem Grund und wegen verschiedener kleinerer Behinderungen dauerte es vier Tage, bis er Dunstable erreichte, wo er zu übernachten beschloß. Es waren noch immer fast dreißig Meilen bis Inglehurst zurückzulegen, und er verspürte nicht den Wunsch, dort lange nach der Dinnerstunde einzutreffen.

Daher waren vierzehn Tage seit Cherrys Eintreffen in Inglehurst verflossen, als Henrietta kurz vor Mittag endlich die Freude hatte, daß der Viscount zu ihr hereingeführt wurde. Grimshaw meldete ihn mit Grabesstimme, und sie fuhr aus ihrem Sessel vor dem Schreibtisch hoch und rief impulsiv aus: «O Des, ich bin ja so froh, daß du endlich kommst!»

«Guter Gott, Hetta, was ist denn los?» fragte er und hielt mitten im Zimmer inne.

«Nichts! – Das heißt, ich hoffe nichts, aber ich fürchte sehr, daß es langsam anfängt, schiefzugehen.» Er hatte ihre Hände ergriffen, küßte beide und hielt sie noch immer in seinem starken Griff, aber sie entzog sie ihm sanft und sagte, während sie forschend in sein Gesicht blickte: «Deine Reise hat keinen Erfolg gehabt, nicht wahr?»

Er schüttelte den Kopf. «Nein. Nettlecombe ist junger Ehemann geworden.»

Sie machte große Augen. «Verheiratet?!» rief sie ungläubig.

«Stimmt. An seine Haushälterin geschmiedet – oh, pardon, an seine Hausdame!»

«Aha!» sagte sie und zwinkerte höchst verständnisvoll. «Zweifellos hat sie das selbst gesagt!»

Er grinste sie an. «Nein, sie sagte es Nettlecombe, als er mir mitteilte, er habe einen Dienstboten geheiratet. Sie sagte ihm auch, sie wäre ihm dankbar, wenn er sich das merkte, und ich zweifle nicht, daß er es sich merken wird. O Hetta, du kannst dir nicht vorstellen, wie sehr ich gewünscht habe, du wärest bei diesem Gespräch anwesend! Du hättest dich totgelacht!»

Sie ging zum Sofa, setzte sich und klopfte auf den Platz neben sich. «Erzähl!» sagte sie einladend.

Er berichtete also, und sie wußte die Geschichte so zu würdigen, wie er es vorausgesehen hatte. Als er ihr die Schlußszene auf dem Gang beschrieben hatte, schwieg er einen Augenblick, bevor er unvermittelt sagte: «Hetta, ich konnte dieses unglückselige Kind einfach nicht einem solchen Haushalt anvertrauen!»

«Nein», stimmte sie ihm mit ebenso bekümmerter Stimme zu. «Aber was sollen wir mit ihr anfangen, Des? Mama sagte vor einer Woche, falls Nettlecombe Cherry zurückwiese, hätte sie gute Lust, sie hierzubehalten, aber – das ginge nicht – ich weiß einfach, daß es nicht ginge! Es ist immer das gleiche, wenn Mama jemanden heftig ins Herz geschlossen hat! Zuerst hält sie den neuen Schatz für vollkommen, und dann beginnt sie Fehler an ihm zu entdecken – und selbst wenn es ganz triviale Fehler sind, übertreibt sie sie in ihrer Vorstellung und – was schlimmer ist! – erinnert sich an sie und hängt sie dem nächsten Fehler an, den ihr unglücklicher Favorit begeht!»

«Guter Gott, ist es schon so weit gekommen? Die arme Cherry!»

«Nein, nein, noch nicht!» versicherte sie ihm. «Aber Mama hat begonnen, sie zu kritisieren – oh, nicht unfreundlich! Sie bemerkt bloß kleine unschuldige Gewohnheiten oder Eigentümlichkeiten der Sprache und sagt, sie wünschte, Cherry könnte sie loswerden. Und diese gräßliche Zofe Mamas ist derart eifersüchtig auf Cherry, daß sie sich keine Gelegenheit entgehen läßt, Gift in Mamas Ohr zu träufeln. Bisher ist es ihr nicht gelungen, Mama gegen die arme Cherry aufzuhetzen, aber ich gestehe dir, Des, daß ich mich nicht zu der Überzeugung durchringen kann –»

«Quäl dich nicht!» unterbrach er sie. «Es kommt nicht in Frage, daß Cherry hierbleibt. Ich habe keinen Augenblick an eine solche

Lösung des Problems gedacht. Ich hatte gehofft, sie nur für einige wenige Tage bei dir lassen zu können, fand aber den Aufenthaltsort Nettlecombes erst Montag letzter Woche heraus. Selbst als ich entdeckt hatte, daß er nach Harrowgate gefahren war, konnte ich seinen Geschäftsträger nicht dazu bewegen, mir seine genaue Adresse zu verraten. Ich war also gezwungen, fast zwei ganze Tage damit zu verbringen, die Stadt nach ihm durchzukämmen.»

«O du armer Des! Kein Wunder, daß du so müde aussiehst!»

«Wirklich? Nun, falls es tatsächlich so ist, dann nur deshalb, weil ich die verteufeltste Reise von Yorkshire hier herauf hatte», sagte er heiter. «Kaum hatten wir ein Hindernis überwunden, purzelten wir schon in ein anderes, der Grund, warum ich mit meiner Front erst so spät anrücke, wie Horace sagen würde. Ich hatte jedoch Zeit zu entscheiden, was ich am besten für Cherry tun kann – und das ist die dringendste Angelegenheit, die ich dich, du beste aller Freunde, zu überlegen bitte!»

Die Tür öffnete sich. «Mr. Nethercott!» meldete Grimshaw.

Cary Nethercott trottete in das Zimmer, blieb jedoch beim Anblick des Viscount stehen und sagte: «Ich bitte um Entschuldigung! Grimshaw muß mich mißverstanden haben! Ich fragte nach Lady Silverdale, und er hat mich in dieses Zimmer geführt, wo – wo ich hoffentlich nicht störe, Miss Hetta!»

«Keineswegs», antwortete sie, erhob sich und gab ihm die Hand. «Sie haben Lord Desford ja schon kennengelernt, nicht wahr?»

Die Herren verneigten sich. Mr. Nethercott sagte gewissenhaft, er habe tatsächlich schon das Vergnügen gehabt, und der Viscount sagte gar nichts. Mr. Nethercott erklärte ihnen dann, daß er herübergeritten sei, um Lady Silverdale sein Exemplar der letzten Nummer des *New Monthly Magazine* zu bringen, die einen interessanten Artikel enthielt, den er Ihrer Gnaden gegenüber anläßlich seines letzten Besuchs erwähnt hatte und den zu lesen sie den Wunsch geäußert habe.

«Wie freundlich von Ihnen!» sagte Henrietta. «Sie hält mit Miss Steane einen kleinen Spaziergang im Strauchgarten.» «Oh, dann will ich es ihr selbst bringen!» meinte er leicht errötend. «Ich hoffe, Sie bald wiederzusehen, Miss Hetta!» Dann sagte er: «Ihr Diener, Sir!» und verließ unter Verbeugungen das Zimmer.

Der Viscount, der ihn mit Ungunst beäugt hatte, wartete kaum, bis sich die Tür geschlossen hatte, um zu fragen: «Lebt dieser Kerl eigentlich in Inglehurst, Hetta?»

«Nein», erwiderte sie ruhig. «Er lebt in Marley House.»

«Na, er scheint jedesmal, wenn ich dich besuche, anwesend zu sein!» sagte der Viscount gereizt.

Sie runzelte die Stirn, und nachdem sie sich augenscheinlich den Kopf zerbrochen hatte, sagte sie mit gespielter Unschuldsmiene: «Aber hast du ihn denn auch getroffen, als du uns auf dem Weg nach Hazelfield besucht hast?»

Der Viscount überging diese Retourkutsche und sagte: «Ich frage mich nur, wen von uns beiden er mit seinem Schwindel vom *New Monthly* einwickeln zu können glaubte! Gott, was für ein dummes Geschwätz!» Er setzte sich nicht wieder hin, sondern blickte stirnrunzelnd auf Henrietta hinunter und sagte mit ungewohnter Schärfe: «Ich begreife nicht, warum du – Nein, ist ja unwichtig. Wovon sprachen wir, als uns dieser Kerl unterbrach?»

«Du wolltest mir gerade erzählen, was deiner Meinung nach für Cherry am besten zu tun sei», erwiderte sie. «Die dringendste Frage, die zu überlegen ist – oder eigentlich, die ich mir nach deinem Wunsch überlegen soll.»

«Ja, das war's. Es gibt anderes, worüber ich mit dir reden möchte, aber solange ich Cherry nicht versorgt habe, muß sie mein einziges Anliegen bleiben.»

«Sie versorgt haben?» wiederholte sie und hob die Augen schnell zu seinem Gesicht.

«Ja, natürlich. Was kann ich denn sonst tun, als zu versuchen, sie behaglich unterzubringen? Es war zwar nicht meine Schuld, daß sie aus Maplewood davonlief, aber da ich sie nach London mitnahm, wurde ich für sie verantwortlich, davon kommen wir nicht los, Hetta! Guter Gott, was für ein schäbiger Kerl wäre ich, wenn ich sie jetzt im Stich ließe!»

«Sehr richtig. An was für einen Plan denkst du?» fragte sie.

«Ich habe gedacht, daß – daß eine Heirat die einzige Lösung des Problems wäre, nur – ihre Herkunft und ihr Mangel an Vermögen muß dem im Weg stehen – nicht?»

Er nickte, sagte jedoch: «Nicht im Weg für einen Mann, der sich in sie verliebt und keine reiche Frau braucht. Aber das gilt für die Zukunft. Meine Sorge gilt der unmittelbaren Gegenwart. Ich fahre nach Bath und will Miss Fletching zu überreden suchen, Cherry zu helfen. Hat Cherry über sie gesprochen? Sie war in der Schule Miss Fletchings und hat mir auf der Reise nach London von ihr erzählt und davon, wie gütig Miss Fletching zu ihr war.»

«Ja, das tat sie auch mir gegenüber. Aber als ich ihr nahelegte, doch lieber in jene Schule als Lehrerin zurückzukehren, als sich als Gesellschafterin zu verdingen, sagte sie, Miss Fletching hätte ihr die Stellung angeboten, wenn sie, Cherry, genügend Bildung hätte oder genügend Können am Klavier. Nur habe sie das nicht. Und ich fürchte, Des, daß das stimmt. Das einzige, das sie kann, ist Nähen. Sie hat eine wirklich liebenswerte Veranlagung, aber absolut keine Vorliebe für Bücher. Falls Miss Fletching sie aufnehmen wollte, würde Cherry ganz sicher ablehnen, denn sie fühlt sich Miss Fletching bereits zutiefst verpflichtet.»

«Das weiß ich. Und sollte ich Miss Fletching das bezahlen, was man ihr schuldet –»

«Nein, Desford!» sagte Henrietta scharf. «Das darfst du nicht! Sie ist viel zu stolz, um so etwas zu dulden.»

«Sicher nicht dann, wenn sie annähme, daß ich Nettlecombe dazu gebracht hätte, mit den Moneten herauszurücken.»

«Wenn sie dir das glaubt, dann würde sie ihm schreiben, um ihm zu danken.»

«Ich müßte ihr sagen, er habe Miss Fletching unter der Bedingung bezahlt, daß Cherry ihm weder schreibt, noch versucht, ihn je wiederzusehen. Das ist auch genau das, was er wirklich sagen würde.»

Sie lächelte, schüttelte jedoch den Kopf. «Das geht nicht. Bedenke bloß, in welch unbehaglicher Lage sie wäre, falls es je bekannt würde, daß du Miss Fletching bezahlt hast, um ihr ein Heim zu bieten. Du mußt aber auch deine eigene Lage bedenken: du würdest dich selbst genauso wie Cherry kompromittieren. Du weißt doch, was alle Klatschbasen sagen würden! Und es ist nutzlos anzunehmen, daß das Geheimnis nicht durchsickern würde, denn du kannst dich darauf verlassen, daß es der Fall wäre.»

Ihr Lächeln spiegelte sich in seinen Augen, aber er sagte kläglich: «Ich habe mich das schon selbst gefragt. Ich hoffte, du würdest mir sagen, daß ich albern sei – wußte aber auch, daß du das nicht tun würdest! Du hast natürlich recht. Daher werde ich den ganzen Fall Miss Fletching darlegen und sie fragen, ob sie jemanden weiß, der in Bath wohnt und froh wäre, Cherry zu engagieren. Es muß dort Dutzende älterer Kranker geben: wann immer ich den Ort besucht habe, schien es mir, daß er vor gebrechlichen alten Damen überquoll. Und wenn sie schon eine solche Anstellung suchen muß, wäre Bath der beste Platz für sie. Sie hätte Miss Fletching, an die sie sich wenden, und Bekannte in der Stadt, die sie besuchen könnte.»

Die winzige Falte zwischen ihren Brauen verschwand; sie rief aus: «Ja, das wäre genau das Richtige! Aber nicht, Des, wenn du sie einer zukünftigen Arbeitgeberin empfiehlst!»

«Ich dachte ja, daß es nicht lange dauern würde, bis du mich verspottest», bemerkte er anerkennend. «Welch ein Glück, daß du mich warnst – schwer von Begriff, wie ich nun einmal bin!»

Sie lachte. «Nein, nein, nicht schwer von Begriff, Ashley! Aber gräßlich unvorsichtig, wenn du dir eine deiner ausgefallenen Ideen in den Kopf setzt!»

«Gott, Hetta, du mußt wirklich verrückt sein! So etwas habe ich noch nie im Leben getan! Aber jetzt hör auf zu witzeln. Wenn ich morgen nach Bath abreisen soll, habe ich sehr wenig Zeit, und alles in allem betrachtet glaube ich, daß es besser wäre, ich gehe, bevor Cherry hereinkommt. Ich wäre gezwungen, ihr zu sagen, was ich vorhabe. Wenn sie nicht versuchte, mich davon abzuhalten, sondern ihr der Plan gefiele, dann will ich keine Hoffnung erwecken, die sich als falsch herausstellen könnte.»

«Aber sie muß erfahren, daß du hier warst!» protestierte Henrietta. «Was soll ich ihr sagen, bitte sehr?»

«Daß ich hier vorgesprochen habe, aber unmöglich länger als ein paar Minuten bleiben konnte, weil ich eine dringende Verabredung in London habe. Ich unterbrach meine Reise nur, um ihr zu sagen, daß ich zwar den alten Nettlecombe nicht dazu bringen konnte, seinen Mann zu stehen, sie jedoch nicht im Stich lasse, sondern – sondern einen neuen Plan zu ihrer Hilfe faßte. Den ich dir aber nicht verriet, aus Angst, daß nichts daraus werden könnte!»

«Lügner!»

«Nein, ich fürchte wirklich, daß nichts daraus wird! Übrigens, hat Lady Bugle versucht, sie zur Rückkehr nach Maplewood zu veranlassen?»

«Nein – und das erinnert mich an etwas, das ich dir erzählen muß! Lady Bugle weiß nicht, wo Cherry ist. Als ich Cherry vorschlug, sie solle ihr schreiben, regte sie sich derart auf, daß ich das Thema fallenließ. Aber ich muß dich warnen: Lady Bugle weiß zwar nicht, daß Cherry hier ist, aber sie weiß, daß du mit ihrer Flucht in Zusammenhang stehst. Und das bringt mich zu etwas anderem: Lord und Lady Wroxton wissen, daß sie in Inglehurst ist.»

«O mein Gott!» stieß er hervor. «Als hätte ich nicht schon genug auf mir, mit dem ich mich befassen muß! Wer war die Klatschbase, die diese Nachricht nach Wolversham brachte?»

«Mein lieber Ashley, du kannst doch wirklich nicht vergessen haben, wie unvermeidlich die kleinste Neuigkeit durch die ganze Grafschaft fliegt! Hintertreppenklatsch, aber in diesem Fall erreichte die Neuigkeit Wolversham durch ein Dienstmädchen, das die Tochter unseres Oberstallmeisters ist. Lady Wroxton gab ihr Urlaub nach Inglehurst, zur Silberhochzeit ihrer Eltern – und daher kannst du wohl keine weitere Erklärung wünschen.»

Er sah sie eindringlich an. «Das ist doch nicht alles, oder?»

«Nein, nicht ganz. Lord und Lady Wroxton besuchten uns vor zwei Tagen.»

«Wenn mein Vater eine Fahrt von sechzehn Meilen unternahm, hat sich entweder seine Gicht gebessert, oder er muß angenommen haben, daß ich drauf und dran bin, ihm Schande zu machen.»

«Nun, er ging zwar am Stock, aber ich glaube, sein Zustand hat sich wirklich gebessert», sagte Henrietta, die diese rüde Unterbrechung um des Balsams willen verzieh, die sie ihrem schwer bekümmerten Herzen bot. «Sie kamen, um sich nach Charlie zu erkundigen – zumindest sagte Lord Wroxton das zu Mama –, aber ihr wahrer Zweck war, wie ich ganz überzeugt bin, herauszufinden, wieweit die Geschichte, die sie gehört hatten, auf Wahrheit beruhte. Ich sprach nicht sehr viel mit Lord Wroxton, aber deine Mama fand eine Ausrede, um mich beiseite zu nehmen. Sie bat mich, ohne erst lange auf den Busch zu klopfen, ihr zu sagen, ob es zutreffe, daß du Cherry hierher gebracht hast, und falls ja, aus welchem Grund. Sie sagte, ich könne offen mit ihr reden, weil du ganz sicher einen guten Grund zu diesem Vorgehen hattest. Des, ich mag deine Mama wirklich sehr!»

«Ja, ich auch», stimmte er ihr herzlich zu. «Sie ist in Ordnung! Was hast du ihr gesagt?»

«Die Wahrheit, genauso, wie du sie mir erzähltest. Und sie verriet mir dann, deine Tante Emborough habe ihr geschrieben, daß Lady Bugle sie besuchte und wissen wollte, was du mit Cherry getan hättest. Anscheinend hat eine ihrer Töchter – ich konnte mir ihren Namen nicht merken, aber ich weiß, daß er äußerst ungewöhnlich war –»

«Sie haben alle ungewöhnliche Namen – alle fünf!»

«Heiliger Himmel! Nun, diese eine scheint gelauscht zu haben, als du mit Cherry in jener Ballnacht sprachst; und als man entdeckte, daß Cherry davongelaufen war, setzte sie Lady Bugle in den Kopf, das Mädchen sei mit dir durchgebrannt! Wie Lady Bugle eine solche unsinnige Geschichte glauben konnte, ist mir unbegreiflich, aber anscheinend tat sie es doch und fuhr sofort nach Hazelfield hinüber, um Lady Emborough zu fragen, was deine Absichten seien! Lady Emborough schrieb deiner Mama, daß sie die Idee, du hättest etwas mit Cherrys Flucht zu tun, verächtlich belächelt und Lady Bugle versichert habe, daß du weit entfernt davon warst, Cherry im Morgengrauen aus Maplewood zu entführen, sondern um zehn Uhr in Hazelfield gefrühstückt hättest. Sie schrieb aber auch, sie brenne darauf zu erfahren, ob du wirklich etwas mit Cherrys Flucht zu tun hättest. Ihr habe geschienen, daß du dich für Cherry viel mehr interessiertest als für deren Kusine, die ein ausnehmend schönes Mädchen sei.»

«Lucasta», sagte er mit einem Nicken. «Das stimmt auch, ist aber unwichtig. Meine Tante schrieb meiner Mutter, sagst du. Mama hat meinem Vater nichts verraten, oder?»

«Nein, und sie hat ihm auch den Brief nicht gezeigt. Aber er hat den lokalen Klatsch zuerst gehört, und ich glaube auch, daß er auf einem Besuch bei uns bestand, um herauszufinden, wie weit dieser Klatsch auf Wahrheit beruht. Ich will sagen, daß deine Mama es herausfinden sollte. Du kennst ihn ja, Des!»

«Und ob! Er würde es unter seiner Würde halten, das geringste Interesse an den Heldentaten seiner Söhne zu verraten – jedem gegenüber, außer den Söhnen selbst!»

«Richtig!» sagte sie zwinkernd. «Glücklicherweise fand dieser Besuch statt, als Mama besonders erfreut über Cherry war, weil sie eine Spitzenrüsche gefunden hatte, von der man annahm, daß sie schon vor Jahren weggeworfen worden sei. Daher bin ich sicher, daß sie Lord Wroxton gegenüber mit wärmster Billigung über sie gesprochen hat.»

«Hat er Cherry kennengelernt?»

«Sicher – aber ob sie ihm gefiel oder nicht, weiß ich nicht. Er war jedenfalls vollendet höflich zu ihr.»

«Danach kann man nicht urteilen», sagte Desford, «das wäre er auch, selbst wenn er sie ablehnen würde. Nun, es nützt nichts: Ich werde heute in Wolversham übernachten müssen, was eine weitere Verzögerung bedeutet. Es tut mir leid, Hetty, aber du siehst ein, in welcher Klemme ich bin, nicht wahr? Ich frage dich nicht, ob du bereit bist, Cherry noch ein paar Tage zu behalten, weil ich weiß, wie deine Antwort lauten würde. Gott segne dich, meine Liebe!» Er ergriff ihre Hände, küßte sie wieder und ging ohne ein weiteres Wort.

11

Der Viscount wurde in Wolversham unerwartet wohlwollend empfangen. Es überraschte ihn nicht, daß Pedmore ihn mit einem strahlenden Lächeln begrüßte und sagte, als er dem jungen Herrn Hut und Handschuhe abnahm: «Nun, Mylord, das ist aber eine frohe Überraschung!» Desford wußte, daß Pedmore ihn und seine beiden Brüder sehr gern hatte; aber er lächelte etwas schief, als der Butler sagte: «Seine Lordschaft wird wirklich erfreut sein, Sie zu sehen, Sir! Mylady pflegt ihrer Nachmittagsruhe, aber Sie treffen Seine Lordschaft in der Bibliothek an. Werden Sie lange hierbleiben, Mylord?»

«Nein, nur eine Nacht», erwiderte der Viscount. «Willst du für die Unterbringung der Postillione sorgen? Aber natürlich wirst du das.»

«Selbstverständlich, Mylord!» sagte Pedmore liebevoll.

Nachdem sich der Viscount mit einem schnellen Blick in den Chippendale-Spiegel in der Halle versichert hatte, daß die Falten seines Halstuches nicht in Unordnung geraten oder seine glänzenden Locken zerzaust waren – zwei Möglichkeiten, die ihm unweigerlich die Kritik seines Vaters zugezogen hätten –, trat er entschlossen auf die Doppeltür der Bibliothek zu. Einen Augenblick blieb er stehen, um sich für den Empfang zu wappnen, der seiner Überzeugung nach (trotz Pedmores ermutigenden Worten) ziemlich giftig ausfallen würde; aber als Lord Wroxton von der Zeitung, in der er eben blätterte, aufblickte, um zu sehen, wer hereingekommen war, sagte er nichts Alarmierenderes als: «Ha! Du bist's, Desford? Freue mich, dich zu sehen, mein Junge!»

Der Viscount beherrschte sein Erstaunen bewundernswert, ging zu dem Ohrensessel, in dem Mylord saß, küßte die ihm entgegengestreckte Hand pflichtgetreu und sagte mit seinem anziehenden Lächeln: «Danke, Sir! Ich meinerseits bin froh, dich und deinen Fuß endlich ohne Verbände zu sehen! Fühlst du dich auch so vorzüglich, wie du aussiehst?»

«Oh, ich bin in recht guter Verfassung!» sagte Seine Lordschaft prahlerisch. «Als ich dich das letzte Mal sah, sagtest du, ich sei schlank und rank, du geschleckter Affe, aber verdammich, wenn du nicht genau in die Kerbe getroffen hättest. Es wird noch mächtig lang dauern, bis du meine Nachfolge antrittst!»

«Das will ich auch hoffen!» erwiderte der Viscount. «Versuch nur ja nicht, mir weiszumachen, daß du im Greisenalter stehst und wahrscheinlich jeden Augenblick abkratzt, weil ich auf den Tag genau weiß, wie alt du bist, Papa!»

Der Earl nannte ihn einen unverschämten, zungenfertigen Burschen und sagte, falls er glaube, er könne in einem so ungehörigen Ton mit seinem Vater sprechen, würde er sehr bald erfahren, wie er sich da irre; aber insgeheim war er recht erfreut, wie immer (außer wenn seine Laune durch die Gicht gereizt war), wenn es sich erwies, daß einer seiner Söhne die richtige Gangart hatte, wie er es nannte. Als er daher um der Form willen dem Viscount eine kurze Strafpredigt gehalten hatte, befahl er ihm, sich zu setzen und ihm zu erzählen, was er inzwischen getrieben habe.

«Deshalb eben bin ich gekommen», sagte der Viscount.

«Und da ich es genausowenig wie du liebe, um den heißen Brei herumzureden, sage ich dir sofort, daß ich von Inglehurst herübergekommen bin, wo ich von deinem Besuch erfuhr.»

«Das habe ich mir gedacht!» sagte der Earl. «Soll dir wahrscheinlich aus dieser Klemme helfen, in die du dich gebracht hast.»

«Nein, nichts dergleichen», erwiderte Desford. «Ich will dir nur eine Geschichte erzählen, die du – da ich vernommen habe, du hättest via Hintertreppe von Cherry Steanes Anwesenheit in Inglehurst erfahren und daß ich sie hinbrachte – wahrscheinlich noch nicht gehört hast.»

«Dessen bin ich mir sehr wohl bewußt!» sagte sein Vater flammenden Auges. «Und bevor du weitersprichst, Desford, laß dir sagen, daß ich nichts auf Dienstbotenklatsch gebe – am allerwenigsten dann, wenn er einen meiner Söhne betrifft!»

Der Viscount lächelte ihn an. «Natürlich nicht, Papa. Aber er hat dich ja doch nach Inglehurst getrieben, damit du herausfindest, was ich wirklich getan habe, um einen solchen Klatsch entstehen zu lassen, nicht? Ich mache dir daraus keinen Vorwurf: es mußte ja den Anschein haben, daß ich bis über die Ohren in irgendwelche zwielichtigen Vorgänge verwickelt bin. Hetta hätte dir erzählen können, warum ich Cherry in ihre Obhut gab, aber sie sagt, du hättest sie überhaupt nicht gefragt.»

«Glaubst du, daß ich ihr oder sonst jemandem bohrende Fragen über meine Söhne stellen würde?» fuhr der Earl auf. «Auf mein Wort, Desford, wenn das die Meinung ist, die du von mir hast, gehst du etwas zu weit!»

«Ich kenne dich viel zu gut, Papa, um eine solche Meinung von dir zu haben», erwiderte der Viscount unerschütterlich. «Deshalb hielt ich es für das Beste, dir alles persönlich darzulegen.»

«Dann rede nicht herum und tu's!» befahl sein Vater streng.

Auf diese Weise ermutigt, enthüllte ihm Desford die ungeschminkte Geschichte der vergangenen zwei Wochen. Der Earl hörte ihm schweigend und mit einem Stirnrunzeln zu. Es schwand auch nicht, als der Viscount seinen Bericht beendete. Der Earl sagte nichts als: «Jetzt sitzt du in der Tinte, oder?»

«Möglich», erwiderte Desford, «aber ich bin noch lange nicht erledigt, Papa, glaub mir!»

Der Earl knurrte. «Was willst du tun, wenn diese Schulmamsell, von der du sprichst, nicht an der Kandare bleibt?»

«Etwas anderes versuchen!»

Wieder knurrte der Earl, und sein finsteres Stirnrunzeln vertiefte sich. Nach einer langen Pause, in der er mit sich zu kämpfen schien, sagte er, als würden ihm die Worte mit Gewalt entrissen: «Du bist großjährig, von mir unabhängig, kannst tun, was du willst – aber ich bitte dich, Desford, halte dich nicht um der Ehre willen verpflichtet, dieses Mädchen zu heiraten!»

Der Viscount sagte sanft: «Ich denke nicht daran, Papa, denn ich habe sie in keiner Weise kompromittiert. Aber ebenso denke ich, daß ich um der Ehre willen verpflichtet bin, ihr ein Freund zu sein.»

Der Earl nickte, sagte jedoch in plötzlicher Erbitterung: «Ich wollte zu Gott, du hättest Sophronias Haus um eine Stunde früher verlassen!»

«Nun ja», sagte Desford mit einem schiefen Lächeln, «unter uns gesagt, Papa, ich auch! Zumindest – nein, ich wünsche es doch nicht, wenn ich daran denke, was diesem törichten Kind zugestoßen wäre, wenn ich es nicht auf der Straße überholt hätte. Aber ich wünsche, ich hätte die Einladung meiner Tante nach Hazelfield nicht angenommen!»

«Es ist noch nie etwas Gutes herausgekommen, über Geschehenes zu jammern, also lassen wir das. Du steckst in der Bredouille, aber es hätte schlimmer sein können.» Er zog seine Schnupftabakdose aus der Tasche und nahm eine Prise. Dann sagte er unvermittelt: «Ich habe das Mädchen kennengelernt. Ich zögere nicht, dir zu gestehen, daß ich zu dem Zweck nach Inglehurst hinüberfuhr, und ich bin froh darüber, denn ich sah auf den ersten Blick, daß sie nicht die Sorte Hochstaplerin ist, hinter der du herläufst.»

Desford lachte. «Bitte sehr, Papa, wieso weißt du, hinter welcher Sorte Hochstaplerinnen ich herlaufe?»

«Ich weiß mehr, als du denkst, mein Junge!» sagte Seine Lordschaft mit grimmigem Stolz. «Als ich zum erstenmal von dieser Sache hörte, fürchtete ich, daß du wegen dieses Mädchens den Kopf verloren hast und vorhättest, dich an sie zu binden. Ein leichtes Tuch hättest du nicht zu den Silverdales gebracht. Und hättest du vorgehabt, ein Lebenslänglich daraus zu machen, dann hättest du sie nicht zu uns gebracht. Du weißt sehr gut, daß ich alles darangesetzt hätte, um zu verhindern, daß du in diese Familie einheiratest! Eine weitere Möglichkeit war, daß sie dich in die Falle gelockt hatte – ja, ja, ich weiß, du bist gerissen, aber es sind schon Klügere von ränkevollen Weibern eingefangen worden! Um dir die Wahrheit zu sagen, ich war darauf vorbereitet, dich von ihr loszukaufen. Aber ich habe meine Weisheitszähne schon verloren, bevor du geboren warst, und

144

ich brauchte nur ein paar Minuten, um zu erkennen, daß sie nichts als ein Schulmädchen ist – recht hübsch, aber nicht dein Fall, und verdammt schüchtern noch dazu! Also vielleicht hast du die Güte, Desford, mir zu sagen, warum du sie nicht hierhergebracht hast, statt sie Lady Silverdale aufzuhalsen?»

Der Viscount, der vorausgesehen hatte, daß ihm diese Frage früher oder später entgegengeschleudert würde, warf eine Hand hoch in der Geste eines Fechters, der einen Treffer anerkennt, und sagte mit einem komisch schuldbewußten Blick: «Peccavi, Papa! Ich wagte es nicht!»

Sein Vater lachte laut auf, unterdrückte das Gelächter jedoch sofort und sagte: «Vermutlich soll ich es für einen Trost halten, daß du trotz deinen Fehlern wenigstens aufrichtig bist! Ich entnehme dem, daß du nicht gewagt hast, sie herzubringen, aus Angst, daß ich so bar allen Anstandsgefühls sei, euch beide aus dem Haus zu jagen. Bin dir sehr verbunden, Desford!»

«Papa, wie kannst du nur so unfreundlich auf mich losgehen?» sagte Desford vorwurfsvoll. «Ich habe nichts dergleichen gedacht – wie du sehr gut selbst weißt! –, habe jedoch gemeint, daß es dich höchst ärgerlich machen würde, wenn ich dir und Mama Wilfred Steanes Tochter aufhalse. Wenn du mir sagst, daß ich unrecht hatte, werde ich dich um Entschuldigung für diese falsche Beurteilung bitten – aber hatte ich wirklich unrecht, Papa?»

Der Earl beäugte ihn längere Zeit in zornesträchtigem Schweigen, antwortete jedoch schließlich mit der Stimme eines Mannes, der in die Enge getrieben wurde: «Nein, verdammt!»

«Falls ich aufrichtig bin», sagte Desford und lächelte ihn an, «dann ist das eine ererbte Tugend, Papa!»

«Heuchler!» sagte Seine Lordschaft, der unter dieser Beschimpfung seine Freude verbarg. «Glaub ja nicht, du könntest mich mit leeren Komplimenten umgarnen!» Dann milderte er seine Strenge und sagte nach einer nachdenklichen Pause: «Na ja, ich habe nicht vor, auf dich loszugehen, also reden wir nicht mehr über diesen Punkt. Eines will ich jedoch noch sagen: wenn du bei dieser Sache nicht mehr ein noch aus weißt, dann komm zu mir! Ich mag ja altmodisch und gichtisch sein, aber ich bin an Wissen dem Teufel um einen Punkt voraus.»

«Sogar um mehrere Punkte, Papa!» sagte Desford. «Ich würde ganz bestimmt zu dir kommen, wenn ich nicht mehr aus noch ein wüßte.»

Seine Lordschaft nickte, anscheinend befriedigt, denn als nächstes sagte er: «Zu denken, daß der alte Nettlecombe in dem Alter noch in die Mausefalle des Pfarrers geraten ist! Sagtest du, daß er seine Haushälterin geheiratet hat?» So kam es, daß Lady Wroxton, als sie eine halbe Stunde später in die Bibliothek kam, Vater und Sohn in bestem Einvernehmen vorfand. Ja, das erste, was sie hörte, als sie die Tür öffnete, war ein brüllendes Gelächter von Desford, dem sein Vater in höchst bildhaften Ausdrücken beschrieb, was er selbst in Harrowgate erlebt hatte. Lady Wroxton war nicht sehr überrascht, denn sie glaubte fest an Desfords Fähigkeit, seinen Vater richtig zu behandeln, und sie wußte, daß Desford, wie heftig auch immer ihr Herr und Gebieter diese Bezichtigung leugnen mochte, derjenige seiner Söhne war, der seinem Herzen am nächsten stand.

Mylord begrüßte sie herzlich und sagte: «Ah, da bist du ja, meine Gebieterin! Jetzt komm herein und sag Desford, ob mich diese stinkenden Wasser in Harrowgate nicht vergiftet haben!»

«Nun, es ist dir von ihnen wirklich sehr übel geworden», sagte sie. «Aber du hast ja nur ganz wenig davon getrunken, und man kann nicht wissen, ob sie dir nicht doch noch gutgetan hätten.» Während sie das sagte, umarmte sie Desford herzlich, der sich bei ihrem Eintritt erhoben hatte und auf sie zugegangen war, um sie fest an sich zu drücken. Sie küßte ihn, kniff ihn ins Kinn und sagte, als sie liebevoll zu seinem schönen Gesicht aufblickte: «Ich höre, daß du ein fahrender Ritter geworden bist! Was wirst du wohl als nächstes anstellen, Liebster?»

Er lachte, aber Mylord sagte, er verbiete ihr, den Jungen zu schelten. «Er hat mir reinen Wein eingeschenkt, daher Schluß damit! Niemand», fügte er in voller Überzeugung hinzu, «kann behaupten, ich sei einer, der auf alten Geschichten herumreitet!»

«Stimmt, mein Lieber», sagte Mylady ernst, aber mit dem gleichen Lächeln in den Augen, wie Desford es besaß. Sie ließ sich von ihrem Sohn zu einem Sessel führen, drückte seine Hand leicht, bevor sie sie losließ, und sagte: «Ich hatte einen gemütlichen Plausch mit Hetta, Ashley, und entnehme dem, was sie mir erzählte, daß dein Schützling ein sehr liebenswürdiges und wohlerzogenes Mädchen ist. Ich gestehe, daß mich das überraschte, und ich nehme an, daß ihre Mama doch bessere Grundsätze gehabt haben muß, als man angenommen hätte – denkt man an die Umstände ihrer Heirat –, denn Wilfred Steane hatte überhaupt keine Grundsätze. Lady Silverdale scheint eine große Zuneigung zu ihr gefaßt zu haben und ist sehr geneigt, sie einzuladen, in Inglehurst zu bleiben. Aber Hetta meint, es würde nicht gutgehen.»

«Das weiß ich, Mama, und bin ganz ihrer Meinung.»

«Ein Jammer», sagte sie in ihrer ruhigen Art. «Aber vermutlich hat Hetta recht. Was also hast du mit dem armen kleinen Geschöpf vor?»

Er schilderte ihr seinen Plan. Sie stimmte ihm zu, sagte jedoch nur, falls irgendeine Empfehlung außer der von Miss Fletching nötig sei, würde sie sie gern geben. Danach wurde nichts mehr über das Thema gesagt, da Mylord wissen wollte, was sie davon hielt, daß der alte Nettlecombe von seiner Haushälterin eingefangen worden war, und Desford befahl, seiner Mutter alles über sein Harrowgate-Abenteuer zu erzählen.

Nichts trübte die Harmonie des Abends, und als Seine Lordschaft Desford vor seinem Schlafzimmer gute Nacht sagte, war er ihm aus zwei Gründen äußerst wohlwollend gesinnt: erstens war er sehr erleichtert zu wissen, daß sein Erbe keine Ehe mit der Tochter eines Mannes in Betracht zog, der, wie er ohne zu zögern sagte, der größte Schurke sei, den er je kennengelernt habe. Zweitens aber war es ihm gelungen, von drei Rubbern Pikett zwei zu gewinnen. Bevor Desford am nächsten Tag nach London abfuhr, konnte er noch ein Gespräch unter vier Augen mit seiner Mutter führen, während Lord Wroxton mit seinem Gutsverwalter beschäftigt war. Lady Wroxton nahm ihren Sohn in den Rosengarten mit, damit er sich die Verbesserungen ansehe, die sie dort eingeführt hatte. Während sie miteinander über die Wege schlenderten, fragte er sie mit einem spöttischen Heben einer Braue, ob er den freundlichen Willkomm seines Vaters ihr zu verdanken habe.

«Nein, nein, Ashley! Ich habe kein Wort zu deiner Verteidigung geäußert!» versicherte sie ihm. «Ja, ich sagte, ich hätte es nie von dir geglaubt und wäre entsetzt wie noch nie im Leben!»

«Wie verläßlich du doch bist, Mama!» sagte er anerkennend. «Praktisch verdanke ich meinen Pardon wirklich dir!»

Sie lächelte, schüttelte jedoch den Kopf. «Du kannst seines Pardons immer sicher sein, mein Lieber, wie sehr du ihn auch geärgert haben magst. Aber vielleicht hättest du ihn nicht so schnell gewonnen, wenn ich eine solche Gans gewesen wäre und versucht hätte, dich zu verteidigen. Du weißt ja, nichts macht Papa störrischer als Opposition, und er war wirklich sehr böse. Du mußt zugeben, daß man ihm kaum einen Vorwurf daraus machen kann. Die Nachricht, daß sein Ältester anscheinend eine enge Verbindung mit der Angehörigen einer Familie eingegangen ist, die er zutiefst verachtet, war ein schwerer Schlag für ihn!»

Er zog eine Grimasse und nickte. «Ja, ich wußte, daß es ihn aufbringen würde zu hören, daß ich irgend etwas mit einer Steane zu tun habe: deshalb hoffte ich ja, daß er es nie erfahren würde! Wunderst du dich, warum ich sie zu Hetta mitnahm, statt sie hierher zu bringen? Ich versichere dir, es war nicht deshalb, weil ich daran gezweifelt hätte, daß du den Fall verstehen würdest. Aber daß er ihn mißverstanden hätte, davon war ich überzeugt. Erinnere dich auch, Mama, daß ich bereits auf seiner schwarzen Liste stand! Er sagte mir anläßlich meines letzten Besuches, er wünsche meine Visage nicht wiederzusehen. Und nach dem, was Simon mir erzählte, als ich an dem Tag, da ich Cherry nach Inglehurst brachte, in ihn hineinrannte, hatte sich Papas Stimmung nicht gebessert.»

«Leider nein!» seufzte sie. «Der arme Simon! Er tat mir ja so leid, und ertrug alles so geduldig! Aber auch Papa tat mir leid, denn immer, wenn er einen von euch verdonnert und Dinge sagt, die er nicht im geringsten ernst meint, ist er nachher schwermütig und wünscht, daß er nicht so muffig gewesen wäre. Natürlich gibt er es nicht zu – obwohl er nach deinem letzten Besuch, Liebster, doch sagte, falls du annähmst, daß er seine Worte ernst gemeint habe, dann wärst du ein größerer Schafskopf, als er es für möglich gehalten hätte. Er versicherte mir, ich brauchte mich nicht zu kränken, da er nicht im geringsten zweifle, daß du in Kürze wiederkommen würdest – wenn ihm auch kein Deut daran läge, wie lange du wegbliebest! Du darfst also nie glauben, daß er dich nicht gern hätte!»

Er brach in Gelächter aus. «Entschieden ein Beweis, Mama!»

«Aber natürlich! Du kennst ihn doch, Ashley! Er hielte es für eine entsetzliche Schwäche, einem von euch zu verraten, wie sehr er euch liebt! Aber ich muß schon sagen, es war wirkliches Pech, daß du und Simon uns gerade damals besucht habt. Er war in einer schlimmen Gemütsverfassung, nicht nur wegen seiner schmerzhaften Gicht, sondern weil das neue Medikament seiner Konstitution überhaupt nicht zusagte. Ich muß sagen, daß es seiner Gicht guttat, deshalb nahm er es auch weiterhin, aber es hatte eine niederdrückende Wirkung auf ihn. Ich war also froh, als unser guter Doktor es durch einen Diättrank aus Ampferwurzeln ersetzte, der ihm viel wohler tut.» Sie lächelte und sagte: «Aber daß er dich gesehen und mit dir Frieden geschlossen hat, wird ihm wohler tun als sämtliche Medikamente der Welt.»

Er blickte rasch auf sie nieder. «Soll das ein Wink sein, daß es meine Pflicht wäre, Wolversham zu meinem Hauptwohnsitz zu machen, Mama? Ich habe große Achtung vor Papa – ja, ich glaube, wenige haben einen besseren Vater! –, aber mit ihm zusammenleben könnte ich nicht.»

«Nun ja, ich glaube, daß auch er nicht mit dir zusammenleben könnte», sagte sie gelassen. «Ihr würdet euch beide aneinander reiben, denn ihr seid beide so schrecklich dezidiert! Du brauchst es nur genauso weiter zu halten wie bisher, hie und da bei uns vorbeischauen, und solange du ihm keinen Grund zur Vermutung gibst, daß du vor einer unklugen Heirat stehst, wird er sich über dich freuen.»

«Er braucht nie fürchten, Mama, daß ich je das Gefühl dafür verlöre, was ich nicht nur ihm, sondern auch meinem Namen schulde. Ich würde ihm nie Anlaß geben, mich als – oh, als einen verlorenen Sohn der Carringtons zu betrachten!»

Darüber lächelte sie leicht. «Nein, mein Lieber: ich bin überzeugt, daß er das nicht zu tun braucht! Und selbst wenn du Miss Steane hättest heiraten wollen, hätte er versucht, sich damit abzufinden. Sie mißfiel ihm nicht, und er hielt sie wirklich nicht für ein ränkevolles Mädchen. Ja, er sagte mir, man könne nur schwer glauben, daß sie das Kind eines Wilfred Steane sei! Und weißt du, Liebster, selbst wenn er die heftigste Abneigung gegen sie gehegt und du sie trotz seiner Opposition geheiratet hättest, würde er dich doch nicht verstoßen. Gleichgültig, was immer einer von euch tut oder wie böse er mit euch war, das würde er nie tun, denn es ginge absolut gegen seine Grundsätze.»

«Ja, das weiß ich», stimmte ihr Desford zu, und ein Lächeln liebevollen Amüsements erwärmte seine Augen. «Das wissen wir alle drei, und das ist's auch, was es für jeden von uns ganz unmöglich macht, etwas zu tun, das ihn bis ins Herz treffen könnte! Und das macht ihn auch zu einem so vortrefflichen Vater. Horace hat ins Schwarze getroffen, als er mir einmal sagte, was ihn betreffe, stehe es Papa frei, ihm in einem seiner Wutanfälle alles, was er nur mag, vorzuwerfen, denn letzten Endes könne man sich ja doch darauf verlassen, daß er seine Söhne eisern verteidigen würde!»

«Ah, das weißt du doch, Ashley!» sagte Lady Wroxton und drückte seinen Arm vielsagend.

«Natürlich, Mama!» erwiderte er beruhigend. «Aber was für ein komischer Kauz er doch ist! In dem einen Augenblick kann er sagen, daß Wilfred Steane es verdiente, verstoßen zu werden, und im nächsten schneidet er Nettlecombe, weil er es getan hat!»

«Pfui!» sagte Lady Wroxton, aber mit zitternder Lippe. «Wie wagst du es, so ungehörig von ihm zu reden? Du hast die Sache mißverstanden. Natürlich sagte es Papa, denn Steane verdiente es wirklich; aber seiner Meinung nach benahm sich Lord Nettlecombe in einer Art, die eines Vaters unwürdig ist, und das stimmte ebenfalls! Es war daher nichts Unvereinbares darin, daß er beide verurteilte. Ich erlaube dir einfach nicht, ihn einen komischen Kauz zu nennen!»

«Da du mir jetzt die Sache erklärt hast, Mama, sehe ich, daß ich damit völlig im Irrtum war!» erwiderte er.

Sie ließ sich von seiner Miene ernstlicher Reue nicht täuschen, sondern sagte unwillkürlich kichernd: «Völlig, du schlimmer, gräßlicher, unverschämter Junge!» Sie schwieg kurz und zog ihre Hand von seinem Arm zurück, um eine verwelkte Rose abzuknipsen. «Übrigens, erinnerst du dich, daß ich dir von Mr. Cary Nethercott erzählte? Ich meine den Neffen des alten Mr. Bourne, der vor kurzem den Besitz erbte?»

«Ja. Warum?»

«Oh, weil ich ihn kennengelernt habe, als Papa und ich nach Inglehurst hinüberfuhren! Weißt du, ich hatte ihn noch nie gesehen, daher –»

«In Inglehurst kennengelernt, ja? Ich nehme an, er machte dort Besuch, um Lady Silverdale wieder irgendeine Zeitschrift zu bringen! Oder hatte er diesmal eine andere Ausrede?»

Erschrocken über den höhnischen Ton in seiner Stimme, warf sie ihm einen schnellen Blick zu, bevor sie mit ihrer üblichen Ruhe antwortete: «Mein Lieber, wie soll ich das wissen? Er war da, als wir ankamen, und saß mit Hetta und Miss Steane auf der Terrasse, daher habe ich keine Ahnung, was für eine Ausrede er für seinen Besuch vorgebracht hatte – falls überhaupt eine! Ich gewann den Eindruck, daß er mit den Silverdales auf so freundschaftlichem Fuß verkehrt, daß es ihm freisteht, in Inglehurst ein und aus zu gehen, wann immer er will.»

«Fühlt sich dort ganz zu Hause, ja? Wie Hetta einen so langweiligen Burschen duldet, werde ich nie verstehen!»

«Oh, da hast du ihn also kennengelernt?»

«Und ob! Ich stolpere über ihn, sooft ich nach Inglehurst komme.»

«Und du magst ihn nicht? Ich hielt ihn für einen angenehmen, wohlerzogenen Mann.»

«Nun, ich halte ihn für einen langweiligen Tropf!» sagte Desford.

Sie antwortete etwas Belangloses und wechselte sofort das Thema, unterdrückte jedoch mit großer Mühe den brennenden Wunsch, es weiter zu verfolgen.

Nach einem leichten Mittagsimbiß brach der Viscount nach London auf, angetrieben durch eine Empfehlung seines Vaters, sich am nächsten Tag als erstes sofort nach Bath zu begeben und nicht endlos im Bett zu bleiben («wie ihr faulen jungen Taugenichtse das gern tut!»). Je früher er «diese Geschichte» zu Ende brächte, um so besser wäre es für alle Beteiligten.

«Ausnahmsweise bin ich völlig deiner Meinung, Papa!» erwiderte der Viscount mit einem Lachen in den Augen. «So sehr, daß ich noch heute in Speenhamland übernachten werde!»

«Oh, wirst du das, ja? Im ‹Pelikan›, zweifellos!» sagte Seine Lordschaft mit gräßlichem Sarkasmus.

«Aber natürlich, Papa! Wo sonst soll man denn auf der Straße nach Bath unterkommen?»

«Ich hätte doch erraten können, daß du das teuerste Haus im Land aussuchen würdest, um es mit deiner Kundschaft zu beehren!» sagte der Earl. «Als ich in deinem Alter war, Desford, hätte ich mir diesen Unsinn nicht leisten können, laß dir das gesagt sein! Aber ich hatte ja auch keine hirnlose Großtante, die mir ihr Vermögen hinterließ. Na ja, schon gut, es geht mich nichts an, wie du deine Moneten verschwendest, aber komm ja nicht zu mir, wenn du in Schulden steckst!»

«Nein, nein, du würdest mich enterben, nicht wahr, Papa? Das würde ich nicht wagen!» sagte der Viscount.

«Fort mit dir, Verschwender!» befahl sein sparsamer Vater. Als jedoch die Chaise des Viscount außer Sicht war, wandte er sich um, nickte seiner Frau zu und sagte: «Diese Geschichte hat ihm sehr gut getan! Ich gestehe, daß ich eine Spur erregt war, als ich davon erfuhr, aber du hättest wirklich nicht zu denken brauchen, daß ihn irgendeine ränkevolle Gans eingefangen hätte!»

«Nein, mein Lieber», stimmte ihm die Gefährtin seines Daseins nachgiebig zu.

«Natürlich nichts dergleichen! Nicht, daß es nicht doch eine Dummheit von ihm war, es zu tun – Aber ich sage über diesen Punkt nichts weiter. Die Sache ist die, daß er zum erstenmal im Leben ein Problem angepackt hat und nicht ausweicht! Er ist bereit, dafür einzustehen, und verdammich, ich bin stolz auf ihn. Kerngesund, meine Liebe! Nun, wenn er bloß schon eine Zuneigung zu einem passenden Frauenzimmer faßte – einen Hausstand gründete – ich würde ihm Hartleigh übergeben.»

«Ein vortrefflicher Plan!» sagte Lady Wroxton. «Wie schön wird es sein, mein Liebster, Ashley dort zu wissen, wo du und ich bis zum Tod deines Vaters gelebt haben!»

«Ja, sicher – aber wann?» antwortete Seine Lordschaft düster. «Das ist die Frage, Maria!»

«Nicht mehr sehr lange, glaube ich», sagte Lady Wroxton mit einem unterdrückten Lachen.

12

Während der Viscount ungeduldig auf das Zurichten eines Reifens
wartete, der an das Rad seiner Chaise angepaßt werden mußte, war
sein Bruder im Karriol auf dem halben Weg von Newmarket nach
London, begleitet von einem seiner Hauptkumpane. Beide Herren
waren in vorzüglicher Stimmung, da ihr Aufenthalt in Newmarket
höchst gewinnbringend gewesen war. Mr. Carrington hatte sogar
einen schätzenswert wohlgefüllteren Säckel als sein Freund, denn
nachdem er mutig seinen ganzen Besitz auf den Tip des Viscount
gesetzt und erlebt hatte, wie Mopsqueezer eine Pferdelänge vor seinem engsten Rivalen ins Ziel ging, sah er, daß ein Pferd namens
Brother Benefactor im letzten Rennen lief, und setzte sofort einhun-
dert Pfund auf diesen «Bruder Wohltäter», ungeachtet der ernsten
Bitten Wohlgesinnter, kein solcher Tölpel zu sein. Da das Pferd um
Kopflänge zu der schönen Quote von zehn zu eins gewann, verließ
Simon den Rennplatz in bester Stimmung und mit Taschen, die sich
vor Banknotenrollen wölbten. Eine dieser Rollen war am Ende des
Abends wesentlich dünner, denn er hatte einige seiner intimen
Freunde mit einem großartigen Abendessen im «Weißen Hirschen»
erfreut.

Da er viel vertrug und eine erfreuliche Konstitution besaß, stand
er am nächsten Tag nur leicht lädiert (wie er es ausdrückte) und in
unbeschadet guter Laune auf. Von seinem Gefährten konnte man
das nicht behaupten. Seine Erscheinung veranlaßte Simon zu dem
Ausruf: «Gott, Philip, du bist ja käsebleich!»

«Ich hab teuflisches Kopfweh!» erwiderte der Leidende und betrachtete Simon mit Abscheu.

«Ist schon gut, alter Knabe!» sagte Simon aufmunternd. «Du
wirst dich großartig fühlen, sobald du in die frische Luft kommst!
Nichts bringt einen Mann besser in die Höhe als eine Fahrt an einem
schönen windigen Tag.»

Die einzige Antwort Mr. Harbledons war ein Laut, halb Stöhnen,
halb Knurren. Er kletterte in das Karriol, zuckte zusammen, als es
sich mit einem Ruck in Bewegung setzte, und gab in der nächsten
Stunde keine anderen Lebenszeichen als ein Stöhnen von sich, wenn
der Wagen über ein schlechtes Straßenstück holperte, und eine einzige leidenschaftliche Bitte an Simon, vom Singen abzustehen. Zum
Glück begannen seine Kopfschmerzen in der zweiten Stunde nach-
zulassen, und als Simon sein Gespann vor dem «Grünen Mann» in
Harlow anhielt, war sein Freund so weit wieder hergestellt, daß er
fähig war, sich mehr als nur theoretisch für die Speisekarte zu inter-

essieren und sogar mit dem Kellner die konkurrierenden Vorzüge eines Rehrückens und eines Rinderbratens mit Kohl und spanischer Soße zu diskutieren.

Simon erreichte seine Wohnung in der Bury Street erst am folgenden Tag in der Mitte des Nachmittags. Da weder er noch Mr. Harbledon in Zeitnot waren, hatten sie stillschweigend beschlossen, der Natur nachzuhelfen, indem sie bis zu vorgerückter Stunde im Bett geblieben waren. Dann hatten sie gemächlich ein reichhaltiges Frühstück zu sich genommen, so daß die Mittagsstunde vorüber war, als sie den «Grünen Mann» verließen.

Immer noch erfüllt von brüderlicher Dankbarkeit, schlenderte Simon, auf die Möglichkeit hin, Desford daheim anzutreffen, zur Arlington Street hinüber. Er war nicht sehr überrascht, als Aldham, der ihm die Tür öffnete, sagte, Seine Lordschaft sei im Augenblick nicht daheim; als Simon jedoch auf eine weitere Frage hin erfuhr, Seine Lordschaft sei noch nicht von Harrowgate zurückgekehrt, stieß er erstaunt hervor: «Harrowgate?»

«Ja, Sir. Glaube ich», sagte Aldham.

Simon war nicht unintelligent und brauchte daher nur sehr kurze Zeit, um zu erkennen, was seinen Bruder veranlaßt hatte, sich auf eine so lange und öde Reise zu begeben. Unwillkürlich entfuhr ihm unterdrücktes Gelächter, aber nachdem er Aldham nachdenklich betrachtet hatte, entschied er, daß es nutzlos wäre, weitere Informationen aus ihm herauszulocken. Es konnte durchaus sein, daß Desford Aldham nicht ins Vertrauen gezogen hatte. Daher gab er sich damit zufrieden, Nachricht für seinen Bruder zu hinterlassen. «Na schön. Wenn er heimkommt, sagen Sie ihm, daß ich bis Ende der Woche in London bin.»

«Gewiß, Mr. Simon!» sagte Aldham, sehr erleichtert, daß er vor einem Dilemma gerettet war. Er betrachtete Simon mit nachsichtiger Zuneigung, da er ihn von der Wiege auf kannte, aber er wußte auch, daß Simon zum Schwätzen neigte. Da ihm Pedmore eingeschärft hatte, daß es eine der ersten Pflichten eines Butlers war, unfehlbar diskret zu sein und auf keinen Fall die Betätigungen seines Herrn auszuplaudern, hätte es ihm stark zugesetzt, weitere bohrende Fragen beantworten zu müssen, ohne den Viscount zu verraten oder Mr. Simon zu verletzen.

Simon hatte sich mit einigen Freunden für Brighton verabredet und hätte durchaus den übrigen vorausfahren können, aber er erinnerte sich, daß die Zimmer im «Schiff» erst ab kommenden Samstag reserviert waren. Nur ein unerfahrener Tölpel hätte angenommen, daß die geringste Chance bestand, auf dem Höhepunkt der Saison ohne Vorbestellung eine andere als nur die schäbigste Unterkunft in Brighton zu bekommen. Simon mußte sich also damit abfinden, einige Tage müßig in London herumzuwarten, das im Juli für jeden Angehörigen der vornehmen Welt eher einer Wüste als einer mondänen Metropole ähnlich sah. Nicht, daß London außerhalb der Saison nichts zur Unterhaltung von Besuchern bieten konnte: es gab sogar mehreres dergleichen. Simon überlegte zwei Tage nach seiner Vorsprache in der Arlington Street eben, ob er den Abend im Surrey Theatre oder im Cockpit Royal verbringen sollte, als der Kammerdiener des pensionierten Herrn, dem das Haus in der Bury Street gehörte und der den drei Herren, die gegenwärtig dort wohnten, ebenfalls als Butler diente, ins Zimmer kam, ihm eine Visitenkarte überreichte und kurz und bündig sagte: «Ein Herr wünscht Sie zu sprechen, Sir.»

Die Karte trug in Schnörkelschrift eine imposante Aufschrift: Baron Monte Toscano. Simon warf einen Blick darauf und reichte sie dem Diener zurück. «Nie von dem Burschen gehört!» meinte er. «Sagen Sie ihm, ich sei nicht zu Hause.»

Eine honigsüße Stimme sagte vom Eingang her: «Ich muß mich tausendmal entschuldigen! Zu spät erkannte ich, daß ich ungeschickterweise diesem guten Mann die falsche Karte überreichte. Habe ich die Ehre, mit Mr. Simon Carrington zu sprechen? Aber ich brauche nicht zu fragen. Sie haben eine auffallende Ähnlichkeit mit Ihrem Vater – der, so hoffe ich, sich noch immer guter Gesundheit erfreut?» Verblüfft sagte Simon: «Ja, ich bin Simon Carrington, Sir, aber – aber ich kenne Sie leider nicht.»

«Natürlich nicht», sagte sein Besucher mit wohlwollendem Lächeln. «Sie dürften mich noch nie im Leben gesehen haben – ja, ich bin dessen sogar sicher, denn bis zu diesem Augenblick waren Sie nur ein Name für mich.» Er schwieg, um dem Kammerdiener des pensionierten Herrn entlassend zuzuwinken und gnädig zu sagen: «Danke, guter Mann. Das wäre alles.»

«Mein Name, Sir, lautet Diddlebury – wenn Sie nichts dagegen haben!» sagte der gute Mann mit einer Stimme, die deutlich seine Verachtung für den Besucher verriet.

«Durchaus nicht, mein Bester! In seiner Art ein sehr guter Name!» sagte der Besucher gnädig.

Diddlebury, der vergebens nach einem Zeichen von Mr. Carrington ausgeschaut hatte, zog sich zögernd zurück.

«Und nun», sagte der Besucher, «obliegt es mir, den törichten Fehler zu bereinigen, den ich machte, als ich diesem Burschen die falsche Visitenkarte gab.» Er zog, während er sprach, eine dicke

Visitenkartentasche heraus und kramte darin, während ihn Simon erstaunt anstarrte.

Der Besucher war ein Mann mittleren Alters, in eine Bekleidung gehüllt, die ebenso starkfarben wie sein Gesicht war. Wenn auch der allerletzte Schrei der Mode der strenge Stil war, der aus der Garderobe eines jeden Modeherrn alle gerüschten Abendhemden verbannte, die erst vor sechs Monaten todschick gewesen waren, nicht zu erwähnen Ungeheuerlichkeiten wie geblumte Westen, Jacken in hellen Farben oder einen anderen Schmuck als einen einzigen Ring und eine Krawattennadel, so trug dieser Herr dennoch eine enganliegende Jacke in sattem Purpur, ein Hemd, dessen gestärkte Rüsche ihn wie eine Kropftaube aussehen ließ, und eine reich bestickte Weste. Ein etwas überladenes Monokel hing an einer Schnur um seinen Hals; eine Anzahl Siegel und Berlocken baumelte von der Taille; eine blitzende Krawattennadel lugte aus den Falten seines Halstuchs, und mehrere Ringe zierten seine Finger. Er war in seiner Jugend wahrscheinlich ein schöner Mann gewesen, denn seine Gesichtszüge waren gut geschnitten, aber die unverkennbaren Zeichen eines ausschweifenden Lebens hatten seinen Teint verdorben, Tränensäcke unter seine Augen gesetzt und die Augen selbst eine Spur blutunterlaufen gemacht.

«Ah, da haben wir sie ja!» sagte er und wählte eine Karte aus dem Behälter. Nachdem er jedoch die Vorsichtsmaßnahme getroffen hatte, sie durch sein Monokel zu inspizieren, sagte er: «Nein, das ist sie nicht. Könnte es sein, daß ich vergessen habe – nein! Hier ist sie endlich!»

Fasziniert fragte Simon: «Führen Sie – führen Sie verschiedene Visitenkarten mit sich, Sir?»

«Gewiß! Ich finde es bequem, eine Karte hier, eine andere dort zu benützen, denn Sie müssen wissen, daß ich meinen Wohnsitz im Ausland hatte und viel Zeit auf Reisen verbringe. Aber diese Karte», sagte er, indem er sie Simon mit einer weitausholenden Geste überreichte, «trägt meinen wahren Namen und wird Ihnen zweifellos erklären, warum ich Sie aufgesucht habe!»

Simon nahm die Karte und warf einen nur mäßig interessierten Blick darauf. Aber der Name, den er sah, ließ ihn aufkeuchen: «Wilfred Steane?! Dann sind Sie also doch nicht tot!»

«Nein, Mr. Carrington, ich bin nicht tot», sagte Mr. Steane und machte es sich in einem Sessel bequem. «Ich bin höchst lebendig. Ich darf sagen, daß ich einfach nicht verstehen kann, warum jemand annehmen konnte, daß ich dieses irdische Jammertal verlassen haben sollte. Mit den Worten des Dichters. Shakespeare, glaube ich.»

«Ja, das Zitat kenne ich», sagte Simon. «Aber ich weiß wirklich nicht, warum Sie nicht verstehen können, daß man glaubt, Sie wären abgekratzt! Was denn sollte man denken, wenn man jahrelang nichts mehr von Ihnen gehört hat?»

«War es anzunehmen, junger Mann, daß ich dann mein einziges Kind nicht von diesem Umstand unterrichtet hätte? Nicht zu erwähnen, die Kreatur, in deren Obhut ich sie zurückließ!» fragte Mr. Steane in bebenden Tönen des Vorwurfs.

«Das hätten Sie ja dann nicht können», sagte Simon prosaisch.

«Ich hätte Vorkehrungen getroffen», sagte Mr. Steane vage. «Tatsächlich habe ich Vorkehrungen getroffen. Aber lassen wir das! Ich bin nicht hier, um müßige Worte mit Ihnen zu wechseln. Ich bin hier, um herauszufinden, in welchem Versteck sich Ihr Bruder verbirgt, Mr. Carrington!»

In Simon erwachte Kampfeslust. «Ich habe zwei Brüder, Sir, und keiner von ihnen verbirgt sich in einem Versteck!»

«Ich beziehe mich auf Ihren Bruder Desford. Mein Anliegen gilt nicht Ihrem zweiten Bruder, von dessen Existenz ich nichts wußte. Ich muß gestehen, daß mir bis heute morgen auch Ihre Existenz unbekannt war.» Er seufzte tief auf und schüttelte traurig den Kopf. «Man gerät außer Fühlung! *Eheu fugaces, Postume, Postume –!* Zweifellos können Sie den Rest dieser rührenden Stelle ergänzen.»

«Natürlich kann ich das. Das könnte jeder!»

«*Labuntur anni*», murmelte Mr. Steane. «Wie wahr! Ach, wie wahr! Obwohl man von Ihnen, der Sie auf der Schwelle des Lebens stehen, nicht erwarten kann, es richtig zu schätzen. Wie gut ich mich an die sorglosen Tage meiner eigenen Jugend erinnere, als –»

«Verzeihung, Sir!» sagte Simon, diese rhetorische Abschweifung brutal unterbrechend. «Aber Sie kommen vom Thema ab. Vermutlich soll ich Ihnen sagen, wo mein Bruder Desford zu finden ist. Wenn ich es wüßte, würde ich das gern tun, denn er wäre verteufelt froh, Sie zu sehen, aber ich weiß es nicht! Ich weiß jedoch, daß er sich nirgendwo in einem Versteck verbirgt! Und auch», fügte er mit gerötetem Gesicht und etwas stammelnd hinzu, «d-daß es k-keinen Grund gibt, warum er das sollte! Und noch dazu wäre ich Ihnen dankbar, keine f-falschen Anschuldigungen gegen ihn zu erheben!»

«Alle gleich, diese Carringtons!» sagte Mr. Steane trauernd. «Wie lebhaft durch Ihre Worte die Vergangenheit meinem Gedächtnis zurückgerufen wird! Ihr geschätzter Vater –»

«Meinen Vater wollen wir nicht in diese Erörterung hineinziehen!» fuhr ihn Simon an, gründlich in Wut gebracht.

«Gern, gern, mein lieber Junge! Es ist für mich kein Vergnügen, mich daran zu erinnern, wie falsch er mich beurteilt hat. Wie wenig er die Engpässe verstand, in die ein junger Mann durch das harte Verhalten eines Vaters gedrängt werden kann, der – um die Sache mit einem vulgären Ausdruck zu formulieren – ein karger Filz war. Ich will noch weiter gehen: ein Geizkragen!»

«Na, da haben Sie unrecht!» erwiderte Simon. «Ich weiß nicht viel darüber, was Sie in Ihrer Jugend angestellt haben, Sir, aber ich weiß sehr gut, daß mein Vater den Ihren geschnitten hat, als er hörte, daß dieser Sie verstoßen hatte.»

«Aber nein, wirklich?» fragte Mr. Steane interessiert. «Dann habe ich ihm unrecht getan. Ich wollte, ich hätte bei der Gelegenheit anwesend sein können! Es wäre Balsam für mein schmerzlich verwundetes Herz gewesen. Aber wie, frage ich mich, hätte ich das erraten können? Wenn ich Ihnen eröffne, daß er auch mich geschnitten hat, werden Sie erkennen, daß es mir unmöglich war.»

«Vermutlich ja, aber ich wäre Ihnen verbunden, Sir, wenn Sie sich kurz faßten und mir sagen wollten, was der Zweck Ihres Besuchs ist. Ich habe Ihnen bereits erklärt, daß ich nicht weiß, wo Desford ist, und ich kann Ihnen nur raten, seine Rückkehr nach London abzuwarten. Er hat ein Haus in der Arlington Street, und seine Diener – erwarten seine Rückkehr stündlich.»

«Daß er in der Arlington Street wohnt, weiß ich», sagte Mr. Steane. «Als ich aus Bath kam, ließ ich seine Adresse ausforschen – eine leichte Aufgabe, da Seine Lordschaft ein so bedeutendes Mitglied der vornehmen Gesellschaft ist.»

«Natürlich war es leicht!» sagte Simon verächtlich. «Sie brauchen ja nur in einem Adreßbuch nachzuschlagen.»

Mr. Steane tat dies mit einer erhabenen Geste ab. «Sei dem wie immer», sagte er dunkel, jedoch sehr würdevoll, «ich habe sie entdeckt und mich sofort zu den ungastlichen Portalen seiner Residenz begeben. Diese wurden mir von einem Individuum geöffnet, das, wie ich annehme, der Butler Seiner Lordschaft ist. Er leugnete wie Sie, Mr. Carrington, den Aufenthaltsort seines Herrn zu kennen. Er war – milde gesagt – seltsam verschwiegen. Sehr seltsam verschwiegen! Ich bin weder ein Einfaltspinsel noch ein Schwachkopf, junger Mann – ja, ich bin einer, der jedem Schachzug gewachsen ist, so schlecht es mir ziemt, mich dessen zu rühmen. Und ich habe im Nu gesehen, daß er Befehl hatte, mich abzufertigen.»

«Na, wenn Sie das gesehen haben, dann ist es Zeit, daß Sie sich eine Brille kaufen!» erwiderte Simon rüde. «Wie hätte Desford ihm einen solchen Befehl geben können, wenn er Sie für tot gehalten hat? Und, warum, zum Teufel, hätte er es überhaupt tun sollen? Ich vermute, es gibt keinen Menschen, den er lieber treffen möchte als Sie persönlich! Ja, und wenn Sie mir Ihre Adresse hinterlassen, verspreche ich Ihnen, daß ich sie meinem Bruder in dem Augenblick gebe, in dem ich selbst weiß, wo er zu finden ist! Gegenwärtig weiß ich nur, daß er Anfang der letzten Woche nach Harrowgate fuhr.»

Mr. Steane schien diese Information tiefer Überlegung zu unterziehen. Nach einer längeren Pause schüttelte er den Kopf und sagte mit einem nachsichtigen Lächeln: «Es schmerzt mich, Ihre Wahrheitsliebe einigem Zweifel unterziehen zu müssen – und ich möchte nicht, daß Sie meinen, ich sei der Tugend der Loyalität gegenüber unempfindlich. Ich versichere Ihnen, junger Mann, daß ich Ihre edle Entschlossenheit, Ihren Bruder zu decken, ehre, wie immer ich auch seine Unwürdigkeit beklagen mag. Ich will weiter gehen. Wären die Interessen meines geliebten Kindes nicht so tragisch mitbetroffen, würde ich dieser Entschlossenheit Beifall zollen. Aber was, frage ich mich, sollte Lord Desford nach Harrowgate führen? Ohne Frage ein heilsamer Kurort, und soweit ich mich erinnere, gern von Leuten aufgesucht, die mit Gicht, Skorbut und paralytischen Schwächen behaftet sind. Aber wenn Sie mich zu überreden trachten, daß Desford, der meiner Berechnung nach nicht über dreißig Jahre alt sein kann, an einer dieser bedauernswerten Krankheiten leidet, tragen Sie – vulgär gesprochen – viel zu dick auf.»

«Nein, er leidet an keiner dieser Krankheiten. Er leidet überhaupt an keiner Krankheit, und er fuhr nicht wegen seiner Gesundheit nach Harrowgate. Wenn ich mich nicht sehr irre, fuhr er wegen einer Sache hin, die eigentlich die Ihre wäre, Mr. Steane. Als ich ihn das letztemal sah, war er im Begriff, Ihren Vater zu suchen.»

«Ts, ts, mein Junge!» sagte Mr. Steane tadelnd. «Viel, viel zu dick! Ich hatte nie etwas in Harrowgate zu tun oder genaugenommen in irgendeinem Kurort dieser Art: sie bieten einem Mann meines Genies keinerlei Wirkungsfeld. Was meinen Vater betrifft, so habe ich jede Verbindung zu ihm abgebrochen. Für mich ist er seit Jahren tot.»

«Desford sucht ihn, um den Schutz Mylords für dessen Enkelin – Ihre Tochter, Sir! – zu erbitten, die Sie bar aller Mittel zurückgelassen haben!» sagte Simon wütend. «Oder ist auch sie für Sie tot?»

«Daß ich leben mußte, um solche Worte an mich gerichtet zu hören!» stieß Mr. Steane hervor, preßte eine Hand an sein Herz und hob die Augen zum Himmel. «Mein einziges Kind – mein geliebtes Kind – die einzige Verwandte, die ich in der Welt besitze! Und sprechen Sie mir nur nicht, ich bitte Sie, von einem ehemaligen Bruder! Ich bin nicht so tief gesunken, um zu behaupten, ich sei mit dieser Rotznase verwandt!» fügte er hinzu, abrupt von seinen theatralischen Höhen heruntersteigend. Er erholte sich jedoch sehr rasch und sagte: «Ich frage Sie, junger Mann, ist meine Anwesenheit in London nicht der Beweis meiner Ergebenheit zu dem einzigen Pfand, das mir von meiner angebeteten Ehegefährtin hinterlassen wurde?» Überwältigt von diesen Überlegungen vergrub er das Gesicht in seinem Taschentuch, allem Anschein nach von Kummer gebeugt.

«Nein, das ist es nicht!» sagte Simon rundheraus. «Jeder könnte meinen, Sie hätten sich in ein brennendes Haus oder so was gestürzt.»

Beleidigt hob Mr. Steane das Haupt und sagte hitzig: «Wenn Sie sich vorstellen, daß es riskanter ist, sich in ein brennendes Haus zu stürzen, als kühn in diese Stadt zu kommen, dann irren Sie sich sehr! Warum, glauben Sie wohl, habe ich ihren Staub von meinen Füßen geschüttelt? Warum wohl ging ich in die Verbannung und ließ mein geliebtes Kind – auf Zeit, natürlich – in der Obhut eines Frauenzimmers, das mich in dem Glauben wiegte, es sei meines Vertrauens wert?!»

«Das möchte ich Ihnen lieber nicht sagen, Sir!» antwortete Simon prompt. «Aber da Sie mich schon fragen, glaube ich, daß die Häscher hinter Ihnen her waren!»

«Schlimmer!» stieß Mr. Steane tragisch hervor. «Ich will Ihnen nicht die Umstände auseinandersetzen, die zu meinem Ruin führten. Es mag genügen, wenn ich sage, daß von der Stunde meiner Geburt an jeder meiner Schritte von Pech verfolgt war. Meine Jugend wurde verdorben durch einen knausrigen Vater und einen elenden Knirps von Bruder, der nicht den leisesten Takt hatte, abzukratzen, als man an seinem Leben verzweifelte! Nicht nur, daß er wieder von dem Lager aufstand, das ich vertrauensvoll für sein Totenbett hielt: kein ganzes Jahr später zeugte er einen Sohn! Das, junger Mann, war sein letzter Streich.»

«Sie haben – Sie haben Moneten auf einen nach seinem Tod fälligen Schuldschein geliehen?» fragte Simon tief beeindruckt.

«Natürlich! Lassen Sie sich ja nicht zu dem Gedanken verleiten, weil ich kein Geizhals bin, sei ich ein Schwachkopf! Es stand nicht in der Macht meines Vaters, mich von der Erbfolge auszuschließen. Wenn Jonas gestorben wäre und nur einen Haufen Töchter hinterlassen hätte, dann hätte ich zur entsprechenden Zeit Titel, Vermögen und alles sonst erben müssen. Verzeihung – der Gedanke wirft mich um!» Er verschwand wieder einmal in seinem Taschentuch, tauchte nach einer Weile auf und bemerkte: «Ich sage nicht, daß ich zerschmettert war. Es war ein Schlag, der mich tatsächlich zermalmt hätte, wenn ich ein Hasenherz gewesen wäre, aber das bin ich nicht: ich habe meine Rückschläge immer mit geziemender Stärke ertragen und mich nur selten nicht davon erholt. In dieser Krise – wankte ich? Verzweifelte ich? Mitnichten, Mr. Carrington! Ich gürtete meine Lenden wie – als, ich habe vergessen, wer es war, aber das ist unwichtig! –, und ich habe mich erholt! Sie sehen in mir heute einen Mann, der durch eigene Kraft aus der Ebbe zur Flut emporstieg!»

«Warum zum Kuckuck regeln Sie dann nicht Ihre Schulden?» fragte Simon skeptisch.

Entsetzt über diese Zumutung rief Mr. Steane aus: «Meine Moneten für meine Gläubiger verwenden? Ein solcher Verschwender bin ich wirklich nicht! Und lassen Sie sich sagen, auch nicht so pflichtvergessen meinem Kind gegenüber! Als ich in das Land meiner Geburt zurückkehrte, hatte ich nur eines im Sinn: ihr beizustehen. Stellen Sie sich meine Gefühle vor, als ich in Bath eintraf, voll Sehnsucht, sie in meine Arme zu schließen, nur um zu entdecken, daß die Kreatur, der ich sie anvertraute, sie abgeschüttelt hatte! Sie praktisch in die Hände einer meiner verbissensten Feindinnen ausgeliefert! Und warum? Weil ich mitten in meinen Kämpfen gezwungen war, die Begleichung ihrer Rechnungen aufzuschieben! Hätte sie nicht ebensoviel Vertrauen in meine Rechtschaffenheit setzen können wie ich in ihre? Zweifelte sie, daß ich, sowie es mir möglich sein würde, meine Schuld voll bezahlt hätte? Ihre einzige Antwort auf diese Gewissensfragen war eine Tränenflut.» Er schwieg und starrte Simon herausfordernd an. Da Desford seinem Bruder nur in großen Zügen die Umstände enthüllt hatte, die ihn dazu führten, mit Cherry Freundschaft zu schließen, hatte Simon keinen Kommentar zu bieten. Mr. Steane fuhr also in seiner Erzählung fort: «Ich begab mich auf der Stelle zu Amelia Bugles Landsitz. Das kostete mich schwere Überwindung, aber ich meisterte meinen Widerwillen: meine väterlichen Gefühle überwanden alle anderen Überlegungen. Und was war mein Lohn? Informiert zu werden, Mr. Carrington, daß mein unschuldiges Kind aus der Sicherheit des Heims ihrer Verwandten entführt wurde – von niemandem anderen als Mylord Desford!»

«Wenn Ihnen Lady Bugle das sagte, dann hat sie das Blaue vom Himmel heruntergelogen!» erklärte Simon. «So etwas hat er nicht getan! Lady Bugle behandelte Miss Steane so abscheulich, daß die Kleine fortlief – mit der Absicht, Zuflucht bei ihrem Großvater zu suchen! Desford nahm sie nur in sein Karriol auf, als er ihr begegnete, wie sie gerade zu Fuß nach London pilgerte!»

Mr. Steane lächelte ihn mitleidig an. «Ist das seine Version? Mein armer Junge, es tut mir weh, Ihren Glauben an Ihren Bruder zerstören zu müssen, aber –»

«Das braucht Ihnen nicht weh zu tun, denn das gelingt Ihnen nicht!» unterbrach ihn Simon in Weißglut. «Und ich wäre Ihnen dankbar, wenn Sie mich nicht Ihren Jungen nennen wollten!»

«Junger Mann», sagte Mr. Steane streng, «denken Sie daran, daß Sie mit jemandem sprechen, der alt genug ist, Ihr Vater zu sein!»

«Und denken Sie daran, Sir, daß Sie von jemandem sprechen, der mein Bruder ist!» konterte Simon.

«Glauben Sie mir», sagte Mr. Steane ernst, «ich kann mich wirklich in Ihre Gefühle versetzen! Ich bedaure sagen zu müssen, daß ich nie mit einem Bruder gesegnet war, für den ich die geringste Zuneigung gehegt hätte, aber ich kann es schätzen –»

«Zum Teufel mit Zuneigung!» unterbrach ihn Simon. «Fragen Sie jeden, der Desford kennt, ob er ein solcher Narr ist, ein junges Pflänzchen wie dieses Mädchen zu entführen! Sie werden dieselbe Antwort wie von mir bekommen!»

Mr. Steane seufzte wieder einmal aus Herzensgrund. «Leider, ach, zwingen Sie mich zu der Eröffnung, Mr. Carrington, daß mein unglückliches Kind, wie ich befürchte, bereitwillig in seine Arme sank. Es zerreißt mir das Herz, Ihnen das sagen zu müssen. Ich brauche Ihnen kaum zu beschreiben, was für ein Schlag es für mich war, daß sie in ihrer Unschuld der Anziehungskraft eines Wüstlings unterlag, der ein schönes Gesicht besitzt und gewandt zu reden versteht. Die Vorteile der Geburt und des Vermögens nicht zu erwähnen. Ich vermute doch zu Recht, daß Lord Desford diese Attribute besitzt?»

Angewidert von dieser Beschreibung seines älteren Bruders wies Simon sie zurück, indem er nur kurz sagte: «Nein, er besitzt sie nicht. Er dürfte ganz gut aussehen – habe persönlich nie darüber nachgedacht! –, aber gewandt reden! Das klingt, als wäre er ein gezierter, aufdringlicher Makkaronihändler. Sie sollen wissen, Sir, daß Desford ein Gentleman ist! Und außerdem ist Ihre Tochter nicht in seine Arme gesunken, denn er hat sie ihr nie entgegengestreckt. Ich will aber damit nicht sagen, daß sie es im gegenteiligen Fall getan hätte, denn ich jedenfalls gehöre nicht zu denen, die die nächsten Verwandten eines anderen verleumden! Mr. Steane, wenn Sie nicht alt genug wären, mein Vater zu sein, würde ich Ihnen eine Ohrfeige knallen ob der infernalischen Frechheit, Desford einen Wüstling zu nennen!»

Mr. Steane, der sich diese hitzige Rede mit unerschütterlichem Gleichmut anhörte, sagte mitleidig: «Ich merke, daß er Sie am Bändel hat, und bemitleide Sie zutiefst! So wie Sie war auch ich in meiner Jugend hitzköpfig, vielleicht, aber voll edelmütiger Impulse, falsch angewandter Loyalität und einem rührenden Glauben an die Tugenden derjenigen, die man zu verehren gelehrt wurde! Traurig, unsäglich traurig ist es, daß es mein Los werden mußte, diesen schlichten Glauben zu zerstören!»

«Was zum Teufel –?» platzte Simon heraus. «Wenn Sie glauben, daß man mich gelehrt hat, Desford zu verehren – oder daß ich ihn überhaupt verehre! –, dann sind Sie auf dem Holzweg! Natürlich tu ich das nicht! Aber – aber er ist ein verdammt guter Bruder – und – und wenn er auch seine Fehler haben dürfte, ist er nicht windig – darauf können Sie sich verlassen!»

«Ich wollte, ich könnte es!» sagte Mr. Steane bedauernd. «Wissen Sie, mein armer junger Mann, wirklich nichts von der Lebensweise, die Ihr Bruder geführt hat, seit er in die Gesellschaft eintrat und – wie ich zu sagen gezwungen bin – noch immer führt?»

Simon starrte ihn an, Wut und Ungläubigkeit in den Augen. Die Röte, die ihm in die Wangen gestiegen war, als er sich gezwungen sah, sein vornehmes Schweigen zu brechen und Desfords Tugend zu verteidigen, vertiefte sich merklich. Mit einer Stimme, die steif vor Stolz klang, sagte er: «Mein guter Sir, falls Sie mit diesen – diesen schmähenden Worten sagen wollen, daß sich mein Bruder je in einer Art aufgeführt hat, die eines Ehrenmannes unwürdig ist, gestatte mir die Bemerkung, daß Sie entweder falsch informiert wurden oder – oder ein verdammter Lügner sind!» Er schwieg, das Kinn gefährlich vorgeschoben, aber da Mr. Steane nicht den Wunsch zeigte, den kriegerisch hingeworfenen Fehdehandschuh aufzuheben, fuhr Simon hochmütig fort: «Ich vermute, Sir, wenn Sie von der Lebensweise meines Bruders sprechen, beziehen Sie sich auf gewisse – gewisse Verbindungen, die er von Zeit zu Zeit mit Angehörigen des schöneren Geschlechts gehabt hat. Falls Sie mir jedoch erzählen wollen, daß Sie ihn verdächtigen, unschuldige Frauenzimmer zu verführen oder – oder London mit unehelichen Kindern zu beglücken, dann können Sie sich den Atem sparen! Und was die Annahme betrifft, er habe Ihre Tochter dazu gebracht, mit ihm durchzubrennen – guter Gott, wenn das nicht so verdammt beleidigend wäre, könnte ich mich darüber totlachen! Wenn er sich derart verzweifelt verliebt hätte, um etwas so Hirnrissiges zu tun, warum zum Teufel sollte er dann solche Bemühungen unternehmen, um sie der Obhut ihres Großvaters zu übergeben? Beantworten Sie mir das, wenn Sie können!»

Mr. Steane erschauerte vielsagend und erwiderte in einem Ton, der eines Kemble oder Kean, dieser erhabenen Bühnengrößen, würdig gewesen wäre: «Falls er das tatsächlich getan hat, fürchte ich, daß er ihrer müde geworden ist und versucht, sie loszuwerden.»

«Was – in weniger als zwei Tagen?» sagte Simon höhnisch. «Eine sehr wahrscheinliche Geschichte!»

«Mein lieber junger Grünschnabel», sagte Mr. Steane mit einer Spur von Schärfe, «man kann in weniger als zwei Stunden merken, daß ein Frauenzimmer sterbenslangweilig ist! Ich glaube diese Flunkergeschichte nicht, er sei auf der Suche nach meinem Vater nach Harrowgate gefahren! Das ist ein Haufen leeres Gewäsch! Je mehr ich darüber nachdenke, um so mehr bin ich überzeugt, daß er mein unschuldiges Kind entführt hat und jeden in den Glauben versetzen wollte, er habe es nur getan, weil er dachte, sie wäre bei ihrem Großvater glücklicher als bei ihrer Tante. Nun, ich zweifle nicht, daß sie im Haus dieser Furie unglücklich gewesen ist, aber wenn Ihr kostbarer Bruder meint, sie wäre im Haus meines Vaters glücklicher, dann kann er nichts als ein Hohlkopf sein, und ich weiß sehr gut, daß er das nicht ist! Nein, nein, mein Junge! Vielleicht schlucken Sie dieses Märchen, aber erwarten Sie das nicht von mir. Die schlichte Wahrheit ist, daß er meine arme kleine Cherry ruinieren will, weil er meint, sie habe niemanden, der sie schützen könnte. Er wird bemerken, daß er sich irrt! Ihr Vater wird darauf sehen, daß sie zu ihrem Recht kommt! Jawohl! Selbst wenn er – ihr Vater, meine ich, oder mit einem Wort ich persönlich – diese Geschichte der Welt zur Kenntnis bringen muß! Wenn Ihr Bruder den geringsten Anspruch darauf erhebt, ein Ehrenmann zu sein, kann er sie nur heiraten!»

«Da haben Sie aber danebengetroffen, Sir!» sagte Simon und sah ihn aus plötzlich schmal gewordenen Augen an. «Ich freue mich, Sie informieren zu können, daß der Ruf Ihrer Tochter unbefleckt ist. Nicht nur, daß mein Bruder weit davon entfernt ist, sie zu ruinieren, war er darauf bedacht, daß ihr Name von keinem Skandal berührt werde. Und ich freue mich noch mehr, Sie informieren zu können, daß sie, dank Desfords Voraussicht, in einem äußerst achtbaren Haushalt wohnt.»

Es wäre zuviel gesagt, daß Mr. Steanes Gesicht Verdruß verriet, aber jedenfalls schwand das ausdruckslose Lächeln von seinen Lippen. Obwohl seine Stimme ihre Glätte beibehielt, war ihr Ton etwas flach, als er Simon antwortete. Dieser hatte sich eine ziemlich genaue Vorstellung von Mr. Steanes Charakter gebildet und glaubte, daß ihm die eben vermittelte Information nicht willkommen sein konnte. Simon begann sich etwas unbehaglich zu fühlen und wünschte, daß er bloß gewußt hätte, wo Desford zu finden war. Verflixt noch einmal, es war Desfords Sache, mit Mr. Steane fertig zu werden, nicht die seine! Desford geschähe ganz recht, wenn er, Simon, diesem alten Scharlatan Cherrys genaue Adresse enthüllte und sich aus der ganzen Affäre heraushielt.

«Und wo», erkundigte sich Mr. Steane, «ist dieser achtbare Haushalt gelegen?»

«Oh, in Hertfordshire!» sagte Simon nachlässig.

«In Hertfordshire!» sagte Mr. Steane und setzte sich mit einem Ruck auf. «Kann ich Lord Desford vielleicht doch unrecht getan haben? Hat er ihr einen Heiratsantrag gemacht? Scheuen Sie sich nicht, sich mir anzuvertrauen! Er hätte natürlich meine Erlaubnis einholen sollen, bevor er sich an Cherry wandte, aber ich bin bereit, diese Unregelmäßigkeit zu verzeihen. Ja, wenn er angenommen hat, ich sei tot, ist seine Formlosigkeit sogar zu entschuldigen.» Er drohte Simon mit dem Finger und sagte schalkhaft: «Nicht nötig, mir gegenüber diskret zu sein, mein Junge. Ich werde keinen Einwand gegen die Verbindung erheben – vorausgesetzt natürlich, daß Lord Desford und ich zu einer Übereinstimmung hinsichtlich des Ehekontrakts gelangen, was aber zweifellos der Fall sein wird. Ah, Sie fragen sich, wie ich erraten habe, daß der achtbare Haushalt, auf den Sie anspielten, kein anderer als Wolversham sein kann? Ich hatte nie das Vergnügen, das Haus kennenzulernen, aber ich habe ein vorzügliches Gedächtnis, und sowie Sie von Hertfordshire sprachen, erinnerte ich mich blitzartig, daß Wolversham in Hertfordshire liegt. Ein schöner alter Herrensitz, ich freue mich, ihn zu sehen.»

Einen Augenblick wie betäubt, faßte sich Simon wieder und zerstreute blitzartig die Illusion Mr. Steanes. «Guter Gott, nein!» sagte er. «Natürlich hat er sie nicht nach Wolversham gebracht! Das würde er nicht wagen. Sie wissen doch, was mein Vater von Ihnen hält – Sie haben mir selbst gesagt, daß er Sie geschnitten hat. Nichts könnte ihn je dazu bringen, einer Heirat Desfords mit Miss Steane zuzustimmen! Aber es besteht nicht die geringste Wahrscheinlichkeit, daß er darum gebeten würde. Desford hat ihr keinen Heiratsantrag gemacht, weil er sie erstens nicht liebt, zweitens kein Grund zu einem Antrag besteht, und drittens – na ja, lassen wir das.»

Er hatte die Genugtuung, Mr. Steanes strahlendes Lächeln schwinden zu sehen, aber sie war nur kurzlebig. Ein berechnender Blick trat in die Augen dieses Herrn, und seine nächsten Worte ließen Simon fast die Haare zu Berg stehen. «Ich glaube, junger Mann», sagte Mr. Steane, «Sie werden entdecken, daß Sie sich irren. Aber schon sehr irren! Ich kann durchaus glauben, daß Ihrem verehrten Vater die Verbindung nicht gefällt, aber ich wage zu sagen, daß ich auch glaube, eine Anklage gegen seinen Erben wegen eines gebrochenen Eheversprechens würde ihm noch weniger gefallen.»

«Gebrochenes Eheversprechen?» stieß Simon hervor. «Da werden Sie sich kalte Füße holen, Mr. Steane! Desford hat Ihrer Tochter nie die Ehe versprochen.»

«Wieso wissen Sie das?» fragte Mr. Steane. «Waren Sie anwesend, als er sie heimlich aus dem Haus ihrer Tante holte?»

«Nein, das war ich nicht. Aber er erzählte mir, wie es sich zutrug, daß er Freundschaft mit Miss Steane schloß –»

Er schwieg, denn langsam war ein Lächeln über Mr. Steanes Gesicht gekrochen, und er schüttelte den Kopf. «Man merkt, daß Sie nur wenig über Gesetze wissen, junger Mann. Was Ihnen Ihr Bruder erzählt haben mag, ist kein Beweis. Selbst wenn es als solcher zugelassen würde – und ich kann Ihnen versichern, daß das nicht der Fall wäre! –, dann könnte es wohl kaum die Aussage meines unglücklichen Kindes aufwiegen.»

«Wollen Sie sagen», keuchte Simon, «Sie glauben, Ihre Tochter sei von der Sorte, daß sie in einem Gerichtshof aufstünde und einen Meineid beginge? Ihr Gedächtnis ist doch nicht so gut, wie Sie annehmen, wenn Sie das glauben! Sie ist kaum mehr als ein Schulmädchen, das noch nicht den Kinderschuhen entwachsen ist.»

«Ah!» sagte Mr. Steane und erinnerte Simon stark an eine Katze vor dem Sahnetopf. «Ich entnehme dem, Mr. Carrington, daß Sie meine kleine Cherry kennengelernt haben?»

«Ja, ich habe sie kennengelernt! Und wenn sie einen Heiratsantrag von Desford angenommen hätte, warum, bitte sehr, sagte sie es mir nicht?»

«Sie haben sie also kennengelernt!» sagte Mr. Steane nachdenklich. «Zweifellos in Begleitung Lord Desfords? Sehr bedeutsam! Sehr, sehr bedeutsam! Es führt einen zu der Annahme, daß er zu der betreffenden Zeit vorhatte, sie zu ehelichen, denn warum hätte er sie sonst mit Ihnen bekannt gemacht?»

«Hat er nicht! Das heißt, ich meine», sagte Simon, von Minute zu Minute beunruhigter, «ich habe sie bei – in dem Haus getroffen, in das er sie gebracht hat. Desford wußte nicht, daß ich dort war. Ich meine, er erwartete mich nicht dort, und sie war nicht in seiner Gesellschaft, als ich sie kennenlernte. Sie war allein, in einem der Salons, und wartete auf Desford, der die Umstände Miss – der Dame erklärte, in deren Obhut er sie gab.»

«Das», sagte Mr. Steane mit bebender Stimme, «ist schlimmer, als ich gefürchtet habe! Unglückseliger Jüngling, hat Lord Desford sie in einem Freudenhaus untergebracht?!»

«Einem Freu –, nein, natürlich nicht!» erwiderte Simon empört.

«Er brachte sie in das Haus einer alten Freundin – in ein sehr achtbares Haus, sage ich Ihnen!»

«Mir klingt das nicht danach», sagte Mr. Steane schlicht.

«Oh, um Gottes willen, seien Sie nicht absurd!» rief Simon erbittert. «Sie reden den idiotischsten Schwindel, den ich mir je anhören mußte! Gehen Sie zum Haus meines Bruders zurück, hinterlassen Sie dort Ihre Karte – diejenige, die Ihren wahren Namen trägt! – und informieren Sie seinen Butler, wo Sie zu finden sind. Ich verspreche Ihnen, Desford wird Sie unverzüglich aufsuchen, denn nichts könnte ihn mehr freuen, als zu wissen, daß Miss Steanes Vater lebt und imstande ist, sich ihrer anzunehmen. Ob er allerdings erfreut sein wird, wenn er entdeckt, was für ein Kerl Sie sind, ist eine andere Sache!»

Dieser wild hervorgestoßene Zusatz konnte Mr. Steanes heitere Ruhe nicht trüben. «Ich wage zu sagen, daß er weit davon entfernt ist, denn er würde in mir einen rächenden Vater finden. Es ist unaussprechlich schmerzlich für mich, Ihre Wahrheitsliebe anzweifeln zu müssen, aber ich bin wider Willen gezwungen zu sagen, daß ich Ihnen nicht glaube. Ja, es wurde mir klar, daß Sie sich blitzschnell Lügen ausdenken können, Mr. Carrington. Wie entsetzlich, daß Ihr verehrter Vater – ein solcher Genauigkeitsfanatiker – einen Sohn hat, der ein lasterhafter Mensch ist, und einen zweiten, der – Sie werden den Ausdruck verzeihen – ein Lügenmaul ist! Und dabei nicht einmal ein Experte in dieser heiklen Kunst!»

Simon ging zur Tür und riß sie auf. «Hinaus!» sagte er.

Mr. Steane lächelte ihn weiter an. «Sicher, sicher, wenn Sie darauf bestehen!» sagte er liebenswürdig. «Aber bedenken Sie: ist es sehr klug von Ihnen, darauf zu bestehen? Sie haben es nicht für passend gehalten, mir den Aufenthaltsort meines unglücklichen Kindes zu enthüllen, daher bleibt mir kein anderer Weg offen, als mich nach Wolversham zu begeben und die Tatsachen dieser betrüblichen Affäre Ihrem lieben Vater zu unterbreiten. Ich glaube, Sie wollen doch nicht, daß ich diesen Weg einschlage, Mr. Carrington.»

Er hatte recht. Innerlich schäumend, war Simon gezwungen, seine Wut hinunterzuschlucken und einen Ausweg aus dem Dilemma zu suchen. Da er Desford nicht mehr gesehen hatte, seit er sich in Inglehurst von ihm getrennt, wußte er nichts von der Begegnung Desfords mit seinem Vater. Zu einem war Simon fest entschlossen: Lord Wroxton sollte auf keinen Fall etwas von der Klemme erfahren, in die Desford geraten war. Man konnte sich darauf verlassen, daß Mylady für Desford einstand, aber der Earl würde wütend auf ihn sein, erstens, weil er sich mit Cherry Steane angefreundet hatte, und zweitens, weil er schuld daran war, wenn der Lord mit Cherrys Vater verhandeln oder gar einen solchen gemeinen Schurken in seinem Haus empfangen mußte.

Wenn je ein durchtriebener Kerl Unfug im Sinn hatte, dachte Simon, dann der hier! Simon glaubte keinen Augenblick lang, daß sein Bruder Cherry einen Heiratsantrag gemacht hatte, aber falls sie, von ihrem Vater dazu veranlaßt, versicherte, daß er es getan habe, ergäbe das ja eine feine Patsche! Während Simon den Ehrenwerten Wilfred Steane aus schmalen Augen betrachtete, dachte er, daß er zwar möglicherweise vorhatte, eine glänzende Verbindung für seine Tochter zustande zu bringen, es jedoch bei weitem wahrscheinlicher war, daß er auf finanziellen Gewinn abzielte. Würde Mylord Wroxton das Schweigegeld hinblättern, um seinen stolzen Namen von einem schäbigen Skandal freizuhalten? Ja, dachte Simon, das täte Vater. Verdammt sei Des, daß er gerade in einem solchen Augenblick weiß der Himmel wohin gefahren war! Wenn dieser listige Fuchs von Wolversham ferngehalten werden sollte, dann blieb nichts übrig, als ihm zu verraten, daß Cherry alles andere denn in einem Bordell untergebracht, sondern der Fürsorge einer Dame von unantastbarer Achtbarkeit anvertraut worden war. Simon zögerte sehr, Mr. Steane deren genaue Adresse zu verraten, denn er, Simon, konnte sich die Gefühle Lady Silverdales äußerst lebhaft vorstellen, wenn sich dieser schmierig-noble Vagabund in Inglehurst einfand. Außerdem konnte Desford inzwischen Cherry in ein anderes Asyl gebracht haben. Der naheliegende Ausweg aus diesem Dilemma war also, Mr. Steane zu überreden, Desfords Rückkehr nach London abzuwarten. Verflixt noch einmal, schließlich war er es gewesen, der das elende Mädchen unter seinen Schutz genommen hatte, und es lag an ihm, zu entscheiden, ob sie ihrem üblen Vater übergeben werden sollte oder nicht! Es war eins zu Null zu wetten, daß Des, sowie er Mr. Steane zu Gesicht bekam, diesen Strauchritter den Damen Silverdale nicht präsentieren würde.

Das Problem schien unlösbar zu sein, aber gerade als Mr. Steane mit einer Stimme voll salbungsvollem Triumph sagte: «Na, junger Mann?», hatte Simon eine glänzende Idee. Er meinte achselzuckend: «Na schön. Wenn Sie nicht mein Wort dafür nehmen, daß Ihre Tochter in sicheren Händen ist, bin ich vermutlich gezwungen, Ihnen doch ihre Adresse zu geben. Wohlgemerkt, ich bin stark versucht, darauf zu drängen, daß Sie meinen Vater besuchen – der würde Ihnen eine Antwort verpassen! Aber er ist im Augenblick bei schlechter Gesundheit, und es würde ihm nicht guttun, in einen seiner Wutanfälle zu geraten. Ihnen würde es auch nicht guttun, weil er Ihnen kein Wort Ihrer Geschichte glauben würde. Wahrscheinlicher ist es, daß er Sie hinausschmeißen ließe – wenn es Ihnen überhaupt gelänge, das Haus zu betreten! Er empfängt niemand außer seiner Familie und seinen engsten Freunden, bis er sich besser fühlt, und Sie könnten genausogut mit einem toten Frettchen auf Kaninchenjagd gehen, als zu versuchen, an seinem Butler vorbeizukommen! Aber meiner Mutter gefiele es ganz und gar nicht, wenn es einen Krach gäbe. Daher will ich Sie informieren, daß Desford, als er entdeckte, daß Ihr Vater von London abgereist war, Miss Steane nach Inglehurst begleitete – dem Landsitz Silverdales. Und lassen Sie sich weiter informieren, daß die Lady in den ersten Kreisen verkehrt und genauso auf Etikette hält wie mein Vater! Seien Sie daher bezüglich Ihrer Tochter völlig unbesorgt, Mr. Steane.»

Er schloß sehr zuversichtlich, denn die Veränderung in Mr. Steanes Ausdruck war ihm nicht entgangen. Es freute ihn, daß es ihm gelungen war, den Panzer der Selbstzufriedenheit zu durchbrechen. Mr. Steane lächelte zwar noch immer, aber mit zusammengekniffenen Lippen; und seine Augen zeigten nicht mehr den Ausdruck toleranten Amüsements. Als er sprach, war seine Stimme jedoch so seidig wie immer. «Ich frage mich, was ich wohl gesagt haben mag, daß Sie mich für einen Dummkopf halten? Ich versichere Ihnen, mein argloser junger Freund, Sie begehen einen schweren Fehler! Ich bin – dem üblichen Sprachgebrauch nach – allen Tricks gewachsen! Erklären Sie mir doch, bitte sehr, wie es kam, daß eine so etikettebewußte Dame ersten Ranges – ich kenne sie nicht, aber ich nehme Ihr Wort dafür! – in ihrem Haus ein Mädchen aufnahm, das Ihr Bruder brachte – ohne Begleitung einer Zofe!»

«Wenn Ihr Gedächtnis so gut ist, wie Sie es mich glauben machen wollen, dann müssen Sie sich entsinnen, daß ich Ihnen sagte, Desford habe Ihre Tochter in das Haus einer alten Freundin gebracht!»

«Mein Gedächtnis, Mr. Carrington, ist ausgezeichnet, denn ich erinnere mich auch, daß Sie vor wenigen Minuten, als Sie drauf und dran waren, den Namen des Frauenzimmers, in dessen Hände Ihr Bruder mein unschuldiges Kind ausgeliefert hat, ein einziges verräterisches Wort aussprachen! Nicht Lady, junger Mann, sondern Miss!»

«Sehr wahrscheinlich habe ich das», erwiderte Simon kühl. «Miss Silverdale nämlich. Als mein Bruder mit seinem Verstand am Ende war und nicht wußte, was er mit Miss Steane anfangen sollte, flogen seine Gedanken natürlich eher zu Miss Silverdale als zu ihrer Mutter. Er ist nämlich mit ihr verlobt.»

«Was?!» keuchte Mr. Steane, zum erstenmal aus der Kontenance gebracht. «Das glaube ich nicht!»

Simon hob die Brauen. «Glauben es nicht?» wiederholte er mit verdutzter Stimme. «Warum glauben Sie es nicht?»

Mr. Steane machte einen tapferen Versuch, seine Haltung wiederzugewinnen, aber die Ankündigung war so unerwartet gewesen, daß er nur sagen konnte: «So liederlich Lord Desford auch sein mag, kann er doch nicht für jedes Anstandsgefühl derart verloren sein, ein Mädchen, das er entführt hat, zu der mit ihm versprochenen Dame zu bringen und ihren Schutz für das Mädchen zu erbitten!»

«Das glaube ich wirklich auch nicht!» antwortete Simon bereitwillig. «Natürlich hat er nichts dergleichen getan. Außerdem kennt ihn Miss Silverdale viel zu gut, um ihn einer solchen Tat zu verdächtigen. Sie wollen es bloß nicht glauben, weil niemand außer einem Dorfrowdy annehmen könnte, daß selbst der größte Galgenvogel so etwas täte!»

Aber Mr. Steanes agiles Gehirn hatte gearbeitet. Er fuhr mit dem Zeigefinger auf Simon los und fragte: «Und warum, junger Mann, haben Sie mich von diesem Umstand nicht von vornherein informiert?»

«Weil», erwiderte Simon, «mein Vater noch immer bei schlechter Gesundheit ist und Lady Silverdale eine Galagesellschaft zu Ehren der Verlobung zu geben wünscht, an der er nicht teilnehmen könnte. Daher kam man zu der Übereinkunft, die Verlobung erst dann bekanntzugeben, bis er wieder ganz wohl ist. Uns ist sie natürlich bekannt, auch Desfords besten Freunden, aber für den üblichen Gesellschaftspöbel ist es noch ein Geheimnis. Daher bitte ich Sie, die Nachricht nicht zu verbreiten, Mr. Steane. Mein Bruder würde mir ein schönes Donnerwetter verpassen, wenn er wüßte, daß ich sein Vertrauen mißbraucht habe!»

Mr. Steane erhob sich und sagte: «Ich will Ihnen nicht verschweigen, junger Mann, daß ich keineswegs zufriedengestellt bin. Es wurde mir bereits klar, daß Sie – um die Sache beim richtigen Namen zu nennen – ein abgefeimter Schwindler sind. Sosehr ich auch zögern mag – ja, zögere! –, die Wangen jedes wohlerzogenen Frauenzimmers vor Verlegenheit erröten zu lassen, merke ich doch, daß es meine Pflicht als Vater ist, die Wahrheit über diese schockierende Angelegenheit von Miss Silverdale persönlich zu erfahren. Natürlich ganz zu schweigen von dem glühenden Wunsch, mein Kind wieder an mich zu drükken! Wenn Sie so gut sein wollten, Mr. Carrington, mich über die genaue Lage des Wohnsitzes von Miss Silverdale zu informieren, werde ich Sie von meiner Gegenwart befreien.»

«Oh, er liegt in Hertfordshire», sagte Simon nachlässig. «Fragen Sie in Ware jeden X-beliegigen um den Weg nach Inglehurst: man wird Ihnen Auskunft geben.» Als Mr. Steane seinen Hut aufnahm, fügte er hinzu: «Aber es wäre ratsamer, wenn Sie die Rückkehr meines Bruders abwarten. Vermutlich würde Lady Silverdale Sie empfangen, wenn Sie unter seinen Fittichen nach Inglehurst kämen, aber ich warne Sie, sie ist verteufelt hochfahrend, und es ist leicht möglich, daß Sie allein nicht über die Schwelle gelangen.»

«Sie sind unverschämt, mein guter Junge», erwiderte Mr. Steane von oben herab. «Außerdem sind Sie auch unerlaubt töricht. Wie, bitte sehr, kommt es, daß dieses Muster an Anstand – Ihrer Geschichte zufolge – meine Tochter aufgenommen hat?»

«Nun ja, weil sie ihr leid tat, natürlich», sagte Simon. «Wie sie jedem Menschen leid täte, vom Vater im Stich gelassen und ohne Mittel der Welt preisgegeben!»

Mr. Steane warf ihm einen Blick unliebenswürdiger Verachtung zu und stolzierte wortlos aus dem Zimmer.

Der junge Mr. Carrington verschwendete nur zwei Minuten darauf, sich bei der Rückschau auf seine Begegnung mit einem so hinterhältigen Spitzbuben zu gratulieren. Denn er erkannte, daß es ihm oblag, sich möglichst eilig nach Inglehurst zu begeben, um Hetta vor der bevorstehenden Feuerprobe zu warnen und sie zu informieren, daß er sie rücksichtslos mit Desford verlobt hatte.

Er war klug genug zu erkennen, daß Mr. Steane trotz seines Anstrichs von Wohlstand und seiner Prahlerei, er habe sich «aus der Ebbe zur Flut» emporgehoben, nicht ganz so wohlgespickte Taschen hatte, wie er vorgab. Es war unwahrscheinlich, daß er so weit gehen würde, die Ausgabe, eine vierspännige Extrapost nach Inglehurst zu mieten, auf sich zu nehmen. Wenn er überhaupt eine Chaise mietete, dann eine zweispännige, aber es war wahrscheinlicher, dachte Simon, daß er mit der gewöhnlichen Postkutsche oder sogar einer Passagierkutsche nach Ware reisen und erst dort einen Wagen mieten würde, um nach Inglehurst zu gelangen. Zugleich aber durfte man dessen doch nicht zu sicher sein. Der junge Mr. Carrington, dieser vielversprechende Modejüngling, sah, daß ihm das Abenteuer zuwinkte, und er reagierte auf die Einladung mit der Bereitwilligkeit eines Schuljungen. In weniger als einer halben Stunde hatte er seine elegante Kniehose gegen eine Reithose ausgetauscht, die Füße in Reitstiefel gezwängt, seinen Stadtmantel mit den langen Schößen und den gepolsterten Schultern gegen einen anderen getauscht, der passender für einen Herrn war, der einen Ritt zu unternehmen gedachte, hatte einen Biberhut mit flachem Kopf aus seinem Kleiderschrank und Handschuhe aus einer Lade seines Toilettentisches gerissen, eine Reitgerte von dem Tischchen genommen, das mit einer verschiedenartigen Sammlung seiner Besitztümer übersät war, und sprang die Treppe hinunter. Sowie er auf der Türstufe ankam, tauchte um die Straßenecke auch schon sein Reitknecht auf, der das prächtige Mietpferd herbeiführte, auf dem sich der junge Mr. Carrington häufig im Park bewundern ließ. In seiner Begleitung war der Page, den Simon nach ihm ausgesandt hatte.

Ein Wort an seinen Reitknecht, dem Pagen einen Shilling zugeworfen, und Simon war auf und davon, fast noch bevor seine Füße die Steigbügel gefunden hatten. Aber trotz einem köstlichen Gefühl der Dringlichkeit und der Geneigtheit für einen Schabernack (wie er selbst es formuliert hätte), war der junge Mr. Carrington den kopflosen Impulsen seiner Schulzeit doch so weit entwachsen, daß er den überstürzten Ritt nach Hertfordshire zum Zweck einer zweiten Vorsprache im Haus seines Bruders in der Arlington Street unterbrach.

Aldham eilte vom Souterrain herauf, dem herrischen Befehl der Türglocke folgend, die derart lärmend und eindringlich bimmelte, daß Mrs. Aldham fast einen Krampfanfall bekam. Verzeihlicherweise war Aldham erzürnt, als er entdeckte, daß es bloß Mr. Simon war, der versuchte, das Haus über ihren Köpfen zum Einsturz zu bringen. «Aber um Himmels willen, Sir!» sagte er empört. «Jeder würde glauben, Sie seien dieser von St. Helena geflohene Bonaparte! Und versuchen Sie ja nicht, dieses Roß ins Haus hereinzubringen, Mr. Simon, denn das erlaube ich Ihnen einfach nicht!»

Simon, der keinen Eckensteher auf der Straße gefunden hatte und daher gezwungen war, sein Mietpferd bis an die wenigen flachen Stufen vor der Haustür heranzuführen, erwiderte: «Ich will's ja gar nicht ins Haus bringen! Ich will nur wissen, wo Seine Lordschaft ist! Weißt du es eigentlich?»

«Nein, Mr. Simon, ich weiß es nicht.»

«Oh, sei nicht so verdammt diskret!» explodierte Simon. «Es ist wichtig, Mensch!»

«Mr. Simon, ich versichere und schwöre, daß ich Ihnen die Wahrheit sage! Seine Lordschaft sagte nur, als er wegfuhr, vermutlich würde er nicht länger als ein, zwei Tage abwesend sein, aber er sagte mir nicht, wohin er fuhr, und es stand mir nicht zu, ihn zu fragen!»

«Aber er ist doch von Harrowgate zurückgekehrt, oder?» sagte Simon stirnrunzelnd. «Hast du ihm meine Nachricht übermittelt?»

«Ja, Sir, ich habe sie wortwörtlich ausgerichtet», versicherte Aldham. «‹Sag ihm, ich werde bis Ende der Woche in London sein›, sagten Sie, und das sagte ich auch. Seine Lordschaft meinte nur, falls Sie sich wieder nach ihm erkundigten, sollte ich bestellen, er würde nach seiner Rückkehr bei Ihnen vorbeikommen. Was wir, Mr. Simon, jeden Augenblick erwarten: Mrs. Aldham steht sozusagen bereit, eine Taubenpastete in den Ofen zu schieben und ein paar Fleischschnitten –»

«Der Teufel hole die Fleischschnitten!» unterbrach ihn Simon wütend. «Wo ist der Kammerdiener Seiner Lordschaft? Wo ist Stebbing?»

«Seine Lordschaft hat Tain beurlaubt, Sir, da er sich auf dem Rückweg von Harrowgate erkältet hat, und Stebbing ist mit ihm – mit Mylord, meine ich –, da Mylord diesmal mit seinem Karriol weggefahren ist und nicht mit der Eilpost reist.»

«In seinem Karriol? Dann kann er nicht weit von London sein! Sollte er heute noch zurückkehren, sag ihm – nein. Da, halte mein Pferd, Aldham! Ich will Seiner Lordschaft schnell einen kurzen Brief schreiben.»

Mit diesen Worten drückte er Aldham die Zügel in die Hand, lief ins Haus und ließ diesen langmütigen Diener zurück, der die Augen in stummem Flehen zum Himmel hob. Es war völlig unter seiner Würde, selbst das Pferd seines eigenen Herrn zu halten, aber er nahm den Auftrag ohne Einwand hin, und als Simon nach kaum drei Minuten wieder aus dem Haus auftauchte, ging er sogar so weit, ihm in den Sattel helfen zu wollen und zu kichern, als Simon diese Hilfe stolz ablehnte.

«Puh!» sagte Simon. «Hältst du mich für einen Krüppel? Da, nimm diesen Brief und sieh zu, daß du ihn meinem Bruder übergibst, sowie er ankommt!»

«Tue ich, Mr. Simon», versprach Aldham. «Jetzt halten Sie eine Minute still, während ich die Gurte nachziehe. Wenn ich so frei sein darf: wohin reiten Sie wohl, Sir?»

«Oh, nur nach Inglehurst!» antwortete Simon obenhin. «Danke: das ist ausgezeichnet!» Dann schenkte er Aldham ein Lächeln, winkte ihm zu und ritt in flottem Trab in Richtung Piccadilly davon.

«Und woher der Wind weht», sagte Aldham, als er diese Episode seiner Frau berichtete, «weiß ich ebensowenig wie du, meine Liebe! Obwohl das nicht heißen soll, daß ich nicht meine Vermutungen habe. Und eines will ich wirklich zugunsten Mr. Simons sagen: Trotz all seiner Streiche ist er keiner, der seiner Wege ginge, wenn Mylord in Schwierigkeiten ist – und das könnte durchaus der Fall sein!»

13

Simon kannte die Gegend um seinen Geburtsort wie seine Westentasche. Er erreichte daher Inglehurst kurz nach drei Uhr nachmittags und bog knapp hinter einem Halblandauer ins Parktor ein, der auf seinem Wagenschlag das Rautenwappen und damit die Witwenschaft seiner Eigentümerin anzeigte und in einem gemächlichen Trab von einem Paar gut zusammenpassender, aber träger Kastanienbrauner gezogen wurde. Da sich Simon über die Identität der Insassin nicht klar war (denn sie hielt einen Sonnenschirm, um ihren Teint zu schützen), blieb er diskret im Hintergrund, bis das Gefährt vor der Terrasse des Hauses vorfuhr. Als die Unbekannte den Sonnenschirm schloß und aus dem Wagen stieg, konnte er sehen, daß es nicht wie gefürchtet Lady Silverdale war, sondern ihre Tochter. Da erst trieb er sein ermüdetes Pferd an und rief, als Henrietta eben die flachen Stufen zum Haus hinaufsteigen wollte: «Hetta, Hetta! Wart einen Augenblick! Ich muß mit dir reden!»

Sie blieb stehen und drehte sich rasch um. «Simon! Was in aller Welt tust du hier? Ich glaubte dich in Brighton! Kommst du von Wolversham?»

«Nein, aus London», erwiderte er, stieg ab und übergab seine Zügel einem der Lakaien, der vom Halblandauer heruntergesprungen war. Mit einer kurzen Bitte an den Mann, das Pferd dem Oberstallmeister zu übergeben, wandte er sich um, ergriff die Hand, die Hetta ihm entgegenstreckte, und sagte in drängendem Flüstern: «Ich muß dir was Wichtiges sagen! Muß dich unter vier Augen sprechen!»

Sie sah etwas erschrocken drein. «Oh, was ist denn los, Simon? Wenn es eine schlechte Nachricht ist, bitte, versuch sie mir nicht sanft beizubringen! Deine Eltern? Desford? Ist einem von ihnen etwas zugestoßen?»

«Nein, nein, das nicht!» versicherte er ihr. «Ich will dich nur vor einer schlechten Nachricht warnen – einer verteufelt schlechten Nachricht! Wilfred Steane ist auf dem Weg hierher.»

«Wilfred Steane?» rief sie aus. «Aber ich dachte, er sei tot!»

«Nun ja, das ist er eben nicht», sagte Simon. «Er ist sogar sehr lebendig! Besuchte mich heute morgen.»

«Oh, was für ein gräßliches Geschöpf du bist, mit deinem Gerede von schlechter Nachricht! Das nenne ich doch keine schlechte Nachricht!»

«Warte, bis du ihn gesehen hast», sagte Simon. «Er ist ein entsetzlicher Kerl!»

«O Himmel, was für ein Pech!» sagte sie bestürzt.

«Das kann man wohl sagen. Ich erzähle dir, was sich zwischen uns abgespielt hat, aber nicht hier. Möchte nicht, daß es einer von den Dienern mitanhört.»

«Nein, stimmt. Komm herein. Du kannst im Grünen Salon auf mich warten. Ich bleibe nur ein paar Minuten weg, aber ich muß mich bei Mama sehen lassen. Ich bin den ganzen Vormittag bei der armen Mrs. Mitcham gesessen, und du kennst ja Mama. Wenn ich es wage, weiter als fünf Meilen von daheim wegzufahren, ist sie überzeugt, daß mich irgendein gräßliches Schicksal trifft. Entweder werde ich von Straßenräubern überfallen, oder es gibt irgendeinen Unfall mit dem Wagen, bei dem ich gräßlich verletzt werde. Es ist zu albern, aber es nützt nichts, mit ihr zu streiten. Vermutlich treffe ich sie schon in höchster Nervosität an, denn ich war fast fünf Stunden fort!»

Sie lief die Stufen hinauf, die Falten des zarten primelgelben Musselinkleides in einer Hand zusammengerafft; und als sie die Terrasse erreichte, sah sie, daß Grimshaw schon an der offenen Tür wartete, um sie mit einem Ausdruck unheilverkündender Düsternis zu empfangen. «Gott sei Dank, daß Sie heimgekommen sind, Miss Hetta!» sagte er ernst.

«Aber natürlich bin ich heimgekommen!» erwiderte sie leicht ungeduldig. «Ich war nicht am Nordpol! Wie du sehr gut weißt, war ich in einer Entfernung von bloß zwölf Meilen, und da ich mich vom Kutscher Mamas hinfahren ließ und ihre beiden Lakaien mithatte, die mich vor Straßenräubern beschützen und mich retten konnten, wenn diese romantischen Taugenichtse uns umgeschmissen hätten, kannst du nicht unter der leisesten bösen Vorahnung gelitten haben.»

«Nein, Miss, ich litt unter keiner bösen Vorahnung. Ich bin wegen des Zustandes Ihrer Gnaden froh, daß Sie zurück sind. Sie hat einen schrecklichen Schock erlitten und ist, wie ich bedaure sagen zu müssen, in großer Not.»

«Guter Gott, ist meine Mutter krank? Hat sie einen Unfall gehabt?» rief sie aus.

«Nicht gerade einen Unfall, Miss Hetta», erwiderte Grimshaw mit einem tiefen Seufzer und warf ihr einen vorwurfsvollen Blick zu. «Aber als Ihrer Gnaden die schreckliche Nachricht übermittelt wurde, erlitt sie einen schweren Krampf und einen hysterischen Anfall.»

«Aber was denn für eine Nachricht?» fragte Henrietta.

«Ich bedaure, Sie informieren zu müssen, Miss», sagte Grimshaw im Ton dämonischer Befriedigung, «daß wir allen Grund zu der

Befürchtung haben, daß Sir Charles mit Miss Steane durchgebrannt ist.»

«O mein Gott!» murmelte Simon, der neben Henrietta stand. «Jetzt sitzen wir in der Tinte!»

«Quatsch!» fuhr sie ihn an. «Wie wagt Er einen solchen Unsinn zu reden, Grimshaw? Wer hatte die Unverschämtheit, Ihrer Gnaden eine so lächerliche Geschichte zu erzählen? War das Er oder war es Cardle? Ich glaube es von euch beiden, denn ihr habt von dem Augenblick an, da Miss Steane den Fuß in dieses Haus gesetzt hat, versucht, Ihre Gnaden glauben zu machen, daß Miss Cherry eine hassenswerte Intrigantin sei! Aber das sind Er und Cardle, hassenswerte Intriganten! Ich wünsche kein Wort mehr von Ihm zu hören – obwohl ich Ihm verspreche, daß er sehr viele Worte von Sir Charles hören wird, wenn ich ihm von diesem bösartigen Unfugstiften erzähle. Ich gehe jetzt zu meiner Mutter, erwarte jedoch einen Besuch von Miss Steanes Vater, Mr. Wilfred Steane. Wenn er eintrifft, führt Er ihn in die Bibliothek und verständigt mich.»

Vor diesem Wutausbruch, der ebenso erschreckend wie noch nie dagewesen war, wich Grimshaw zurück. «Ja, Miss Hetta!» sagte er hastig. «Ihre Gnaden liegt auf dem Sofa im Salon, Miss! Da sie sich dank einigen Tropfen Laudanum erholt hat. Nicht ich habe ihr mitgeteilt, daß Sir Charles mit Miss Steane davongegangen ist, und ich hätte bestimmt nichts gesagt, bevor Sie heimgekommen wären –»

«Schluß jetzt!» sagte Hetta herrisch.

«Ja, Miss!» antwortete Grimshaw mit einer kriecherischen Verbeugung. «Ich werde Mr. Steane in die Bibliothek führen, ganz wie Sie sagen, Miss!»

«Oder den Baron Monte Toscano!» warf Simon ein.

Henrietta war schon auf dem Weg zum Salon, blieb aber stehen, sah über die Schulter zurück und sagte schnell: «Nein, nein, Simon! Ich kann in einem solchen Augenblick keine Fremden empfangen!»

«Ist ein und derselbe!» sagte er leise. «Erkläre es dir später! Aber um Himmels willen, Hetta, empfange ihn erst, wenn du mit mir gesprochen hast! Etwas verflixt Wichtiges, wovor ich dich warnen muß!»

Sie sah verblüfft drein, versprach jedoch, sie würde, sobald es nur möglich war, zu ihm in den Grünen Salon kommen. Die Szene, die sich ihren Augen bot, als sie in den Salon ihrer Mutter kam, lieferte einen sprechenden Beweis für Lady Silverdales Anfall von *vapeurs*. Ihre Gnaden lag leise stöhnend auf dem Sofa; Cardle wedelte mit einer Hand Riechsalz unter Myladys Nase und tupfte ihr mit der anderen die Stirn mit einem essiggetränkten Handtuch ab; auf dem

Tisch neben dem Sofa stand eine Ansammlung von Fläschchen, von Laudanum über Baldrianwurzeltinktur bis zu Ungarischem Wasser und Godfreys Herzstärkungsmittel.

«Gott sei Dank, daß Sie endlich nach Hause kommen, Miss Hetta!» rief Cardle dramatisch. «Sehen Sie nur, was dieses schlechte Geschöpf Ihrer Gnaden angetan hat!»

«O Hetta!» stammelte Lady Silverdale, öffnete die Augen und streckte eine kraftlose Hand aus.

«Ja, Mama, ich bin wieder da», sagte Henrietta beruhigend. Sie nahm die kraftlose Hand, tätschelte sie und sagte kalt: «Sie kann gehen, Cardle.»

«Nichts», verkündete Cardle stolz, «wird mich dazu bewegen, meine geliebte Herrin zu verlassen!»

«Ihre Herrin braucht Sie nicht, wenn ich mich um sie kümmere», sagte Henrietta. «Dieses Schauspiel der Ergebenheit wäre ergreifender, wenn Sie nicht ganz absichtlich Ihre Gnaden in Aufregung gestürzt hätte! Jetzt lasse Sie mich mit Ihrer Gnaden allein.»

«Daß ich das noch erleben mußte, solche Worte an mich gerichtet zu hören!» stieß Cardle hervor, schlug die Hände vor dem flachen Busen zusammen und hob den Blick zur Decke. «Ich, die ich Ihrer gesegneten Gnaden alle diese Jahre treulich gedient habe!»

«Ja, ja, aber jetzt geh!» sagte Ihre gesegnete Gnaden, die genügend zu sich kam, um das essiggetränkte Tuch wegzustoßen. «Ich mag dieses gräßlich riechende Zeug nicht! Du weißt, daß ich es nicht mag. O Hetta, danke dir, Liebste!» fügte sie hinzu, nahm von ihrer rücksichtsvollen Tochter ein mit Lavendelwasser besprengtes Taschentuch entgegen und schnupperte daran. «So erfrischend! Du siehst, Cardle, daß Miss Hetta genau weiß, was zu tun ist, damit ich mich besser fühle. Du kannst mich also bedenkenlos in ihrer Pflege lassen. Und nimm den Essig weg und das Laudanum und alle diese Flaschen, außer den Asafoetida-Tropfen, falls ich wieder einen Krampf auf mich zukommen spüre! Und gib mir das Riechsalz, bitte! Und vielleicht könntest du das Zimtwasser dalassen, nicht aber Godfreys Herzstärkungsmittel, von dem ich überzeugt bin, daß es meiner Konstitution nicht zusagt. Und ich bitte dich, Cardle, fang nicht zu schluchzen an, denn meine Nerven sind zerrüttet, und nichts regt mich mehr auf als Leute, die neben mir weinen!»

Gegen Ende hatte diese Rede an Kraft gewonnen, erstaunlich bei einer Lady, die anfangs das Bild eines Menschen geboten hatte, der fast jenseits aller menschlichen Hilfe war.

Cardle merkte, daß ihr nichts übrigblieb, als sich zurückzuziehen, was sie nur äußerst zögernd und mit vielen zitternden Seufzern tat, die ihre verwundeten Gefühle andeuteten. Als sie die abgelehnten Medikamente eingesammelt hatte, ging sie mit gebeugten Schultern zur Tür. Als sie diese erreicht hatte, drehte sie sich um, schenkte ihrer Herrin einen jammervollen und Henrietta einen von giftiger Abneigung erfüllten Blick.

«Jetzt also», sagte Henrietta heiter, «können wir es uns gemütlich machen, Mama!»

«Ich werde nie wieder einen Augenblick Gemütlichkeit kennen!» erklärte Lady Silverdale, die einen leichten Rückschlag erlitt. «O Hetta, du weißt nicht, was geschehen ist!»

«Nein», stimmte ihr Henrietta zu, setzte sich neben ihre Mutter und warf ihren hübschen Hut aus Seidenstroh auf einen Sessel in der Nähe. «Grimshaw erzählte mir eine lächerliche Lügengeschichte, von der ich kein einziges Wort glaube. Darum erzähle bitte du mir, was sich heute abgespielt hat!»

«Ach, leider ist es keine Lügengeschichte! Charlie ist mit dem elenden Mädchen davongelaufen, das ich Desford zuliebe in meinem Haus aufnahm. Ich werde es ihm nie verzeihen, nie! Der Himmel weiß, daß ich sehr gegen meinen Willen zusagte, denn ich mochte sie nicht. Es war immer etwas an ihr, das mir einen Mangel an Benehmen zu zeigen schien. Diese aufdringlichen Manieren, weißt du, gingen über die Grenze dessen, was erfreulich ist. Du wirst dich erinnern, daß ich dir das mehrmals gesagt habe!»

«Nein, daran kann ich mich nicht erinnern», sagte Henrietta trocken. «Aber es ist unwichtig. Nicht unwichtig jedoch ist diese unsinnige Idee, daß Charlie mit Cherry Steane davongelaufen sei. Sie ist zu albern, Mama! Cherry hat ihn nicht lieber als jeden anderen jungen Mann.»

«Das war ja gerade ihre Hinterlist! Genau das, was von Wilfred Steanes Tochter zu erwarten war! Jetzt sehe ich, daß sie die ganze Zeit über entschlossen war, einen Gatten zu bekommen. Es kann kein Zweifel bestehen, daß sie zuerst hinter Desford her war. Als der aber, weil er schlau ist (um so schmählicher!), merkte, was sie spielte, wurde er sie los – auf meine Kosten! Als du es ablehntest, Desford zu heiraten, hast du Glück gehabt! Ich war zwar damals enttäuscht, wie wenig du das vielleicht erraten haben wirst, aber heute bin ich froh, daß du nicht die Frau eines solchen grundsatzlosen Wüstlings bist! Du wärst todunglücklich geworden, Liebste! Und wenn ich dir je Vorwürfe gemacht habe, weil du seinen Antrag abgelehnt hast, dann sage ich dir jetzt, daß mich nichts dazu bewegen könnte, deiner Verbindung mit ihm zuzustimmen!»

«Da sich dieses Problem nicht stellt», sagte Henrietta ruhig «müssen wir doch eigentlich nicht die Zeit damit verschwenden, Desfords Moral zu erörtern.»

«Sicherlich nicht!» sagte Silverdale. «Ich jedenfalls wünsche das nicht. Ich wünsche auch nicht, ihn je wiederzusehen oder einen Gedanken an ihn zu verschwenden! Ja, sollte er die Unverschämtheit haben, hier aufzutauchen, wird Grimshaw Anweisung haben, ihn nicht eintreten zu lassen! Mir dieses elende Mädchen aufzuhalsen – sie dem armen Charlie in den Weg zu stellen – dich zu beschmeicheln, daß du seiner zungenfertigen Geschichte glaubst –!»

Da Henrietta wußte, daß es keinen Zweck hatte, sich mit ihrer wutschnaubenden Mutter auf einen Streit einzulassen, saß sie in kaltem Schweigen da, bis sich Lady Silverdale außer Atem geredet hatte. Dann sagte sie: «Was veranlaßt dich zu der Annahme, Mama, daß Charlie mit Cherry durchbrannte?»

«Er hat es natürlich in einem Wutanfall getan!»

Henrietta sah amüsiert drein. «Ich hätte nicht gedacht, daß selbst ein solcher Springinsfeld wie Charlie durchbrennen würde, weil er einen Wutanfall hat – und mit einem Mädchen, für das er außerdem nie ein Zeichen der Zuneigung verriet!»

«Er ist kein Springinsfeld!» fuhr Lady Silverdale auf. «Und was das betrifft, keine Zuneigung zu verraten, so sah ich mit eigenen Augen, wie er Cherry umarmte und küßte, noch keine Stunde, nachdem du, Hetta, das Haus verlassen hast!»

«Sie umarmen? Wie gelang ihm denn das, mit einem Arm in der Schlinge und zwei gebrochenen Rippen?» fragte Henrietta skeptisch.

«Er hatte natürlich seinen linken Arm um sie, und er hat sie geküßt, als ich gerade ins Zimmer kam. Und noch schlimmer, Hetta, sie gab sich keine Mühe, ihn wegzustoßen!»

«Dafür solltest du ihr dankbar sein, Mama! Bedenkt man, daß Dr. Foston erst gestern den Kopf schüttelte und uns warnte, Charlie müsse äußerst vorsichtig sein, denn eine der gebrochenen Rippen heile schlecht, so hat Cherry eine bemerkenswerte Zurückhaltung gezeigt, nicht mit ihm zu kämpfen! Ich zweifle nicht, daß sie schreckliche Angst vor den Folgen hatte, wenn sie ihn wegstieß.»

«Wie kannst du so blind sein, Henrietta, und dich so übertölpeln lassen?» fragte Lady Silverdale. «Ich jedenfalls bemerkte schon vor Tagen, daß sie eine Flirterin ist – ja, ich fühlte mich zu der Warnung verpflichtet, sie solle Herren nicht ermutigen, ihr den Hof zu machen! Und Cardle sagt mir –»

«Ich wünsche nichts davon zu hören, was Cardle dir erzählt, Mama!» sagte Henrietta ziemlich hitzig. «Es ist höchst unwichtig! Sie mochte Cherry von Anfang an nicht und hat nicht aufgehört, dich gegen das arme Kind einzunehmen!»

«Cardle ist mir ergeben», sagte Lady Silverdale. «Ihr wenigstens liegen meine Interessen am Herzen!»

Henrietta wollte etwas entgegnen, beherrschte sich jedoch und sagte nach einer kurzen Pause: «Was geschah, als du Charlie dabei überrascht hast, wie er Cherry küßte?»

«Er ließ sie sofort los, und wenn je Schuld klar in jemandes Gesicht geschrieben stand, dann in Cherrys! Sie war zu verwirrt, um sprechen zu können. Sie stammelte etwas, wurde feuerrot und lief aus dem Zimmer. Und du brauchst nicht zu glauben, Hetta, daß ich Charlie nicht gescholten habe! Ich war äußerst streng mit ihm, denn was immer du sagen magst, ich übersehe seine Fehler nicht. Nicht, daß ich denke, es sei seine Schuld, aber er hätte sich nicht zu einer Ungehörigkeit verführen lassen dürfen.»

«Daher bekam er einen seiner dummen Wutanfälle und war wahrscheinlich dir gegenüber sehr rüde», sagte Hetta.

«Ja, das war er!» sagte Lady Silverdale lebhaft. «Er sagte mir doch tatsächlich – ja, brüllte mich an! –, ich solle den Mund halten! Und als ich ihn fragte, ob er mir das Herz brechen wolle, lief er aus dem Zimmer und warf die Tür in einer Art zu, von der er doch wissen muß, daß sie äußerst schlecht für meine Nerven ist!»

«Nun, ich glaube, das war ungehöriger als Cherry zu küssen», sagte Henrietta mit entsprechend ernstem Mund, aber einem nicht zu unterdrückenden Zwinkern. «Ich vermute, es wird ihm jetzt schon leid tun, und er ist bereit, dich um Verzeihung zu bitten. Sei also nicht unglücklich, Mama!»

«Er ist fort!» sagte Lady Silverdale tragisch.

«Unsinn! Vermutlich ist er verärgert aus dem Haus gestürmt, wird aber zurückkommen, sobald er sich wieder gefaßt hat.»

«Ach, leider weißt du nicht alles! Auch Cherry ist fort!» enthüllte ihr Lady Silverdale und nahm Zuflucht zum Riechfläschchen. «Und wenn du dir einbildest, Hetta, daß ich etwas sagte, das sie in so liederlicher Art aus dem Haus trieb, irrst du sehr! Natürlich mußte ich ihr eine Predigt halten, wie ich es auch bei dir täte, wenn du dich je mit einem solchen Mangel an Takt aufgeführt hättest. Aber das wirst du Gott sei Dank nie tun!»

«Und was hat sie als Antwort auf diese sanfte Predigt gesagt, Mama?»

«Es sei nicht ihre Schuld gewesen, Charlie hätte sie überrumpelt, und noch mehr in dieser Tonart. Daher sagte ich ihr – absolut gütig –, daß kein Gentleman ein Mädchen küßt, wenn er nicht dazu ermutigt wird, und ich warnte sie, was ihr zustoßen könnte, wenn sie es nicht lernte, sich mit mehr Anstand zu betragen. Dann erklärte ich (weil sie zu weinen begann), daß ich nicht böse auf sie sei und mein Bestes tun würde, um den Vorfall zu vergessen, und bat sie, in ihr Schlafzimmer hinaufzugehen, bis sie sich besser beherrschte.»

«Unglückliches Kind!» stieß Hetta hervor. «Wie konntest du nur, Mama! Wo sie dir doch so dankbar war und so gut zu dir! Ihr außerdem eine glatte Lüge aufzutischen! Und sie ist eine solche Gans, daß sie wahrscheinlich tatsächlich glaubt, ein Herr küßt ein Mädchen nur, wenn es ihn dazu ermutigt. Sicher ist sie davongelaufen, um sich die Augen aus dem Kopf zu weinen! Jetzt werde ich auf die Suche nach ihr gehen müssen!»

Lady Silverdale war so erzürnt, daß sie die Pose einer Sterbenden fallenließ und sich kerzengerade aufsetzte. «Du bist genauso unnatürlich wie dein Bruder!» erklärte sie mit zitternder Stimme. «Bedeutet es dir nichts, daß deine Mutter den Tag in Todesqualen der Angst verbringen mußte? O nein! Dir liegt nur an dieser elenden kleinen Person, die du zu deiner Herzensfreundin gemacht hast. Außerdem hat man sie bereits gesucht, und weder sie noch Charlie sind auf unseren Gründen! Und schlimmer noch, Cardle sah, wie sie keine zwanzig Minuten, nachdem ich sie auf ihr Zimmer geschickt hatte, die Hintertreppe hinunterlief. Sie trug Hut und Schal und sogar die Nankingstiefelchen, die ich für sie besorgt hatte! Und das nennst du Dankbarkeit!»

Henrietta sagte mit leicht gerunzelter Stirn: «Sie muß also unsere Gründe verlassen haben. Töricht von ihr, aber wenn sie so aufgeregt war, wie ich es vermute, wollte sie wahrscheinlich eine Zufluchtsstätte finden, wo man sie nicht suchen würde. Oder vielleicht eine Milderung ihrer Erregung in körperlicher Bewegung.»

«Warte!» befahl Lady Silverdale. «Etwas später fuhr ein geschlossenes Fahrzeug einige Meter jenseits des Tors der Meierei vor, und einer der Untergärtner sah Charlie auf den Feldweg herauskommen, den Hut tief in die Stirn gezogen, damit man ihn nicht erkenne. Aber James erkannte ihn an der olivgrünen Jacke, die mir einfach nicht gefallen kann, und es stimmt ganz genau, Hetta: er trug sie heute! Er blickte sich um, ob niemand ihm folge, und kletterte dann in den Wagen. James war ratlos, weil doch alle Diener wissen, daß Dr. Foston Charlie ausdrücklich verboten hat, zu reiten oder auch nur Kutsche zu fahren, mindestens noch eine Woche lang. Daher entschloß er sich, heraufzukommen und Pyworthy zu verständigen – nicht, daß das irgendwie genützt hätte, weil Charlie Pyworthy am Bändel hat! Ich bin wirklich froh, daß Charlies Kammerdiener ihm so ergeben ist, aber alles hat seine Grenzen, und wenn es so weit kommt, daß er mir gegenüber behauptet, er wisse nicht, wo Charlie sei oder was er tue, wie das Pyworthy immer wieder macht – nun, so ist das meiner Meinung nach zuviel!»

«Mama», sagte Henrietta zwar geduldig, aber entschlossen, «Simon Carrington wartet mit einer dringenden Botschaft im Grünen Salon auf mich, daher bitte ich dich sehr, erzähle mir –»

«Ich erzähle dir doch, aber wenn du mich ständig unterbrichst, kann ich genausogut auch schweigen», erwiderte Lady Silverdale beleidigt. «Und was Simon Carrington betrifft, verbitte ich dir, ihn zum Abendessen einzuladen, Hetta! Ich beschuldige ihn nicht, ein Helfershelfer Desfords zu sein, obwohl mich das nicht überraschen würde, aber ich wünsche nicht, daß mir irgendein Carrington unter die Augen kommt.»

«Sehr gut, Mama. Hat Pyworthy von James erfahren, daß Cherry in dem Wagen war?»

«James hat nicht mit Pyworthy gesprochen», sagte Lady Silverdale steif. «Er sprach mit Grimshaw.»

«Und hat ihm das gesagt?»

«Nein, aber er wußte, daß irgend jemand in dem Wagen war, denn die Tür wurde von innen geöffnet. Und er sah Charlie lachen und etwas sagen, und wer sonst könnte es gewesen sein als –»

«Und aus dem habt ihr, du und Cardle und Grimshaw, die phantastischste Lügengeschichte fabriziert, die ich je gehört habe! Die Romane, die du so gern liest, Mama, sind nichts dagegen!»

«Aber Hetta, es ist keine Lügengeschichte! Wohin konnte Charlie denn fahren, in dieser Heimlichkeit, als nach –»

«Um Himmels willen, Mama, sag jetzt nur nicht nach Gretna Green!» bat Henrietta, zwischen Erbitterung und Amüsement schwankend. «Ohne auch nur einen einzigen Handkoffer für sie beide! Vermutlich hat Charlie irgendeinen Ausflug unternommen, von dem er wußte, daß du ihn mißbilligen würdest; und wenn er sich dabei verletzt, geschieht ihm recht. Wichtiger aber ist, herauszufinden, was aus Cherry geworden ist! Wie lange ist sie schon abgängig?»

«Stundenlang! Beide!» versicherte Ihre Gnaden. «Und wie du so herzlos sein kannst, zu sagen, daß Cherry wichtiger ist als dein einziger Bruder –»

«Ich glaube nicht, daß er zu Schaden kommt», sagte Henrietta ungeduldig. «Dr. Foston sagte das nur, um ihm einen Schrecken einzujagen, weil er sonst nicht vorsichtig wäre. Aber ich fürchte sehr, daß Cherry irgendeinen Unfall hatte. Ich werde nach ihr suchen lassen!»

Sie stand schnell auf, ein kleiner Aufschrei ihrer Mutter ließ sie jedoch erschrocken innehalten. «Charlie!» stieß Lady Silverdale hervor und sank gegen die Sofakissen zurück, eine mollige Hand ans Herz gepreßt.

Sir Charles kam ungestüm ins Zimmer. An seinem Ausdruck und seiner Sprache war zu merken, daß sich sein Zorn keineswegs gelegt, sondern vielmehr zu heftiger Wut gesteigert hatte. «Ich m-möchte gern w-wissen, M-Mama, was zum Teu – zum Dingsda du damit meinst, mir nachspionieren zu lassen? Bei G-Gott, ich glaube, das übersteigt alle Grenzen! Schau mich nicht so böse an, Hetta! Ich werde sagen, was ich sagen will! Es ist doch die Höhe, wenn ein Mann keine zwei Schritte aus seinem eigenen Haus tun kann, ohne daß ihm seine Diener nachspionieren und er von seinem Butler gescholten wird, weil er es wagt, auszugehen, ohne den ganzen Haushalt zu informieren, warum er ausgeht und wohin er geht und wann er zurückkommt! Das ist unerträglich! Ich warne dich, Mama!»

«Unglücklicher Junge!» sagte seine Mutter dramatisch. «Wo ist Cherry?»

«Wie zum Teu – wie verflixt soll ich das wissen? Und wenn du vorhast, mir noch weiter Standpauken zu halten, gehe ich! Diese ganze Riesenaufregung, nur weil ich mir einen Kuß raubte! Man könnte rein denken, ich hätte versucht, das Mädchen zu vergewaltigen!»

«Charles! Wenn du schon keine Achtung vor meiner Empfindsamkeit hast, hast du denn keine vor deiner Schwester?»

«Na ja, Verzeihung», sagte er mürrisch. «Aber man muß ja aus der Haut fahren, wenn es solchen Aufruhr wegen nichts und wieder nichts gibt!»

«Ich weiß sehr gut, daß nicht du zu tadeln bist», sagte Lady Silverdale und tupfte sich die Augen. «Du hättest es nicht tun sollen, denn du bist alt genug, um es besser zu wissen, aber ich zweifle nicht daran, daß du es nie getan hättest, wenn du nicht herausgefordert worden wärst! Reden wir also nicht mehr darüber.»

Er lief dunkelrot an. «O doch, wir reden noch weiter darüber!» sagte er wutentbrannt. «Cherry hat mich nicht herausgefordert. Sie hat sogar gedroht, mich zu ohrfeigen, wenn ich sie nicht losließe, die dumme kleine Gans! Mach ihr daher keinen Krach, Mama, denn ich will nicht, daß sie für etwas getadelt wird, wofür sie nichts konnte!»

«Charlie», warf Hetta ruhig ein, «Cardle und Grimshaw haben Mutter in den Kopf gesetzt, daß du mit Cherry durchgebrannt seist, daher darf es dich nicht überraschen, sie aufgeregt vorzufinden. Mäßige also deine Sprache!»

«Mit ihr durchgebrannt?» keuchte er. «Als nächstes sagst du noch, du hättest gemeint, ich sei auf dem Weg zur Grenze! In einer Mietdroschke und mit einem Mädchen, das mir bei weitem nicht übermäßig gefällt! Wenn du mir erzählen willst, du hättest so etwas Hirnrissiges gedacht, dann mußt du übergeschnappt sein, Hetta!»

«O nein, nicht ich habe das gedacht!» versicherte sie ihm. «Aber wenn du nicht weißt, wo sie sein kann, muß ich unverzüglich die Lakaien und Gärtner nach ihr ausschicken.»

«Wenn nicht sie in dem Wagen war, wer dann?» fragte Lady Silverdale plötzlich. «Verlange nicht von mir zu glauben, daß es einer deiner Freunde war. Ich hoffe, daß dich keiner von ihnen in dieser hinterlistigen Weise besuchen käme! Da ist doch etwas Mysteriöses dran, und ich fühle mich sehr unbehaglich. Ich spüre schon, daß mein Herzklopfen wieder anfängt. Charlie, vertrau dich mir bitte an! Bist du in eine Klemme geraten?»

Er sog hörbar den Atem ein und sagte wie ein Mensch, der über das Erträgliche hinaus aufgebracht wird: «Ich habe ja viele Möglichkeiten gehabt, in eine Klemme zu geraten, seit ich hier festgenagelt bin! Wenn du es unbedingt wissen mußt, in der Droschke war Pyworthy, und ich fuhr mit ihm zu einem Boxkampf! Und wenn ich dir sagen soll, warum ich ihn ausgesandt habe, eine Droschke zu mieten und sie zum Tor der Meierei zu bringen, dann deshalb, weil ich verflixt gut wußte, was für einen Krakeel es gäbe, wenn du davon Wind bekommst, Mama!»

Henrietta kicherte leise. «Das habe ich mir doch gedacht!» sagte sie, hob ihren Hut auf und ging zur Tür. «Ich verlasse euch, damit du mit Mama Frieden schließen kannst.»

«Ja, aber wenn du die Leute das Land durchkämmen lassen willst, würde ich davon abraten!» sagte er unbehaglich. «Verflixt, es kann ihr doch nichts zugestoßen sein, und wir wollen den Leuten keinen Anlaß zu Gerede geben!»

«Leider Gottes ist es eine Sache von großer Dringlichkeit, Cherry zu finden», antwortete sie honigsüß. «Ich habe guten Grund zu glauben, daß ihr Vater kommt, um sie zu holen, und er dürfte jeden Augenblick eintreffen. Vielleicht möchtest du mich von der Aufgabe befreien, ihm zu sagen, daß sie nicht zu finden ist?»

«Nein, verflixt, das tu ich nicht!» sagte er glühend. «Hetta, beschwindelst du mich? Wieso weißt du, daß er herkommt? Guter Gott, ich dachte, er sei tot?»

«Nun, er ist es nicht. Und ich weiß, daß er kommt, denn Simon

Carrington ritt aus London hierher, um mich zu warnen.»

Lady Silverdale, die sich von der Verblüffung erholte, kreischte hinter ihrer sich entfernenden Tochter her: «Wage nicht, ihn hier hereinzubringen, Hetta! Ich kann und will ihn nicht kennenlernen! Für Cherry trägst du die Verantwortung, nicht ich!»

«Reg dich nicht auf, Mama!» sagte Henrietta. «Ich habe nicht die geringste Absicht, ihn hier hereinzubringen!»

14

Henrietta bemerkte, daß Grimshaw in dem breiten Gang, der von der Halle zum Salon führte, herumlungerte, und gab ihm sofort die nötigen Anweisungen für eine organisierte Suche nach Miss Steane. Er nahm sie in einer Art auf, die ihr zeigte, daß die vereinte Wirkung ihres Tadels und des wahrscheinlich in höchst zügelloser Sprache vorgebrachten Gepolters seines tobenden jungen Herrn so heilsam gewesen war, daß sie ihn zumindest vorläufig ganz Eifer sein ließ. Er versuchte Hetta zurückzuhalten, indem er sich für seinen eigenen Anteil an den üblen Geschehnissen des Tages entschuldigte, da er jedoch höchst schäbig alle Schuld auf Cardle schob, hatte sie wenig Bedenken, seine Beteuerungen zu unterbinden. Sie ging schnell in den Grünen Salon, wo Simon nervös vor Ungeduld auf und ab ging.

«Guter Gott, Hetta, ich dachte, du kämst überhaupt nicht mehr!» rief er. «Ich habe mich wie eine Katze auf der heißen Herdplatte gefühlt!»

«So siehst du auch aus!» sagte sie. «Ich kam, sobald ich konnte, aber meine Mutter war in einer derartigen Aufregung –»

«Was – ist Charlie wirklich mit Miss Steane durchgebrannt?!» fragte er ungläubig. «So etwas Schwachsinniges zu tun!»

«Nein, natürlich hat er das nicht getan! Er kam vor einigen Minuten nach Hause. Er fuhr zu einem Boxkampf und stahl sich aus dem Haus, damit meine Mutter nichts davon erfuhr. Das ist unwichtig. Etwas viel Ernsteres: Cherry ist seit einigen Stunden abgängig, und da es sich meine Mutter, von ihrer Kammerfrau aufgestachelt und von Grimshaw aufgehetzt, fest in den Kopf gesetzt hatte, Cherry sei mit Charlie durchgebrannt, hat sich niemand die Mühe genommen, sie zu suchen. Ich habe Grimshaw befohlen, sofort Leute auszuschicken, und kann nur hoffen, daß sie sie finden, bevor ihr Vater eintrifft.»

Er blinzelte sie an. «Ja, aber – hat auch sie sich davongestohlen?

Ich meine, komisch, so etwas zu tun, nicht? Niemandem zu sagen, daß sie ausging. Wenn ich es näher bedenke, gehört sich das nicht für ein Mädchen ihres Alters, ohne Erlaubnis davonzuschleichen. Ich weiß, daß Griselda es nie gemacht hat – ja, ich bin ziemlich sicher, daß ihr Mutter nie erlaubt hat, selbst auf unseren eigenen Gründen ohne Gesellschaft spazierenzugehen, und wenn es nur ihre Zofe war.»

«O nein, meine hat das auch nicht erlaubt. Aber der Fall liegt etwas anders, Simon! Du wirst es nicht weitererzählen, aber anscheinend hat es heute morgen einen kleinen – einen kleinen Krawall gegeben, weil meine Mutter entdeckt hat, daß Charlie versuchte, mit Cherry zu flirten und – und zu viele Worte darüber verlor. Und ich fürchte, was sie zu Cherry gesagt hat, regte das Kind derart auf, daß es aus dem Haus lief, um seine Aufregung auf einem Spaziergang abzureagieren, und es hat sich vielleicht verirrt oder erlitt einen Unfall.»

«Verflixt, Hetta, wir sind doch hier nicht in der Wildnis Yorkshires!» wandte Simon ein. «Wenn sie sich verirrt hat, könnte ihr doch jeder den richtigen Weg zeigen! Und ich kann nicht ums Leben einsehen, was für einen Unfall sie erleiden könnte! Klingt mir ganz so, als ob sie fortgelaufen sei. Scheint es sich zur Gewohnheit zu machen!»

«O Simon, sie kann doch bestimmt nicht so töricht sein?»

«Na ja, ich weiß nicht», sagte er zweifelnd. «Natürlich sprach ich nicht länger als zwanzig Minuten mit ihr, aber sie schien mir keineswegs ein scharfsinniges Mädchen zu sein.»

«Nein», seufzte sie. «Sie ist ein liebes kleines Geschöpf, aber schrecklich gänschenhaft.»

«Gut, wenn du sie loswärst», sagte er. «Gut auch für Des! Wenn nicht dieser verfluchte Vater des Mädchens wäre, würde ich sagen, laß sie doch laufen! Aber wir sitzen in den Nesseln, wenn er hereinsegelt und erwartet, sie an seinen fetten Busen zu drücken – ja, so redet er nämlich! Das heißt, ‹fett› hat er nicht gesagt, das ist ein Dingsda von mir –, und du bist gezwungen, ihm zu sagen, daß sie fortgelaufen und nicht zu finden ist!»

«Ich werde bestimmt in den Nesseln sitzen, aber warum du dieses Schicksal teilen solltest, begreife ich nicht!» erwiderte sie ziemlich scharf. «Und es wäre unter keinen Umständen gut, wenn sie von uns weggelaufen ist. Des hat sie meiner Fürsorge anvertraut, und wenn du glaubst, daß es gut wäre, wenn ich sein Vertrauen so elend verriete, mußt du leicht verrückt sein!»

«Nein, nein», meinte er hastig. «Ich wollte nur sagen, es wäre gar nicht so schlecht! In Wahrheit ist dieser Kerl ein ziemlich übler Kunde und hat offensichtlich vor, Des zur Heirat mit dem Mädchen zu zwingen – oder, wenn das mißlingt, ihn für die Schädigung ihres Rufs blechen zu lassen!»

«Des hat ihren Ruf nicht geschädigt!» rief sie.

«Nein, das weiß ich, und das hab ich dem alten Lumpenkerl auch gesagt! Aber es ist eben so, daß ich das nicht beweisen kann, ich weiß nur, was Des mir erzählt hat. Und das ist kein Beweis, wie Mr. Küßdenpfennig Steane mich wohlweislich informierte! Verdammter Des, einfach fortzufahren und es mir zu überlassen, mit diesem Durcheinander fertig zu werden! Zehn zu eins gewettet, werde ich einen schönen Mist draus machen! Das Teuflische daran ist, Hetta, daß niemand weiß, wo er ist, daher kann ich nicht –»

«Er ist in Bath», unterbrach sie ihn. «Er kam auf dem Rückweg von Harrowgate hierher. Er wollte die Dame besuchen, in deren Schule in Bath Cherry erzogen wurde, und sie um ihre Hilfe bitten, einen gehobenen Posten für das Mädchen zu finden – da Nettlecombe versagt hat.»

«In Bath? Aber dorthin fuhr doch auch Steane! Und kam dann nach London – nein, ich glaube, er sagte, daß er zuerst zu den Bugles fuhr. Er muß Des knapp verfehlt haben. Er kannte ihn noch nicht, als er zu mir kam, ja wollte von mir wissen, wo Des sei. Und das erinnert mich an etwas, das mir in der Eile glatt entfallen ist! Verflixt, daß ich vergaß, Aldham zu fragen, was zum Teufel er damit gemeint hat, Steane zu mir zu schicken! Denn es muß Aldham gewesen sein! Den Kerl einfach mir zu schicken! Beim Jupiter, wenn Aldham nicht was zu hören kriegt, wenn ich nach London zurückkomme!» Er schwieg und sagte dann etwas milder: «Na schön! Vermutlich war es ohnehin nur gut. Wenigstens war ich imstande, ihm zuvorzukommen. Jetzt hör mir gut zu, Hetta! Ich hätte ihn nicht hergeschickt, wenn es zu vermeiden gewesen wäre!»

«Aber Simon, du mußtest es doch tun!» protestierte sie. «Er mag ja ein verrufener Kerl sein, aber er ist Cherrys Vater, und niemand von uns hat das Recht, sie vor ihm zu verstecken!»

«Na, ich tät es ohnehin nicht», sagte er freimütig. «Aber schließlich hat sie mir ja auch nicht gefallen. Ich hege jedoch den Verdacht, daß Des alles in seiner Macht Stehende tun wird, sie von Steane fernzuhalten – sowie er sich einmal über den Burschen klargeworden ist. Der Jammer mit Des ist nur, daß er viel zu ritterlich ist! Ich hätte mich aber wahrscheinlich an seiner Stelle auch ein bißchen unbehaglich gefühlt, sie Steane zu übergeben.»

«Weißt du, Simon», sagte sie, «ich hege den starken Verdacht, daß du aus dem einen oder anderen Grund Mr. Steane einfach nicht magst. Aber abgesehen von seinem ehrgeizigen Plan, einen reichen Ehemann mit Adelstitel für sie zu gewinnen – was keinen sehr guten Eindruck von seinem Charakter gibt, aber schließlich dem Wunsch entspringen könnte, ihr ein Leben zu sichern, das er selbst zu bieten offensichtlich nicht in der Lage ist –, abgesehen davon: gibt es irgendeinen Grund, warum es ihm nicht erlaubt sein sollte, sie selbst in Obhut zu nehmen? Ich habe wider Willen das Gefühl, daß er sie sehr gern haben muß, da er gekommen ist, um sie zu finden.» Sie schwieg und runzelte die Stirn. «Obwohl es wirklich seltsam erscheint, daß er sie so lange ohne ein Wort oder ein Lebenszeichen gelassen hat. Es kann jedoch irgendeinen Grund dafür gegeben haben.»

«Wahrscheinlich war er im Kittchen», sagte Simon. «Soviel ich weiß, dürfte er alle möglichen Schurkereien praktizieren, aber ich glaube, sein Hauptgeschäft ist Spielen mit gezinkten Karten, mit bleibeschwerten Würfeln und Taschenspielertricks. Und ich glaube», fügte er hinzu, «daß er ziemlich gut darin ist, junge Burschen so lange unter Alkohol zu setzen, bis sie reif zum Abräumen sind.»

«Guter Gott, willst du damit sagen, daß er ein betrügerischer Spieler ist?» sagte sie atemlos. «Das kannst du unmöglich wissen, Simon!»

«Aber nein, wirklich?» erwiderte er. «Du mußt rein glauben, ich sei schwer von Begriff! Was sonst kann ich von einem Burschen denken, der ein halbes Dutzend Visitenkarten in seiner Brieftasche hat, die alle verschiedene Namen tragen, und der sagte, daß Orte wie Bath und Harrowgate keinen Wirkungskreis für einen Mann seines Genies bieten? Natürlich tun sie das nicht. In Kurorten, wohin die Leute wegen ihrer Gesundheit gehen, gibt es kein Falschspielen. Und wenn du glaubst, daß Des bereit ist, Cherry einem Schurken auszuliefern, der sie durch ganz Europa mit sich schleppen wird und sie mit dem Abschaum der Gesellschaft zusammenbringt, dann kennst du Des weniger gut, als ich glaubte!»

«Nein, nein, das täte er nicht», sagte sie schockiert. «Aber wenn Mr. Steane ein solches Leben führt, kann er doch bestimmt nicht wünschen, Cherry am Hals zu haben? Warum auch?»

«Das weiß ich nicht und will es auch gar nicht wissen. Du sollst nur verstehen, Hetta, daß er Unfug plant, gefährlichen Unfug! Als ich erkannte, was er spielt, und welch unangenehmen Skandal er inszenieren könnte, falls er Des beschuldigt, dieses lästige Mädel verführt, ihr die Ehe versprochen und sie dann sitzengelassen zu haben, sagte ich ihm, daß Des sie in die Obhut alter Freunde von uns gab und selbst mit Eilpost davongefahren war, um ihren Großvater zu finden. Steane tat, als glaube er das nicht. Er hatte sogar die verfluchte Unverschämtheit, zu sagen – na, lassen wir das. Daher war ich gezwungen, ihm mitzuteilen, daß das Mädchen bei Lady Silverdale wohnt, eine Witwe, die in den ersten Kreisen verkehrt und genauso etikettebewußt wie mein Vater ist. Ich habe es nur gut gemeint, Hetta, aber es gab ihm die Chance, mir einen schweren Schlag zu versetzen. Er fragte mich, wie es denn käme, daß eine solche Dame zugestimmt habe, in ihr Haus ein Mädchen ohne Zofe oder Dienerschaft aufzunehmen, das ihr von einem Mann von Desfords Ruf gebracht wurde – o ja! Dieses Stückchen lügnerischer Unverschämtheit habe ich nicht vergessen! Es wird dich interessieren zu erfahren, daß Des ein Wüstling und liederlicher Mensch ist!» Er unterbrach sich plötzlich, hob den Kopf mit einem Ruck und horchte auf das Geräusch eines herannahenden Wagens. «O mein Gott, das ist er!» sagte er. Mit zwei Schritten war er am Fenster, und während Henrietta etwas ängstlich wartete, beobachtete er die zweispännige Kutsche, bis sie unter der Terrasse vorfuhr. Dann stöhnte er auf und sagte: «Jawohl, unverkennbar, das ist Steane!»

«Ich war noch nie so nahe dran, mich zu verstecken», gestand Henrietta. «Was soll ich ihm bloß sagen, Simon? Ich zittere am ganzen Leib.»

«Du brauchst nicht zu zittern», meinte Simon aufmunternd. «Aber da ist noch etwas, das ich erwähnen muß!»

«Doch, ich muß zittern! Ich habe Cherry verloren! Und wenn man sie nicht findet – oh, ich wollte, Desford wäre hier!»

«Um Gottes willen, Hetta, jetzt gerate bloß nicht auch noch in Aufregung!» bat Simon alarmiert. «Und was Des betrifft – du weißt, daß ich an ihn gedacht habe. Ich glaube fest, daß er herkommt. Wenn er nach Bath gefahren ist, dann wissen wir, daß er dort erst nach Steane eintraf, nicht?»

«Nicht?» wiederholte sie geistesabwesend.

«Natürlich! Steane traf dort nicht mit ihm zusammen, und die Schulmamsell, wie immer sie heißt, konnte ihm ja nicht erzählen, daß sie mit ihm gesprochen hat. Sie sagte ihm nur, daß Lady Bugle Cherry weggeholt hat. So reiß dich doch zusammen, Hetta! Wenn du nervös wirst, sind wir wirklich erledigt!»

Diese Strenge wirkte. Hetta sagte: «Nein, nein, ich verspreche dir, daß ich nicht . . . Aber ich merke, daß ich doch nicht so stark bin, wie ich glaubte – ha, ein einziges Chaos! O Himmel, das sind Grimshaws Schritte! Im nächsten Augenblick wird Mr. Steane über uns hereinbrechen!»

«Nein, wird er nicht. Grimshaw führt ihn in die Bibliothek, und es wird ihm nicht schaden, wenn er dort eine Weile herumstehen muß. Kümmere dich nicht um ihn, hör mir zu! Wenn Des diese Miss Dingsda besuchte, nachdem sie mit Steane gesprochen hat, was würde er dann tun? Natürlich möglichst schnell nach London zurückfahren!»

«Falls er Steane nicht nach Maplewood folgte», sagte sie zweifelnd.

«Nein», sagte Simon. «Ich habe das selbst erwogen, aber je mehr ich mir die Sache überlege, um so mehr glaube ich, daß er so etwas nicht getan hätte. Versetz dich doch bloß an seine Stelle, Hetta! Er wußte, daß Cherry sich nicht bei ihrer Tante aufhält, und er muß gewußt haben, daß die Bugles diesen alten Gauner nicht ermutigt hätten, lange in ihrem Haus zu verweilen. Er wußte aber vermutlich nicht, daß Lady Bugle Steane erzählt hat, Des habe Cherry entführt.»

Sie hatte ihn eindringlich angeblickt und versucht, ihre Gedanken zu ordnen. Jetzt sagte sie schnell: «Er wußte es! Lady Emborough schrieb deiner Mama, Lady Bugle habe sie besucht und wollte wissen, was Des mit ihrer Nichte angefangen habe. Ich erzählte Des davon!»

«Das also entscheidet die Sache!» sagte Simon. «Des wird direkt nach London zurückgekehrt sein! Und als er Arlington Street erreichte, gab ihm Aldham meinen Brief. Es ist hundert zu eins zu wetten, daß er sich auf der Stelle auf den Weg hierher gemacht hat. Ich würde mich nicht wundern, wenn er jeden Augenblick einträfe!»

Er wurde von Grimshaw unterbrochen, der Mr. Steanes Ankunft meldete. Als sich der Butler zurückgezogen hatte, sagte Simon: «Ich muß dich noch vor einem warnen, Hetta! Deshalb bin ich so schnell wie möglich hergeritten. Steane glaubt, daß du mit Des verlobt bist.»

Henrietta hatte ihr wirres Haar vor dem Spiegel geordnet, auf das hin fuhr sie jedoch erschrocken herum. «Glaubt, daß ich mit Des verlobt bin? Warum sollte er das?»

«Na ja», sagte Simon etwas schuldbewußt, «ich hab ihm gesagt, daß du's bist.»

«Simon!» stieß sie wütend hervor. «Wie konntest du ihm das sagen, wenn du doch weißt, daß kein Wörtchen daran wahr ist?»

«Es fiel mir keine andere Erklärung ein, wieso Lady Silverdale Cherry unter so zweifelhaften Umständen aufgenommen hat», erklärte er ihr. «Und es schien mir auch der sicherste Weg, ihn anrennen zu lassen, wenn es zu einer Anklage wegen gebrochenen Eheversprechens käme. Na, es ist doch selbstverständlich, daß Des, wenn er mit dir verlobt ist, keinem anderen Frauenzimmer einen Heiratsantrag gemacht oder seine Geliebte zu dir gebracht hätte!»

«Was du da getan hast, ist einfach infam», sagte Henrietta, und ihre ausdrucksvollen Augen flammten vor Zorn.

«Nein, nein!» versicherte er. «Das einzige, was ich tun konnte! Ich versichere dir, Desford wird sich keinen Pfifferling was draus machen!»

«Desford!» sagte sie halb erstickt. «Und was ist mit mir, bitte sehr?»

«Ach, zum Kuckuck!» protestierte er. «Warum sollst du dir was draus machen? Zehn zu eins gewettet, wird es nicht durchsickern, denn wenn ich nicht sehr irre, hat Steane vor, keinen Tag länger in England zu bleiben, als er unbedingt muß. Außerdem habe ich ihm gesagt, daß die Verlobung noch nicht bekanntgegeben wurde – aus Rücksicht auf den Gesundheitszustand meines Vaters. Er sei noch nicht genügend widerstandskräftig für eine Galagesellschaft – wenn Steane also herumquatscht, brauchst du es bloß zu leugnen, oder, wenn dir das lieber ist, die Verlobung zu lösen.»

«Oh, du bist abscheulich! Das verzeihe ich dir nie!» sagte sie, und ihre Wangen röteten sich vor Empörung.

«Na, ist ja egal!» sagte er tröstend. «Wenn ich geahnt hätte, daß du etwas dagegen hast, hätte ich es nicht gesagt, aber ich hab's nun einmal getan, und jetzt hilft nichts, als dabei zu bleiben. Das mußt du doch einsehen, nicht?»

«Nein!» fuhr sie ihn an.

«Soll das heißen, daß du Steane erzählen willst, du seist nicht mit Des verlobt?» fragte er atemlos. «Also, so etwas Schäbiges! Das hätte ich nicht von dir gedacht! Ich habe geglaubt, du seist viel zu sehr in Ordnung, um davonzulaufen, gerade wenn der arme gute Des einfach deine Hilfe braucht! In einem solchen Augenblick zimperlich zu werden! Verflixt, ihm einfach in den Rücken zu fallen!»

«Ach, halt den Mund», sagte sie böse. «Wenn diese gräßliche Kreatur so noble Manieren hat, mich danach zu fragen, dann werde ich es eben nicht leugnen. Aber eines werde ich tun, Mr. Simon Carrington: es dir heimzahlen!»

«So ist's prima!» sagte er aufmunternd. «Ich wußte doch, daß ich mich auf dich verlassen kann! Habe schon immer gesagt, daß du goldrichtig bist. Jetzt geh nur und halt diesem öligen alten Schuft gegenüber die Nase hoch – und laß ihn nicht erraten, daß ich hier bin. Er darf nicht wissen, daß ich dich gewarnt habe!»

Mit diesen Worten klopfte er ihr gütig auf die Schulter, hielt ihr die Tür offen und begegnete dem vernichtenden Blick, den sie ihm zuwarf, mit Augen, die vor Lachen tanzten.

Dann schloß er die Tür und zog sich auf den breiten Fenstersitz zurück, um die Ankunft seines Bruders zu erwarten. Er zweifelte nicht daran, daß Desford kommen würde; der einzige Zweifel, der für einen Menschen seines optimistischen Temperaments möglich war, bestand darin, ob Desford Inglehurst rechtzeitig erreichen würde, um sich mit Mr. Wilfred Steane zu befassen, bevor die arme Hetta in die Enge getrieben wurde. Aber je länger er über diese Frage nachgrübelte, um so überzeugter wurde er, daß Desford rechtzeitig eintreffen würde, um die Regelung dessen, was schließlich (verflucht noch einmal!) seine Angelegenheiten waren und nicht die seines jüngeren Bruders oder Hettas, zu übernehmen. Aber es sah Des nicht ähnlich, sie im Stich zu lassen.

Sein Vertrauen war gerechtfertigt. Zwanzig Minuten später bog in rasender Eile eine vierspännige Eilpostkutsche um die Kurve der Zufahrt. Mr. Carrington sprang auf. Er war sicher, daß Desford in der Kutsche war, und wartete nicht, bis der Kutschentritt heruntergelassen wurde. Er lief eilig in die Halle hinaus und hielt Grimshaw auf, der majestätisch zur Tür schritt. «Nicht nötig, daß du dich bemühst!» sagte er. «Es ist nur mein Bruder. Ich lasse ihn selbst herein.»

Grimshaw sah überrascht und gleichzeitig mißbilligend drein, verbeugte sich jedoch und zog sich mit der Überlegung zurück, daß Mr. Simon schon immer ein bedauernswert fahriger junger Mann gewesen war, viel zu sehr geneigt, die Konventionen der vornehmen Gesellschaft in den Wind zu schlagen.

Simon sprang die Stufe hinunter, während Desford aus der Chaise stieg, und rief: «Gott, ich bin froh, daß du da bist, Des, du alter Galgenvogel!»

«Selber einer», sagte der Viscount, der diese wenig schmeichelhafte Anrede und den scherzhaften Rippenstoß, der sie begleitete, zu Recht als Zeichen der Zuneigung aufnahm. «Ich bin dir sehr verbunden, du Balg. Es gab aber wirklich keinen Grund, daß du dich in diesen Wirrwarr einmischen müßtest.»

«Ach, Unsinn!» sagte Simon. «Ich wär ja ein feiner Patron, wenn ich dich hängenließe. Und laß dir sagen, in einem feinen Durcheinander wärst du jetzt, wenn ich mich nicht eingemischt hätte!» Er senkte die Stimme und sagte ernst: «Es ist schlimmer, als du denkst, Des.»

«Guter Gott, wirklich?» Er nickte seinem Vorreiter zu und sagte kurz: «Ich weiß nicht, wie lange ich bleibe. Wahrscheinlich ein, zwei Stunden. Wir übernachten in Wolversham.»

Während die Chaise zu den Ställen fuhr, wandte er sich wieder Simon zu und fragte: «Ist Steane schon gekommen?»

«Ja, vor ungefähr einer halben Stunde. Er ist mit Hetta in der Bibliothek.»

«Dann verliere ich am besten keine Zeit und gehe zu ihnen.»

«O doch, verlier sie, mein guter Junge!» sagte Simon und packte ihn fest am Arm. «Am besten, du hörst dir an, was ich zu sagen habe, wenn du die Sache nicht verderben willst. Wir spazieren ein bißchen über die Terrasse bis zu jener verflucht unbequemen Steinbank, wo uns jedenfalls niemand zuhören kann.»

«Wenn du mir erzählen willst, daß dieser Steane ein abgefeimter Schurke ist, so weiß ich das bereits. Ich habe Miss Fletching einen Tag nach Steanes Anwesenheit besucht. Er hat die Arme derart brutal behandelt, daß sie einen Anfall von *vapeurs* erlitt. Ich weiß nicht, was sie mehr aufregte: die Standpauke, die er ihr hielt, oder die Entdeckung, daß er sehr dick geworden ist. Dem, was sie mir erzählte, war nicht schwer zu entnehmen, daß er sich seit der Zeit, als er aus England flüchten mußte, nicht geändert hat. Was ist seine Branche? Kartenschwindel?»

«Zweifellos, obwohl ich vermute, daß er nicht wählerisch ist. Jeder faule Trick, mit dem man Dumme fängt. Im Augenblick ist er damit beschäftigt, dich zu zwingen, seine kostbare Tochter zu heiraten!»

Der Viscount brach in Gelächter aus. «Na, da wird er sich aber täuschen!»

«An deiner Stelle, Des, wäre ich dessen nicht so sicher.»

«Mein lieber Junge, dessen bin ich ganz sicher! Ich habe Cherry zum erstenmal auf einem Ball bei den Bugles getroffen und führte ein Gespräch mit ihr. Am nächsten Tag traf ich sie auf dem Weg nach London, nahm sie in mein Karriol und brachte sie zuerst nach London und dann hierher. Seither habe ich sie nicht wiedergesehen. Wenn sich Steane einbildet, er könne mich beschuldigen, sie verführt zu haben, dann soll er diese Idee möglichst rasch loswerden.» Er bemerkte, daß Simon ungewöhnlich ernst dreinsah, und sagte leicht amüsiert: «Ich schwindle wirklich nicht!»

«Das weiß ich natürlich. Aber dieser Kerl kann üblen Unfug anrichten. Was ist, wenn er verbreitet, daß du Cherry heimlich aus dem Haus ihrer Tante mit dem Versprechen weggeholt hast, sie zu heiraten?»

«Guter Gott, so abgefeimt ist er?»

Simon nickte. «Vermutlich könntest du die Beschuldigung entkräften, daß du dich mit ihr heimlich davongemacht und sie bei dir behalten hast, bis du ihrer müde geworden bist –»

«Was – in einem einzigen Tag? Du trägst zu dick auf!»

«Es kommt nur auf eines an: kannst du beweisen, daß es bloß ein einziger Tag war? Ich glaube nicht, daß dieses Bugle-Weib dich unterstützen würde: sie hat Steane bereits gesagt, daß du Cherry aus dem Haus entführt hast. Anscheinend hat eine ihrer Töchter dein Gespräch mit Cherry in der Ballnacht belauscht.»

«Nun, sie hörte nicht, daß ich versucht hätte, Cherry zum Davonlaufen zu überreden. Und ziehen wir in Betracht, daß mehr als ein halbes Dutzend Leute gesehen hatte, wie ich am nächsten Morgen kurz nach dem Frühstück Hazelfield verließ und die Silverdales noch am selben Abend Cherry in ihre Obhut genommen haben, glaube ich nicht, daß dieser Trumpf stechen wird.»

«Nein, sehr wahrscheinlich nicht, aber du wirst doch nicht wollen, daß dieses Gerücht in London kursiert, oder? Du weißt, was alle Klatschmäuler sagen würden: kein Rauch ohne Feuer! Und der Himmel weiß, daß es deren genug in London gibt.» Er grinste, als er das Aufflammen in den Augen des Viscounts und das Verhärten der Linien um seinen Mund sah. «Hat keinen Sinn, stur dreinzuschauen, Des! Möchtest du das wirklich?»

Eine Weile sagte der Viscount nichts, sondern blickte stirnrunzelnd auf seine Fingernägel. Er hatte seine geballte Hand herumgedreht und schien die Reihe der gepflegten Nägel interessant zu finden. Gleich darauf jedoch streckte er die Finger, schaute auf und begegnete Simons Augen. «Nein», erwiderte er. Er lächelte leicht. «Aber ich glaube kaum, daß er etwas Derartiges versuchen wird. Erstens hieße das, sich der Erpressung schuldig zu machen; und zweitens muß er doch sicher wissen, daß er hier in äußerst üblem Geruch steht. Niemand, an dessen Meinung mir liegt, würde auch nur ein Wort davon glauben.»

«Und was ist mit deinen Feinden?»

«Ich habe keine!»

«Na, du alter Aufschneider!» rief Simon empört. «Und du redest von Eigenlob –!»

Der Viscount lachte. «Nein, nein, wie kannst du so etwas sagen?»

«Hör zu, Des, es ist nicht zum Lachen!» sagte Simon streng. «Ich sage ja nicht, daß du ihn nicht bis ins letzte schlagen kannst, wenn er dich beschuldigt, Cherry verführt zu haben – obwohl ich nicht glaube, daß es dir Freude machen würde. Aber es wäre nicht leicht, einen Prozeß wegen Bruch des Eheversprechens durchzukämpfen!»

«Warum nicht? Damit ihm das gelingt, bedürfte es der Zeugenaussage Cherrys, und die bekommt er nicht.»

«Man könnte dich rein für ein Mondkalb halten!» sagte Simon

erbittert. «Als nächstes wirst du noch sagen, er solle es ruhig versuchen! Na, wenn schon du nichts dagegen hast, dich zum Gegenstand von Dienstbotenklatsch herzugeben, was würden wohl unsere Eltern dazu sagen?»

«Aber Simon, wie könnte er nur ohne Cherrys Unterstützung so einen Prozeß anstrengen?»

«Er könnte zumindest einen in die Wege leiten, nicht? Wie nennt man das? Klage einbringen? Er weiß, daß du glatt zahlen würdest, damit er aufhört!»

«Ich will verdammt sein, wenn ich das täte!»

«Und was ist mit Vater? Tja, das ist eine andere Sache, was? Papa täte es nämlich schon! Ich habe diesen alten Vagabunden hergeschickt, weil er drohte, nach Wolversham zu fahren und Vater seine Lügengeschichte zu erzählen. Als nächstes hatte er die infernalische Frechheit, mich zu fragen, wie es denn käme, daß sich Lady Silverdale überreden ließ, Cherry aus den Händen eines solchen Roués, wie du es bist, zu übernehmen. Daher sagte ich, du seist mit Hetta verlobt.»

«Du hast *was* gesagt?» fragte Desford verdutzt.

«Na ja, ich dachte, es bliebe nichts anderes übrig, als gründlich zu sein», erklärte ihm Simon. «Mir schien es das Beste, das ich sagen konnte. Wenn er es glaubte, mußte er einsehen, daß seine Beschuldigung, du hättest Cherry die Ehe versprochen, in Rauch aufgeht. Und er sah es auch ein! Ich hab noch nie einen Menschen erlebt, der so niedergeschlagen war! Aber wenn es dir nicht paßt, tut es mir leid. Bedenkt man jedoch, daß du und Hetta seit undenklicher Zeit Freunde seid, dürfte es dir nichts ausmachen.»

«Stimmt», sagte Desford, und ein seltsames kleines Lächeln schwebte um seinen Mund. «Aber Vater weiß bereits die Geschichte. Ich habe sie ihm selbst erzählt, auf meinem Rückweg aus Harrowgate.»

«Ihm erzählt – Des, nein!» stieß Simon hervor und wurde blaß vor Bestürzung. «Wie konntest du nur etwas so Blödsinniges tun?»

In den Augen des Viscounts stand sehr viel Amüsement, nachgiebig antwortete er jedoch: «Nun, da er bereits Wind von der Sache bekommen hatte und mit Mama herüberfuhr, um sich zu überzeugen, mit was für einem Mädchen ich mich da eingelassen hatte, schien mir nichts anderes übrigzubleiben.»

«Gott!» sagte Simon mit einem vielsagenden Erschauern. «Du hast mehr Schneid als ich, Des! Wurde er sehr ausfallend?»

«Aber gar nicht! Du solltest ihn wirklich besser kennen. Oh, er hat mir natürlich die Leviten gelesen, sagte jedoch, ich solle zu ihm kommen, wenn ich nicht mehr aus noch ein wüßte. Wohlgemerkt, da hatte er Cherry schon kennengelernt und wußte auf den ersten Blick, daß sie keine Intrigantin ist.»

«Da hätte ich mir also die Mühe sparen können, Steane von Wolversham abzulenken!» sagte Simon wütend. «Auf mein Wort, Des –»

«O nein. Ich bin dir sehr dankbar dafür! Zwar hätte Papa Steanes Geschichte nicht geglaubt, aber es ist mehr als wahrscheinlich, daß er ihn bezahlt hätte, damit er den Mund hält. Ich will verdammt sein, wenn ich zulasse, daß Steane Papa die Daumenschrauben ansetzt! Vater sagte mir wörtlich, er sei mit der Absicht hergekommen, mich von Cherry loszukaufen, falls er herausgefunden hätte, daß sie eine Intrigantin sei. Aber das ist unwesentlich. Bist du hergekommen, um Hetta zu verständigen, daß sie mit mir verlobt ist?»

«Ja, natürlich. Mußte ich doch.»

«Und wie hat sie es aufgenommen?»

«Ich muß gestehen, daß sie empört war, was mich überraschte. Ich will damit sagen, daß es ihr nicht ähnlich sieht, plötzlich zimperlich zu werden. Aber ich wies sie darauf hin, daß sie, falls die Geschichte durchsickert, entweder leugnen oder die Verlobung lösen könne. Keine Angst, daß sie kneift! Das eine muß ich zu Hettas Gunsten sagen: Sie mag ja hie und da ein bißchen verschroben sein, aber im Grund genommen ist sie goldrichtig!»

«Ja, aus purem Gold!» sagte Desford und stand auf. «Und je früher ich ihr zu Hilfe komme –»

«Warte einen Augenblick, Des! Alles ist in Aufruhr, weil dieses lästige Mädchen anscheinend durchgebrannt ist!»

«Cherry? Guter Gott, warum?»

«Hetta meint, weil Lady Silverdale entdeckte, daß Charlie das Mädel küßte, und sie deswegen ausschalt. Sie meint auch, daß Cherry irgendeinen Unfall gehabt haben könnte, und hat den Großteil der Leute auf Suche nach ihr ausgeschickt. Das Verteufelte daran ist natürlich, daß Steane bestimmt massiv wird, wenn man sie nicht findet. Sehr wahrscheinlich wird er die Silverdales beschuldigen, daß sie sie schlecht behandelt haben.»

«O mein Gott, als säßen wir nicht schon tief genug in der Tinte!» stöhnte der Viscount und ging zur Tür.

«He, warte!» rief Simon, dem plötzlich etwas einfiel. Er sprang von der Bank auf, fuhr mit der Hand in die Tasche, zog ein Päckchen heraus und lief seinem Bruder nach. «Da, alter Knabe!» sagte er und streckte es ihm mit einem schüchternen Lächeln hin. «Bin dir sehr verbunden!»

«Aber was ist denn das?»

«Eine Rolle Taler, du Tölpel! Der Hunderter, den du mir geborgt hast!»

«Weg damit!» empfahl ihm der Viscount. «Ich habe dir schon damals gesagt, daß ich nicht an dir bankrott gehen werde. Hat Mops-queezer gewonnen?»

«Und ob! Aber mehr noch, für das letzte Rennen war ein Pferd namens ‹Bruder Wohltäter› genannt, daher habe ich meinen ganzen Gewinn darauf gesetzt, und es ist mit zehn zu eins eingelaufen. Das mußte es ja auch!»

Der Viscount brüllte vor Lachen. «Gott, wie hirnverbrannt, so etwas zu tun! Nein, hör auf, mir diese Rolle aufzudrängen. Ich will sie nicht. Außerdem kann man ja sagen, daß du sie gewonnen hast!» Er legte Simon die Hand auf die Schulter und rüttelte ihn leicht. «Du mußt ja bei der Suppe, die ich eingebrockt habe, ein teuflisches Tempo vorgelegt haben! Danke, Balg!»

«Oh, Blödsinn!» sagte Simon tief errötend. «Ich wollte, du nähmst sie. Weißt du, ich schwimme geradezu in Geld!»

«Wirst du nicht mehr, wenn du aus Brighton zurückkommst!» versicherte ihm der Viscount.

15

Als Henrietta die Bibliothek betrat, verriet nichts in ihrem Gesicht oder ihrer Haltung ihr inneres Unbehagen. Sie kam mit ihrem gra-ziösen, gelassenen Schritt herein, sah ihren Besucher über das Zim-mer hinweg mit leicht erhobenen Brauen an und sagte, nicht unhöf-lich, aber mit einer Spur arroganter Reserviertheit: «Mr. Steane?» Sie wartete seine schwungvolle Verbeugung ab, ging auf einen hoch-lehnigen Stuhl am Tisch in der Mitte des Zimmers zu und sagte, während sie sich setzte: «Bitte, wollen Sie Platz nehmen? Habe ich recht in der Annahme, daß Sie der Vater der armen Cherry sind?»

«Ja, Ma'am, Sie haben in der Tat recht!» antwortete er. «Ihr einziger überlebender Elternteil, durch ein grausames Geschick zu lange schon von ihr getrennt, ach, und von ängstlicher Besorgnis gefoltert!»

Sie hob die Brauen noch höher und sagte mit höflicher, entmuti-gender Stimme: «Aber nein?» Sie hatte die Genugtuung, ihn leicht außer Fassung zu sehen, und fuhr mit wachsender Sicherheit fort: «Ich bedaure, Sir, daß meine Mutter – äh – sich nicht imstande sieht, Sie zu empfangen. Sie fühlt sich heute etwas unpäßlich.»

«Ich denke nicht im Traum daran, mich ihr aufzudrängen», sagte er gnädig. «Mein einziger Wunsch – ich darf sagen, mein brennender Wunsch! – ist es, mein geliebtes Kind endlich wieder an mein Herz zu drücken. Aus diesem Grund stählte ich mich dafür, das Land meiner Väter wieder zu besuchen, mit all seinen schmerzlichen Erinnerungen an meine verstorbene angebetete Gefährtin: unaussprechbar schmerzlich für einen Mann von Empfindsamkeit, versichere ich Ihnen, Miss Silverdale! Ich habe doch die Ehre, mit Miss Silverdale zu sprechen?»

«Ja, ich bin Miss Silverdale», erwiderte sie. «Es trifft sich unglücklich, daß Sie uns über Ihren Besuch nicht informierten, denn zufällig ist Cherry im Augenblick abwesend. Sie ging vor einiger Zeit aus und ist noch nicht zurückgekehrt. Sie werden jedoch nicht lange warten müssen, bis sie mit ihr – wieder vereint sind.»

«Jeder Augenblick, der sie mir vorenthält, ist für mich eine ganze Stunde! Sie müssen die natürliche Ungeduld eines Vaters verzeihen, Ma'am! Ich kann es kaum ertragen, fünf Minuten zu warten, um mit eigenen Augen zu sehen, daß sie in Sicherheit und wohlauf ist.»

«Sie war in völliger Sicherheit und wohlauf, als ich sie das letzte Mal sah», sagte Henrietta ruhig, «aber da sie vor einigen Stunden ausging, ist mir etwas unbehaglich zumute, und ich habe einige unserer Diener ausgesandt, sie zu suchen, falls ihr etwas zugestoßen ist oder sie sich verirrt hat.»

Er nahm sofort einen Ausdruck des Entsetzens an und fragte in schockiertem Ton: «Wollen Sie mir erzählen, Ma'am, daß ihr tatsächlich erlaubt wurde, ohne Begleitung auszugehen? So etwas hätte ich nicht für möglich gehalten!»

«Es war sicherlich unklug», sagte sie, ihre ruhige Miene wahrend. «Wäre ich daheim gewesen, hätte ich ihr gesagt, daß sie einen der Lakaien oder eines der Mädchen mitnehmen müsse, aber ich bin heute morgen ganz früh ausgefahren, um eine Kranke zu besuchen, und wußte daher nichts davon, bis ich vor einer Stunde heimkehrte.»

«Hätte ich gewußt, welchen Gefahren, welcher Nachlässigkeit mein zartes, unschuldiges Kind ausgesetzt wurde –!» stöhnte er. «Aber wie hätte ich es wissen können? Wie hätte ich vermuten können, daß das Weib, deren Pflege ich sie übergab, sich meines Vertrauens völlig unwürdig erweisen und das Kind der Welt ausliefern würde, gleichgültig in wessen Hände sie fallen konnte?»

«Nun, das tat Miss Fletching gar nicht. Sie gab sie in die Hände ihrer Tante. Und ich habe das Gefühl, Sir, wenn sie Ihren Aufenthaltsort gekannt hätte, dann hätte Ihnen Miss Fletching geschrieben, daß Lady Bugle Cherry zu sich holte.»

«Ich werde Sie, Ma'am, nicht mit einem Bericht der Umstände ermüden, die mich gezwungen haben, meine Adresse Miss Fletching vorzuenthalten», sagte er von oben herab. «Ich bin ein Mann vieler Geschäfte, und sie führen mich durch ganz Europa. Ja, ich weiß selten von einem Tag zum anderen, wohin sie mich führen werden und wie lange. Ich glaubte, mein Kind sei sicher und glücklich in der Obhut Miss Fletchings. Keinen Augenblick habe ich erwogen, daß sie sie einer Person übergeben würde, die seit jeher – nach meinem Vater und meinem Bruder – meine schlimmste Feindin gewesen ist! Sie hat viel zu verantworten, und sie wird es verantworten müssen! Das habe ich ihr auch gesagt.»

«Verzeihung», warf Henrietta ein, «aber haben Sie nicht mehr zu verantworten als Miss Fletching, Sir? Es erscheint seltsam unnatürlich für einen Vater – noch dazu einen so liebevollen Vater wie Sie! –, daß er seine Tochter so lange ohne Nachricht gelassen hat, so daß sie gezwungen war, ihn als tot zu betrauern!»

Mr. Steane tat das mit einem Winken der Hand ab. «Wenn ich tot gewesen wäre, dann hätte man sie davon unterrichtet», sagte er. «Es war für mich völlig unnötig, ihr zu schreiben. Ich will noch weiter gehen: es wäre Narrheit gewesen, denn wer weiß, ob sie nicht gewünscht hätte, die Schule zu verlassen und zu mir ins Ausland zu kommen? Ich war zu jener Zeit nicht in der Lage, ihr ein geordnetes Heim zu bieten.»

«Oh!» sagte Henrietta. «Und jetzt sind Sie in der Lage, Sir?»

«Gewiß!» erwiderte er. «Das heißt, so geordnet wie eben möglich. Aber was nützt es schon, bei dem zu verweilen, was hätte sein können? Ich muß entschlossen die Versuchung von mir weisen, das arme Kind mitzunehmen. Ich muß mir den Trost ihrer Gesellschaft versagen und mich mit der Einsamkeit abfinden. Meine Pflicht steht fest: ich muß sie in den Augen der Welt wieder ins Recht setzen.»

«Heiliger Himmel, hat man ihr unrecht getan?» sagte Henrietta und sah ihn mit großen Augen an. «Sollten Sie damit meinen, daß sie von ihrer Tante weggelaufen ist? Dann lassen Sie sich sagen, daß Sie aus einer Mücke einen Elefanten machen, Mr. Steane! Sicher, es war kopflos von ihr und hätte sie in gefährliche Schwierigkeiten bringen können; aber da es das Glück haben wollte, daß Lord Desford sie auf der Straße überholte und hierherbrachte, ist kein Schaden angerichtet worden.»

Er seufzte tief und bedeckte die Augen mit seiner dicken Hand. «Ach, daß es mein Los sein soll, Ihren Glauben an Lord Desfords

Anständigkeit zerstören zu müssen!»

«Oh, das gelingt Ihnen nicht!» sagte sie strahlend. «Seien Sie daher bitte nicht traurig.»

Er ließ die Hand sinken und sagte mit einer Spur Schärfe: «Das mag ja die Geschichte sein, die Ihnen Lord Desford erzählte, Ma'am, aber –»

«Das ist sie. Und es ist auch die Geschichte, die Cherry mir erzählte», unterbrach ihn Henrietta.

«Instruiert, daran zweifle ich nicht im geringsten, durch Seine Lordschaft! Es ist nicht die Geschichte, die ich von Amelia Bugle hörte! Sogar weit entfernt davon! Sehr weit entfernt! Sie erzählte mir, daß sie zwar nicht imstande gewesen sei, aufzudecken, wann Desford eigentlich Cherry zum erstenmal kennenlernte, jedoch sicher vor der Ballnacht in ihrem Haus, als eine ihrer Töchter Zeugin seiner geheimen Verabredung mit Cherry war, in deren Verlauf das Durchbrennen geplant worden sein muß!»

«Welch ein Unsinn!» sagte Henrietta verächtlich. «Durchbrennen, nein wirklich! Ich staune, daß Sie sich von einer solch lächerlichen Erzählung irreführen ließen, Sir. Es ist natürlich leicht zu verstehen, warum Lady Bugle so etwas erzählte: sie hatte Angst, daß ihre abscheuliche Behandlung Cherry davontrieb! Aber das ist die reine Wahrheit! Was Lord Desfords Rolle in der Sache betrifft, so können Sie ihm sehr verbunden sein. Hätte er Cherry nicht in sein Karriol aufgenommen, weiß der Himmel, was ihr zugestoßen wäre! Ich kann hinzufügen, daß er, sowie er sie der Obhut meiner Mutter übergeben hatte, unverzüglich aufbrach, um Lord Nettlecombe zu finden. Er stöberte ihn in Harrowgate auf – und jeder andere hätte die Suche aufgegeben, als er entdeckte, daß er mehr als zweihundert Meilen würde reisen müssen, um Seine Lordschaft zu erreichen!»

Mr. Steane schüttelte den Kopf, und ein mitleidiges Lächeln kräuselte seine Lippen. «Das», seufzte er, «ist die Geschichte, mit der Desfords junger Bruder mich zu beschwindeln hoffte. Ich will damit keinen Augenblick lang andeuten, daß Sie mich zu beschwindeln versuchen, Miss Silverdale, weil mir klar ist, daß auch Sie irregeführt wurden. Denn wie ist es möglich, daß Lord Desford – ein Mann, der viele Jahre in London gelebt hat – annehmen konnte, mein Vater hätte auch nur einen Augenblick lang eine solche Reise in Betracht gezogen? Es mag Ihnen nicht bekannt sein, daß er ein geiziger Filz ist, aber Lord Desford muß das bestimmt wissen! Mein Vater hat sich doch seit Jahren nicht mehr aus der Albemarle Street weggerührt! Falls er doch eine Luftveränderung für nötig hielt, wäre er äußerstenfalls nach Tunbridge Wells gefahren. Obwohl ich eher glaube», fügte er hinzu, die Sache bedenkend, «daß er sich nach Nettlecombe Manor zurückgezogen hätte. Unterkünfte in Kurorten sind nie spottbillig zu haben. Und was die Kosten einer Reise nach Harrowgate betrifft – nein, nein, Ma'am! Alles viel zu dick aufgetragen, glauben Sie mir!»

«Trotzdem fuhr er nach Harrowgate und ist im Augenblick noch dort. Vielleicht hat ihn seine junge Frau überredet, die Kosten der Reise auf sich zu nehmen», sagte Henrietta mit wunderbar gespielter Unschuldsmiene.

«Seine *was*?!» stieß Mr. Steane hervor, fuhr kerzengerade in seinem Sessel hoch und blickte sie durchbohrend an.

«Ach, wußten Sie nicht, daß er vor kurzem geheiratet hat?» fragte Henrietta. «Desford wußte es auch nicht, bis er der Dame vorgestellt wurde. Ich höre, daß sie seine Haushälterin war. Leider nicht das Beste vom Besten an Adel, aber ich glaube, daß es sehr vernünftig von ihm war, eine Frau zu heiraten, die sich um ihn kümmert und seinen Haushalt so leitet, wie er es gern hat!»

Sie hatte dieses neue Thema in der Hoffnung angeschlagen, Mr. Steane von dem eigentlichen Gegenstand seines Besuchs abzulenken. Das Gambit gelang bewundernswert, wenn auch nicht so, wie sie es erwartet hatte. Statt in Wut zu geraten, brach er in dröhnendes Gelächter aus, schlug sich auf die Schenkel und keuchte: «Bei Gott, das ist der beste Witz, den ich seit Jahren gehört habe! In die Falle gegangen, ja? Verdammich, wenn ich ihn nicht schriftlich beglückwünsche! Das wird ihn ins Innerste treffen. Mich hat er verstoßen, weil ich mit Jane Wisset durchbrannte, und obwohl ich nicht behauptete, daß sie den ersten Kreisen angehörte, so war sie immerhin keine Haushälterin!» Wieder brach er in schallendes Gelächter aus, das in einen pfeifenden Husten überging. Sowie er imstande war, wieder Atem zu holen, forderte er Henrietta auf, ihm seine Stiefmutter zu beschreiben. Dazu war sie zwar nicht imstande, unterhielt ihn jedoch mit dem, was Desford ihr erzählt hatte. Besonders entzückt war Mr. Steane über den Streit der Jungvermählten wegen des Seidenschals. Er schlug sich wieder auf die Schenkel und erklärte, daß es dem alten Geizkragen recht geschehe. Dann sagte er sehnsüchtig, er wünschte, er hätte das Gesicht seines Bruders sehen können, als ihm die Neuigkeit mitgeteilt worden war. Er begann zu kichern, dann aber fiel ihm etwas anderes ein, und seine Stirn umwölkte sich. «Das Schlimmste ist, daß er Jonas nicht aus der Erbfolge ausschließen kann», sagte er düster. Nachdem er einige Augenblicke über diese Überlegung gebrütet hatte, meinte er hoffnungsvoll: «Ich würde mich nicht wundern, wenn diese Haushälterin den alten Geizkragen tüchtig bluten ließe, so daß die Chance besteht, daß Jonas doch kein so großes Vermögen erbt, wie er das erwartet hat.» Er schenkte Henrietta ein einschmeichelndes Lächeln und sagte: «Man soll versuchen, die erfreuliche Seite zu sehen. Das war schon immer meine Regel. Sie wären vermutlich erstaunt, wie oft die schlimmsten Katastrophen einen freundlicheren Aspekt haben.»

Diese einfache Enthüllung von Mr. Steanes Charakter amüsierte und schockierte sie gleichzeitig, und sie konnte nur ein zustimmendes Murmeln von sich geben. Aber jegliche Hoffnung, daß Mr. Steane die schlimme Lage seiner Tochter über den Sorgen seines Bruders vergessen könnte, wurde durch seine nächsten Worte zerstreut. «Ei, ei!» sagte er. «Ich hätte kaum gedacht, daß ich heute noch einen so vorzüglichen Witz genießen werde! Aber Witze sind zu einer solchen Zeit fehl am Platz, Miss Silverdale, wenn meine Brust von Besorgnis zerwühlt wird. Ich nehme es also hin, daß Lord Desford tatsächlich nach Harrowgate fuhr. Falls er aber ein solcher Tölpel war, zu glauben, er könne mein unglückseliges Kind meinem Vater aufhalsen, dann war er wie die Waldschnepfe, die mit Recht an ihrem eigenen Verrat zugrunde geht. Oder so ähnlich. Mein Gedächtnis läßt mich im Stich, aber ich weiß, daß eine Waldschnepfe drin vorkommt.»

Zu welcher Antwort Hetta auch bereit war, sie blieb ungesagt, denn in diesem Augenblick trat der Viscount ins Zimmer. In ihr blitzte der Gedanke auf, daß er von der Natur eigens erschaffen worden war, um den Gegensatz zu Wilfred Steane zu bilden. Es lagen weniger als zwanzig Jahre Altersunterschied zwischen ihnen, und es war zu erkennen, daß Steane in seiner Jugend ein schöner Mann gewesen war. Aber Ausschweifungen hatten ihn verwüstet, und seine Figur verriet genauso unverkennbar wie sein Gesicht ein träges Lächeln und allzu große Genußsucht. Diese Fehler wurden auch nicht durch sein Betragen oder seine Kleidung aufgewogen. In beidem bevorzugte er einen pompösen Stil, der ihn in Henriettas kritischen Augen als einen Demi-Beau erscheinen ließ. Desford hingegen war bis aufs I-Tüpfelchen vollkommen, dachte sie. Er hatte ein schönes Gesicht, eine geschmeidige Sportfigur, und wenn seine schlichte Jacke aus blauem superfeinem Tuch ein Schildchen mit dem Namen Weston getragen hätte, dann hätte es ihrem Schöpfer nicht sicherer verkünden können, als es ihr herrlicher Schnitt war. Desford hatte ein vornehmes Air; seine Manieren waren ungezwungen und ungeziert. Obwohl er kein Modeherr oder Bond-Street-Stutzer war, so stimmte man in vornehmen Kreisen doch überein, daß seine ruhige Eleganz das einzig Wahre sei. Er schloß die Tür und ging auf Henrietta zu, die dankbar ausgerufen hatte: «Desford!»

«Hetta, mein Liebes!» antwortete er, lächelte sie an und küßte ihr die Hand. Er hielt sie eine Minute lang warm umfaßt, während er sagte: «Hast du mich schon aufgegeben? Wenn es so ist, dann bitte ich dich um Entschuldigung! Ich hatte gehofft, schon früher bei dir zu sein.»

Sie erwiderte den Druck seiner Finger, zog dann die Hand zurück und sagte scherzend: «Nun, jedenfalls bist du rechtzeitig genug gekommen, um Cherrys Vater kennenzulernen, der also doch nicht tot ist! Sie müssen mir erlauben, meine Herren, Sie miteinander bekannt zu machen: Mr. Wilfred Steane, Lord Desford.»

Der Viscount drehte sich um, hob sein Monokel und maß Mr. Steane, nicht sehr lange, aber mit einer dämpfenden Wirkung. Henrietta mußte sich energisch auf die Lippe beißen, um ein aufsteigendes Lachen zu unterdrücken. Es sah Des gar nicht ähnlich, etwas so abscheulich Arrogantes zu tun! «Oh», sagte er. Er verneigte sich leicht. «Schätze mich glücklich, Ihre Bekanntschaft zu machen, Sir.»

«Ich wollte, ich könnte dasselbe sagen!» entgegnete Mr. Steane. «Ach, daß wir einander unter so unglücklichen Umständen kennenlernen müssen, Sir!»

Der Viscount sah überrascht drein. «Wie bitte?!»

«Lord Desford, ich habe Ihnen viel zu sagen, aber es wäre besser, wenn ich unter vier Augen mit Ihnen sprechen könnte!»

«Oh, ich habe keine Geheimnisse vor Miss Silverdale!» sagte Desdord.

«Meine Achtung vor der zarten Empfindsamkeit einer Dame hat mir bisher die Lippen versiegelt», sagte Steane vorwurfsvoll tadelnd. «Es sei mir fern, eine Frage zu stellen, die weibliche Wangen erröten ließe! Aber eine solche Frage habe ich Ihnen zu stellen, Mylord!»

«Dann stellen Sie sie auf alle Fälle», forderte ihn Desford auf. «Kümmern Sie sich nicht um die Empfindsamkeit Miss Silverdales. Ich wage zu behaupten, daß sie nicht halb so zart ist, wie Sie es annehmen – ja, ich bin sogar davon überzeugt. Du willst dich doch nicht zurückziehen, Hetta, oder?»

«Bestimmt nicht! Ich bin schon seit vielen Jahren den Kinderschuhen entwachsen, Mr. Steane, und falls das, was Sie mir bereits gesagt haben, mich nicht erröten ließ, so ist es nicht sehr wahrscheinlich, daß es dem, was Sie jetzt sagen wollen, gelingt. Stellen Sie Lord Desford jede gewünschte Frage.»

Mr. Steane schien durch diese Antwort bekümmert zu sein, denn er seufzte, schüttelte den Kopf und murmelte: «Moderne Sitten! Zu meiner Zeit war das nicht so! Nun, so sei's denn! Lord Desford, sind

202

Sie mit Miss Silverdale verlobt?»

«Nun, das hoffe ich denn doch!» erwiderte der Viscount und wandte Henrietta seine lachenden Augen zu. «Aber was in aller Welt hat das mit irgend etwas zu tun? Ich könnte hinzufügen – verzeihen Sie! –, was in aller Welt hat das mit Ihnen zu tun, Sir?»

Mr. Steane war nicht wirklich überrascht. Er hatte von dem Augenblick an, als Desford eingetreten war und mit Henrietta ein Lächeln tauschte, gewußt, daß zwischen beiden eine starke Neigung bestand. Er war jedoch erzürnt und sagte alles andere als höflich: «Dann staune ich über Ihre Schamlosigkeit, Sir, mein Kind mit einem falschen Eheversprechen aus dem Schutz Ihrer Tante fortgelockt zu haben! Was Ihre Frechheit betrifft, sie zu der Ihnen Anverlobten zu bringen –»

«Glauben Sie nicht», schlug der Visount vor, «daß Tollkühnheit ein besseres Wort dafür wäre? Oder sollten wir nicht doch von diesen leidenschaftlichen Höhen heruntersteigen? Ich weiß nicht, was Sie mit diesem bombastischen Mist zu erreichen hoffen, denn Sie können doch nicht so hirnverbrannt sein anzunehmen, daß ich mich eines dieser Verbrechen schuldig gemacht hätte. Der Umstand, daß ich Cherry in Miss Silverdales Obhut gegeben habe, muß mich von den beiden anderen Beschuldigungen freisprechen. Aber wenn Sie wünschen, daß ich sie kategorisch leugne, so tue ich auch das bereitwillig! Weit entfernt davon, Cherry von Maplewood wegzulocken, tat ich mein möglichstes, sie zu überreden, zu ihrer Tante zurückzukehren. Ich habe ihr weder eine Heirat angeboten, noch sollte ich vielleicht hinzufügen, eine *carte blanche*! Schließlich brachte ich sie zu Miss Silverdale, weil mein Vater aus Gründen, die Ihnen sogar besser als mir bekannt sein müssen, sehr gegen ihre Anwesenheit unter seinem Dach gewesen wäre.»

«Sei dem wie immer», sagte Mr. Steane, gegen die ungleichen Chancen kämpfend, «Sie können – falls noch eine Spur Wahrheit in Ihnen steckt, was ich jedoch sehr bezweifle! – nicht leugnen, daß Sie sie in eine sehr zweideutige Lage gebracht haben!»

«Ich kann es leugnen, und leugne es», erwiderte der Viscount.

«Ein Ehrenmann», beharrte Mr. Steane mit der Hartnäckigkeit der Verzweiflung, «hätte sie ihrer Tante zurückgebracht!»

«Das mag Ihr Begriff von Ehre sein, ist jedoch nicht der meine», sagte der Viscount. «Cherry mit Gewalt in mein Karriol zu zwingen und sie dann zu einem Haus zurückzufahren, in dem sie so elend unglücklich war, hätte einen Akt bösartiger Grausamkeit bedeutet. Überdies hatte ich nicht das geringste Recht, das zu tun. Sie bat mich, sie zu ihrem Großvater nach London zu bringen, in der Hoffnung, daß er sie aufnehmen, und in der Überzeugung, daß er sie zumindest beherbergen würde, bis sie eine passende Stellung gefunden hätte.»

«Na, wenn Sie geglaubt haben, daß er so was täte, dann kennen Sie entweder den alten geizigen Filz nicht, oder Sie sind ein Einfaltspinsel!» sagte Mr. Steane. «Und soviel ich von Ihnen sehen kann, glaube ich, daß Sie der durchtriebenste Bursche auf der Welt sind! Jedem Schachzug gewachsen!»

«Oh, nicht ganz», sagte Desford. «Nur Ihren Schachzügen, Mr. Steane.»

«Sie erinnern mich sehr an Ihren Vater», sagte Mr. Steane und betrachtete ihn mit unverhüllter Abneigung.

«Danke», sagte Desford mit einer Verbeugung.

«Und auch dieses junge Füllen von Ihrem Bruder! Beide aus dem gleichen Holz geschnitzt! Keine Achtung vor der älteren Generation! Ein Paar steifnackiger, anmaßender Aufschneider! Glauben Sie ja nicht, Sie könnten mich herumkriegen, Desford, und mich mit Ihren Lügengeschichten einwickeln!»

«Oh, ich dächte nicht im Traum daran!» erwiderte Seine Lordschaft prompt. «Mit Fachleuten nehme ich es nie auf.»

Henrietta sagte entschuldigend: «Verzeihung, bitte, aber schweifen Sie beide nicht vom eigentlichen Thema ab? Ob Desford ein Einfaltspinsel war, wenn er dachte, daß Lord Nettlecombe Cherry aufnehmen würde, oder ob er dachte, was jeder Mensch angenommen hätte, scheint mir für den vorliegenden Fall unwesentlich. Er brachte sie in seinem Wagen nach London, nur um zu entdecken, daß Lord Nettlecombes Haus geschlossen war. Dann brachte er sie zu mir. Was, Mr. Steane, hätte er Ihrer Meinung nach tun müssen?»

«Tiefschlag», murmelte der Viscount.

«Ich muß es ablehnen, mit Ihnen zu streiten, Ma'am», sagte Mr. Steane würdevoll. «Ich streite nie mit Frauenzimmern. Ich will nur sagen, daß Seine Lordschaft, als er meine Tochter auf der Landstraße ansprach und mit ihr davonfuhr, sich mit großer Ungehörigkeit betrug – wenn nicht schlimmer! Und da er sie hier im Stich ließ – falls sie überhaupt hier ist, was ich ernstlich bezweifle –, was hat er getan, um ihren Ruf wiederherzustellen? Er wollte mir weismachen, daß er meinen Vater in dem Glauben aufsuchte, dieser würde das Kind an sein Herz nehmen –»

«Aber keine Spur!» unterbrach ihn Desford. «Ich hoffte, ihn so weit beschämen zu können, daß er ihr eine Apanage gab – das war alles.»

«Na, wenn Sie das hofften, dann müssen Sie wirklich ein Tölpel sein!» sagte Mr. Steane offen. «Nicht, daß Sie das wirklich beabsichtigt hätten! Sie hofften nur, sie dem Alten andrehen zu können, und es wäre Ihnen egal gewesen, wenn er sie als Küchenmädchen anstellte, nur wenn Sie sie losgewesen wären!»

«Ein ähnliches Angebot wurde sogar gemacht», sagte Desford. «Allerdings nicht von Ihrem Vater, sondern von Ihrer Stiefmutter. Ich habe es abgelehnt.»

«Na ja, alles ganz gut und schön, mir das zu erzählen, aber wie soll ich wissen, daß Sie die Wahrheit sagen? Ich weiß nur, daß ich nach England zurückkehre, um zu entdecken, daß mein armes kleines Mädchen von einer Bande skrupelloser Leute herumgestoßen wurde, einer bösen Welt preisgegeben –»

«Jetzt bezähmen Sie sich aber!» sagte der Viscount. «Nichts davon ist wahr, wie Sie sehr gut wissen! Die skrupellose Person, die Ihre Tochter einer bösen Welt preisgegeben hat, sind Sie selbst, also lassen Sie uns nichts mehr von diesem theatralischen Schwulst hören. Sie wollen wissen, was ich getan habe, um ihren Ruf wiederherzustellen. Meine Antwort ist: nichts – denn ihr Ruf wurde nicht verletzt, weder von mir noch von sonst jemandem. Aber als ich entdeckte, daß Ihr Vater London verlassen hatte und Cherry nirgendwohin gehen konnte, da sie keine Bekannten in London und nur ein, zwei Shilling in der Börse hatte, mußte ich mich wohl oder übel für sie verantwortlich fühlen. Dank Ihrer Ankunft ist meine Verantwortung zu Ende. Aber bevor ich erfuhr, daß Sie nicht tot, sondern sogar im Lande sind, fuhr ich nach Bath, um mich mit Miss Fletching zu beraten. Ich war einen Tag nach Ihnen dort, Mr. Steane. Miss Fletching bemitleidet Cherry aufrichtig und hat sie, glaube ich sehr gern. Sie bietet ihr ein Zuhause an, bis sich eine geeignete Stellung für Cherry findet. Sie hat bereits eine im Auge, bei einer kränklichen Dame, die sie als sehr reizend und gütig beschreibt. Alles hängt von deren gegenwärtiger Gesellschafterin ab, die zwischen der Verpflichtung ihrer kürzlich verwitweten Mutter gegenüber und dem Wunsch, bei ihrer gütigen Herrin zu bleiben, hin- und hergerissen wird.»

«O Des, das wäre genau das Richtige für Cherry!» rief Henrietta.

«Was?!» stieß Mr. Steane erschüttert hervor. «Genau das Richtige für mein geliebtes Kind: eine bezahlte Dienerin zu werden?! Nur über meine Leiche!» Er vergrub sein Antlitz in seinem Taschentuch, tauchte jedoch schnell für einen Augenblick daraus hervor, um einen Blick verletzten Vorwurfs auf Desford zu richten und mit gebrochener Stimme zu sagen: «Daß ich das erleben mußte! Den letzten

Schatz meines Herzens, der mir geblieben ist, derart beleidigt zu hören!» Wieder verschwand er in seinem Taschentuch, tauchte jedoch von neuem auf, um verbittert zu sagen: «Schäbig, Mylord Desford, kann ich nur sagen!»

Desfords Lippen zitterten, und seine Augen trafen den Blick Hettas, der das gleiche anerkennende Amüsement zeigte, das auch Desfords wachsende Erbitterung verjagt hatte. Der Blick hielt, und in jedem Augenpaar lag hinter dem Lachen Wärme.

Mr. Steanes Stimme brach in dieses Zwischenspiel ein. «Und wo», verlangte er zu wissen, «ist meine kleine Charity nun wirklich? Beantworten Sie mir das, einer von Ihnen, bevor Sie Pläne machen, um sie zu erniedrigen!»

«Das können wir im Augenblick leider nicht», sagte Henrietta schuldbewußt. «Desford, du wirst mich für schrecklich nachlässig halten, aber während ich heute vormittag eine alte Freundin besuchte, brach Cherry zu einem Spaziergang auf und – und ist noch nicht zurückgekehrt!»

«Hast sie irgendwo verlegt, ja? Ich habe von – Grimshaw – erfahren, daß sie abgängig ist. Gewiß ist ihr nichts Gefährlicheres zugestoßen, als daß sie sich verirrt hat.»

«Wenn sie nicht entführt wurde», sagte Mr. Steane düster. «Ich bin voll dunkler Vorahnungen. Ich möchte wissen, ob ich sie wohl je wiedersehen werde?»

«Ja, und zwar sofort», sagte Henrietta und lief zur Tür. «Das ist ihre Stimme! Himmel, welch eine Erleichterung!» Während sie das sagte, öffnete sie die Tür. «O Cherry, du schlimmes Kind! Wo in aller Welt –» Sie unterbrach sich abrupt, denn ihr bot sich ein überraschender Anblick: Cherry wurde von Mr. Nethercott zur Treppe getragen. Ihr Hütchen hing an seinem Band über ihrem Arm, in der Hand hielt sie ein zerschnittenes Stiefelchen, und mit der anderen klammerte sie sich fest an den Rockaufschlag von Mr. Nethercotts Jagdjackett.

«Liebe, liebste Miss Silverdale, seien Sie mir ja nicht böse!» bat Cherry. «Ich weiß, es war dumm von mir, hinauszulaufen. Ich wollte Ihnen wirklich keine Angst verursachen! Aber ich habe mich verirrt und konnte den Rückweg nicht mehr finden, und schließlich war ich so schrecklich müde, daß ich mich entschloß, den ersten Menschen, den ich traf, zu fragen, wie ich nach Inglehurst zurückkäme. Aber es dauerte endlos, bis ich eine Menschenseele sah, und dann war das ein gräßlicher Mann in einem Gig, der – der mich so anschaute, daß – daß ich sagte, es sei unwichtig, und so schnell wie möglich weiterging. Und dann rief er hinter mir her und kletterte aus dem Gig, und ich rannte ums Leben, in den Wald, und oh, Miss Silverdale, ich habe mir das Kleid an dem Dornengestrüpp zerrissen, und dann verfing sich mein Fuß in einer gräßlichen langen Wurzel oder einem Zweig oder so etwas, und ich fiel in Brennesseln! Und als ich versuchte, wieder aufzustehen, konnte ich nicht, weil es mir so entsetzlich weh tat, daß ich glaubte, ich würde ohnmächtig.»

«Was für Unfälle am laufenden Band!» sagte Henrietta. Sie sah, daß ein Fußknöchel Cherrys dick bandagiert war, und rief aus: «Himmel, ich sehe, daß du dir den Knöchel verrenkt hast! Arme Cherry!» Sie lächelte Cary Nethercott an. «Hat sie sich in Ihrem Wald verlaufen? Haben Sie sie dort gefunden? Wie nett von Ihnen, daß Sie sie heimgebracht haben! Ich bin Ihnen sehr verbunden!»

«Ja, so war es», antwortete er. «Ich ging mit meinem Gewehr aus, in der Hoffnung, ein, zwei Waldtauben zu kriegen. Statt dessen habe ich ein viel hübscheres Vögelchen bekommen, wie Sie sehen, Miss Hetta! Ich mußte ihr das Stiefelchen herunterschneiden, hatte aber kein Messer bei mir. Also hielt ich es für das beste, Cherry sofort in mein Haus zu tragen. Ich befahl meiner Haushälterin, kalte Umschläge aufzulegen, damit die Schwellung zurückging. Ich habe meinen Diener zu Foston geschickt, denn ich fürchtete, daß sie sich einen Knochen gebrochen hätte, aber der Doktor versicherte mir, daß es nur eine sehr starke Verrenkung sei. Sie werden sagen, ich hätte sie zurückbringen sollen, sowie Foston Fuß und Knöchel verbunden hatte, aber sie war von der schmerzhaften Untersuchung so erschöpft, daß sie sich ausruhen mußte, bis der Schmerz abgeklungen war.»

«Sie können sich nicht vorstellen, wie sehr es weh getan hat, liebe Miss Silverdale! Aber Mr. Nethercott hielt mir die ganze Zeit fest die Hand, und daher war ich imstand, es zu ertragen.»

«Was für ein gräßlicher Tag für dich!» sagte Henrietta. «Es tut mir so leid, mein Liebes: wenn ich nicht fortgewesen wäre, hätte das nicht passieren können!»

«O nein, nein, nein!» sagte Cherry mit glühenden Augen und Wangen und einem engelhaften Lächeln, das um ihren Mund zitterte. «Es war der glücklichste Tag meines Lebens! Oh, Miss Silverdale, Mr. Nethercott hat mich gebeten, ihn zu heiraten! Bitte, bitte sagen Sie, daß ich es darf!»

«Guter Gott! Das heißt, du brauchst mich doch nicht um Erlaubnis zu bitten, du Gänschen! Ich kann Ihnen beiden nur Glück wünschen, und tue das aus ganzem Herzen! Aber da ist jemand eigens gekommen, um dich zu sehen, und du wirst bestimmt sehr froh darüber sein. Bringen Sie sie in die Bibliothek, Mr. Nethercott, und betten Sie sie auf das Sofa, damit sie den Fuß hochlegen kann.»

«Wer», fragte Mr. Steane den Viscount, «ist dieser Bursche, der sich anmaßt, um meine Tochter anzuhalten, ohne auch nur ein Wenn-ich-so-frei-sein-darf –?!»

«Cary Nethercott. Ein vortrefflicher Bursche!» antwortete der Viscount voll Begeisterung.

Er ging zum Sofa und ordnete die Kissen, als Cary Nethercott Cherry zärtlich ins Zimmer trug. Sie rief: «Lord Desford! Ich bin wirklich froh, Mylord zu treffen, Miss Silverdale, denn ihm verdanke ich ja alles! Wie geht es Ihnen, Sir? Ich wollte Ihnen so sehr dafür danken, daß Sie mich hergebracht haben.»

Er lächelte, sagte jedoch: «Miss Silverdale meinte nicht mich, als sie sagte, daß Sie sich freuen würden, Cherry. Erkennen Sie diesen Herrn?»

Sie wandte den Kopf und erblickte zum erstenmal Mr. Steane. Sie starrte ihn einen Augenblick ahnungslos an, dann keuchte sie ein bißchen auf und sagte: «Papa?!»

«Mein Kind!» stieß Mr. Steane hervor. «Endlich kann ich dich wieder an meinen Busen drücken!» Dazu war er jedoch nicht imstande, da man sie auf das Sofa gelegt hatte und sein Korsett es ihm unmöglich machte, sich so tief zu bücken. Er schloß einen Kompromiß, indem er ihr einen Arm um die Schulter legte und sie auf die Stirn küßte. «Meine kleine Charity!» sagte er liebevoll.

«Ich hielt dich für tot, Papa!» sagte sie staunend. «Ich bin so froh, daß das nicht der Fall ist! Aber warum hast du mir oder der armen Miss Fletching nie geschrieben?»

«Sprich mir nicht von diesem Weib!» befahl er, dieser Gewissensfrage ausweichend. «Niemals hätte ich dich in ihrer Obhut gelassen, hätte ich geahnt, wie schändlich sie mein Vertrauen mißbrauchen würde, mein armes Kind!»

«O nein, Papa!» rief sie verzweifelt. «Wie kannst du das sagen, wenn sie so gütig zu mir war und mich umsonst in der Schule behielt?»

«Sie hat dich Amelia Bugle ausgeliefert, und das verzeihe ich ihr nie!» erklärte Mr. Steane.

«Aber Papa, du sagst das so, als sei ich nicht gewillt gewesen, mit meiner Tante zu gehen. Ich versichere dir, ich wollte es ja! Ich wollte ein Zuhause haben. Du weißt nicht, wie sehr!» Sie entdeckte, daß ihr Mr. Nethercott, der hinter dem Kopfende des Sofas stand, eine Hand auf die Schulter gelegt hatte, und mit Tränen an den Wimpern schmiegte sie sie dankbar an ihre Wange. Sie blinzelte die Tränen weg und sagte eindringlich: «Deshalb, Papa, fahre bitte nicht fort, ohne ihr zu bezahlen, was wir ihr schulden!»

«Hätte ich dich so vorgefunden, wie ich dich verlassen habe, glücklich in ihrer Obhut, dann hätte ich sie bezahlt, und überreich dazu. Aber ich fand dich nach unaufhörlicher Suche – die von Qualen der Angst begleitet war, wie sie nur ein Vater kennen kann! – in der Welt herumgestoßen, und ich werde ihr nicht einen Penny bezahlen!» sagte Mr. Steane entschlossen.

«Mit anderen Worten», sagte Desford, «Sie haben vor, ihr mit den Moneten durchzugehen?»

«Papa, so schäbig kannst du dich nicht benehmen! Das darfst du nicht!» rief Cherry aufgeregt.

«Ich glaube, mein Liebes», sagte Mr. Nethercott, «du überläßt es am besten mir, mich mit dieser Sache zu befassen.»

«Aber es ist nicht recht, daß du dich mit ihr befaßt!» sagte sie empört. «Es sind nicht deine Schulden! Es sind Papas Schulden!»

«Ich anerkenne sie nicht», stellte Mr. Steane erhaben fest. «Das Weib kann sich glücklich schätzen, daß ich keine Klage wegen Vernachlässigung ihrer Pflichten einbringe. Das ist mein letztes Wort.»

«In diesem Fall», sagte Mr. Nethercott sachlich, «trage ich Cherry hinauf. Es ist Ihnen bestimmt klar, Sir, daß sie einen ermüdenden Tag hatte und völlig erschöpft ist. Miss Hetta, wollen Sie mich bitte zu ihrem Schlafzimmer führen?»

«Und ob!» antwortete Henrietta. «Nein, nein, widersprich nicht, Cherry! Mr. Nethercott hat völlig recht. Ich bringe dich unverzüglich zu Bett. Man wird dir das Abendessen hinaufbringen – und dein Papa kann dich morgen besuchen!»

«Wie lieb ihr alle seid! Wie lieb Sie sind, Miss Silverdale!» seufzte Cherry. «Ich gebe zu, ich bin wirklich ziemlich erledigt, daher – daher, wenn du es nicht für sehr unhöflich hältst, Papa, werde ich schlafengehen. Oh, Lord Desford, falls ich Sie nicht wiedersehe, adieu, und ich danke Ihnen tausendmal für alles, was Sie für mich getan haben!»

Desford ergriff die dargebotene Hand, küßte sie und sagte in spöttelndem Ton: «Aber Sie werden mich sogar ständig sehen, Sie Gänschen! Wir werden ja Nachbarn!»

«Was das betrifft», sagte Mr. Steane hochmütig, «habe ich noch keinesfalls beschlossen, dieser Heirat meine Zustimmung zu geben. Mr. Nethercott muß mir erst beweisen, daß er meine Tochter erhalten kann, wie es ihrer Erziehung ziemt.»

Mr. Nethercott, mit seiner schönen Last bereits unter der Tür, blieb stehen, um mit ungetrübter Fassung zu sagen, sowie er Cherry in ihr Zimmer hinaufgetragen habe, werde er sich die Ehre geben, seinem zukünftigen Schwiegervater alle Fakten betreffend seiner Geburt, seines Vermögens und seiner Lebensumstände vorzulegen. Dann setzte er zielbewußt seinen Weg fort und sagte seiner Verlobten gütig, sie solle schweigen, als sie einzuwenden versuchte, daß ihre Heirat aber schon gar nichts mit ihrem Vater zu tun habe.

Der Viscount schloß die Tür, schlenderte zu seinem Stuhl zurück und sah Mr. Steane mit einem deutlichen Zwinkern an. «Sie sind zu beglückwünschen, Mr. Steane», sagte er. «Ihre Tochter macht eine sehr ansehnliche Partie, und Sie brauchen nie wieder Todesqualen der Angst um ihretwillen zu erleiden.»

«Das natürlich nicht», stimmte Mr. Steane traurig zu. «Aber wenn ich an die Pläne denke, die ich jahrelang schmiedete –! Ich hätte es besser wissen sollen. Mein ganzes Leben lang, Desford, war ich, was Glück betrifft, das Letzte vom Letzten in meiner Familie. Das entmutigt einen Menschen!» Er richtete einen eifersüchtigen Blick auf den Viscount und fügte hinzu: «Nicht, daß Sie etwas davon verstünden! Sie scheinen mir des Teufels persönliches Glück zu haben. Nun, überlegen Sie, was heute geschehen ist: Sie hätten es nicht durchgezogen, wenn dieser Kerl Nethercott nicht wie Manna für Sie vom Himmel gefallen wäre!»

«O doch, ich hätte es durchgezogen!» sagte der Viscount. «Reden wir nicht um den heißen Brei herum: Sie wollten mich weichklopfen, daß ich Cherry heirate. Aber Sie haben sich den Falschen ausgesucht, Steane: es bestand nie die geringste Hoffnung, daß Sie diesen Plan durchbringen.»

«Ich hatte jeden Gedanken aufgegeben, daß Sie Cherry heiraten, als ich von Ihrer Verlobung erfuhr», erwiderte Mr. Steane. «Keiner soll mir je nachsagen können, daß ich das Glück einer unschuldigen Frau ruiniert hätte – wie irregeleitet sie auch sein mag! Aber ich glaube, Mylord, Sie hätten ganz schön geblecht, um diese skandalöse Affäre zu unterdrücken. Oder jedenfalls hätte es Ihr steifnackiger Vater getan.»

«Soweit ich meinen steifnackigen Vater kenne, Mr. Steane, halte ich es für wahrscheinlicher, daß er Sie aus dem Land gejagt hätte.»

«Na ja, es ist Zeitvergeudung, die Sache zu diskutieren», sagte Mr. Steane gereizt.

«Natürlich! Überlegen Sie sich doch statt dessen, wie froh Sie sein können, daß Ihre einzige Tochter das Glück hat, sich mit einem Mann verbunden zu haben, der ihr sicher einen bewundernswerten Gatten abgeben wird!»

«Meine einzige Tochter! Eine weitere Enttäuschung! Ach, sie nehmen kein Ende! Ich hatte Hoffnung auf sie gesetzt, als sie ein

Kind war: sie schien mir ein aufgewecktes, flottes Dingelchen zu sein. Sie hätte mir sehr nützlich sein können!»

«In welcher Hinsicht?»

«Oh, in vielen!» sagte Mr. Steane. «Ich hoffte, sie könnte als Gastgeberin in dem Etablissement wirken, das ich in Paris eröffnet habe, aber ich sah auf einen Blick, daß sie ihrer Mutter zu ähnlich ist. Recht hübsch, aber nicht pfiffig genug. Ein Jammer! Reine Zeit- und Geldverschwendung, daß ich nach England gekommen bin.»

Da Mr. Steane in eine weinerliche Gemütsverfassung zu geraten schien, war der Viscount erleichtert, als Mr. Nethercott ins Zimmer zurückkam. Er war in Henriettas Begleitung, und es war dem Viscount sofort klar, daß Nethercotts Vorschlag, es sei bequemer, Angelegenheiten wie Ehekontrakte in Marley House zu erörtern, auf sie zurückzuführen war.

«Das halte ich für eine vortreffliche Idee!» sagte sie herzlich. «Sie werden sich sicher Cherrys zukünftiges Heim ansehen wollen, nicht wahr, Mr. Steane? Und falls Sie sie morgen besuchen wollen, war Mr. Nethercott so freundlich zu sagen, er würde sich freuen, Sie über Nacht bei sich unterzubringen.»

«Ich bin Ihnen verbunden, Sir», sagte Mr. Steane und kehrte zu seiner großartigen Pose zurück. «Ich werde gern von Ihrer Gastfreundschaft Gebrauch machen, aber wohlverstanden, völlig unverbindlich!» Dann verabschiedete er sich sehr förmlich von Henrietta, verneigte sich steif vor dem Viscount und ließ sich von dem unerschütterlichen Mr. Nethercott aus dem Zimmer geleiten.

«Du gewissenloses Weib!» sagte der Viscount, als die Tür sicher hinter den Besuchern geschlossen war. «Du solltest dich schämen! Dem Unglücklichen diesen wunderlichen alten Kauz aufzuhalsen!»

«Oh, hast du erraten, daß es mein Werk war?» sagte sie und konnte endlich in Lachen ausbrechen.

«Erraten!» sagte er verächtlich. «Ich wußte es in dem Augenblick, als du hereinkamst und wie ein Unschuldslamm dreinsahst!»

«Nein, wirklich? Aber ich mußte ihn loswerden, Des, sonst wäre Mama bettlägerig geworden. Teils weil sie glaubte, Charlie sei mit Cherry durchgebrannt, teils weil sie später hörte, daß Wilfred Steane auf dem Weg zu uns war, hatte sie Krämpfe und *vapeurs* und alle möglichen Schmerzen und Wehwehchen und ist jetzt in übelster Laune. Ich muß zu ihr gehen, sonst verfällt sie in tiefste Depression. Aber bevor ich gehe, sag mir, was du von dieser erstaunlichen Verlobung hältst. Wird es funktionieren, oder ist er zu alt für sie? Ich habe bemerkt, daß sie anscheinend ältere Männer bevorzugt, aber –»

«Was ich darüber denke, ist egal. Was denkst du, Hetta?»

«Wie kann ich es sagen? Ich glaube, sie ist so liebenswert und sanft, daß sie glücklich sein wird, solange er gütig zu ihr ist. Was ihn betrifft, so scheint er sie sehr gern zu haben, daher wird er sie vielleicht doch nicht langweilig finden.»

«Sie gern haben! Verrückt nach ihr muß er sein, um sie heiraten zu wollen, jetzt, da er ihren Vater kennengelernt hat!»

Sie lachte. «Ich glaube nicht, daß er so schlecht sein kann, wie man es behauptet hat, aber er ist noch viel schlechter! Wenn er nicht so komisch wäre, hätte ich es nicht ertragen, dazusitzen und ihm zuzuhören! Aber als ich einmal Cherrys Aussichten mit Mr. Nethercott besprach, sagte er, ein Mann, der sie liebe, sollte nicht ihre Verwandtschaft gegen sie in die Waagschale werfen. Daher wird er ihren Vater keinen Augenblick der Überlegung wert halten.»

«Hetta, sag mir die Wahrheit! Hat es dir weh getan?» fragte er rundheraus.

«Guter Gott, nein! Obwohl es mein Selbstgefühl ins Wanken gebracht hat, wie ich gestehen muß! Ich war so eitel zu glauben, daß er meinethalben herkam, und nicht Cherrys wegen.»

«Als ich ihn zuerst traf und er hinter dir herlief, hatte noch keiner von uns je von Cherry gehört», erinnerte er sie.

«Ich hätte doch wissen müssen, daß du mich aufziehen wirst, weil mich Cherry ausgestochen hat! Was für ein gräßliches Geschöpf du doch bist, Des!» sagte sie liebenswürdig. «Übrigens, habt ihr, du und Simon, vor, die Nacht in Wolversham zu verbringen? Ich wollte, ich könnte euch beide zum Abendessen einladen, aber ich wage es nicht. Mam hat die heftigste Abneigung gegen dich gefaßt, weil du uns Cherry aufgehalst hast, und sie will nie wieder das Gesicht eines Carrington sehen. Daher muß ich mich vorderhand von dir verabschieden.»

«Bevor du das tust, noch einen Augenblick», sagte er. «Du und ich, mein Herzblatt, haben noch etwas zu besprechen.» Er sprach leichthin, aber das Lächeln war aus seinen Augen geschwunden. Sie zeigten einen Ausdruck, der sie zum erstenmal in allen ihren gemeinsamen Händeln schüchtern wie ein Schulmädchen werden ließ. Sie sagte hastig: «Oh, du meinst vermutlich diese unsinnige Geschichte, die Simon über uns beide zusammengebraut hat? Ich muß sagen, ich war äußerst böse auf ihn, aber ich glaube nicht, daß daraus ein Schaden entsteht. Simon sagt, wenn es durchsickern sollte, daß wir heimlich verlobt sind, brauchen wir es nur zu leugnen, oder einer von uns braucht nur die Verlobung zu lösen.»

Darauf erwiderte er nichts, und als sie es wagte, ihm einen verstohlenen Blick zuzuwerfen, entdeckte sie, daß er sie noch immer eindringlich ansah. In dem Versuch, eine – wie sie meinte – peinliche Situation zu entschärfen, sagte sie mit glaubwürdiger Vorspiegelung ihrer üblichen Lebhaftigkeit: «Wenn es so weit kommen sollte, dürfte es vermutlich meine Aufgabe sein, zurückzutreten. Ich habe nie verstanden, warum man es bei einem Herrn für ungehörig hält, von einer Verlobung zurückzutreten, nicht aber bei einer Dame!»

Er stimmte ihr zwar zu, nicht aber so, als hätte er zugehört. «Ich warne dich fairerweise, Hetta, falls es so weit kommen sollte, wird es deine Aufgabe sein, denn ich habe nicht die leiseste Absicht noch den Wunsch, zurückzutreten.» Er schwieg einen Augenblick und versuchte in ihrem Gesicht zu lesen, aber als sie die Augen wie unter Zwang zu den seinen hob, zuckte sein Mund, und er sagte mit einer Stimme, die sie noch nie bei ihm gehört hatte: «Aber du wirst es nicht tun. Ich lasse es nicht zu! O Hetta, mein liebes Herzblatt, ich war ja so ein Narr! Ich liebe dich schon mein ganzes Leben lang und wußte nie, wie sehr, bis ich dich zu verlieren glaubte! Sag nicht, daß es zu spät ist!»

Ein winziges Lächeln zitterte um ihre Lippen. Sie sagte schlicht: «Nein, Des. N-nicht, wenn es dir wirklich ernst ist.»

«Ich habe noch nie etwas ernster gemeint!» sagte er und ging mit ausgebreiteten Armen auf sie zu. Sie kam geradewegs hinein und ließ sich fest von ihnen umschließen. «Du beste aller Freunde!» sagte er heiser und küßte sie.

Dieses Idyll wurde von Lady Silverdale gestört, die ins Zimmer trat und mit der Stimme eines Menschen, der die Grenzen des Erträglichen weit hinter sich gelassen hat, sagte: «Ich glaube wirklich, Hetta, du hättest kommen können, um mir zu sagen –» Sie unterbrach sich und rief empört: «Hen-rietta!» Als sich Desford schnell umsah und sie merkte, wer ihre Tochter küßte, änderte sich ihr Ton. «Desford!» rief sie freudig. «O mein lieber, lieber Junge! Oh, wie glücklich mich das macht! Hetta, mein Liebling! Jetzt ist mir egal, was immer auch geschieht!»

«Aber Mama», wandte Hetta mutwillig ein, «du hast doch gesagt, daß dich nichts dazu bringen könnte, meiner Heirat mit Des zuzustimmen! Ja, du hast mich sogar beglückwünscht, daß ich einem solchen Schicksal entronnen bin!»

«Unsinn, Hetta!» sagte Lady Silverdale, diese unwillkommene Erinnerung abtuend. «Es war der einzige Wunsch meines Lebens! Ich hatte Des schon immer sehr gern und bin außerdem nie von meiner Überzeugung abgewichen, daß er genau der Richtige für dich ist!»

«Danke sehr, Ma'am!» sagte Desford und hob ihre Hand an seine

Lippen. «Ich hoffe, daß ich genau der Richtige für Hetta bin, aber ich weiß mit Bestimmtheit, daß sie genau die Richtige für mich ist!»

«Lieber Ashley! Sehr hübsch gesagt!» murmelte sie beifällig. «Das hat man ja so besonders gern an dir! Sicher, ich war nicht ganz erfreut über dich, als du Wilfred Steanes Kind hierhergebracht hast, doch das ist jetzt völlig unwichtig. Aber ich muß schon sagen, Hetta, ich habe ihr klargemacht, was sich schickt, als sie mir soeben erzählte, sie habe einen Heiratsantrag von Mr. Nethercott erhalten. Mir schien es kein Ende zu nehmen mit den Herren, die sie dir weggestohlen hat! Zuerst Desford, dann Charlie – nicht, daß er einer deiner Freier wäre, aber im Prinzip ist es dasselbe –, und jetzt Mr. Nethercott! Nun, sie kann ihn haben, denn ich fand ihn deiner nie für würdig, nie! Desford, du bleibst natürlich zum Abendessen. Hetta, lauf und verständige Ufford, nein, ich spreche selbst mit ihm, und Charlie muß mit Grimshaw über den Champagner sprechen. Gott segne euch, meine Lieben!» Mit diesen Worten ging sie, um mit dem Koch zu konferieren; ihr Gang unterschied sich verblüffend von den taumelnden Schritten, die sie vor wenigen Minuten in die Bibliothek geführt hatten. Die Liebenden nahmen ihre frühere Beschäftigung wieder auf, nur um gleich darauf von Simon gestört zu werden. Er kam hereingeschlendert, blieb bei dem Anblick, der seine Augen traf, überrascht auf der Schwelle stehen und brach in brüllendes Gelächter aus. Als ihn sein älterer Bruder in unmißverständlichen Ausdrücken tadelte, war er durchaus nicht bußfertig. «Oh, ist denn das hier vielleicht nicht zum Lachen?» sagte er, küßte Hetta auf die Wange und schüttelte dem Viscount schmerzhaft die Hand. «Da duftet ihr nach Myrtenkranz und Orgelklang, seit ich mich erinnern kann, aber erst bis ich es euch in den Kopf setze, fällt es euch beiden ein, mit der Trotzerei aufzuhören und zu heiraten! Na, ich sagte dir doch, Des, du wüßtest nicht, wie genial ich sein kann, aber jetzt weißt du's!»

Dann verabschiedete er sich und lehnte eine Einladung zu dem festlichen Diner mit der Begründung ab, daß er London vor Einbruch der Dunkelheit erreichen wollte. «Ich möchte am frühen Morgen nach Brighton», erklärte er. «Aber solltest du in weitere Klemmen geraten, Des, schick mir bloß eine Zeile, und ich komme postwendend, um dich herauszuholen!»

Die Werke weltberühmter Autoren aus vier Kulturkreisen: In einheitlicher, kostbarer Ausstattung vermittelt jeder dieser ungewöhnlich preiswerten, 700 bis 1000 Seiten umfassenden Sammelbände einen Querschnitt durch das Schaffen eines großen zeitgenössischen Autors. Alle aufgenommenen Werke sind ungekürzt.

Pearl S. Buck
Ostwind-Westwind
Die Mutter
Die erste Frau

Colette
Eifersucht
La Vagabonde
Die Fessel
Mitsou

A. J. Cronin
Der spanische Gärtner
Das Licht
Das Haus der Schwäne

Graham Greene
Das Ende einer Affäre
Orientexpreß
Das Attentat
Die Reisen mit meiner Tante

Roger Martin du Gard
Die Thibaults:
Das graue Heft
Die Besserungsanstalt
Sommerliche Tage
Die Sprechstunde
Sorellina
Der Tod des Vaters

Alexander Lernet-Holenia
Die Auferstehung des
Maltravers
Die Abenteuer eines jungen
Herrn in Polen
Ich war Jack Mortimer
Beide Sizilien

Die Reihe wird fortgesetzt.

Paul Zsolnay Verlag

Elizabeth Goudge

ro
ro
ro

C 989/4

GEORGETTE HEYER

**Die drei Ehen der
Grand Sophy**
(2001)

Der Page und die Herzogin
(2002)

Venetia und der Wüstling
(2003)

Penelope und der Dandy
(2004)

Die widerspenstige Witwe
(2005)

Frühlingsluft
(2006)

Serena und das Ungeheuer
(2007)

Lord «Sherry»
(2008)

Ehevertrag
(2009)

Liebe unverzollt
(2010)

**Barbara und die Schlacht
von Waterloo**
(2011)

Der schweigsame Gentleman
(2012)

Heiratsmarkt
(2013)

Die Liebesschule
(2014)

Ein Mädchen ohne Mitgift
(2015)

Eskapaden
(2016)

Findelkind
(2017)

Herzdame
(2018)

ro
ro
ro

C 2187/1

James Herriot

Der Doktor und das liebe Vieh
Als Tierarzt in den grünen Hügeln von
Yorkshire
249 Seiten. Gebunden und rororo 4393

Dr. James Herriot, Tierarzt
Aus den Erinnerungen eines Tierarztes
256 Seiten. Gebunden und rororo 4579

Der Tierarzt kommt
256 Seiten. Gebunden und rororo 4910

Von Zweibeinern und Vierbeinern
Neue Geschichten vom Tierarzt
James Herriot
256 Seiten. Gebunden und rororo 5460

C 1063/4

Alice M. Ekert-Rotholz

ro
ro

C 486/20

Das Haus am Eaton Place

Porträt einer englischen Familie
die Romane zu der erfolgreichen Familienserie

Bis jetzt erschienen:

Porträt einer Familie
John Hawkesworth · rororo Band 1937

Die Frauen der Bellamys
John Hawkesworth · rororo Band 1938

Die Zeiten ändern sich
Mollie Hardwick · rororo Band 1939

Für König und Vaterland
Mollie Hardwick · rororo Band 1952

Dornen im Siegerkranz
Michael Hardwick · rororo Band 4160

Ende und neues Beginnen
Michael Hardwick · rororo Band 4194

Kleine Geschenke erhalten die Freundschaft

Oh, bin ich glücklich!
Das geheime Buch für Verliebte (5721)

Oh danke, ich mach das schon selbst!
Das Buch für starke Frauen (5722)

Oh, Mann!
Kleine Stärkung für Adams neuen Mut
zum Schwachwerden (5723)

Oh, das kriegen wir schon hin!
Von Lebenskünstlern und unerschütterlichen Optimisten (5724)

Oh, die Katz ist weg!
Über das aufregende Leben mit eigen-
sinnigen Samtpfoten (5725)

Oh, schon Mittag?
Aufgeweckte Geschichten für Lang-
schläfer und Morgenmuffel (5726)

Oh nein, schon wieder Rot!
Unentbehrliche Begleitlektüre für
leidenschaftliche Autofahrer (5727)

Oh, ist das komisch!
Geschichten und Späße für fröhliche Leute
(5728)

Oh, das tut gut!
Geschichten für Genießer (5729)

Oh, Tor!
Doppelpässe und Abseitsgeschichten für
Fußballer und Fans (5730)

Herausgegeben von Meike Wolff.
Jeder Band DM 5,—

rororo

C 2179/1